Jürgen Seidel

Das Mädchen
mit dem Löwenherz

JÜRGEN SEIDEL

DAS

Mädchen

MIT DEM

Löwenherz

Ein Thriller aus der Zeit Martin Luthers

cbj

Dieses Buch ist auch als E-Book erhältlich.

Verlagsgruppe Random House FSC® N001967

2. Auflage 2017
© 2017 cbj Kinder- und Jugendbuchverlag
in der Verlagsgruppe Random House GmbH,
Neumarkter Straße 28, 81673 München
Alle Rechte vorbehalten
Umschlagkonzeption: Geviert, Grafik & Typografie
unter Verwendung der Abbildungen von
© Trevillion/Elisabeth Ansley;
© shutterstock/ARCHITECTURE; © AKG-Images
Lektorat: Frank Griesheimer
MP · Herstellung: UK
Satz: KompetenzCenter, Mönchengladbach
Druck: GGP Media GmbH, Pößneck
ISBN 978-3-570-15955-2
Printed in Germany

www.cbj-verlag.de

Inhalt

Die wichtigsten Personen

Advokat * ** — Todfeind Annas, der Briefschreiberin, die es nicht wagt, seinen Namen zu nennen und deshalb drei Sterne dafür einsetzt.

Anna — ist dreizehn oder vierzehn Jahre alt, genau weiß sie es nicht. Aber sie kann lesen und schreiben und bittet Martin Luther in Briefen um seine Hilfe.

Barthel – Richter in Eisleben, vormals Student Luthers in Wittenberg

Zangl — ein weltlicher Berater des Erzdiakons

Erzdiakon — ein höherer Geistlicher auf Kontrollreisen. Anna gerät in die Gruppe seiner Begleiter.

Felix — Annas Helfer im Außengarten der Türmerfamilie von Zons am Rhein.

Münsterner »Hauptmann« – auch »der Flame« genannt. Kopf eines Verbrechernetzwerks, dem auch Geistliche angehören.

Frau Katharina – Luthers Ehefrau Katharina von Bora

Solveg, Irm, Matts – drei Kinder, die der Erzdiakon als Reisebegleiter mit sich führt

Margaretha von Klix – Priorin eines Frauenklosters in Wittenberg

Til und *Johanna* – Sohn und Tochter des Zonser Schultheißen und Vorsteher der Stadtgemeinde

Provinzialvikar Lionel Walsh – aus Irland stammender Geistlicher. Betreibt in Trier ein Gästehaus mit zweifelhaftem Ruf. Annas zweiter Todfeind.

Wichard – Schleusenwärter und geschickter Messerwerfer

Wiltrud – ältere Ordensschwester des von Margaretha von Klix geleiteten Dorotheenstifts, Bibliothekarin

Im Rheinland

Anno Domini 1537

Erster Brief

Hochweiser, verehrter Doktor und Professor!
Gnad und Friede in Christo, Amen!

Ich bitt Euch von Herzen, wenn Ihr dies lest, habt Geduld und Vertrauen. Was ich schreibe, ist lebenswichtig! Für mich und für Euch. Man glaubt, ich sei eine Hexe, aber ich bin ein Mensch wie jeder andre. Gott hat mir allerdings eine merkwürdige Gabe geschenkt: ein Wolkenauge*, wie ich es nenne. Richter Barthel aus Eisleben, der Euer Student war, kennt mein Versteck im Rheinlande, wohin ich mich vor Jahren flüchten musste – aus wohlbegründeter Todesangst. Diejenigen, die mich jagten und mich noch heute ohne Zögern töten wollen, sind auch Eure Feinde, Herr Doktor. Richter Barthel versprach mir, dieses mein Schreiben auf sicheren Wegen zu Euch gelangen zu lassen, die meinen Aufenthalt nicht verraten. Entdeckung wär mein Tod!

---

* Alle mit einem Sternchen gekennzeichneten Begriffe sind am Ende des Buches in einem Glossar kurz erläutert.

Da ich nicht wissen kann, inwieweit Ihr im Bilde seid, muss ich Euch schreiben, was ich weiß und erlebt habe, denn ich glaube, dass Euch dies alles betrifft und wichtig sein wird. Ich werde Personen und Umstände nennen, deren Gefährlichkeit Ihr besser einschätzen könnt als ich. Ihr habt Wissen und Macht, meine Warnung richtig zu deuten. Um Euch, Herr Professor, sorge ich mich, nicht um mich, die ohne Gewicht für die Menschheit ist. Über Euch aber wird man noch in tausend Jahren sprechen. Wenn Ihr Euch vor jenen Feinden schützt, so kann auch ich überleben. Ihr aber, Herr, alle Welt weiß es, Ihr seid der Würdige, Bedeutende, Schützenswerte, nicht ich. Also setz ich mutig die Feder aufs Papier und bitt den Gütigen Gott, alles wohl zu leiten. Amen!

Wohlan. Ihr kennt mich, Herr, wenn auch flüchtig. Und bereits ein Mal, Herr, habe ich Euch vor großem Unheil bewahrt.

Ich wohnte eine Zeit bei Euch in Wittenberg im Schwarzen Kloster, Eurem Hause. Es ist viele Jahre her und ich war ein Kind und fiel nicht auf, weil Eure Gattin mir Schutz gewährte und ich mich schon dort verbergen musste. Die Hintergründe beschreibe ich noch. Auch begleitete ich damals einen Eurer Studenten ein paarmal an die Universität. Den erwähnten Herrn Barthel, der nun Richter ist. Die Klassen in der Schlosskirche, wo Ihr meist lehrtet, waren nicht groß und der Küster oder Pedell war nachlässig, sodass ich mit Hosen, Mütze, Knabenjoppe und geliehenen

Stiefeln verkleidet nicht auffiel. Jedenfalls hoffte ich es. Ihr habt Latein gelesen, doch merkte ich schnell, dass auch die andern Studiosi beileibe nicht alles verstanden.

Das alles werdet Ihr zu Recht vergessen haben; das Geschehen an der Elbbrücke allerdings gewiss nicht. Dort war ein Mann erhenkt worden, von wem, das weiß man nicht. Am Abend zuvor an Eurer Tafel saß derselbe Mann neben mir, Ihr habt ihn angesprochen und ihn gewarnt, weil er sich unhöflich verhielt und dreist vor Euch ausspie.

Ich war damals dreizehn oder vierzehn Jahr alt, genau weiß ich's nicht, und Ihr, werter Doktor und Professor, habt mir väterlich gefallen. Euer Blick hatte Wärme, besonders gefielen mir Eure kräftigen Hände. Wenn sie ein Buch trugen, aufs Pult hoben, den Deckel öffneten und das erste Blatt zart und leise knisternd umwendeten, als lebte es und flüsterte, da wurde mir warm ums Herz. Bevor Ihr zu lesen und reden begannt, schautet Ihr jedem Studenten ins Gesicht. Ihr habt auch mich angesehen. Manchmal glaubte ich, dass Ihr mich entlarvt hättet und jeden Moment mit dem Finger auf mich deuten würdet, um mich zu prüfen. Meine Stimme hätte mich verraten. – Doch bin ich heute überzeugt: Ihr wäret nachsichtig gewesen. Ihr hättet mich grimmig angesehen, hättet aber den Pedell dösen lassen und erlaubt, dass ich mithöre. Mein strohhelles Haar schaute wohl oft unter der Mütze hervor und mein Blick war nicht knabenhaft. Vielleicht hattet Ihr mich längst durchschaut und Euch nur nichts anmerken lassen, sodass ich in ruhelosem Frieden oder in friedlicher Unruhe die Stunden dasitzen, schauen und zuhören durfte.

Wer schreibt Euch? Bitte, erinnert Euch des Dorotheums am Allerheiligenstift* in Wittenberg und der guten Stiftsdame und Priorin* Margaretha von Klix selig. Das kleine Frauenstift ist nach all der Zeit längst aufgelöst, hat man mir erzählt, und das alte Gebäude wieder dem Allerheiligenstift angegliedert. Frau Margaretha hatte damals Umgang mit Eurer Gattin Katharina*; meist betraf es den Aufbau und die Versorgung der Herberge und die im dortigen Wohnheim des Schwarzen Klosters lebenden Studenten. Ich liebte Eure Gattin sehr und war für ihre Hilfe dankbar.

Noch einmal: Wer schreibt Euch? Wer ist Anna von Zons, nun wohl zwanzigjährig und seit all der Zeit vor Todfeinden versteckt und verstummt im Rheinlande lebend? Wer ist diese Anna von Zons, die zu behaupten wagt, Euch vor großem Ungemach bewahrt zu haben? Wer bittet Euch um Gegenhilfe – Euch hochweisen und berühmten Mann, der die Christenheit* umwälzt, der die Wahrheit des Evangeliums erkannte und sah, dass Gott nicht rächen will, sondern voller Gnade und Liebe ist und uns ewiglich weiter liebt, sofern wir an Ihn GLAUBEN und Seinen Sohn in unser Herz einlassen?

Ich stamme aus dem Städtchen Zons am Rhein, nördlich von Köln. Ich habe Aachen, Stavelot bei Malmedy, Trier und allerlei andere ferne Orte gesehen und mir schließlich mit einer Flucht das Leben retten müssen, weil es tödliche Feinde gibt, die niemals ruhen werden. Auch Ihr, werter Herr Doktor, Ihr ahnt nicht, wie nah Ihr bereits dem gewaltsamen Tode wart. Denn Freund und Feind hattet Ihr zahlreich. Und habt sie heute noch, wie ich, weshalb ich schreibe.

Unter den Feinden befand und befindet sich ein Mann, Advokat von Beruf, dessen Namen ich aus Angst nicht zu nennen wage. Ihr werdet ihn erkennen, weil er sich damals mit allerlei Verbrechen bekannt machte. Dieser Herr und sein Kumpan, ein gebürtiger Ire, der in Trier ein kirchliches Amt bekleidete, haben das Land in Atem gehalten und nach Kräften gegen Euch gewirkt – freilich im Heimlichen, wie das üblich ist bei Feiglingen, die es vorziehen, das Visier geschlossen zu halten. Ich und meine Begleiter konnten ihnen damals um Haaresbreite entkommen. Gott und das Schicksal ließen uns das hiesige, fernab gelegene Versteck finden und schenkten uns die Kraft, mit Mühe und Geduld ein Leben einzurichten. Die Angst begleitet mich seither weiterhin, und als Richter Barthel mir kürzlich mitteilte, dass die Männer aus dem Ausland zurückgekehrt seien, um ihr gegenreformatorisches Werk von Neuem aufzunehmen, weil sie neue weltliche wie kirchliche Helfer und Befürworter ihrer finstren Ziele gefunden haben, entschloss ich mich zum Schreiben der Briefe. Ich denke dabei zuallerst an Euch, Herr Doktor, und Eure Sache, und erst dann an meine Angst, das verspreche ich.

Zuerst will ich Euch beschreiben, wie wir versteckt leben: Es ist ein kleiner Hof am Ufer eines Flusses, dessen Auen von Wald umschlossen werden und für Fremde nicht einsehbar sind. Ich teile das Versteck mit Til und dessen jüngerer Schwester Johanna sowie Solveg, einer Gefährtin aus den Tagen meiner gefährlichen Reisen. Til ist mir seit damals sehr lieb. Johanna ist seine jüngere Schwester, beide mussten vor ihrem Vater fliehen, aber davon später. Wir leben bescheiden, unterstützen uns gegenseitig nach Kräften, leben deshalb nicht in Armut.

Unser Hof ist klein. Er war verfallen, wir haben ihn nach und nach wiederhergestellt. Wir besitzen Ziegen und Hühner und einmal in der Woche kommt der Landverwalter mit seinem Töchterchen aus Hülchrath und bringt uns Getreide, Öl, Talg, Leichtbier und was sonst zum Überleben nötig ist. Ihm vertrauen wir und ihm gebe ich meine Post an den Richter Barthel mit, der sie an Euch weiterleitet.

In der Umgebung gelten wir als ehrlich. Wir gaben uns als ein Rest einer Familie aus, die aus dem Norden zuzog und ihre Verwandten an der Küste hat. Die Einheimischen gewöhnten sich an uns. Es gibt weder Gerede noch Gerüchte über uns, weil wir bescheiden und still sind. Unser Brot verdienen wir christlich in Eurem Sinne und mit Feldarbeit, Gerberei und Weben. Wie sehr würdet Ihr uns helfen, wenn Euer mächtiges Wort bewirken könnte, dass wir nicht länger Angst haben müssen.

Wer meine Eltern waren, weiß ich nicht. Ich wuchs in der Familie des Zonser Türmers* auf. Meine früheste Erinnerung ist eine gekälte Kammer unterhalb der Mauer des Städtchens am Rhein nördlich von Köln. Dort lag ich zusammen mit anderen Kindern auf Stroh und Filz. Die Türmerin hatte ein weiches Gesicht und trug eine Pfanne heißes Wasser herein, wenn der Winterfrost zu beißend wurde. Zwar wuchs ich nicht wie die leiblichen Türmerkinder unterm Geläut der großen Warnglocke auf, aber wir bekamen zu essen und der Türmer schlug uns wenig und war gerecht.

Er hatte mit seinen Wachaufgaben im Torhaus und in den Mauertürmen nicht allezeit zu tun und war ein besonnener Mann. Wir Kinder arbeiteten für ihn in seinem Hausgarten und auf den gepachteten Feldern. Ich weiß, dass wir von den Söhnen des Bürgermeisters beneidet wurden, denn sie mussten lernen und erhielten Schläge, wenn sie das Gelernte vergaßen. Ich glaube, sie hassten uns, weil wir Aufgenommenen nicht einmal die richtigen Kinder des Türmers waren; seinen leiblichen ging es noch besser als uns. Sie waren zu sechst und besaßen schöne Rüstungen, die ihr Vater ihnen im Winter aus Lederresten nähte, dazu machte er ihnen Bögen und Pfeile, Lanzen und Schwerter aus Holz. So darf man Kinder nicht verwöhnen, sagten die Leute überall. Dem Türmer-Ehepaar war's einerlei.

Da ich keinen Namen hatte, entschied man sich, mich Anna zu nennen. Ich schrie selten und hatte ein Strahlen im Blick, erzählte die Türmerin. Freundliche Kinder werden geliebt, man hält sie für gesegnet. Ich wuchs heran und übernahm mit neun oder zehn Jahren ein Stück des Außengartens der Türmer-Familie, das heißt, ich sorgte für die Saat, das Jäten, den Dünger, die Einpferchungen – wohl alles, was die übliche Pflege betraf. Viele der Gärten liegen außerhalb der Stadtmauern unweit des Krötschturms und müssen bewacht werden. Sobald ruchbar wurde, dass Räuber in der Nähe waren, verbrachte ich die Nacht ohne Schlaf mit einer Warntrommel, die ich schlug, sobald ich etwas hörte oder sah, das mir nicht geheuer schien.

Einmal trommelte ich, aber niemand hörte es oder nicht rechtzeitig, sodass ich einer Horde hungriger Diebe alleine gegenüberstand. Es waren Kinder wie ich, aber sie zögerten nicht, wie Erwachsene zu kämpfen. Als der Türmer mich fand, war ich ohne Besinnung und hatte viel Blut verloren. Die Diebe hatten mir in die Schulter gestochen, den Garten verwüstet und viel Gemüse gestohlen. Von da an blieb ich nicht alleine, sondern bekam Felix an meine Seite, der drei Jahre älter war als ich und ein Messer besaß, das er keine Nacht aus der Hand legte.

Felix konnte ein wenig lesen und schreiben und machte jedem klar, dass seine Wissbegier kein Übel, sondern eine Tugend war, indem er die Worte vieler Predigten mit seiner lebendigen Erfahrung verknüpfte: die Wunder Jesu mit dem Wachstum der Knospen im Frühjahr, die Engel im Himmel mit den Vögeln und wie sie ihre Nester bauen, die Gebote Gottes mit der Friedlichkeit des menschlichen Herzens, das am Beginn des Lebens niemandem ein Leid antut. Er konnte sich nicht vorstellen, mit seinem Messer einem Dieb und Gegner wirklich einmal einen Stich zu versetzen. Dieses Zögern sollte sein Unglück werden.

An einem Herbstabend kamen vier Fremde das Rheinufer von Norden her und machten im Feld ein Feuer. Sie sammelten Treibholz, das allein den Zonser Bürgern zusteht. Als man in der Dämmerung einen Knecht mit einer Fackel hinschickte, um die Männer darauf aufmerksam zu machen, kehrte er nicht zurück. Nach einigen Stunden sandte man zwei Stadtsoldaten aus, um den Verbleib des Mannes zu untersuchen. Auch auf sie wartete man vergeblich. Also ließ man in derselben Nacht einen arglos wirkenden Händler mit geräuchertem Aal als Späher in die Nähe des Räuberlagers gehen. Im ersten Morgenlicht ließ er das duftende Räuchergut im Schutze eines Baums hängen und entfernte sich.

Als er über Umwege wieder in die Stadt kam, berichtete er, dass alle drei Vermissten erschlagen am Ufer lagen. Ich hatte geschlafen, während Felix wachte. Als ich zu mir kam, war er nicht da. Ich sah im seidenen Frühnebel, wie die fremden Treibholzdiebe zu dem Baum gingen, wo der Fischhändler die Aale zurückgelassen hatte. Sie stahlen die Ware, man ließ sie in einem Bogen um Zons davongehen. Am Tag darauf fand man sie tot in einem Waldstück. Die Zonser hatten den Aal vergiftet und den Mördern die Entscheidung überlassen, sie zu stehlen. Man trug die Toten in die Stadt und legte sie im Zwinger vor der Burg nieder. Zu meinem Schrecken war auch Felix unter ihnen. Auch ihn hatte man erschlagen. Ich bekam hohes Fieber und brauchte lange, um den Verlust zu verwinden. Die Türmerfrau ließ mich bei ihren leiblichen Kindern schlafen und gab mir Knochenbrühe und Kräuterbrei zu essen. Erst nach Wochen kam ich wieder zu Kräften.

Als ich in den Garten zurückkehrte, fand ich Felix' Holzkohlestifte und etwas Papier. Es war ein unbezahlbarer Schatz. In seinem Lederbeutel lagen alte Handzettel und Flugblätter, sogar ein fein gedrucktes *Abecedarium* für

Knaben, mit dessen Hilfe er sich seine Kenntnisse angeeignet hatte. Ich tat es wie er und verglich die Buchstaben miteinander, zeichnete sie nach, bildete Silben und behielt alles federleicht im Gedächtnis. Ich vergaß nichts, gar nichts. Dass es mir so leicht fiel, war mir nicht bewusst; womit hätte ich mich vergleichen sollen?

Wochen zogen hin. Am Flussufer suchte ich die Stelle auf, an der man Felix tot aufgefunden hatte. Ich baute aus Steinen und Zweigen ein Grab. Als der Winter kam, vergrub ich Ringelblumensamen, die im Sommer für einen hübschen orangen Teppich sorgten. Ich konnte ihn vom Außengarten aus leuchten sehen. Die ersten Worte, die ich im darauffolgenden Jahr aus dem unermesslichen Steinbruch der gedruckten Lettern herausschlug und mit dem Holzkohlestift neu zusammenfügte, waren: *Felix Mein Glück Mein Unglück*. Es war der Beginn einer Bildung, die ich heute stolz besitze. Später werde ich beschreiben, wie eine gute Frau und Stiftsdame meine Liebe zum Schreiben und zu den Büchern bemerkte und unermüdlich förderte. – Das Papier mit dem Geschriebenen trug ich zu Felix' Grab und bedeckte es mit schönen, glatten Steinen.

Mein Wolkenauge

Zweiter Brief einer Todesängstlichen an Euch

Ehrsamer, weiser Herr Doktor! Wie Ihr bemerkt haben werdet, beschreibt der vorige Bericht den Beginn meiner bescheidenen Bildung, die ich mir dank Felix' Hinterlassenschaft selbst beibringen konnte. Ich betrachte seine Schätze noch heute mit allergrößter Ehrfurcht, Wehmut und Freude, weil ich mich dankbar erinnere, wie ich damit die ersten Buchstaben und Worte nachzubilden lernte und das Geheimnis der Schrift begriff – und wie dieses Wissen mich allmählich zu verändern begann und schließlich in den Stand setzte, meine Sätze so zu formen, wie Ihr es hier lest. Die Schrift spiegelt die Sprache und damit unser Denken, das Denken spiegelt den Glauben; der Glaube aber verbindet uns alle mit Gott dem Herrn, Der das erste Wort schuf und die Verheißungen Seines lebendigen Sohns.

Mein Felix war erschlagen worden. Sein Mörder gehörte jedoch nicht zu jenen Treibholzräubern, wie alle Zonser glauben sollten – das erfuhr ich später. Fortan musste ich alleine für den Außengarten der Zieheltern sorgen. Was man mir bei der Ernte zu behalten erlaubte, ernährte mich.

23

An den Samstagen trug ich einen gefüllten Korb durch das Rheintor zum Türmer. Ich behielt ein paar Rüben und etwas Kohl für mich selbst und legte mir in meinem Gartenverschlag, den ich bescheiden ausbauen durfte, einen kleinen Vorrat an. Ich lebte von Hafergrütze. Brot gab es selten. Zwei warme Kleider gehörten mir, eine raue Decke. Ich sorgte für bescheidene Sauberkeit, verfügte über Anstand und sogar über eine gewisse Wehrkraft, denn der Türmer schenkte mir eines Tages einen kleinen Türkensäbel, mit dem ich fleißig übte. Ich ging zum Grabe mit den Ringelblumen, redete mit Felix und hieb, noch immer sprühend vor Zorn über seinen Tod, wild in die Luft. Es machte mich stark und schenkte mir mehr Selbstsicherheit, als einem Kinde wie mir zustand.

Einige Altersgenossen, aber auch Erwachsene missbilligten meine Freiheit und Zufriedenheit. Einmal machte ich für die Frau des Türmers eine Erledigung, die mich zur Mühle im Süden der Stadt führte. Die Sonne ging unter, die Gassen waren leer und das Klappern meiner Holzschuhe auf dem Nachhauseweg wurde von den Mauersteinen zurückgeworfen. Ich hörte Flüstern und Fensterschlagen und beeilte mich, zum nördlichen Torhaus zu gelangen. Zons ist klein und damit sicherer als Köln, Aachen oder unser Wittenberg, wie ich später lernen musste. Enge Nachbarschaft ist eine gute Polizei. Dennoch bekam ich unter einem Türbogen, in den kein Himmelslicht mehr fiel, einen jähen, harten Stoß.

Ich fiel zu Boden und spürte über mir eine große Gestalt, mehr als dass ich sie hätte sehen können. Jetzt biss mir die

Furcht ins Herz. Ich trug meinen Türkensäbel nicht bei mir – wozu auch, innerhalb der Mauern? So hatte ich nur meine Hände und alle Gliedmaßen, um mich zu widersetzen – und meinen Verstand.

Der Unhold drückte mir die Kehle zu in der doppelten Hoffnung, dass ich nicht würde rufen können und der Schwindel mich wehrlos machte. Da war es das erste Mal, dass mir unsere Madonna mit dem Schutzmantel* erschien. Jawohl, sie redete zu mir, sie sagte mir, was zu tun sei, und ich tat's: Ich fasste dem Mann dorthin, wo es Männern wehtut – mit solch großer Wucht und Rücksichtslosigkeit, dass *ihn* statt mich der Schwindel niederzwang. Schwer wie ein Mehlsack fiel er mir stöhnend vor die Füße. Ich flüchtete und erzählte daheim, was beinah geschehen wäre. Der Türmer nahm die Ampel mit dem Nachtlicht vom Gestell, holte seinen Spieß und lief die Gasse hoch. Dort wimmerte und heulte der Kerl noch immer vor Schmerzen. Andere Leute waren aus den Häusern gekommen. Man brachte ihn zum Amtmann, der ihn festnahm.

Lest Ihr noch, hochgelehrter Herr Doktor? Ich wäre Euch überaus dankbar. – Was gibt mir den Mut, die obige Beichte niederzulegen? Zum einen ist es der stille Stolz, eine solche Gefahr bezwungen zu haben. Zum andern erinnere ich mich an den Bericht Eurer Gattin, dass auch Ihr, Herr, im vergleichbaren Alter eine ähnliche Gewalt mit Erfolg habt von Euch abwehren können. Später, wenn Euch zu Ohren kam, dass so etwas in Eurer Nähe geschehen sei, gingt Ihr furchtlos hin und ließt Euch den Übeltäter zeigen, um sein Gewissen

*zu prüfen. Hatte er keines, habt Ihr es ihm eingebläut und
zwar, wenn nötig, mit Gewalt – damit der Betreffende fühlet,
womit er sich schuldig gemacht hatte, und dass nicht nur
Frauen und Mädchen verletzliche Wesen sind.*

Nachdem ich den Angreifer abgewehrt hatte, wuchs mein
junges Selbstbewusstsein weiter heran. Mein Sieg über den
Gewalttätigen sprach sich herum. Wenn ich durch die Gassen von Zons lief, grüßte man mich und bot mir hölzerne
Gartenwerkzeuge an, die mir die Arbeit erleichterten. Ich
wurde fast eine Bürgerin, obgleich ich es weder von Stand
noch Besitz noch Herkunft her war. Man ließ mich in der
Kirche weiter vorne sitzen, ich erhielt an einem Tag der
Woche etwas Brot, und die Frau des Schusters überließ mir
ein Paar Schuhe, die ein Kölner Gerichtsherr zwar bestellt,
aber nie abgeholt hatte. Sie passten nicht, aber das Leder
war weich und meine Fußsohlen fühlten sich bald an wie
die einer Grafentochter. Ich lief damit über die spitzen
Steine des Rheinufers, wo ich mir bis dahin barfuß hässliche Risse geholt hatte. Am Strom stellte ich mir Gottes
Unendlichkeit vor und vernahm im Gurgeln des Wassers
Felix' Stimme, die mich vor einem Unglück warnte.

Was er gemeint hatte, erfuhr ich, als wenig später an
einem Augustmorgen der Tross eines Aachener Erzdiakons
mit vier neuartigen Reisewagen auf Höflichkeitsreise
durchs Feldtor in die Stadt polterte und sämtliche Herber-
gen belegte. Die ganze Stadt lief zusammen und gaffte, weil
man solche Fahrzeuge nie zuvor gesehen hatte. Eines hatte
sogar Eisenfedern, die dafür sorgten, dass die Insassen

nicht jeden Schlag der Räder fühlten. Ochsen zogen die Wagen durchs Tor der Zonser Burg. Sogleich sandten die Gasthäuser ihre Küchenjungen aus, um alles Essbare in den Vorratskellern der Leute einzusammeln.

Am Törchen meines Außengartens tauchte ein gelbhäutiger Knabe auf, den ich kannte, aber nicht gut leiden konnte, weil er mir einmal einen Stein an den Kopf geworfen hatte. Seine Leute hatten nicht ihn, sondern mich getadelt und seine kindliche Treffsicherheit gelobt. Dieser Kerl stellte sich breitbeinig vor mich hin und forderte die Herausgabe sämtlicher Zuckererbsen und Schweinebohnen, die gut herangereift waren und kurz vor der Ernte standen. Ich fragte ihn der Ordnung halber, ob er die Billigung der Eigentümer des Außengartens, also meiner Zieheltern eingeholt habe, woraufhin er nur lachte und mich rüde zur Seite stieß.

Um es kurz zu machen, hochverehrter Doktor: Auch ihm bekam seine Kühnheit nicht. Als er mir mit Gewalt zu Leibe rückte, zog ich den Türkensäbel und brachte ihn zum Stehen. Ich verletzte ihn nicht, sondern wollte die Warntrommel schlagen. Da begann er zu schreien und zu schellen, bis man in den Mauern auf uns aufmerksam wurde. Ein Stadtsoldat holte den Schultheiß*, dieser gab dem Türmer und seiner Frau Bescheid, und ehe wir uns versahen, hatte sich ein halbes Dutzend Bürger um uns versammelt.

Ihnen allen folgte nun einer aus dem Tross des Klerikers*, der, als er erfuhr, was geschehen war, den sofortigen Einzug des Gemüses befahl. Als ich mich vor die Türmerin stellte und die Fäuste in die Taille stemmte, befahl der

Mann unserm Schultheiß, mich durch den Stadtsoldaten festnehmen zu lassen. Man stritt. Meine Zieheltern legten Protest ein. Drohungen wurden laut. Es half nichts. Ich wurde abgeführt und durch das Tor zur Burg verbracht, wo man mich ohne Wasser und Brei oder gar ein Wort des Trostes in den Kerker warf.

Euch, hochverehrter Doktor, muss ich nicht schildern, wie es ist, wenn einem alle Freiheit genommen wird. Aber bitte, ich war ein Kind! Ich verstand nicht, wo ich mich falsch verhalten hatte. Das Eigentum anderer zu hüten, war der Zweck meines Daseins. Der Soldat konfiszierte meinen Türkensäbel, er hätte mir auch gleich die neuen Lederschuhe nehmen können, die ich zum Glück trug, als man mich fortführte. Barfuß oder in meinen lehmigen Holzpantinen hätte ich in dem Verlies noch mehr gefroren.

Ich verbrachte die Nacht im Finstern, in Ratlosigkeit und mit der Hoffnung, dass der Türmer mich am Morgen befreien würde. Aber die Sonne ging auf – ich sah es nur in einem handbreiten Mauerschlitz zehn Fuß über mir, der so schwach leuchtete, dass ich lange zweifelte, ob es der Tag sei oder nur ein Irrlicht. Niemand kam. Erst in der zweiten Nacht erschien ein Wärter und brachte mir Wasser, sonst wäre ich damals gestorben und hätte nichts von dem erlebt, was ich Euch berichten will.

Es dauerte noch einen Tag und eine Nacht, bis man mir eine Schale Grütze brachte, die ich dankbar und vor Wut weinend mit den Fingern ausschabte. Mir war mittlerweile klar, dass mein Vergehen groß gewesen war und den Eltern des gelbhäutigen Burschen im Zusammenspiel mit dem

Helfer des Aachener Geistlichen die Macht verliehen hatte, mich auf unbestimmte Zeit einsperren zu lassen. Und offenbar war es meinen Zieheltern nicht einmal gelungen, von unserm Amtmann wenigstens die Erlaubnis für einen Besuch zu erhalten, um mir ein bisschen Mut zu machen.

In der vierten Nacht bekam ich Fieber. Nässe und Kälte griffen meine Organe an, meine Augen bluteten, obwohl ich tiefste Dunkelheit erleiden musste. Ich sank, ich stürzte. Gott aber hielt mich fest und nahm mir den Sinn für Zeit und Raum. Ich fühlte nicht mehr den grausamen Stein, auf dem ich lag. Da war nur süßes Nichts, wenn mich die Erinnerung nicht trügt. Ich hörte Felix' Stimme und spürte, wie er mich streichelte, mir die Lippen tupfte. Er kam als Engel zu mir. Bitte, hochweiser Doktor, Ihr dürft nicht glauben, ich sei aus Not oder Verblendung zu einer Hexe geworden. Ich betete inbrünstig. Gott der Herr fasste den Entschluss, mich leben zu lassen. Eine andere Erklärung gibt es nicht. Er bannte die Macht unseres Amtmanns, des Schultheißen und all seiner Wärter und Soldaten. Ja selbst die des hochgestellten Aachener Geistlichen und Zonser Gastes in der Burg, denn ich bald kennenlernen sollte.

Ich weiß nicht, wie lange ich in dem Kerker verbracht habe. Ich kam zu mir und es war blendend hell. Ich brauchte lange, bis ich meine Augen auch nur dünne Schlitze weit auftun konnte. Da war ein gewaltiger Raum um mich und über mir, der viele Fenster hatte. Hoch oben zogen sich schwere Balken über die Decke und bildeten Kassetten, in denen ich farbige Bilder von solcher Pracht sah, dass mir schwindlig wurde. Ich lag auf dem Rücken und war zu schwach, mich zu erheben. Irgendwo befanden sich Leute und redeten über mich, als wäre ich gar nicht anwesend. Jemand stellte Fragen und einer antwortete. Dass ich das Findelkind der Türmer-Familie sei, geschickt, kräftig, durchaus wehrhaft. Plötzlich konnte ich der Stimme ein Gesicht zuordnen. Der dort redete, war der Knecht des Türmers und kein guter Mensch. Jeder wusste, dass er vor Jahren zum Tode verurteilt worden war, weil er die Katze der Gattin eines auswärtigen Schultheißen ertränkt hatte. Nähere Umstände waren nicht bekannt. Der Amtmann der Zonser Burg, wo ich mich jetzt befand, hatte in Köln die Begnadigung des Mannes erwirkt. Seither arbeitete er für den Türmer, der ihn gerecht behandelte. Dass der Knecht nach Einbruch der Dunkelheit in unsere gekälte Wohnkammer unterhalb der Rheinmauer kam und unser Essen stahl, wusste niemand. Keiner von uns wagte, ihn zu verraten. Wenn er kam, drohte er, jedem die Gurgel durchzuschneiden, der ihn verriete.

»Man sagt, du kannst lesen«, sagte eine Stimme zu mir. Der Knecht mischte sich ein. »Nicht gut für ein Kind.« Man befahl ihm zu schweigen.

»Welche Dienste hast du im Haus des Türmers erledigt?« Ich antwortete mühsam.

»Bist du schnell krank? Gibst du Widerworte?«, wollte eine andere Stimme wissen.

Ich verneinte. Hinter mir wurde geflüstert, ich versuchte, den Kopf zu drehen, sah Möbel, die Fenster blendeten, eine lange Bank, Tische, eine große Truhe, an den Wänden Gemälde, rostrote Vorhänge. Das Flüstern versiegte. Ich lag auf einem Brett, auf dem man mich offenbar aus dem Kerker heraufgetragen hatte, weil ich zu schwach zum Laufen war. Mein Rachen war wund, meine Zunge geschwollen. Ich wollte etwas sagen, aber es gelang nicht.

Dicht über mir tauchte ein mondrundes, bärtiges Gesicht auf und kam mir nah. Der Mann sagte meinen Namen. »Also gut«, fügte er hinzu. »Wir versuchen es.« Dann zog er sich zurück.

Man hob das Brett, auf dem ich lag, hoch und ich schwebte taumelnd wie eine Heilige durch den Raum, durchs Portal und ins Sonnenlicht, das ich so lange schmerzlich vermisst hatte. Ich sah die Kuppel des Zonser Juddeturms in der Höhe. Da waren Leute links und rechts. Scharniere quietschten und der Himmel verschwand erneut. Ich befand mich in einem engen Raum, hölzerne Wände um mich, eine gewölbte Decke, unter der Tücher zum Trocknen hingen. Es war das Innere eines der Reisewagen, die in die Stadt gekommen waren. Die Tür wurde geschlossen und verriegelt. Im Halbdunkel blickten mich die Gesichter zweier Kinder an, mit eingerissenen Hemden, aber gekämmtem Haar. Ein Mädchen und ein Junge. Das Mädel flüsterte: »Die frisst uns nur die Grütze weg. Die macht's nicht lange, Matts. Sieh nur, wie dünn sie ist. So gut wie mausetot.«

Der dritte Brief

Ehrsamer Herr Doktor, wenn Ihr bis hierher gelesen habt, will ich Euch für die Geduld danken. Ich verspreche Euch, meine Geschichte ist auch weiter nicht arm an Überraschungen und wird immer wieder Eure Verwunderung erregen. Vor allem betrifft die Erzählung Euch selbst, Euer großes Werk und dessen Feinde, die mich in mein hiesiges Versteck zwingen und die Christenheit bedrohen, denn geringer ist ihre Gefährlichkeit nicht.

Zwar sprang das Schicksal rau mit mir um, aber es fehlte nie an Rettung und Güte – wie es Gottes Art ist, wenn Er ein Leben in Bahnen lenkt, die seine Zwecke verfolgen. Ich zweifle nicht, dass alles, was ich durchlebte, Seinen und Euern Zielen diente. Ich war aber das kleinste Rad in diesem himmlischen und weltlichen Uhrwerk, und Ihr müsst diesem Rädlein verzeihen, wenn es heute zuweilen wackelt und stockt nach all den Schlägen und Stößen, die man ihm versetzte. –

Doch weiter: Der Reisewagen, in welchem ich zu mir kam, wurde von drei jungen Menschen in etwa meinem Alter bewohnt. Ich lag eine Weile benommen und verwirrt da, während hinter mir geflüstert und beratschlagt wurde, wie man mit meiner überraschenden Ankunft umgehen solle. Es herrschten Misstrauen und Ablehnung. Solveg, die Älteste, führte das Wort in der beengten Welt, die für die nächsten Monate mein Zuhause werden sollte. Sie beugte sich über mich und tupfte mit einem Tuch meine Lippen, strich mir über die Stirn, summte und sagte schließlich: »Du darfst bleiben und wirst nicht wegen des Mangels an Raum und Essen nachts in einen Sumpf geworfen. Anderen armen Seelen ist das geschehen. Bist du ein Floh, den man uns in den Pelz setzt, damit wir weiterhin gehorchen? Oder eine Spionin, die arg mitgenommen aussieht, damit wir keinen Verdacht schöpfen?«

Sie führte das Wort, die anderen gehorchten ihr. Der Jüngste, Matts, hatte bei einem Bärenschausteller in Diensten gestanden, war von einem der Tiere entstellt worden und hatte dabei sein Augenlicht verloren. Irm dagegen, das andere Mädel, hatte das anmutigste, ebenmäßigste Gesicht, das ich je gesehen hatte, und eine schöne Singstimme.

Der Wagen bewegte sich zwei Tage nicht, während der die drei ihn nur am Morgen und am Abend für kurze Zeit verlassen durften. Ich schlief die meiste Zeit. Schließlich rüstete sich der Tross des Klerikers für die Abreise. Die sechs schweren Wagen rasselten bei Regen und düsterem Wetter über das Pflaster der Burg auf den Marktplatz von Zons hinaus und rollten weiter durch den Kot der Feldstraße bis zum westlichen Tor. Wir durchfuhren es und verließen meine Heimat in Kölner Richtung. Mein Leben blieb zurück, die Zieheltern und der Außengarten, wo Felix' Schreibzeug lag. Alles, was ich kannte.

Ich genas nur langsam. Tatsächlich musste die spärliche Nahrung, die man uns in den Wagen reichte, statt durch drei nun durch vier Esser geteilt werden. Die Aufgaben, die uns während der Reise des hohen Geistlichen zufielen, waren so verschieden wie unsere Seelen. Während die Insassen der anderen Wagen für das mitgeführte Geld, die sichere Aufbewahrung von Briefen und Papieren, für Waffen, Kleidung und das gekochte Essen zuständig waren, lag es an uns, für das seelische Wohlbefinden des Erzdiakons zu sorgen.

Zu unsern Aufgaben gehörten neben dem Salben der Füße des Klerikers, der Maniküre seiner Nägel und dem Streicheln seines Rückens, wenn er sich niederlegte, vor allem Irms Gesang, Solvegs Tanz und Matts' flinkes Erfinden von Geschichten, die unserm meist von Sorgen und Schmerzen geplagten Herrn den ersehnten Schlaf brachten.

An die Fahrt von Zons nach Köln erinnere ich mich nicht. Die Wagen wurden in Flussnähe abgestellt und bewacht. Der Erzdiakon wohnte im vornehmen Stadthaus des Monsignore* der Kathedrale, wohin ein Teil seines Gefolges jeden Morgen und an manchen Nachmittagen vom Flussufer aus zu marschieren hatte. Da dort wichtige Geschäfte mit wertvollen Papieren getätigt wurden, gestaltete sich der Gang durch die Stadt wie ein kleiner Feldzug – angeführt von vier Lanzenreitern und flankiert von bewaffneten Fußsoldaten. Ich selbst war lange zu schwach, um unsern Reisewagen zu verlassen.

Als es mir besser ging, durfte ich meine drei Freunde das erste Mal begleiten. Da mir langweilig geworden war, freute ich mich und hoffte mit ihnen, etwas von den Brosamen zu erhaschen, die im Hause des Monsignore abfielen, weil dort immer etwas Essbares für die Soldaten bereitstand, wie Solveg erzählt hatte. Sie hatte mir ein paarmal kalten Brei und Dörrobst mitgebracht, als ich krank daniederlag. Der Hunger blieb für uns alle ein lästiger Dauergast. Aber bitte, Herr Doktor, denkt nicht, der Erzdiakon sei schlecht zu uns gewesen. Er wusste nichts von unserer Not. Das hatte zwei Gründe: Es war uns streng verboten worden, in seiner Gegenwart unaufgefordert zu reden, und die erwachsenen Diener und Zuarbeiter in seiner Umgebung waren selbst erpicht, alles Essbare zu sammeln und es während der Reise, wenn sich die Gelegenheit bot, heimlich dort zu verkaufen oder einzutauschen, wo die Bevölkerung Hunger litt. Dass diese Männer ihren Brotherrn betrogen, kümmerte sie nicht – und wie hätten wir jungen Menschen uns gegen sie wehren sollen?

Wir verließen die Wagen am Rheinufer gegen Mittag. Meine Gefühle verwirrten mich. Einerseits hatte ich Bedenken, dem Erzdiakon das erste Mal unter die Augen zu treten, andererseits war es aufregend, an dem Marsch durch das gewaltige Köln teilzunehmen. Ich war nie zuvor dort gewesen. Überall waren so viele Leute wie daheim nur am Markttag vor der Burg. Wenn man in Zons den Markt verließ, war man in jeder der Gassen sofort wieder allein, nur hier und da trat jemand vor das Haus und grüßte. Im riesigen Köln dagegen blieb es überall dicht gedrängt, egal wohin wir kamen.

Unser Zug vergrößerte das Menschengewimmel noch. Vorne hörte ich die Hufschläge unserer Rösser, über ihren Köpfen stachen die lange Piken ihrer Reiter in den Himmel. Neben uns klirrten die Waffen der Soldaten und in der Mitte gingen die Aktenträger, Sekretäre und Schreiber. Der blinde Matts marschierte zwischen Solveg und mir. Irm blieb dicht hinter uns. Ich hatte mein schmutziges, zerrissenes Kleid gegen ein neues eintauschen dürfen. Dennoch waren wir traurige Jammergestalten. Die drei andern gingen barfuß, während ich zu meinem Erstaunen immer noch meine Lederschuhe besaß. Solveg hätte sie nach meiner Ankunft im Wagen von mir einfordern können. Ich wäre genauso wehrlos und ausgeliefert gewesen wie zuvor im Kerker der Burg von Zons.

Ich kannte Köln nur vom Hörensagen und Sehen. Von den Zonser Mauertürmen aus sieht man an klaren Tagen in einer Waldlücke das Ungetüm der Kathedrale. Es ist, als wüchse ein ebenmäßiger Fels aus dem Horizont empor, grau und fern, ungeheuer schwer und auch bedrohlich wirkend. Jetzt aus der Nähe konnte ich den Blick kaum abwenden vom undurchdringlichen Gewirr der dicht neben- und ineinander in den Himmel führenden steinernen Wülste, Stützen, Nischen, Säulen, Bögen und hundertfachen Spitzen. Ich starrte betroffen auf die herrlichen Fenster, jedes höher als fünf Zonser Häuser übereinandergestellt, und auf die wuchtigen Grundmauern, die mächtiger zu sein schienen als unsere Wehrtürme.

Man erzählt sich, dass es etliche solcher Gotteshäuser in der Welt gibt, in Frankreich, England, Italien und Spanien. Viele noch gewaltiger als das Kölner. Als Kind war es mir schwergefallen, solche Dinge zu glauben, weil sie meine Vorstellungskraft überschritten. Auch dass es den Ozean in Wirklichkeit gebe, bezweifelte ich lange. Es hieß, man schaue über ein ruheloses Wasser, aber es gebe jenseits kein Ufer. Was aber sieht man dann, fragte ich mich – Wasser, bis das Auge nichts mehr auflöst? Mussten in der Ferne nicht Himmelszelt und Wasser aufeinanderstoßen? Wurden Schiffe, die bis an das Ende der Welt segelten, dort nicht elendig zerdrückt, bevor sie Indien und Amerika erreichen konnten? Auch dass die Erde eine Kugel sei, wollte mir nicht einleuchten. Wenn es so ist, wieso kann man von Zons aus die Kölner Kathedrale sehen, die ja über fünf Fußstunden entfernt liegt? Ich hielt einen Apfel vor mich hin: Stürzten nicht alle sichtbaren Flecken und Linien der Schale hinter ihre Krümmung, wenn man den Apfel nicht drehte? Und wenn man auf den Feldern steht, ist dort nicht alles ebenerdig, so weit der Blick reicht, wie auf einem großen Tisch?

Die Kölner Gassen kamen mir enger und schmutziger vor als die Zonser. Indessen waren die Leute besser und bunter gekleidet, redeten aber auf eine Art, an die ich mich erst gewöhnen musste.

Eine so große Stadt beherbergt zugleich viel mehr Bettler und armes Volk als ein Städtchen wie Zons. Die Kölner

Gassen sind voll davon, die Reiter mussten den Pöbel vor uns an die Seite drängen. Das Haus des Monsignore erschien mir überaus imposant. Wir hatten die Stadt zur Hälfte durchquert und marschierten schließlich durch ein breites Portal in einen schönen Garten. Hinter uns schloss sich das Tor und es wurde still. Die Geräusche von draußen flüsterten nur noch über eine hohe Mauer herein, die das Grundstück umlief und sicherte. Den Reitern und Soldaten wurde von Bediensteten ein Platz beim Tor zugewiesen, während unser Secretarius und seine Helfer sofort ins Haus geführt wurden. Wir Kinder erhielten von einer freundlichen Dame etwas Brot und Kraut, mit dem wir uns auf eine Holzbank setzen durften. Mir schien, als hätten wir den Himmel betreten; es war hier schöner als alles, was ich je gesehen hatte. Die Blumen des Gartens, die prachtvolle Fassade des Wohnhauses, die formschön gestutzten und duftenden Buchsbaumhecken. Der Zonser Schultheiß, Tils und Johannas Vater, bewohnt ein großes Haus mit Hof und Garten. Verglichen damit war der Kölner Sitz des Monsignore ein Palast. Wir warteten und aßen andächtig. Aufheben konnten wir nichts, sonst wäre das Essen statt in unsere in die Mägen der Soldaten gelangt. Obwohl man auch ihnen einen Korb brachte, ließen sie uns erst wieder aus den Augen, als wir zu kauen aufgehört hatten.

Nach einiger Zeit trat ein Herr aus dem Haus. Er war gekleidet wie ein wohlhabender Kaufmann. Seine strahlend blauen Plusterärmel waren gefüttert und kunstvoll geschlitzt, der samtene Kragen seines Umhangs stand hoch bis zu den Ohren. Auf seiner Nase steckten Sehgläser, eine Brille, ohne die er, wie wir später erfuhren, so gut wie blind war. Ich hatte nie zuvor ein solches Instrument gesehen, nur davon gehört, und war sofort außerordentlich eingenommen. Ich hing der Vorstellung nach, dass die Welt durch die Gläser betrachtet eine ganz und gar andere sein müsse. Wer sie trägt, sieht Dinge, die andere nicht sehen, dachte ich. Auf dem Haupte trug der Mann eine gewiss unermesslich teure, breite Pelzmütze, um deren Krempe eine Kette aus Silberdraht lief. Der Pelz zeigte zarte violett und rötlich schimmernde Streifen und gefiel mir sehr. Der Herr war jünger als mein Ziehvater, er hatte helle, freundliche Augen und kam direkt auf uns zu.

Mit einer Miene, als kennte er uns bereits, betrachtete er uns nacheinander. Er winkte Irm zu sich und sie erhob sich artig. Matts hielt sie eine Sekunde fest, als wollte er die drohende Leere neben sich nicht hinnehmen. Der Mann kam näher, berührte ihr hellbraunes Haar und die Wangen. Dann nahm er ihr Kinn zwischen Daumen und Zeigefinger und hob das schöne Gesicht in die Höhe, als böte der Himmel nicht genügend Licht. Sein Gesicht war glatt rasiert, um den Mund spielte ein Lächeln.

»Wie heißt du?«

Irm antwortete.

»Bist du ein Engel?«

Sie wurde feuerrot, und ich selbst fühlte, wie mir das Blut in die Wangen schloss.

»Du musst keine Angst haben, Irm«, setzte er hinzu. »Niemand wird dir etwas Böses antun.«

Jäh, wie er ihr Kinn berührt hatte, ließ er es los, wandte sich um und kehrte ins Haus zurück.

Wir schwiegen befangen. Irm setzte sich wieder zwischen uns. Die Soldaten spähten immer noch herüber. Die Sonne brach durch die Wolken und blendete uns. Ich beugte mich vor und nahm Matts' Hand, die er suchend umherführte. In dem Augenblick erschien die Dame, die uns das Essen gebracht hatte, und deutete auf Irm. Matts machte ein Geräusch, verstummte aber sofort. Ich spürte, wie unwohl er sich fühlte. Mich selbst quälte etwas, für das ich keine Worte hätte finden können.

Irm stand auf. Sie drehte sich um und blickte erst Solveg an, dann mich. Mit ein paar Schritten stand sie bei der Frau, die ihre Hand ergriff. Ich wollte ihr ein Zeichen geben, winken, wagte aber nicht, mich zu bewegen.

Der vierte Brief

Verzeiht bitte, hochgepriesener Herr und Doktor, wenn ich an dieser Stelle abermals innehalte. Was in Köln und in den folgenden Wochen geschah, riss mich wahrhaft aus meiner Kindheit, die trotz des bisher Erzählten und Erlebten immer noch meine Seele umschloss und hütete. Ohne Warnung wurde ich in eine Welt geworfen, die mein Wesen und Sein schnell hätte verstümmeln können. Dass es nicht geschah, war Gottes Ratschluss und der unserer Schutzmantelmadonna. Die Fäden, die sie spannen, leiteten mich durch alle Gefahren bis zu Euch nach Wittenberg. Ich folgte blind. Die gestaltlose Unheimlichkeit im Garten des Kölner Monsignore, die auch Euch soeben beim Lesen beschlichen haben mag, habe ich wahrlich empfunden.

Denn als Irm nach einer Zeit aus dem Haus kam, war ihr nichts anzumerken. Wir fragten sie, was drinnen geschehen sei. Sie antwortete: »Nichts.« – Doch weder Matts noch Solveg noch ich konnten daran glauben. Irm war verändert.

Sie wurde nicht länger von uns bedrängt. Gleichwohl blieb ich neugierig und misstrauisch und beobachtete sie unauffällig. Nach einer Weile wurde Solveg von der Dame geholt; für Matts gab es offenbar nichts zu tun und schließlich zeigte die Dame auf mich. Ich folgte ihr zögerlich. Wir gingen ins obere Stockwerk des Hauses und betraten einen großen Salon voller gepolsterter Sessel und geschnitzter Schränke, wie ich sie noch nie gesehen hatte. Die Wände ringsum waren aus getäfeltem Holz und ein Regal zwischen den Fenstern reichte bis zur Zimmerdecke und enthielt so viele Bücher, als hätte man jedes, das seit Anbeginn der Welt gedruckt und gebunden worden war, hierhergebracht und hineingestellt. Am liebsten hätte ich gleich eines herausgenommen und aufgeschlagen. Stattdessen wurde ich gebeten, an einem riesigen Tisch Platz zu nehmen. Darauf lagen Berge von Akten, Mappen und Papieren. Die Dame ließ mich allein. In der Stille kroch Angst in meine Glieder.

Nach einer Weile betrat der Herr mit der Brille den Raum. Nun begann ich zu zittern. Er merkte es und erklärte mir, dass er etwas ausprobieren wolle, ich solle keine Furcht haben.

»Ich habe nicht vergessen, dass du lesen kannst«, sagte er. »Du verstehst sicher, dass ich mich darüber wundere. Wer soll ein Kind wie dich geschult haben? Jedenfalls ist es sehr ungewöhnlich. Bist du bereit, es mich sehen und hören zu lassen?«

Ich versprach, mir alle Mühe zu geben. Der Mann blieb auf seiner Seite des Tisches und zog nun ein beschriebenes Blatt Papier aus einer Mappe. Er schob es über den Tisch auf mich zu. Es waren deutsche Worte, sauber geschrieben, die ich zwar lesen, aber nicht recht verstehen konnte, weil sie an einen Juristen oder einen Kaufmann geschrieben waren. Also las ich sie Wort für Wort laut vor. Als ich fertig war, wies ich darauf hin, dass ich die Bedeutung nicht verstehen könne.

»Das macht gar nichts«, sagte der Herr. »Es ist belanglos. Kannst du es noch einmal vorlesen?«

Ich tat es, blickte ihn aber dabei an, statt auf das Blatt zu schauen.

»Wie hast du lesen gelernt?«, wollte er wissen. Da erzählte ich von Felix und dessen Pergament- und Handzettelschatz. Seinen Tod verschwieg ich. Ich setzte hinzu, dass ich Papier und Kohlestifte sehr vermissen würde und Angst hätte, mein Wissen aus Mangel an Übung einzubüßen.

»Das verstehe ich gut«, entgegnete er.

Ich musste das Geschriebene ein drittes Mal laut lesen. Auch diesmal sah mir der Mann genau zu. Schließlich ließ er sich das Blatt zurückgeben. Er legte es in die Mappe zurück und fragte, ob ich in der Lage sei, die Sätze auch ohne das Papier sinngemäß zu wiederholen, wenigstens ein paar Worte. Das amüsierte mich, weil es mir ganz selbstverständlich erschien. Ich sagte die Sätze Wort für Wort her, als handele es sich um ein Spiel. Der Mann war überaus erstaunt, ich sah es in seiner Miene. Ich sagte, dass gewiss jeder Mensch, wenn er das Lesen beherrsche, dasselbe tun könne. »Man sieht das Geschriebene doch vor seinem inneren Auge.«

»Was meinst du damit?«, fragte er.

»Wenn man die Worte gelesen hat, bleiben sie im Kopf«, sagte ich.

»Wie lange?«

»Für immer, glaube ich.«

»Alles?«

»Jedes Wort, das ich auf Felix' Zetteln je gelesen habe«, erwiderte ich wahrheitsgetreu.

Nun öffnete er seine Mappe erneut und zog wieder eine beschriebene Seite heraus. Er gab sie mir und wir wiederholten den Versuch. Diesmal waren es mehr als ein Dutzend Sätze. Ich las sie einmal, gab ihm das Blatt zurück und wiederholte mühelos zweimal hintereinander, was ich soeben gelesen hatte. Kein Wort ging verloren.

Der Mann bat mich, einen Moment zu warten. Er verließ den Salon, schloss aber nicht die Tür, sodass ich seine Schritte leiser werden hörte. Meine Angst hatte sich verflüchtigt, geblieben war eine verschwommene Unruhe. Ich fragte mich, ob auch Irm für ihn lesen musste, ob auch sie es gelernt hatte, Buchstaben und Worte zu entziffern und gar zu schreiben. Und was war mit Solveg und dem blinden Matts? Was würde er tun müssen? Wer war dieser Herr eigentlich? Etwa der Monsignore und damit Herr der Kölner Kathedrale höchstpersönlich oder gar unser Erzdiakon in weltlicher Kleidung, denn diesen hatte ich noch nicht gesehen.

Ich sollte noch eine Weile im Unklaren bleiben. Die Dame kam und bat mich, ihr zu folgen. Am Ende des Flurs befand sich eine Hauskapelle, die wir betraten. Ich sah einen kleinen Altar. An den Wänden zogen eine Reihe schön bemalter Holzfiguren meine Aufmerksamkeit auf sich. Das einzige Licht wurde von Kerzen und ein paar Öllichtern verbreitet, der Raum hatte keine Fenster. Mit dem Rücken zu uns knieten zwei Männer auf einer Bank und beteten leise. Als sie geendet hatten, setzte eine tiefe Stille ein. Einer der Männer wandte sich um. Sein Bart bedeckte den größten Teil seines Gesichts, die Augen lagen so tief in seinem Schädel, dass ich ihn nicht anblicken konnte. Doch er sah mich an.

Nun drehte sich auch der andere um. Sie erhoben sich beide mit Mühe, denn sie waren älter als der weltliche Herr mit der Brille. Beide trugen den Priesterornat mit weiten Ärmeln, in denen ihre Hände verschwanden. Der mit dem Bart hatte eine rote Kappe auf dem Kopf, die auch die Ohren bedeckte. Der Zweite hatte einen kurzen Kinnbart. Sein graues Haar quoll unter einer samtenen Barettmütze hervor, wie man sie bei Kälte gerne auch im Hause trägt.

Ich stand unsicher da und wusste nicht, wie ich mich verhalten sollte. Mir wurde klar, dass ich nicht bloß betrachtet, sondern auch begutachtet wurde. Die beiden Herren versuchten, mir bis ins Herz zu blicken. Gewiss wollten sie sehen, ob ich vertrauenswürdig sei, verschwiegen, nicht vorlaut oder leichtsinnig. Ich weiß nicht, wieso mir diese Gedanken kamen. Tatsächlich waren es Eigenschaften, die mir in den kommenden Wochen abverlangt wurden.

Ich hörte Schritte. Der weltliche Herr betrat die Kapelle und flüsterte etwas. Die beiden Geistlichen betrachteten mich weiter eingehend, sagten aber kein Wort. Schließlich signalisierten sie ihr Einverständnis, nickten und winkten mich fort.

Der Herr folgte mir. In der Küche des Hauses bekam ich

Brot und Obst und wurde schließlich von der Dame in den Garten zurückbegleitet. Ich war umsichtig genug, das Essen in meinem Kleide vor den Blicken der Soldaten zu verbergen.

Was mir im Hause widerfahren sei, wollte Solveg sogleich wissen. Ich musste nicht lügen und erzählte es ausführlich. Doch erregte ich mit meiner Erzählung großes Misstrauen. Dass ich die Fähigkeit zu lesen hatte, machte ihnen Angst und errichtete eine merkwürdige Grenze zwischen uns, die ich noch lange spüren sollte. Nicht einmal das Essen, das ich aus dem Kleid hervorzog, stimmte sie freundlicher.

Man ließ uns warten. Die Sonne tauchte hinter die Dächer, die Soldaten lagen auf ihren Pferdedecken und schlummerten. Unsere Holzbank begann, hart und unbequem zu werden. Erst im letzten Licht stellte sich der Zug der Reiter und Schreiber wieder auf, marschierte durchs Tor und verließ den Garten. Solveg, Matts und Irm gingen mittendrin. Ich schaute zu und blieb allein zurück, das Herz schlug bis in meinen Kopf hinauf.

Kaum war das Gartentor geschlossen worden, holte mich die Dame ins Haus. Sie führte mich in ein Zimmer, an dessen Wänden sich überall Holzfächer befanden, in denen Schriftrollen und Papiere lagen. Kaum eines war leer. In der Mitte stand ein kleiner Tisch, davor ein Hocker. Von der Decke herab hing eine Öllampe. Ich wartete eine Zeit, dann erschien der weltliche Herr und teilte mir mit, dass es für mich einen Schlafplatz im Hause gebe. Dort würde ich wohnen, bis der Erzdiakon seine nächste Reise antrat.

Der Mann gab mir Papier, Tinte und eine Feder. Ich konnte mein Glück nicht fassen. Bis tief in die Nacht schrieb ich alle Worte auf, die mir in den Sinn kamen, zeichnete Blumen, erfand Tiere mit fabelhaften Köpfen und Flügeln, malte sehnsüchtig den Zonser Juddeturm aus dem Gedächtnis aufs Papier und Felix' Grabhügel mit den Ringelblumen. Niemand störte mich. Die Zeit verstrich von mir unbemerkt, bis schließlich die Dame ins Zimmer trat und mich zu meinem Schlafplatz brachte. Ich hatte noch nie in einem richtigen Bett gelegen. Das, zu dem sie mich führte, hatte einen Himmel, an dessen Stoffwolken ich auch dann nicht heranreichte, als ich mich an einem der vier starken Pfosten in die Höhe zog. Vor lauter Wohlgefühl und Staunen konnte ich nicht einschlafen. Mein Kopf ruhte auf einem Kissen, das größer war als mein Strohpfuhl in unserer alten Mauerhöhle. So musste es sich anfühlen, in Gottes Paradies zu schlafen, vermutete ich, spürte aber auch eine schleichende Ruhelosigkeit in meinem Blute, ob all die Wohltaten nicht schon am nächsten Morgen einen Preis einfordern würden, der mir nicht gefiel.

Als ich erwachte, lachte mir die Sonne ins Gesicht. Mein Leben war im Verlauf weniger Tage auf den Kopf gestellt worden. Ich brauchte einige Herzschläge lang, um mich zurechtzufinden. Die Dame wünschte mir einen guten Morgen und brachte mich in die Küche des Hauses. Die Türmerin daheim kochte das Essen in der Diele über einem Feuer in einem an einer Kette hängenden Kessel. Hier gab es einen gemauerten Herd mit einer Eisenplatte, auf die man Töpfe und Pfannen stellte und hin- und herschieben konnte. Das Feuer war verborgen. In einem der Töpfe brodelte ein duftendes Fleischgericht. Ich durfte an dem riesigen Tisch in der Mitte der Küche Platz nehmen, bekam Milch und wieder Brot aus weißem Mehl und war abermals überzeugt, mich im Paradies zu befinden.

Der Koch war ein Riese, sein Kittel war blutbefleckt, aber sein Gesicht glänzte und strahlte. Er machte beängstigende Geräusche, die ich mir nicht erklären konnte. Später erfuhr ich, dass er weder hören noch sprechen konnte. Trotz seiner Größe war er wieselflink und schenkte mir Gemüsestücke und Speckhappen, wenn ich in seiner Nähe war. Ich durfte auch jetzt wieder Feder und Tinte benutzen, so viel ich wollte; dabei weiß jeder, wie kostbar Papier ist.

Der weltliche Herr, der sich Zangl nannte, eine starke Nase und kugelrunde schwarze Augen hatte, brachte mir Bücher, die ich mir anschauen durfte. Ich hatte nie zuvor ein Buch in der Hand gehalten. Zangl war Leiter einer kirchlichen Handelsfaktorei. Er war der Sohn eines verwitweten Kaufmanns, hatte die Rechte studiert und fungierte als Gutachter von komplizierten Vertragswerken und anderen Rechtstexten. Später, als wir gemeinsam reisten, erfuhr ich von ihm, dass er in seiner Jugend ein wagemutiger Störer der Nachbarschaft seiner Heimatstadt Münster im Westfälischen war. Dort habe er mit Freunden nachts den braven Bürgern mancherlei mitunter derbe Streiche gespielt, dies aber später bereut. Er war gut aussehend, geheimnisvoll; sein Geburtsort war die Heimatstadt seiner verstorbenen Mutter, einer morgenländischen Prinzessin, eine Stadt aus Lehm am Rande der Wüste.

In den kostbaren Büchern, die er mir damals zeigte, fand ich Stiche von fremden Städten, von seltsamen Tieren, vor allem auch ein Bild, auf dem der Ozean zu sehen war. Ich betrachtete lange die Stelle, wo Himmel und Meer aufeinanderstoßen mussten. Die Wolken stürzten hinter den Horizont. Das, so glaubte ich, mussten jene Schiffe verschlingenden Feuersbrünste sein. Ich erinnere mich, dass ich bis tief in die Nacht vor dem Bild saß, Angstschauer fühlte und versuchte, mir ein Bild vom Weltganzen zu machen.

Zangl beherrschte fremde Sprachen. Ich hörte, wie er unentwegt Gäste empfing und durch das Haus führte, mit ihnen redete. Er wusste bestimmt, wie Erde, Meer und Welt beschaffen waren. Ich nahm die Feder zur Hand und schrieb voller Lust:

Anna Ist Auf Erden Schon Im Himmel.

Am Abend kehrte Zangl zurück und sagte mir, dass der Erzdiakon nun bereit sei, mir Fragen zu stellen. Das machte mir wieder Angst.

Zangl führte mich in das obere Stockwerk. Der Erzdiakon war der Mann mit dem Bart und der Ohrenkappe, dessen Augen so tief im Kopf lagen, dass man seinen Blick nur fühlte.

Ich musste meinen Namen sagen und ob ich im Hause gut behandelt würde. Ich bejahte alles und bedankte mich. Dass ich mich wie eine Prinzessin fühlte, verriet ich nicht. Mir fehlte immer noch eine Erklärung dafür, warum mir dieses Glück zuteil wurde, und ich fragte mich weiterhin, welche Gegenleistung man von mir erwarten würde.

Der Erzdiakon ließ sich von mir erklären, wie ich lesen und schreiben gelernt hatte.

»Wir werden in nächster Zeit viel unterwegs sein«, erwiderte er. »Ich hoffe, du wirst deine Aufgaben mit Fleiß, Demut und Sorgfalt erfüllen.«

Welche das waren, sagte er nicht, entließ mich aber mit der erstaunlichen Aussicht, mir einen Wunsch zu erfüllen, wenn ich die erste Aufgabe zu seiner Zufriedenheit erledigt hätte. In den nächsten Tagen würden wir nach Aachen reisen.

Zangl führte mich nach unten. Ich fasste Mut und fragte ihn, welche Dienste mich erwarteten. Da lächelte er und sagte: »Ein Kinderspiel.«

Als sich zwei Tage später der Zug der Reisewagen am Ufer des Stroms formierte, hatte ich acht Bögen Papier vollgeschrieben. Ich trug sie in einer schönen Ledertasche bei mir, die auch ein paar frische Blätter, einen Federkiel und ein Döschen Tinte enthielt.

Der Wagen der Sekretäre brachte Zangl und mich zum Rheinufer, wo mich Solveg, Matts und Irm staunend, aber auch misstrauisch begrüßten. Ich nahm meinen Platz in dem Reisewagen ein. Die vier großrädrigen Wagen bildeten nun abermals einen kleinen, lärmenden Heereszug, als wir durch die Stadt polterten, denn wir wurden von sechs bewaffneten Reitern auf schönen, glänzenden Rappen und einem Fähnlein Fußsoldaten flankiert. Die Piken der streng

blickenden Männer waren reich verziert und trugen erz-
bischöfliche Wimpel. Sie flatterten lustig, als wir durch das
Ehrentor auf die Landstraße rollten.

»Aachen liegt über zehn Meilen entfernt«, sagte Zangl
vor der Abreise. »Das ist ein Mehrfaches der Fahrt von
Zons nach Köln und nimmt wohl zwei Tage in Anspruch.«
Dann gab er mir zwei dicht beschriebene Blätter, die ich
sorgfältig durchlas, ohne den Inhalt zu verstehen.

»Wirst du auch diese Menge Wörter und Sätze nach
unserer Ankunft in Aachen noch aus dem Gedächtnis wiederholen könne?«, fragte er.

Ich lachte und sagte Ja. »Das kann gewiss jeder, der liest.«

»Nein«, antwortete er zu meiner Verwunderung. »Nur
Gottes besondere Kinder ... oder die des Teufels*.«

Das erschreckte mich so sehr, dass mir die Tränen kamen
und ich schnell mein Gesicht verbarg. Aber ich wollte nicht
weinerlich wirken und konnte mich trösten. Welche Waise
erhält die Gelegenheit, in einem Reisewagen über das Land
zu fahren? Ich musste dankbar sein. Durch das zugige
Fenster blickte ich in eine vorüberziehende Welt, die ich
nie gesehen hatte. Ich kannte nur Zons, seine fußläufige
Umgebung und wäre dort gestorben, Herr Doktor, wenn
nicht diese Umstände eingetreten wären.

Auf der Landstraße nach Aachen begegnete uns in einer
Stunde mehr Verkehr, als ich je in meinem Leben gesehen
hatte. Fuhrleute trieben Zugochsen mit riesigen Wagen
voran, Reiter überholten uns oder kamen uns entgegen,
und an jeder Biegung der Straße hatten Fußgänger ihre
dürftigen Lager aufgeschlagen, um sich eine Pause zu gön-

nen. Es gab Wegkreuzungen, an denen sich noch mehr Menschen bewegten als in den Gassen von Köln. Kinder zogen oder schoben hoch beladene Zweiradkarren, führten Maultiere, an deren Lastsätteln zu beiden Seiten gewaltige Berge aus Paketen und Bündeln hingen, andere schleppten Kisten oder Säcke auf ihren eigenen viel zu schmalen Rücken und Schultern.

Hier und da sah man Banden hungriger, zerlumpter Kinder am Rande der Straße umherschleichen auf der Suche nach Diebesgut oder einer unbeobachteten Stelle, wo sie Reisende überfallen und ausrauben konnten. Ich wäre selbst Mitglied einer solchen Bande geworden, hätte mich die Türmer-Familie nicht aufgenommen und gerettet. Die Zeiten waren unsicher, und wer über einsame Wege musste, fürchtete sich und sah zu, dass er schnell wieder eine Straße erreichte, die alle benutzten, egal wie löchrig sie war. Manchmal glaube ich: In den fast zwei Jahren der Reisen und Fluchten durch die Lande, zu denen ich gezwungen werden sollte, begegneten mir bestimmt die Hälfte aller Menschen, die es auf Erden gibt.

Während dieser ersten Fahrt bis Aachen bekam ich Hafergrütze, dunkles Brot, ein paarmal saure Bohnen und Zwiebeln zu essen. Felder und dichte Hecken zogen draußen vorüber, überall wurde gearbeitet. Bei Nörvenich erfuhren wir, dass der Erzdiakon seit Köln in seinem Wagen liege und an Schmerzen in den Knien leide. Die schöne Irm musste in seinen Wagen umsteigen. »Er will sie anschauen«, erklärte Solveg. »Es tröstet ihn. Er studiert die Symmetrie ihres Gesichts, wie die Augen zum Kinn stehen, den wunderbaren Schwung ihrer Lippen, das Grün der Augen.«

Wir nächtigten in Düren, wo man eine Wagenburg bildete, auf deren Außenseite die Soldaten und Reiter ringsum Feuer brennen ließen, bis die Sonne aufging. Ihr Hauptmann sang mit tiefer, schöner Stimme Lieder und Solveg tanzte dazu. Ich führte Matts zum Wagen des Erzdiakons, wo er dem schlaflosen Geistlichen Geschichten erzählen sollte. Irm lag drinnen hinter einem seidenen Vorhang auf einem Lager aus Lammfell im schwachen Licht einer Kerze. Der geistliche Herr betrachtete sie immerfort und stöhnte leise, die Schmerzen quälten ihn. Irms Wangen waren rosig, während die Lippen alles Blut verloren zu haben schienen.

Als Matts zu erzählen begann, blinzelte sie und wandte uns den Rücken zu. Er berichtete von einem gepanzerten Raubtier, das ihm im Traum erschienen sei. »Es frisst weder Pflanzen noch andere Tiere oder gar Menschen, sondern ernährt sich ausschließlich von dem, was die Menschen in Gottes Auftrag schaffen, erbauen, pflanzen und reden. Es verschlingt all diese Dinge, jedoch ohne dass sie vom Erdboden verschwinden. Nur sind sie hernach wertlos, leer und ohne Belang.«

Der Erzdiakon befahl ihm innezuhalten. Seine Knie waren mit Lappen und Bändern umwickelt. »Hat das Tier einen Namen?«

Matts bejahte es. »Aber niemand darf ihn aussprechen, sonst obsiegt das Böse im ewigen Weltkampf mit Gott.«

Die Weiterreise bis Aachen bekam mir schlecht. Die Wagen sprangen und polterten so stark, dass Stimme und

Herz fast in Stücke fielen. Irm war zu uns zurückgekehrt, hatte verweinte Augen und redete nicht. Ich bedrängte sie aus Mitgefühl. Solveg stieß mich weg. »Es geht dich nichts an«, rief sie. »Sei froh, dass Zangl dich bevorzugt und dir Geschenke macht. Sag, welche Gegenleistung musst du für all das Papier, die Tinte und die Feder erbringen?«

Ich verstand nicht, worauf sie hinauswollte, und zog mich in meinen Winkel zurück, rollte mich zusammen und litt unter der Ablehnung der anderen. Vor den Toren Aachens stemmte ich mich hoch und schaute zum Fenster hinaus. Ich sah im Dunst den Dom aufragen und begriff für einen Moment, wie schrecklich weit wir uns von Zons und allem, was Heimat und Zuhause für mich war, entfernt hatten. Es wurde wieder dunkel. Der Himmel hing tief herab, als wollte Gott uns zornig zur Erde drücken.

Etwas Trost fand ich bei dem Gedanken an das Versprechen des Erzdiakons, mir einen Wunsch zu erfüllen, wenn ich meine Aufgaben zu seiner Zufriedenheit erledigte. Ein Kinderspiel! Was aber hatte Zangl damit sagen wollen?

Fünfter Brief

Herr Doktor Luther, Ihr wisst besser als jeder andere, wie es um den Ablasshandel* stand. Seinerzeit wurde, wie in vielen anderen Städten, auch in Kölns und Aachens Gassen der »Petersablass« ausgelobt, der viel Geld in die Hände des Papstes spülte und dem Bau des neuen römischen Doms dienen soll. Die Ablassverkäufer klopften an jede Türe und schworen Eide über Eide, dass der Verkauf dem Bau des Papstdoms sowie dem Kampf gegen die Ungläubigen diene. Die Wahrheit war, dass nur die Hälfte des Geldes den Weg nach Rom fand, die andere verschwand in den Truhen des Ablasspredigers Johann Tetzel* und im Säckel des Erzbischofs* Albrecht von Brandenburg, der damit seine Schulden bei Jakob Fugger* in Augsburg bezahlte.

Dieser Frevel war unserm Erzdiakon zu Ohren gekommen. Er kannte den Tetzel aus Magdeburg und musste damit rechnen, von ihm angegriffen zu werden. In seinem Kampf gegen diesen Mann hatte er mit dem Fürstbischof* von Lüttich, wie er meinte, einen Verbündeten gefunden.

Zangl nun war ein besonderer Mensch, von dessen Plan ich Euch berichten will. Er war überzeugt: Wenn alle Menschen *in der Christenheit wüssten, in welchem Ausmaß die Kirche zu Rom der Raffsucht und Gier verfallen ist, sie würden den Pontifex* und all seine Helfershelfer dorthin zurückjagen, woher sie stammen – in die Hölle. Dabei berief er sich auf Euch, Herr Doktor! Euch sah er als sein Vorbild an. Er erklärte mir, dass Gott Euch unter die Menschen gesendet habe, um die Wahrheit des Evangeliums wiederherzustellen, das vom Papsttum verzerrt und entstellt worden sei. Ihr würdet, erklärte Zangl, Gott aus dem Himmel in die Herzen der Menschen bringen, deshalb hat nicht der Papst das Priesteramt an einige wenige zu vergeben, sondern der Herrgott selbst an alle und jeden Einzelnen. Ihr seiet geboren worden, damit dem Pontifex in Rom die Maske vom Gesicht gerissen werde, hinter der sich die Fratze des Antichristen versteckt!*

Unseren Reisewagen wurde am Rande Aachens der Standplatz zugewiesen. Den Erzdiakon trug man aufgrund seiner Schmerzen in einer Sänfte zum Haus der Domherren, wo er gemeinsam mit Zangl und den Sekretären eine Wohnung bezog.

Als nach Einbruch der Dunkelheit die Feuer der Soldaten brannten, suchten auch Matts, Solveg und ich in einiger Entfernung etwas von der Wärme zu erhaschen. Irm war im Wagen geblieben und hatte sich nicht einmal von Matts dazu bewegen lassen, mitzukommen, um dem Gesang des Hauptmanns zuzuhören. Wir ließen ein Öllämpchen bei ihr brennen.

Ein paarmal schlich ich mich zurück zu ihr und betrachtete ihr engelhaftes Profil. Sie schlief nicht, wollte aber den

Anschein erwecken. Ich merkte, wie sich ihr Atmen veränderte und die Augenlider zuckten. Einmal berührte ich ihren Arm, sie zog ihn nicht fort. Ich ging immer wieder zu ihr und verlängerte die Besuche. Schließlich blieb ich bei ihr sitzen, bis die anderen zurückkehrten. Ich erwartete Solvegs Rüge, aber sie ließ mich in Frieden. Auch die Soldaten ruhten nun. Es wurde still. Ich löschte die Lampe, legte mich dicht neben Irm, die es zuließ, und schlief mit ihr ein.

Am Morgen, noch vor Sonnenaufgang, wurde ich von Zangl geweckt. Wir liefen durch die leeren Gassen bis zum Haus der Domherren. Schon aus der Ferne hörten wir Rufe und Schreie, die uns erschreckten. Die Stimme überschlug sich, es war ein Wirbel aus schlimmen Worten und Verwünschungen.

Man öffnete uns. Es war klar, dass der grausame Lärm aus dem Haus kam. Im Zimmer sahen wir den Erzdiakon auf einem Lehnstuhl. Vor ihm kniete ein Arzt oder Bader und behandelte eines der Knie seines Patienten mit blitzenden Instrumenten. Das Gesicht des Gepeinigten war puterrot, er hatte sich die Lippen zerbissen, denn aus seinem Bart rann Blut und tropfte in ein Tuch, das ihm ein Diener zitternd unters Kinn hielt. In der andern Hand hielt er eine Lampe, um dem Bader bei seiner Tätigkeit zu leuchten. Dieser bediente eine lange, gebogene Nadel, mit der er wieder und wieder unter die Haut fuhr.

Wir blieben an der Tür stehen und wagten nicht einzutreten. Ich fühlte die wilden Schmerzen des Kranken mit, seine Hilferufe drangen mir wie Pfeile ins Herz. Dann sah ich eine Gestalt in einem der dunklen Winkel des Raums unter den hohen Fenstern, durch die noch kein Licht hereinfiel. Sie bewegte sich nicht und hatte eine Kapuze weit vor das Gesicht gezogen, sodass kein Gesicht zu erkennen war. Immer noch schrie der Erzdiakon, immer noch folterte ihn der Chirurgus mit dem teuer bezahlten Ziel, ihm zu helfen. Der Fremde in der Zimmerecke hob mit einem Mal eine Hand, die jedoch im Ärmel seiner Kutte verborgen blieb. Ich solle zu ihm kommen. Ein hitziger Schreck durchfuhr mich, ich sah Zangl an. Er nickte mir aufmunternd zu.

Also fasste ich allen Mut zusammen und tat ängstlich die wenigen Schritte bis zu dem Verhüllten. Ich sah nur Schemen seiner Züge. Er sagte nichts und schien ebenfalls darauf zu warten, dass sich im Gebrüll des Behandelten eine Lücke auftat. Aber die Operation dauerte an, der Erzdiakon litt und blutete, der Diener leuchtete und tupfte. Nur der Arzt scherte sich um nichts und stocherte weiter ungerührt im Fleische des armen Mannes, der am ganzen Leibe zitternd und mit todbleich hervortretenden Knöcheln die Lehne seines Lehnstuhls umklammerte und mir immer mehr das Herz zerriss.

Mein Mitgefühl und der Sinn für Gerechtigkeit hatten mir schon in Zons Achtung, aber auch Spott und Schläge eingebracht. Als man im Hof des Türmers einer Sau den Hals aufschnitt, um sie ausbluten zu lassen, bekam ich einen solchen Weinkrampf, dass mich die Türmerin vor den andern Kindern in Schutz nehmen musste, weil die Grobiane unter ihnen begannen, mich mit ihren selbst geschnitzten Messern und Schwertern zu verfolgen, um auch mich zu »schlachten«. Oder als ruchbar wurde, dass eine Zonser Nachbarin ihren greisen Vater aus Geiz in einem offenen Holzverschlag nächtigen ließ und ihm nichts zu essen gab – da lauerte ich ihr auf und rächte den alten Mann, indem ich eine Stolperschnur ins Gras legte und die böse Tochter tückisch zu Fall brachte. Leider erwischte sie mich und gab nicht eher Ruhe, bis mein Ziehvater mir in ihrem Beisein ein Dutzend Rutenschläge gegeben hatte. – *Herr Doktor, hochverehrter Lehrer, ich frage Euch: Wird nicht durch Mitgefühl der Mensch zum Menschen? Ist nicht die vom Herrgott gegebene Fähigkeit, mitzuempfinden, das, was uns vom Tier trennt? Oder sind gar auch Tiere dazu fähig? Gewinnen wir nicht mitfühlend die Welt? Ist es falsch, mich an die Seite der Leidenden zu werfen? War es verkehrt, die Nacht an Irms Seite zu verbringen, damit etwas von meiner Ruhe auf sie übergeht?*

Aber weiter: Endlich verstummte der Erzdiakon. Sein Arzt versorgte die Wunde mit Tüchern. Der Mann in der Kutte gab mir das Zeichen, zu reden. Ich war verwirrt. Zangl kam mir zu Hilfe. Ich solle wiederholen, was ich im Hause des Dom-Monsignore gelesen hatte – aus dem Gedächtnis. Mein Wolkenauge war aber vor lauter Mitleiden stumpf und blind geworden. Ich stammelte und bat im Stillen bereits um Vergebung für mein Versagen, das ich mir selbst nicht verzieh. Wie dienlich ist ein Mensch, der beim Anblick von Leid unnütz wird? Ich schämte mich und hätte wegrennen mögen. Erst im letzten Moment fiel mir der Wunsch ein, dessen Erfüllung mir der Erzdiakon versprochen hatte und den ich vielleicht zu verspielen im Begriffe war. Ich konnte Irm damit einen Vorteil verschaffen.

Als ich nun darüber nachdachte, löste sich die Verspannung in mir, das innere Auge öffnete sich und schaute. Ich holte erleichtert Luft, begann das in Köln Gelesene laut und klar vorzusprechen – und sah, wie der Mann in der Kutte alles Wort für Wort verglich. Er hielt die Papiere in der Hand, die Zangl mir in Köln vor der Abreise zu lesen gegeben hatte. Man prüfte mich! Ich redete unbeirrt weiter, langsam, sorgfältig. Wort für Wort. Auch der Erzdiakon hörte zu. Als ich geendet hatte, faltete ich die Hände und schwieg.

Einen Moment sagte niemand ein Wort. Der Fremde gab Zangl die Blätter zurück. Sie flüsterten. Der Erzdiakon winkte mich zu sich. »Sag deinen Wunsch, den ich versprochen habe!«

»Mein Wunsch ist«, sagte ich, »zu erfahren, was Irm so traurig und bedrückt machte, nachdem sie die Nacht nicht bei uns gewesen ist.«

»Das ist der selbstloseste Wunsch, den man mir je angetragen hat«, antwortete er verblüfft. »Komm näher heran!«

Ich beugte mich vor. Er schob den Stoff seines Kleides, der die Schulter bedeckte, ein Stück zurück. Ich schaute auf die weiße Haut und erkannte ein dichtes Netz blutroter Striemen, das sich von der Schulter bis tief über den Rücken zu erstrecken schien.

»Das, mein Kind, tue ich mir selbst an. Ich strafe mich dafür, dass ich Irm betrachte und dabei spüre, wie Satan mich verlockt, eine furchtbare Sünde zu begehen. Bislang hat Beelzebub nicht obsiegt. Aber auch meine Gebete, von dem Laster erlöst zu werden, hat Gott bislang nicht erhört. Irm ist betrübt, weil sie weiß, dass *sie* die wahre Ursache meines Übels ist, verstehst du? Sie hat verstanden, dass der Teufel *sie* zu meinem glühenden Foltereisen machte. Gott schenkt einem Menschenkind nicht solche Anmut. Deshalb verachtet sie sich selbst und hat nur noch nicht den Mut gefunden, sich selber zu entstellen und ihre Schönheit zu tilgen, um sich von allen Teufeln zu befreien.«

Verzeiht mir bitte, Herr Doktor, wenn ich Euch zumute, solch furchtbare Dinge zu lesen. Das Geständnis des Erzdiakons verstörte mich. Ich wusste nicht, von welchen Empfindungen er sprach. Warum entzog er sich dem Einfluss des Teufels nicht, indem er Irm einfach nicht mehr bei sich singen ließ oder fortschickte? Ich sag es wieder: Ich war ein Kind auf der Schwelle zum Erwachsenwerden. Dem Erzdiakon nicht zu glauben, wäre mir kühn und respektlos erschienen. Indessen ist die Menschenseele, wie Ihr wisst, ein Abgrund, in dessen Tiefe selbst Gott nicht immer blickt, weshalb unsere Sündenstrafen eben nicht mit Geld zu tilgen sind, sondern nur mit dem Glauben, wie wir durch Euch lernten. Ich glaubte weder, dass der Erzdiakon ein böser Mensch noch dass Irm ein Werkzeug Satans war. Stattdessen sorgte ich mich, sie könnte tatsächlich Hand an ihr Antlitz legen.

Ich dankte dem Erzdiakon für die Erfüllung meines Wunsches und die Beantwortung meiner Frage und ging in unseren Wagen zurück, wo ich mich wieder neben Irm legte. Solveg fragte, was geschehen sei, und ich antwortete ein zweites Mal: »Nichts, eigentlich nichts.«

Solveg hatte längst verstanden, dass ich für den Erzdiakon eine bevorzugte Rolle spielte. Sie war misstrauisch. Während der Zeit in Aachen redeten wir wenig miteinander. Zu Irm dagegen entwickelte sich eine stumme Nähe, die uns beiden guttat.

Ich wurde am Morgen regelmäßig von Zangl abgeholt und in der Sänfte durch die Stadt zum Haus der Domherren getragen. Dort verbrachte ich lange Stunden mit Lesen und Schreiben, schaute Stiche in Büchern an, sog alles auf und vergaß nichts. Der Erzdiakon empfing währenddessen Besucher, er litt weiter an seinen Kniegelenken, ließ neue Ärzte kommen, die ihn mit Salben und Tinkturen peinigten, ihm Quecksilber verabreichten oder ihn mit glühenden Nadeln traktierten.

Die Besucher waren allesamt hochgestellte Herren, die ihre eigenen Schreiber und Diener mitbrachten, die dann für eine Weile bei mir saßen. Wenn gegessen wurde, bekam auch ich eine Schale, manchmal sogar gekochtes Fleisch. Die Bediensteten der hohen Herren schielten herüber und taten mir leid. Indessen verbot man mir, mit ihnen zu teilen, was mir im Herzen wehtat. Auch durfte ich kein Brot mit in den Reisewagen am Stadtrand zurücknehmen. Einmal stahl ich doch ein Stück und verbarg es unter meinem Kittel. Während die anderen es aßen, bekam ich ein so schlechtes Gewissen, dass ich die halbe Nacht nicht schlief. Ein anderes Mal wurde ich während einer der Unterredungen, die der Erzdiakon täglich, zuweilen stündlich führte, überraschend von ihm herbeigerufen. Wieder legte man mir beschriebene Blätter vor, umfangreiche Briefe. Ob ich auch diese Schriftstücke im Kopf behalten könne. Ich bejahte es und löste damit ungläubiges Kopfschütteln der Besucher aus. Man lies mich lesen, entzog mir die Papiere – und ich wiederholte das Gelesene.

Die Bestürzung in den Mienen dieser Herren verblüffte mich auch diesmal. Zangl blieb stets an meiner Seite und beobachtete jede Regung der Fremden. In seinem Blick funkelte Stolz. Vielleicht fühlte er sich wie mein Entdecker. Ich brachte ihm einen Nutzen, der mir noch verborgen war und der seine Stellung beim Erzdiakon aufwertete. Zangl dankte es mir mit den Zuwendungen von Papier und Schreibzeug, Behaglichkeit und Essen.

Was für ein ungewöhnlicher Mensch er war, wurde mir klar, als wir kurz drauf zusammen auf eine Reise nach Malmedy geschickt wurden. Er ritt zu Pferd, ich folgte ihm auf einem Maultier. Der Erzdiakon samt Gefolge, aber auch Solveg, Irm und Matts blieben in Aachen zurück.

Unser Ziel war die Abtei von Stavelot, wo all mein bisheriges Staunen über die Welt außerhalb von Zons noch übertroffen werden sollte.

Der Weg von Aachen nach Stavelot wurde beschwerlich. Es regnete viel. Die Tiere versanken bis zu den Knien im Morast und auch die Ränder der Straßen waren aufgeweicht und längst zertreten. Am ersten Tag schafften wir ein Fünftel der Strecke und erreichten mit Mühe bei Einbruch der

Dunkelheit die Wasserburg Amstenrath in der Nähe des Weilers Eynatten.

Zangl hatte mir zwar das Ziel unserer Reise genannt, nicht aber ihren Zweck. Erst als wir im Kloster Amstenrath das erste Mal nächtigten, erzählte er mir von sich aus, dass es um ein geheimes Treffen zwischen hohen Vertretern des Papstes und Abgesandten des mächtigen Handelshauses Jakob Fugger in Augsburg gehe. Da die Gespräche in der Abtei von Stavelot stattfanden, würde man mir als Mädchen keinen Zutritt gewähren, weshalb man Vorbereitungen getroffen habe, mein Aussehen so zu verändern, dass dem Einlass als mitreisender Kammerdiener nichts im Wege stehe. Ihr seht also, Herr Doktor, dass ich bereits lange vor meiner Ankunft in Wittenberg Unterricht darin erhielt, wie man als Mädchen unerkannt beispielsweise in eine Universitätsklasse kommt.

Wir erhielten ein Zimmer, man bereitete uns warme Bäder und hielt frische Kleidung bereit. Das Essen war gut, und als ich am Morgen erwachte, führte mich eine Dame in einen großen Raum, in welchem sich mehrere Herren versammelt hatten. Da sich Zangl unter ihnen befand, war ich beruhigt. Aber ich musste erfahren, dass meine Metamorphose mit dem Verlust meines strohblonden Haars beginnen würde. Ich tröstete mich damit, dass alles, was ich tat und was mit mir getan wurde, gewiss einem guten Zweck diente.

Das Fundament meines Vertrauens aber war allein Zangl, der für mich sorgte wie für eine Tochter und dem ich in meinem Herzen längst ebenso dankbar war wie meinen Zieheltern im fernen Zons. Er hatte mir schon während unseres Weges durch die Aachener Wälder Mut gemacht und mir von seinem Wasser und seiner Verpflegung mehr abgegeben, als einer Begleiterin wie mir zustand.

Nun brachte man mich in eine abgelegene Seitenkammer, wo ich mich auf einen Hocker setzen musste. Sodann kam der Barbier und begann sein grausames Handwerk. Es tat weh, Strähne für Strähne wie gesponnenes Gold auf den Steinboden fallen zu sehen. Übrig blieb ein befremdlicher Lockenschopf, den ich nur ertasten konnte und der für einen Jungen passender war als meine bisherige Schulterlänge. Der Friseur verstärkte meine Augenbrauen mit dunkler Farbe, bleichte mir die Lippen und lehrte mich beim Gehen fest aufzutreten und den Körper steif zu halten. Schließlich erhielt ich rote Hosen, zwei wollene Unterkleider und einen guten Mantel, der den Kammerdiener eines Gesandten angemessen zierte.

Nachdem ich angekleidet war, frisierte man mich und brachte mich in den Burgsaal zurück. Dort führte man mich vor. Ich bemühte mich, das hastig vom Barbier Erlernte so gut anzuwenden, wie ich konnte, und erhielt insofern tatsächlich den Beifall der anwesenden Herren, als sie Zangl, in dessen Hände sie ihre Unternehmung offenbar gelegt hatten, wohlwollend zunickten. Man redete. Der Name Johann Tetzel fiel. Ich verband ihn damals schon mit lauten Streitereien auf den Zonser Gassen, wo die Ablasshändler wie überall ihre Lügen verbreiteten, Ängste schürten und ihren dreisten Absendern und sich selbst die Säckel füllten. Ich erinnere mich, dass einer von ihnen schwor, dass man jedem Sünder im Fegefeuer Pfeffer in die Augen reiben werde, wie man es bei den Ochsen tut, wenn sie während der Arbeit aus Erschöpfung niederzufallen drohen. Wer sich davor sichern wolle, sei besser beraten, sein Haus und Hab und Gut zu verkaufen, um den Ablass zu erwerben, als mit vom Besitz beschwerter Seele ins Höllenreich zu fahren.

Während man im Burgsaal über die Pläne sprach, schnappte ich das eine und andere auf und erfuhr, dass Zangls Teilnahme an den Verhandlungen in Stavelot alles andere als selbstverständlich war. Offenbar hatte der Fürstbischof einen Gesandten des Papstes, der über Lüttich angereist war, mit mehr oder weniger starkem Nachdruck dazu bringen können, seine Weiterreise nach der Abtei von Stavelot für ein paar Tage aufzuschieben und verbriefte Legitimationen ausfertigen zu lassen, die Zangl und mich berechtigten, dem geheimen Gespräch an dessen Stelle beizuwohnen.

Wie üblich würde während der Unterredungen strengstes Schreibverbot herrschen, erklärte mir Zangl später. Erst nach der mündlichen Einigung der beiden Parteien würde von Kopisten der Abtei ein Vertragswerk in nur zwei Ausfertigungen erstellt, um sie bei der Abreise nur und allein den beiden Hauptvertretern, denen der Kurie* und denen des Fugger, sorgfältig verschnürt und versiegelt auszuhändigen.

Gegenstand des Geheimtreffens war die Aufteilung der Ablasseinnahmen zwischen Kurie und Papst über einen Zeitraum von acht Jahren, die man freilich nicht öffentlich machen wollte. Schon früheren Päpsten war sehr daran gelegen gewesen, dass die genauen Summen, mit denen sie beim Jakob Fugger in der Schuld standen, nicht an die Öffentlichkeit gelangten. Papst Clemens VII. selig hatte dasselbe Interesse. Von dessen Vertretern war bereits in Vorgesprächen durchgesetzt worden, dass sämtliche Verhandlungsteilnehmer vor und nach den Unterredungen bis auf die Haut nach Papieren, Pergamenten und Schreibzeug durchsucht würden, um ein schriftliches Nach-außen-Dringen jedweder Inhalte und Nachrichten, auch in Form nur weniger Sätze, unter allen Umstanden zu unterbinden. An genau dieser Stelle, das wurde mir schlagartig klar, kamen Zangl und ich, sein argloser Kammerdiener, ins Spiel – ein junger Mensch also, der seiner Stellung, Funktion und Erscheinung nach nie und nimmer des Lesens oder gar des Schreibens mächtig sein konnte – wie jeder würde sehen können, wenn ich in ein paar Tagen die Abtei von Stavelot betrat.

Am folgenden Morgen erhielt Zangl seine letzten Instruktionen. Unser Proviant wurde auf einen kleinen Wagen geladen, den das Pferd zog. Im ersten Licht verließen wir die Wasserburg und schlugen den Weg nach Süden ein. Die Straßen wurden noch schmaler und schlechter, über lange Strecken mussten wir absteigen und die Tiere führen. Erst hinter dem Weiler Nispert in der Nähe von Eupen wurde es leichter. Von dort benötigten wir immer noch zwei Tage für eine Entfernung, die nicht einmal die zwischen Köln und Zons betrug.

Vor Malmedy bekamen wir Begleitschutz von einem Fähnlein der päpstlichen Schweizergarde*, das den Schutz reisender Geistlicher zwischen Flandern und dem Rheinland übernommen hatte. Die Söldner waren grob und rüde, stahlen uns Proviant, als wir schliefen, und begründeten es mit ihrer schlechten Bezahlung. Zangl war klug genug, keinen Streit anzuzetteln.

Am letzten Tag des August kam Stavelot in Sicht. Vor dem Haupttor der Abtei machten wir halt. Nachdem die Torwachen unsere Papiere durchgesehen hatten, wurde unser Gepäck, vor allem aber der Proviantwagen misstrauisch durchsucht. Wir mussten unsere Mäntel ausziehen. Es hätte nicht viel gefehlt und das Futter unserer Mäntel wäre aufgetrennt worden.

Ich wurde als Erster durch den Vorhof ins Kloster geführt, wo man mich ohne Umschweife in eine Gästezelle brachte und die Tür verriegelte. Wieder wendete sich das Blatt, wieder kehrte sich alles um, was ich hörte und sah, wieder musste ich mir ein neues Bild von dem machen, was mit mir passierte.

Nach Einbruch der Nacht befreite man mich und ich wurde zusammen mit Zangl dem Prior vorgestellt. Der Abt sei außer Haus, erklärte man. Der Prior war freundlich, nahm aber in seinem Verhalten eine so große Distanz zu uns ein, dass ich abermals den Eindruck gewann, es gebe eine verborgene Schicht unter allem, was ich erlebte, eine noch unbekannte Gefahr. Ein Mönch jagte mir einen Schreck ein, als er mich plötzlich von oben bis unten ansah und sagte, ich sei ja ein ganz besonders hübscher Bursche.

Zangl musste sich vor mich stellen und lügen, ich sei ein Sohn des Lütticher Schulzen und stehe unter besonderem Schutz des dortigen Fürstbischofs. Der Prior entgegnete nichts, sondern ließ die Hausordnung verlesen und teilte uns mit, dass es uns gestattet sei, das Refektorium* zu betreten, die Küche sowie alle Kreuzgänge, nicht aber die Bibliothek.

Im Haus hatte man die Vertreter der beiden Verhandlungsparteien räumlich streng voneinander getrennt. Selbst Zangl traf die Sprecher der päpstlichen Kurie erst unmittelbar vor Beginn des ersten Treffens, das in einer kleinen Kammer im Dachgeschoss des westlichen Flügels der Abtei stattfand. Der Tisch nahm den meisten Raum ein, die Parteien saßen einander gegenüber.

Als wir eintraten, befanden sich die Advokaten Jakob Fuggers bereits in dem Zimmerchen. Ein Mönch reichte Wein und Brot, dann verriegelte er von außen die Tür. Ohne mich waren es sechs Personen: zwei Kleriker, Zangl sowie drei Doktoren der Rechte aus Augsburg mit dunklen, strengen Mienen.

Ich staune noch heute, hochverehrter Doktor, dass Zangl meine Anwesenheit bei allen Gesprächen durchsetzen konnte. Ich erhielt von ihm die Anweisung, alle halbe Stunde ein Fläschchen aus der Tasche zu ziehen und genau einundvierzig Tropfen daraus mit etwas Wein zu vermischen. Zangl zeigte derweil Anzeichen leichter Benommenheit und Schwäche, trank die Tinktur und lebte wieder auf. Damit machte er mich über alle fünf Tage der Verhandlungen hinweg unabkömmlich, ohne dass man mir das geringste Misstrauen entgegenbrachte. Im Gegenteil: Bereits am dritten Tage ruhten des Öfteren Blicke auf mir, wenn etwa ein Sprecher niemand anderen ansehen mochte, weil er fürchtete, seine Position mit einem unbedachten Ausdruck seiner Mimik zu schwächen. Ich spielte die Rolle des Neutralen, ich war Luft, man hatte mir Sprechverbot erteilt, ich hörte nur – und *schaute*.

Gefeilscht wurde um den jeweils größeren Teil des Ablasses. Von einfachen Hälften war niemals die Rede. Jakob Fugger als Gläubiger forderte drei Viertel der Einkünfte für sich, der Papst dagegen war bereit, ein Drittel abzugeben, sonst werde er »bis in eine unabsehbare Zukunft« sämtliche persönlichen Fürbitten zugunsten der Augsburger Firma und Familie schlichtweg einstellen. Man stritt um diese Drittel, dann um Viertel, Fünftel, Sechstel, schließlich um jeden Guldengroschen, Batzen, Kreuzer, Pfennig oder Heller – und am Ende war es beinah nichts, auf das dennoch keine Seite auch nur für die Dauer eines Herzschlags zu verzichten bereit war. Die Gier der hohen Herren war so grenzenlos, dass sie bald die ganze Kammer ausfüllte, der Luft eine hässliche Farbe verlieh und einen modrigen Geruch verbreitete, den ich noch wahrzunehmen glaubte, als ich, ein Jahr danach, in Wittenberg das Kontor eines der raffgierigen Kaffee- oder Tuchhändler betrat, um für das dortige Damenstift eine Rechnung zu begleichen.

Der letzte der Gesprächstage verlief beeindruckend. Ich hatte Zangl gerade wieder seine Tropfen gereicht, und er gab vor, sich besser zu fühlen, als einer der Geistlichen urplötzlich von seinem Stuhl hochsprang und sich mit zornrotem Gesicht weit über den Tisch lehnte. Man hatte bis dahin merken können, dass er sich von einem der Augsburger Doktoren misshandelt fühlte. Er stierte seinen Widersacher an und schrie, dass dieser nichts weniger als ein Abgesandter Satans sei. Sofort trat Stille ein. Die Worte schienen in den Wänden nachzuklingen, einen Moment wagte niemand auch nur Atem zu holen.

Der Gemeinte lehnte sich voller Ruhe und Sicherheit zurück und entgegnete mit einer Stimme, als erzählte er einem Kinde zur Nacht eine Geschichte: »Ich freue mich, das zu hören, und verspreche, die soeben gehörte Botschaft an meinen Auftraggeber Jakob Fugger weiterzuleiten. Er wird hocherfreut sein, zu erfahren, wie der Papst in Wahrheit über ihn denkt.« Daraufhin schien es noch stiller zu werden, als es eigentlich möglich war.

Ich konnte das gegenseitige Belauern der beiden Lager auf meiner Haut fühlen, mir schien, als knistere die Luft. Da sagte Zangl: »Meine Herren, ist es nicht vielleicht Zeit zu fragen, wie viel ein Groschen dem Fugger und wie viel er dem Papst *tatsächlich* wert ist … tief im Herzen?«

»Im Herzen?«, wiederholten die Streithähne fast gleichstimmig und stutzten.

»Jeder weiß doch«, fuhr Zangl fort, »dass Gott tief ins Herz eines jeden Menschen blickt, bevor Er darüber entscheidet, ob einer ins Fegefeuer muss oder nicht.«

Alle hörten zu und waren betroffen. Es war wie ein Zauber. Demut und Reue wehten wie frischer Wind durchs Zimmer und ein spürbares Bedauern darüber, was man einander bislang gesagt und zugemutet hatte. Bis zur endgültigen Einigung fiel kein lautes Wort mehr. Man lobte einander, gedachte Gottes und kam überein, dass drei Fünftel für den Fugger und zwei für den Papst rechtens seien.

Zangl selbst hatte die göttliche Gabe, in die Herzen der Menschen zu schauen. »Wenn uns der Teufel heimsucht«, lehrte er mich später, »blendet er als Erstes unseren Blick für die anderen. Er hält uns einen Zerrspiegel vors Gesicht, der uns glauben macht, es gebe nur uns selbst.« Das habe ich nicht vergessen.

Nachdem man sich in der genannten Weise geeinigt hatte, benachrichtigte man den Prior. Dieser berief die Schreiber und Kopisten sowie den Siegelträger der Abtei. Sie trugen das Schreib- und Siegelzeug ins Zimmer. Die Herren erhoben sich von ihren Stühlen und machten Platz. Nun begann das Diktat. Der Vertrag wurde gleichzeitig in den zwei Ausfertigungen niedergeschrieben und von den beiden Generalgesandten unterzeichnet. Während die Skribenten schrieben, verlangte Zangl zweimal seine Tinktur, die ich ihm reichte. Bis zum Schluss nahm niemand Anstoß an dieser Störung oder überhaupt an meiner Gegenwart.

Ich trat an den Tisch, ließ die Medizin ins Glas tropfen und goss den Wein dazu. Beim zweiten Mal lagen die Bögen vollgeschrieben vor mir. Ich las die Verträge mit meinem Wolkenauge. Zangl trank die Medizin, trat von dem Tisch zurück und dankte mir.

Mein sechster Brief an Euch

Falls Ihr meinen Bericht bis hierher verfolgt habt, hochver-
ehrter Doktor, maße ich mir an, ein wenig Stolz zu empfin-
den. Einen Leser mit Eurer Wort- und Gedankenmacht zu
gewinnen, ist schwer. Obendrein bin ich heute glücklich, weil
der Verwalter kam und mir eine große Freude machte mit
der Botschaft, dass die ersten drei meiner Briefe im Zwischen-
posten Heiligenstadt angelangt seien. Nun mögen sie mit
Gottes Hilfe ihren Weg weitergehen und auch während des
zweiten Teils der langen Strecke bis Wittenberg nicht ver-
raten werden. Tag und Nacht denk ich an nichts anderes. So
wie ich mit Überzeugung Verrat beging, kann jeder ein Ver-
räter werden, wenn er Falsches glaubt. Das ist die Gefahr. Ich
vertraue auf Gott und bete, dass Ihr das erste Siegel bald zer-
brechen werdet, um zu lesen, was ich schreibe.

Wir reisten nach Aachen zurück. Im Hause der Domherren
begegnete man uns mit Achtung, Dankbarkeit und Interesse. Als ich aber am Rande der Stadt aus meiner Sänfte
stieg und den Reisewagen betrat, blickten Solveg, Matts
und Irm argwöhnisch.

»Bist also von jetzt an was Besseres«, sagte Solveg. »Zangls Ziehtochter, wenn ich das richtig sehe. Was musst du für ihn tun und was gibt er dir dafür?«

Ich antwortete nicht.

Irm lachte gehässig. »Merkst du nicht, dass man dich betrügt? Sie betrügen uns alle, wir sind nur auf der Welt, um betrogen und ausgenutzt zu werden. Du musst dich nicht wieder zu mir legen und mich trösten. Ich will das nicht. Ich benötige nicht deine Hilfe!«

Ich erschreckte mich. Für sie alle schien klar zu sein, dass ich aus einer anderen Welt kam und dass ich für sie von nun an eine Fremde sein würde. Seit ich sie vor der Reise nach Stavelot das letzte Mal gesehen hatte, waren siebzehn Tage vergangen. Jedes vertrauliche Wort zwischen uns konnte von mir zu den Herren getragen werden. So etwa dachten sie wohl. Ich gehörte nicht mehr in den Reisewagen.

Matts sagte: »Frag dich mal, wieso Zangl dich nicht bei sich im Hause der Domherren behält, sondern zurück zu uns schickt. Wärest du ihm etwas wert, böte er dir seinen Schutz an und ließe dich nachts nicht genauso allein wie uns.«

Ich verkroch mich in den tiefsten Winkel des Wagens und wusste weder ein noch aus. Alte Ängste meldeten sich, die mich gequält hatten, als ich sehr jung gewesen war, bevor meine Stiefeltern mich aufnahmen. Es sind keine klaren Erinnerungen, eher dumpfe Gefühle, Stiche im Herzen. Ich erinnere mich nicht an meine frühe Kindheit. Vielleicht lebte ich mit anderen Waisen in einem Arbeitshaus oder bei armen Bauern, die uns beim Vieh schlafen ließen, ohne uns gleich fortzujagen. Ich habe manchmal solche Träume. Die Ablehnung der anderen, die mir nun entgegenschlug, verstörte mich.

Als ich am Morgen erwachte, schlug mir noch mehr Kälte entgegen. Niemand sagte einen Gruß, alle blickten weg und schwiegen. Ich wurde abgeholt und zum Haus der Domherren gebracht. Der Keim des Misstrauens lag nun auch in meinem Herzen. Zangl war freundlich, ich aber blieb zurückhaltend. Er führte mich in ein großes Zimmer und an einen Tisch mit Schreibzeug, vor dem ein Schreiber saß.

Mein erster Dienst bestand darin, den Inhalt des in Stavelot ausgehandelten Vertrags Wort für Wort einem Schreiber des Aachener Domkapitels zu diktieren. Anwesend waren der Erzdiakon, der Fürstbischof und ein paar andere mir unbekannte Herren nebst Zangl, der über mich wachte. Alle hörten mit äußerster Aufmerksamkeit zu, aber vor allem der Fürstbischof blickte mich immer wieder ungläubig und überaus erstaunt an. Als der Skribent die Feder niederlegte, konnte ich die Unsicherheit spüren, die alle ergriffen hatte – die unausweichliche Frage: ob meine Fähigkeit gotteslästerlich oder gottgegeben war.

Zangl, der mit solchen Bedenken gerechnet hatte, versicherte, dass mein Verstand Bilder anfertige, die ich lesen könne wie ein beschriebenes Pergament. Für Beruhigung sorgte das nicht, denn wie wir wissen, steht es Satan frei, jede Eigenschaft in die Seelen der Menschen zu legen, um sie für sich zu gewinnen. O ja, Ihr werdet es ahnen, Herr Doktor: Ich kämpfte selbst mit bitteren Zweifeln.

»Es ist keine andere Fähigkeit«, redete Zangl weiter, »als

wir sie selbst besitzen, meine Herren. Wir sehen ein Gesicht und erkennen es wieder, selbst wenn eine lange Zeit vergangen ist. Ob es nun Augen, Nase oder das Kinn sind, die wir im Gedächtnis behalten, oder Buchstaben auf weißem Pergament, wo ist der Unterschied?«

Die Herren räusperten sich. Der Nutzen, den ich ihnen brachte, denke ich, stimmte sie friedlich, nicht die Überzeugung, dass ich ein Kind Gottes sei.

Die Abschrift des von mir Diktierten war eine genaue Kopie der Verträge, die sich auf dem Wege nach Augsburg und Rom befanden. Das Ziel der Aachener Herren war der Druck anonymer Flugzettel, die jedem Lesenden im Volke zeigen und beweisen sollten, wie mit seinem Geld geschachert und er schamlos betrogen wird. Die Kopie des Vertrags zwischen Papst und Fugger war darüber hinaus der erste Schritt hin zu dem, was Zangl *Summa Delicti** nannte: Er hatte vor, Geldsummen zu verraten und die Namen derjenigen zu nennen, die mit Ablasslügen und Angstmacherei in Dörfern und Städten die kirchlichen Schatztruhen füllten. In jedem Weiler wollte er diese Flugschriften* unters Volk werfen, das war sein Plan.

Zangl, so viel will ich hier vorgreifen, Herr Doktor, war während der Jahre unseres Versteckens lange vermisst, und ich glaubte, man habe ihn getötet. Doch er lebt, schreibt Barthel. Wo er sich aufhält, weiß man nicht. Die Wut und Gewalt, mit der man ihm nach dem Leben trachtet, ist groß. Ich kann nicht sagen, wie oft ich mit Freund und Feind darüber stritt, ob ihn der Plan seiner Summa Delicti, *das heißt, der Druck*

jener den Klerus anklagenden Flugschriften, zu einem Ver-
räter oder einem Helden der Christenheit macht. Für den
Papst und reiche Leute wie den Fugger verdient er den Tod.
Wir aber, die wir nichts oder allenfalls wenig haben, müssen
ihn feiern, wie ich finde.

Als ich am Abend in den Reisewagen zurückkehrte, empfand ich Verständnis für die Ablehnung, mit der die anderen mir begegneten. Die Angst, dass ich ohne mein Wissen
eine Hexe war, eine Verfluchte, quälte mich selbst, und je
länger ich darüber nachgrübelte und keinen Schlaf fand,
umso fester verbiss sich die Furcht.

Zangl holte mich am Morgen ab und sah sofort, dass ich
übermüdet war. Er versuchte mich zu trösten. Er ging so
weit, zu behaupten, dass es den Teufel so nicht gebe, denn
Gott habe die Entscheidung darüber, ob wir Gutes oder
Schlechtes tun, allein in unser Herz gelegt. Also seien nur
wir selbst für uns verantwortlich, niemand sonst. Ich war
verwirrt. Dann bat er mich, mit niemandem über meine
Ängste zu sprechen.

Als wir im Haus der Domherren ankamen, sagte er noch
etwas, das mich beruhigte. »Deine Fähigkeit ist ein Werkzeug, mit dem du nicht nur Verträge im Wortlaut behalten
und wiedergeben, sondern auch Gottes Wort in die Neue
Welt tragen kannst. Das aber kann nicht im Interesse Satans
sein, weshalb er sich hüten würde, ein Mädchen wie dich
mit einer solchen Gabe zu bewaffnen.« Ich gewann Vertrauen zu ihm und mir selbst.

Bei den Domherren waren neue Besucher eingetroffen.

Man redete Latein, Wallonisch oder Französisch. Wieder wurden mir beschriebene Bögen und Bücher vorgelegt, in denen ich lange Passagen las und wortgetreu wiedergab, was abermals ungläubige Mienen und Verblüffung erzeugte. Man redete über mich und meinen Fall. Zangl verließ keinen Moment den Raum und war mit seiner Aufmerksamkeit mein einziger Schutzschild gegen neues Misstrauen und den Verdacht, dass ich doch von dunklen Mächten beseelt sein könnte. Am Ende legte man mir griechische und hebräische Buchstaben vor, die ich zwar nicht lesen konnte, aber dennoch niederschrieb, weil ich ihre Bilder vor dem inneren Auge sah. Die Herren zogen die Stirn kraus, Zangl war stolz, und der Erzdiakon erklärte, ich trüge die Gnade Gottes in Herz und Verstand.

Der Tag ging damit zu Ende, dass ich nicht mehr zum Rand der Stadt gebracht wurde, um dort im Reisewagen zu nächtigen. Als hätte Zangl die Einwände der anderen Kinder mitgehört. Man wies mir ein kleines Zimmer zu, in welchem ein Bett, ein Tisch und ein Stuhl standen. Zangl brachte mir Papier und Schreibzeug. Durch ein Fensterchen blickte ich auf den wuchtigen Dom und über die Stadt Aachen. Ich dachte voller Wehmut und Mitgefühl an Solveg, Matts und Irm und nahm mir vor, noch einmal um eine Erleichterung ihrer Lage zu bitten.

Am Folgetag begegnete mir Irm auf der Treppe vor dem Zimmer des Erzdiakons. Als sie mich sah, verfinsterte sich ihre Miene. Wir sagten beide kein Wort, zumal unweit eine Tür offen stand und man die Stimmen von Erwachsenen hörte.

Ich ging in meine Kammer zurück. Für eine Weile war mir alle Freude verdorben, weil ich spürte, dass ich die drei in dem Wagen womöglich für immer als Freunde verloren hatte. Mein einziger Freund war nun Zangl, doch er war erwachsen. Ich war in meinem Herzen immer noch ein Kind. Er raubte mir meine Illusion, dass Welt und Menschen im Grunde gut seien, dass sich Wohlwollen und Güte im Leben auszahlten, dass es eine große Wahrheit gebe, die jeden Menschen leite.

Auch Zangl glaubte an das Gute im Menschen. Allerdings war er überzeugt, dass man es wachrufen muss. »Der Mensch«, sagte er, »ist ein leeres Gefäß, dessen schöne und gute Form erst sichtbar wird, wenn man es mit edlen Inhalten füllt.« Diese Inhalte stellte er mir bereit. Es waren die Bücher und das Schreibzeug, mit denen er mich versorgte. Aber nicht alle Lehren waren süß und leicht. Als er mir die Aussprache des griechischen Alphabets beibringen wollte, verzagte ich. Er sprach mir die Silben vor, aber während es bei ihm klang wie Musik, brachte ich nur Tierlaute hervor.

In der Tat waren mehr und mehr Menschen nicht länger gewillt zu glauben, dass die Befreiung von den Höllenqualen nur denjenigen zustehe, die sie mit Geld bezahlen können. Den örtlichen Ablasskrämern fiel es immer schwerer, diese Wahrheit zu verkaufen. Überall traten neue Prediger auf, die daran erinnerten, dass Gott sich weder für Heller noch Pfennige interessiere und schon sein Sohn die Schacherer aus dem Tempel geworfen habe. Diese Männer lehrten Eure Erkenntnis, Herr Doktor, dass nämlich Gottes alleinige Währung die Liebe ist. Das Land spaltete sich in

Beschöniger der Missstände und Beschwörer der Höllenqualen – und diejenigen, denen das Prassen des Papstes und
seiner Bischöfe zum Halse raushing. Wir kämpften gegen
sie. Wir waren eine kleine Armee, doch ausgestattet mit
einer scharfen Waffe: *Meinem Wolkenauge!*

Nachdem das Pergament mit der Vertragskopie fertig gestellt worden war, rüsteten wir uns für die Abreise aus
Aachen. Unser Ziel war Trier.

Der gefederte Reisewagen des Erzdiakons polterte im
Morgengrauen durch die Gassen zum Hause der Domherren, wo man bereits begonnen hatte, Kisten und Truhen,
Bündel und Säcke zu packen. Die Wagen des Trosses warteten derweil am Stadtrand, wohin man Zangl und mich
im Stuhl trug. Meine wenigen Habseligkeiten, das Schreibzeug und die Kleider, passten bequem in einen leichten
Lederranzen, den Zangl mir schenkte.

Ich musste für die Reise in den Wagen der drei jungen
Begleiter zurückkehren. Als ich ihn betrat, wehte mir eisi-
ges Schweigen entgegen. Zangl stand an der Tür und sandte
Blicke zu Solveg, deren Macht über Matts und Irm ihm bewusst war. Mit seinem Erscheinen machte er klar, dass er
keinerlei Übergriffe gegen mich zulassen werde. Dann
sagte er, dass er dicht vor uns herfahren werde. Trier liege
etwa zwölf Tage entfernt. Er richtete die Worte an mich,
um zu zeigen, dass ich unter seinem väterlichen Schutz
stand. Es war ein Privileg. Nicht einmal den Schreibern und
Soldaten sagte man, wohin die Reise ging oder wie lange sie
dauern würde. Meine Stellung war herausgehoben.

Während wir die Stadt in Richtung Eifel verließen, kehrte der Fürstbischof nach Lüttich zurück. Das Wetter wurde so schlecht, dass wir erst nach fünf Tagen den Weiler Montjoie erreichten, ein Viertel der Strecke bis Trier. Es war nun klar, dass wir insgesamt länger brauchen würden als angenommen. Am Ende jedes Reisetags richteten wir die bewährte Wagenburg ein. Die Soldaten schwärmten aus, um bei den Bauern der Weiler Gemüse und Fleisch zu holen. Oft kamen sie mit leeren Körben zurück, weil die Leute selbst Hunger litten und man in ihren Vorratskammern nichts als Ratten und Mäuse vorfand. Also lebten wir von der mitgeführten Grütze und manchmal etwas Fett, wenn die Jagd ein paar Vögel oder einen Fuchs einbrachte.

Einmal erlegte man ein junges Wildschwein, die Rotte der übrigen Bachen und Frischlinge konnte fliehen. An einem See fingen die Männer Fische, aus denen der Koch eine Suppe zubereitete, die ich mir heimlich mit den anderen im Wagen teilte. Erst zierten sie sich, dann übermannte sie der Hunger. Matts bekam am meisten ab. Irm wehrte sich am längsten. Sie war es auch, die mich am entschiedensten ablehnte, was mir sehr wehtat, weil sie mir die Liebste war. Sie hatte nur finstere Mienen für mich und wandte sich ab, sobald ich sie ansprach.

Als sie einmal erschöpft vom Dienst beim Erzdiakon aus dessen Wagen kam und mich sah, bezichtigte sie mich laut des Diebstahls eines Rosenkranzes aus Bernsteinperlen, den unser geistlicher Herr vermisste. Die Lüge schnitt mir wie ein Messer ins Herz. Man stellte mich zur Rede, es verschlug mir die Sprache und ich wurde feuerrot. Die Reaktion verunsicherte sogar Zangl und erregte Zweifel in ihm, ob er mir noch vertrauen konnte.

»Ich will tot niedersinken«, sagte ich, »wenn ich je in meinem Leben einen Diebstahl begangen habe.«

»Das Stehlen steht niemandem ins Gesicht geschrieben«, entgegnete Irm. »Der Teufel hilft, die Miene stillzuhalten. Seht nur in ihrer Tasche nach, dort liegt die Wahrheit!«

Irm hatte den Rosenkranz in meinem Lederranzen versteckt. Zangl fand ihn und führte mich mit steinernem Gesicht aus dem Schutz unserer Wagenburg in ein Dorf. Auf einer Steinbrücke blieben wir stehen. In der Nähe brannte eine flackernde Ampel. Das Wasser der Roer rauschte laut; selbst wenn jemand vorübergegangen wäre, hätte er kein Wort von dem verstanden, was Zangl sagte.

Ich erwartete das Schlimmste und hatte Angst, dass er mich fortjagen könnte. Auf mich allein geworfen, wäre ich verhungert. Stattdessen versicherte er mir, dass die drei im Wagen nur das Ziel hätten, mich zu demütigen.

»Wir werden sie in dem Glauben lassen, es sei ihnen gelungen. Du wirst den Diebstahl beichten und den Erzdiakon um Verzeihung bitten. Er wird dir eine Buße auferlegen, aber das ist besser, als wenn du versuchst, wie ein Engel zu erscheinen. Vertrau mir! Alles, was ich für dich tue, ist zu deinem Guten.«

Ich wiederhole mich: Ich war ein Kind, ich glaubte ihm. Die Erleichterung darüber, dass ich sein Vertrauen nicht verloren hatte, erfüllte mich tief. Ich schloss ihn in mein Herz wie einen echten Vater.

Wir gingen zu den Wagen zurück. Ich fühlte mich mit

einem Mal fremd in mir selbst. Es war, als hätte man meine Seele gegen eine andere ausgetauscht. Das Erlebte veränderte mich, und ich meinte, ein neues Leben beginnen zu müssen.

Ohne Zögern betrat ich den Wagen des Erzdiakons und legte die gewünschte Beichte ab. Er strich mir übers Haar und erklärte, dass nur Christus ohne Fehl und Tadel sei. Als Buße auferlegte er mir Gebete und den Schwur meiner Treue, den ich mit Eifer leistete. Dann verlangte er einen zweiten Eid, der Zangl betraf und meinen Gehorsam ihm gegenüber mit Blick auf die Aufträge, die er mir zukünftig während unserer Reise erteilen werde. Daraufhin rief der geistliche Herr einen Diener, ließ sich den Bernsteinrosenkranz bringen, den man in meiner Tasche gefunden hatte.

Er legte ihn in meine Hände und sagte: »Das ist ein angemessenes Geschenk für so viel tapfere Ehrlichkeit.« Ich war tief bewegt und kämpfte mit den Tränen – und fragte mich, was Irm, Solveg und Matts fühlen und denken würden, wenn sie davon erfuhren. Würden ihr Neid und Zorn auf mich nicht alles schlimmer machen, wenn wir weiterreisten?

Der wertvolle Rosenkranz bereitete mir zunächst nur im Verborgenen Freude. Ab und zu holte ich ihn aus seinem Versteck im tiefsten Fach meines Ranzens und betete heimlich. Obwohl ich vorsichtig blieb, beschlich mich das Gefühl, dass meine jungen Feinde etwas ahnten oder spürten.

Der Zug der Reisewagen bewegte sich mühselig weiter. In der Nähe von Rochrath stießen vier Reiter zu uns. Sie reisten im Auftrag des Papstes, kamen aus Brüssel und wollten nach Kastellaun. Der Erzdiakon bot ihnen an, in den Nächten den Schutz unserer Wagenburg in Anspruch zu nehmen. Als der Regen am Morgen unerträglich wurde, wies man ihren vor Kälte zitternden Knappen an, in unseren Wagen zu klettern. Also mussten wir zusammenrücken.

Der Wagenzug hatte angehalten, denn die Räder waren bald bis zu den Achsnaben im Schlamm eingesunken. Der Junge war in unserem Alter und hatte kohlschwarzes Haar, das ihm bis auf die Schulter fiel. Er hieß Jean und hatte ein hübsches Gesicht. Solveg machte ihm schöne Augen, das sah ich sofort. Er war schüchtern und die anderen neckten ihn, indem sie Matts, der ihn nicht sehen konnte, immer wieder gegen ihn stießen wie bei einem dummen Spiel.

Ich selbst blieb in meinem Winkel und war traurig, dass man sich nicht mit ihm unterhalten konnte. Er sprach Französisch und konnte nur ein paar Brocken Deutsch. Die andern alberten weiter herum, aber er wehrte sich nicht, weil er zu verlegen war. Irgendwann wurde es mir zu viel, und ich forderte Solveg auf, ihn in Frieden zu lassen. Das tat sie sofort – aber nur, weil das »Spiel« dem Zweck gedient hatte, mich aus der Reserve zu locken, wie ich jetzt begriff.

Alle drei fielen nun über mich her, stießen und schlugen mich. Matts packte mein Haar, Irm wollte mir das Kleid zerreißen und Solveg spuckte mir ins Gesicht.

»Bei nächster Gelegenheit«, schimpfte Irm, »werden wir dich im Morgennebel oder in der Abenddämmerung aus dem Wagen werfen und Zangl erzählen, du seist weggerannt. Dann sieht er, was du für eine bist.« Sie trat nach mir.

Der fremde Junge schaute hilflos zu. Er verstand nicht, welches Unrecht mir geschah. Vielleicht glaubte er, ich hätte die Schläge verdient und die anderen hätten den Auftrag, mich in dieser Weise zu züchtigen. Jedenfalls kam er mir nicht zu Hilfe, ich musste mich selbst verteidigen.

Hochwerter Herr, bitte glaubt mir, wenn ich schreibe, dass die Furcht mich treibt, mein Leben lang im Verborgenen bleiben zu müssen. Ein furchtbarer Gedanke. Jeder Baustein meiner Vergangenheit lastet auch nach all der Zeit noch schwer auf meiner Seele. Während ich schreibe, gibt es Momente, in denen ich all das noch einmal zu durchleben meine. So viel also hängt von Eurer Antwort ab und ob Ihr bereit seid, meiner unfreiwilligen Gefangenschaft mit Eurem großen Einfluss ein Ende zu setzen. Jedenfalls meiner Angst. Verzeiht mir mein Ansinnen – Gott der Herr helfe uns allen, Amen!

Siebenter Brief

Ich unterbrach, denn ein vertrauenswürdiger Nachbar kam unversehens, sah mich mit der Feder in der Hand und fragte, an wen ich schreibe. Ich musste lügen und es tat weh. Wie gerne hätte ich gesagt, dass mein Brief an den größten von Gott gelobten Mann unserer Zeit gerichtet ist! Wie stolz hätte es mich gemacht, ihm sagen zu dürfen, dass ich Euch begegnet bin, dass ich Eure Stimme hörte, Eure Gattin kannte, in Euerm Haus wohnte! So aber drucksste ich herum und durfte nicht ich selber sein. Der Nachbar lobte meine Handschrift, schüttelte die Tinte und wollte wissen, was das Papier kostet und wer es liefert. Ich schwindelte und spürte hundert Stiche im Gemüt. Ach, wie sehne ich mich nach einem Leben, wie es jeder führt! Meine Gefährten und ich sitzen an den Abenden beim Öllicht und erträumen uns die Zukunft: Wie wir für alle sichtbar unsere Ziegen zum Markt führen, neue Freunde finden und treffen, Neuigkeiten austauschen, keine Angst haben, gemeinsam essen und trinken und Dinge tun wie jedermann.

Doch zurück zu unserer Reise durch die Eifel: Solveg wurde noch rücksichtsloser, sie schlug mich wieder und wieder.

Mein Gesicht blutete, ich entschloss mich, um Hilfe zu rufen. Doch bevor ich es tat, geschah etwas Sonderbares. Die Schutzmantelmadonna erschien mir ein zweites Mal.

Jawohl, sie stand mit einem Male still da und breitete ihre Schöße über mich aus. Ein Luftstrom traf mich und hüllte mich in Glück, meine Angst schmolz. Die anderen blickten mich verwundert an. Ich sagte Solveg, dass ich ihr die Bosheit verzeihe. Als sie lächelte, dachte ich, auch sie habe die Madonna gesehen. Aber ich irrte mich. Draußen rief man zum Essen. Ich wollte den Wagen verlassen, trat auf die Stufe vor der Tür und wollte zur Erde springen, als mich hinterrücks ein Schlag traf. Ich stürzte und verlor die Besinnung.

Als ich erwachte, lag ich alleine in dem Reisewagen. Nur der welsche Knappe war anwesend und tupfte mir mit einem Tuch die schmerzende Stirn. Von draußen drangen Stimmen herein. Ich erfuhr, dass Solveg, Matts und Irm gefangen waren und an die Deichsel unseres Wagen gebunden worden seien. Solveg hatte mir den Schlag versetzt. Zangl hatte es gesehen und alle drei festnehmen lassen.

Ich nahm mir vor, um Begnadigung zu bitten, aber dann kamen mir Zweifel, ob die drei mir nicht auch dies zum Nachteil auslegen würden. Ich hörte Matts draußen jämmerlich weinen. Mit Mühe stand ich auf, öffnete die Tür und kletterte hinaus. Sofort begann Solveg, mich zu verfluchen, anzuspucken, zu beleidigen.

»Gibt es einen schärferen Beweis, dass du eine Hexe bist?«, keifte sie. Und zu den anderen: »Bestimmt kann sie von ihren Fürzen angetrieben fliegen!«

Ich blickte mich erschreckt um, ob jemand sie hörte.

»Bestimmt kann sie fliegen«, setzte Irm hinzu. »Und sie wird Flüche wie Fledermäuse in fremde Seelen schicken. Oder ist es kein Zauber, mit eigener Hand einen Diebstahl zu begehen und eine fremde Hand im selben Moment dasselbe tun zu lassen? Sodass niemand weiß, *wer* der wirkliche Dieb ist.«

Am folgenden Morgen wurden Matts und Irm von ihren Fesseln befreit. Solveg blieb im Proviantwagen, der als Gefängnis diente, und erhielt in den folgenden Tagen so wenig Grütze, dass sie bald abgemagert aussah. Ich brachte ihr heimlich Brot, es brach mir das Herz, sie zu sehen. Irm lebte im Wagen des Erzdiakons, Matts kam zu dem französischen Knappen und mir in unseren Reisewagen zurück und schwieg bedrückt. Die Härte der von Zangl verhängten Buße hätte mir zeigen können, was ich ihm wert war, aber daran dachte ich nicht. Ich wiederhole mich: Ich war sehr jung, meine Welt war eng. Während Gottes Erdkreis immer weiter entdeckt und erobert wurde und das Selbstbewusstsein der Mächtigen ins Riesenhafte wuchs, kannte ich nur einen feuchtkalten Reisewagen, der von Ochsen gezogen wurde. Meine Welt war eine endlos scheinende Kette dunkler Eifeltäler.

In dem Städtchen Neuerburg wurden die Wagen unterhalb des wuchtigen Bergfrieds abgestellt. Ich machte mir Sorgen um Solveg und klopfte an die außen verriegelte Tür. Der Hunger und die Fahrt hatten ihren Willen gebrochen. Zangl übertrug mir die Aufgabe, sie loszubinden und einem Knecht zu übergeben, der sie in ein Arbeitshaus zu bringen hatte.

Doch ich brachte es nicht übers Herz und handelte eigenmächtig. Wir hatten von einer Frau Rüben, Speck und Most gekauft; zu ihr brachte ich das arme Kind, bevor der Knecht erschien. Die mir zugefügten Misshandlungen hatte ich vergessen. Die Frau empfand Mitleid und nahm Solveg bei sich auf. Bevor ich ging, schenkte ich beiden Heiligenbildchen. Zangl hatte mir ein halbes Dutzend geschenkt, um mir zu beweisen, dass ich nicht des Teufels sei. Wäre ich es, sagte er, würden sie mir die Hände verbrennen. Solveg, die vor Schwäche kaum sprechen konnte, erhielt das Bildchen der Heiligen Lucia, die von Gott gegen Schmerzen unempfindlich gemacht worden war, sodass ihre Peiniger machtlos wurden. Der guten Frau schenkte ich die Heilige Veronika, die einst das Schweißtuch unseres Heilands berührte.

Als ich zu den Wagen zurückkehrte, wurde ich von Zangl zur Rede gestellt. Er hatte mich beobachtet. Aber statt mich zu rügen, lobte er mich. Er habe prüfen wollen, ob mein Mitgefühl auch den Entschluss enthielte, praktische Hilfe zu leisten. Er sei glücklich mit mir. Ich erhielt auch den Zuspruch des Erzdiakons, der mich zu sich kommen ließ, um mir zu zeigen, dass es Irm nicht schlecht bei ihm ginge. Sie sah blass aus, beklagte sich aber nicht. Ich merkte wohl: Ihre Schönheit hatte an Glanz eingebüßt. Auch sagte sie kein Wort, als ich sie anredete, sondern verbarg sich hinter dem Seidentuch, das den Raum teilte.

Der Erzdiakon entließ mich. Er litt wieder an seinen Knien, niemand konnte ihm helfen. In der Nacht hörte man ihn so laut stöhnen, dass die Leute im Tal es hörten.

Ein Quacksalber kam und behandelte ihn. Der Mann wurde von den Soldaten in die Stadt zurückgejagt. Erst einer der päpstlichen Reiter brachte Abhilfe. Er besaß ein Pulver, aus dem er einen Sud herstellte. Der Erzdiakon fiel in einen tiefen Schlaf und erwachte erst wieder, als wir Neuerburg verlassen hatten und uns auf dem Weg nach Echternach befanden, der nächsten Station vor Trier. Ich schlief viel. Solveg fehlte mir. Es war ein Unglück, dass ich eine Freundin hätte gewinnen können und nur die Umstände uns getrennt hatten.

Wenn man ohne Familie aufwächst, sind Freunde so wichtig wie Essen. Das hatte ich schon als kleines Kind begriffen. Wenn wir in schwirrenden Horden durch die Gassen oder über die Rheinauen rannten, sah ich zu, dass ich stets in der Nähe der Gruppe blieb. Sobald sie außer Sicht war, bekam ich Angst. Das Schlimmste war, mich alleine in einem Feld wiederzufinden, weil die anderen schneller waren als ich. Der Himmel stürzte über mir zusammen, die Erde tat sich auf – so fühlte es sich an.

Wir reisten weiter. Der Knappe hatte ein paar Brocken Deutsch aufgeschnappt, mit denen er sich leidlich verständigen konnte. Seine Herren hatten die Gelegenheit verstreichen lassen, unseren sicheren Zug zu verlassen, um den Weg nach Kastellaun einzuschlagen. In Neuerburg hatte man sie vor Räubern gewarnt, weshalb sie bis Echternach mitzureisen beabsichtigten. Ich freute mich. Der Junge, Jean, verlor mehr und mehr seine ängstliche Zaghaftigkeit und »redete« mit den Armen und seiner Mimik.

Als wir Echternach erreicht hatten, erbat er sich, mich von unserer Wagenburg aus zur alten Reichsabtei zu begleiten, wo ich meine neue Aufgabe zu bewältigen hatte. Diesmal war ich auf mich selbst gestellt. Dem Abt war ich als Diener des Erzdiakons angekündigt worden, der selbst aus Krankheitsgründen nicht würde erscheinen können. Ich hatte einem in der Abtei logierenden Kölner Geistlichen einen Brief und ein Geschenk auszuhändigen, die ich in einer Tasche bei mir trug. Mehr gab es nicht zu tun – so jedenfalls sollte es den Anschein haben.

Zangl hatte mich Floskeln und Gesten gelehrt, die meine Rolle glaubhaft machen würden. Die Sänfte kam, ich stieg ein, Jean lief nebenher. Ich war über seine freiwillige Begleitung froh, auch wenn sie nur bis in den Hof der Abtei reichen würde und nicht bis in das Innere.

Er war älter als ich und benahm sich hilfsbereit und beinah galant. Man trug mich durch die Echternacher Gassen. Ich war wieder der Junge, wie in Stavelot, angetan mit Knabenjoppe und Mütze, unter der mein Haar verborgen war. Durchs Fenster der Sänfte schilderte ich dem Knappen, wie ich mit Felix' Hilfe die Geheimnisse der Schrift kennengelernt hatte und wie leicht es mir fiel, Buchstaben und Worte im Gedächtnis zu behalten. Er erwiderte, er habe noch nie ein Buch mit eigenen Augen gesehen, und wollte wissen, ob so ein Buch schwer sei.

»O ja«, antwortete ich. »Es gibt Folianten, die so groß und schwer sind, dass man sie alleine nicht tragen kann.«

»Wie viele Bücher gibt es in der Christenheit?«, wollte er wissen.

Darauf wusste ich keine Antwort und nahm mir vor, Zangl zu fragen.

Der Junge war neugierig. »Wieso gibt es nur wenige Buchstaben, während man zahllose Wörter und Dinge damit schreiben kann?«

»Buchstaben sind wie Steine«, erklärte ich. »Du kannst aus ihnen so viele unterschiedliche Häuser bauen, wie du willst.«

Darauf erwiderte er, wenn Gedanken und Gebete wie Häuser seien, ob es dann nicht Dörfer und Städte aus Gebeten und Gedanken gebe.

»Die Stadt Köln ist das größte Buch dieser Art, das ich kenne«, erwiderte ich. Wir lachten über die verrückte Fantasie, die uns beiden Freude bereitete. Der Knappe gefiel mir, er hatte schöne Augen, und er war der erste Junge seit Felix, der mein Herz berührte.

Als ich in den Hof der Abtei getragen wurde, bedauerte ich, das Klostergebäude alleine betreten zu müssen. Der Junge hätte ein Schutz sein können für den Fall, dass man mich entlarvte. Er hätte mir die Furcht genommen. Denn nun zitterte ich und bekam feuchte Hände. Zangl hatte mir erklärt, dass der Kölner Gast in der Abtei eine außerordentlich wichtige und mächtige Persönlichkeit war. Im Zuge von dessen Unterredungen mit dem hiesigen Abt würden schriftliche Aufzeichnungen gemacht. Da man mir nun als Boten, wie üblich, eine kleine Bewirtung würde zuteil werden lassen, böte sich für mich die Gelegenheit, diese Blätter zu lesen. Jean ahnte von meiner Aufgabe nichts. Als ich die Sänfte verließ, fasste er flink meine Hand und drückte sie. Wir verständigten uns mehr mit Blicken als mit Worten.

Ein Mönch führte mich zum Haupthaus. Dort wurde ich einem zweiten übergeben, dem ich durch einen langen Flur folgte, an dessen Ende sich eine breite Flügeltür befand. Er klopfte. Als niemand antwortete, öffnete er und ließ mich eintreten. Schließlich wies er mich an zu warten und ließ mich allein.

Der Raum war das Refektorium der Abtei. Zwei lange Tische durchliefen ihn bis zu einer weiß gekälkten Wand, auf der ein schweres Kreuz aus rohem Holz hing. In den Tischen befanden sich dicht an dicht runde Vertiefungen, in die zu den Mahlzeiten die Suppe geschüttet wurde. Hier und da lagen grobe Bürsten zur Reinigung, im Holz waren ihre Spuren zu erkennen, die wohl über zahllose Jahre entstanden waren.

Ich horchte. Es war so still, dass ich den Wind hören konnte, der sich draußen in den Nischen der kleinen Fenster verfing. Am Ende eines der Tische lagen Schreibutensilien, Tintenfass, Federmesser, gerissenes Pergament. Ich zögerte nicht, die Gelegenheit zu ergreifen und die bereits beschriebenen Bögen ins Auge zu fassen. Aber kaum hatte ich ein paar Schritte getan, als eine Seitentür geöffnet wurde. Ein Mann im Mönchshabit trat ein und gab mir mit einer Handbewegung zu verstehen, dass ich stehen bleiben solle.

»Der Abt wird den Kölner Gast in Kürze herführen«, sagte er. »Man speist noch in den Gemächern des Abts.«

Ich bedankte mich. Daraufhin verschwand der Mann durch dieselbe Tür.

Ich sah mich vor die Entscheidung gestellt, gehorsam stehen zu bleiben oder den Weg zum Tischende fortzusetzen, um meine Mission zu erfüllen.

Man weiß, dass es Kammern und Zimmer gibt, die »Augen« haben. In Wänden und Türen können sich Gucklöcher befinden, hinter denen Spione stehen und darauf warten, Beobachtungen an ihre Auftraggeber weiterzureichen. Zangl hatte mich davor gewarnt und gab sich überhaupt große Mühe, mich auf alles vorzubereiten, was mir bei der Erfüllung meiner gefährlichen Aufgaben widerfahren konnte. Ich war also gefasst, ließ meinen Blick schweifen, prüfte Wände und Türen, wie er es mich gelehrt hatte. Da war nirgends ein Loch oder ein Spalt, also tat ich einen ersten Schritt, blieb gleich wieder stehen und horchte. Nichts geschah. Ich ging mutig ein Stück weiter, blickte wieder umher, spähte zum Tisch und zu den Papieren. Die Schrift darauf stand kopf, sodass ich nichts würde lesen können, auch wenn ich näher kam.

Ich wagte einen weiteren Schritt, war aber in meinem Gefühl auf eine Gefahr gefasst, die ich gleichwohl nicht hätte benennen können. Da lagen vier beschriebene Blätter, aber sie lagen übereinander und ich würde sie vor dem Lesen berühren und trennen müssen. Sollte ich das wagen?

Ich weiß nicht mehr, wie lange ich dastand und nichts tat. Ich war kleinmütig und schämte mich, meine Nase in fremde Dinge zu stecken. Ich war nicht stark, Herr Doktor, man hatte mir eine zu große Mission übertragen, in der sich meine junge Seele verlor. Ich konnte noch nicht überschauen, was es mit der *Summa Delicti* auf sich hatte und was ihre Verwirklichung für die gesamte Welt bedeuten konnte: die Bloßstellung der Obrigkeit, des Papsttums und der raffgierigen Priesterschaft! Doch hätte ich es gewusst und wäre mir klar gewesen, gegen wen ich antrat und wie gefährlich gewisse Männer der Obrigkeit waren – ich wäre ins nächste Mauseloch gekrochen und nie wieder zum Vorschein gekommen. So retteten mir das Unwissen und meine Verzagtheit womöglich das Leben.

Ich stand unschlüssig da, blickte auf die Pergamente und hörte plötzlich die Flügeltür hinter mir und mit demselben Geräusch eine Stimme, die mich an einen hundertjährigen Baum denken ließ. Der Vergleich verwirrt mich noch heute und traf dennoch zu.

»Noch einen einzigen Schritt und du machst dich unglücklich!«, donnerte die Stimme.

Ich fuhr herum. In der offenen Türe stand ein Riese in Kutte – mit Schultern breit wie ein Stadttor und Beinen wie Tempelsäulen.

»Sag, Bursche, was ist unserm geistlichen Herrn, dem wackeren Erzdiakon, eigentlich zugestoßen, dass er sich nicht selbst hertragen lassen kann.«

Ich antwortete wahrheitsgemäß.

»Ach, seine Knie!«, rief der Mann.

Wieder füllte seine Stimme den Raum. »Wenn du deine mitgebrachten Gaben auf den Tisch legen willst, soll dir der übliche Imbiss nicht vorenthalten werden. Die Knie also!«, wiederholte er nachdenklich.

Er sah zu, wie ich meine Tasche leerte. Dann wandte er sich um, verließ wortlos den Saal und hinterließ wieder die gefährlich knisternde Stille, die mich zum Weitergehen verführt hatte. Ich war erneut allein mit meiner Furcht und der unerledigten zweiten Aufgabe.

So leicht wie die erste Mission in Stavelot sollte diese nicht werden.

Achter Brief

Verzeiht mir, hochverehrter Doktor, wenn ich mich wieder-hole: Ich war kleinmütig. Ich war damals nicht fähig, zu er-kennen, dass das, was Zangl vorhatte, die Welt verändern würde. Seine Pläne scheiterten, aber sie müssen nicht auch zukünftig scheitern. Noch ist alles in meinem Kopf, noch kann ich dem Setzer Wort für Wort diktieren, was ich sah und las und niemals vergessen werde. Das ist meine Gabe. Meine Briefe sind ein Angebot an Euch, Euch meines Ge-dächtnisses zu bedienen. Wohlan! Die Angst vor den Mör-dern, die Gift, Messer und Prügel im Kleide verstecken, muss uns nicht hindern, noch einmal den Versuch zu wagen, der Christenheit zu zeigen, wie sie betrogen wird und dass der Papst nicht anders ist als der Geldsack Fugger, der die Welt und uns alle kauft, damit wir ihm gehören.

Zangl, der sich vor einiger Zeit bei Barthel meldete, ver-achtet unsere Feinde noch wie am ersten Tage. Meine Briefe sollen und können also auch ein Mittel sein, Euch mit diesem ungewöhnlichen Mann in Verbindung zu setzen. Ich muss es Euch überlassen. Wenn Ihr meinen letzten Brief gelesen haben werdet und mir vertraut und eine Möglichkeit seht,

wie man unserer Feinde Herr werden kann, dann will ich
Euch bitten, nicht nur meine Erlösung von der Todesangst
und die meiner Gefährten zu bewirken, sondern auch Zangls.
Auf dass wir uns mit versammelten Kräften noch einmal der
Summa Delicti widmen, um das Volk klug und wehrhaft zu
machen – im Namen Gottes, Seines Sohns und im Namen
der guten Madonna, die uns mit ihrem heiligen Mantel
schützt, Amen!

Der Riese in der Kutte hatte mich eingeschüchtert. Nun
öffnete sich die Tür ein weiteres Mal, und ein auffallend
kleiner Herr betrat den Saal, dessen kindliches Gesicht mir
dennoch Furcht einflößte. Seine Augen hatten eine Kraft,
die mich und die ganze Welt zu durchbohren schien. Als er
auf mich zutrat, wich ich zurück.

»Das war klar«, erklärte er ohne Umschweife, »dass die
Gelenkleiden deines Herrn ihn eines Tages für immer
lähmen würden. Das hat er seinem Lebenswandel zuzu-
schreiben, vor dem ich ihn frühzeitig gewarnt habe. Fettes
Fleisch, schweres Bier, wenig Schlaf.« Er lachte, es klang, als
kollerte ein Stein über den Holzboden.

»Wer sich obendrein gegen den Ablass stellt, weil er
glaubt, seine Stellung erlaube es ihm, der darf sich nicht
wundern, wenn Gott und Papst sich von ihm abwenden.«

Ich muckste mich nicht. Der versiegelte Brief und das
Geschenk des geistlichen Herrn lagen auf dem Tisch, ich
blickte hin und hoffte, dass der kleine Herr es nun in Emp-
fang nahm und mich entließ. Aber er kam nah an mich
heran, jede Pore meines Gesichts schien er begutachten zu

wollen. Er roch streng, ich wagte jedoch nicht, noch einmal vor ihm zurückzuweichen. Sein Atem streifte mich unschön.

»Wie heißt du?«

Ich sagte einen Namen.

»Hast du je die Hand an dein Fleisch gelegt?«

Ich verstand nicht, was er meinte.

»Aha!«, rief er, als hätte ich ein Geständnis abgelegt. »Du weißt, dass du dereinst vor deinen Richter treten wirst, der dich fragt, ob du rein geblieben bist?«

Ohne weiter auf meine Antwort zu warten, nahm er den Brief vom Tisch, erbrach das Siegel und las. Ich überragte den Mann um einen halben Kopf, blickte auf das schüttere, angegraute Haar in seinem Nacken und wäre am liebsten auf der Stelle geflüchtet. Die Art, wie er von einem Moment zum nächsten sein schneidendes Interesse von mir auf etwas völlig anderes richtete, ließ ihn eisig und entfernt erscheinen. Er hatte etwas von einer künstlich bewegten Puppe, mit der man auf Jahrmärkten Kindern Schreckensschreie entlockt und ihre Eltern erbleichen lässt.

Er warf den Brief auf den Tisch zurück, hob den Stoffbeutel auf, in welchem sich das Geschenk befand, und entnahm ihm einen faustgroßen Quarz, der ein göttliches Licht zu enthalten schien. Das Licht sprühte glühend in allen Farben daraus hervor und es entzückte mich, weil ich so etwas nie zuvor gesehen hatte. Plötzlich ließ er ihn fallen, als hätte er sich daran verbrannt. Der Aufprall wurde von den Wänden zurückgeworfen.

»Alles Dingliche, mein Sohn«, rief er, »alle Materie ist

nichts als der Geist des Teufels. Damit führt er uns in Versuchung. Das Glas gaukelt uns Farben vor wie der Leib des Weibes die Schönheit, und drinnen herrscht Fäulnis.« Er schlug mit aller Kraft auf den Tisch, sodass meine Ohren sangen und mein Herz stillstand. Dann fragte er brüsk: »Bist du etwa das heimliche Ohr deines Herrn, des Erzdiakons?«

Ich wurde feuerrot.

»In der Antike hat man den Boten einer schlechten Nachricht getötet, den einer guten beschenkt. Zu deinem Glück ist das nicht mehr üblich. Wenn der Herr Erzdiakon glaubt«, fuhr er fort, »mit deiner Person und einem blendenden Geschenk einen versteckten Zeugen eingeschmuggelt zu haben, so irrt er sich. Die Gespräche sind vorüber, die Entscheidungen gefällt, die Gegenwart deines Herrn ist also nicht mehr erforderlich, ja nicht mal erwünscht.« Er lachte knallend, dabei klatschte er in die Hände. Ein Mönch erschien, erhielt den Auftrag, mir den Imbiss zu bringen, und verschwand wieder.

Der Kölner Geistliche drehte die Hände vor mir um, zeigte mir deren bleiche Innenflächen und entfernte sich mit gespielter, verlogener Höflichkeit. Der Riese folgte ihm. Man schloss die Flügeltür, Schritte verhallten. Ich war wieder allein und mich umgab Stille wie zuvor – aber auch eine Kälte, die mich erschauern ließ. Ohne länger zu zögern, eilte ich zum Tischende und trennte die Pergamente voneinander. Ich las das Geschriebene, schob die Bögen wieder zusammen und kehrte stolz, aber aufgeregt an den Fleck zurück, den ich verlassen hatte.

Ich war erleichtert, meine Furcht bezwungen zu haben. Die Tür wurde abermals geöffnet, ein Mönch brachte Leichtbier, Brot, Schmalz und Rübenmus. Ich durfte mich setzen und aß. Es dauerte nicht lange, bis der Abt und der andere Geistliche gemeinsam zurückkehrten, am Ende des Tisches Platz nahmen und sich leise zu unterhalten begannen. Sie deuteten auf das Geschriebene. Meine Anwesenheit beachteten sie nicht mehr.

Als ich aufgegessen hatte, erhob ich mich. Der Riese wandte sich mir zu. »Du kannst deinem Herrn, dem Erzdiakon ausrichten, dass sein persönliches Fernbleiben missbilligt wurde, und mag er noch so gute Gründe nennen. Kranke Gelenke hindern niemanden, sich in einer Sänfte umhertragen zu lassen. Vorbei, Punktum!«

Ich machte eine Verbeugung und fühlte zum ersten Mal eine tief ins Herz dringende Genugtuung, einen Triumph, den ich fortan jedes Mal empfinden sollte, wenn es mir gelang, einen Auftrag meiner Auftraggeber mit Erfolg zu bewältigen. Es war das erste Mal, dass ich Stolz empfand, Zangls Instrument zu sein, sein Werkzeug, mit welchem es ihm womöglich gelang, den Papst und das Heer seiner geistlichen Geldschneider in die Schranken zu weisen.

Als ich in den Hof kam, stand der Knappe neben der Sänfte. Er öffnete den Schlag und machte eine tiefe Verbeugung. Natürlich durfte ich ihm nicht erzählen, was ich drinnen erlebt hatte, hätte es aber gerne getan. Geteilte Freude verdoppelt sich im Gegensatz zu Geld und Gut.

Ich setzte mich. Die Träger hoben die Sänfte an und

Jean lief nebenher, fasste meine Hand, die ich zum Fenster hinaushielt. Wir lachten. In den Gassen blickten uns die Leute nach. Ich fühlte mich wie eine Prinzessin oder die Tochter einer Herzogin, die heimlich einen Lakaien liebt und ihn nebenher laufen lässt. Ich hätte die Hand des Jungen losgelassen, aber er selbst löste sich nicht von mir, sondern erduldete den Lauf mit sichtbarer Freude. Es war sein Geschenk an mich und es tat mir gut.

Erst kurz vor der Wagenburg trennten wir uns. Der Stuhl wurde abgesetzt, und ich ging unverzüglich zum Reisewagen des Erzdiakons, wo man mich erwartete. Der Secretarius wurde geholt, er erschien mit einem Schreiber, der gleich die Feder spitzte. Als ich das Diktat begann, sah ich in Zangls Blick den Stolz. Mehrmals berührte er mich an der Schulter, schaute versonnen, nickte dem Erzdiakon triumphierend zu, der seine Knie kaum mehr zu spüren schien. Wenn ich schwieg, weil der Schreiber etwas Zeit benötigte, tauschte man Floskeln aus, mir wurde Kuchen versprochen, und man lobte den Tag, an welchem ich zu ihnen gefunden hatte.

Irm hockte in einer Ecke und beobachtete mich unablässig. Ihre Augen waren traurig und müde. Während die Feder kratzte, kam eine merkwürdige Spannung auf, die mit jedem diktierten Satz zuzunehmen schien. Der Erzdiakon hing an meinen Lippen, während ich langsam redete. Ich entließ das Gemerkte Wort für Wort aus meinem Gedächtnis und schaute zu, wie die flinke Federspitze daraus ebenmäßige Buchstaben und Silben formte. Zangl las mit. Dabei gewann ich den Eindruck, dass der Erzdiakon im

Lesen womöglich ungeübt war. Sein Blick huschte über das sich füllende Pergament, schweifte ab, kehrte für einen Herzschlag zurück, verfing sich aber nicht.

Als ich fertig war, durfte ich den Wagen des Erzdiakons verlassen. Kuchen wurde gebracht, und ich bat mir aus, ihn mit Irm, Matts und dem Knappen teilen zu dürfen. Die beiden aßen ihn widerwillig, aus Argwohn gegen mich, während Jean ihn genoss. Ich fühlte mich missverstanden – und konnte nichts tun außer abwarten, dass Zangl ihnen zu verstehen gab, dass mich an Solvegs Verschwinden keine Schuld traf und ich auch keine Hexe war.

Ich vertraute Zangl, meinem Mentor. Wenn mir etwas auf dem Herzen lag, sagte ich es ihm. Es war das erste Mal in meinem Leben, dass ich einen solchen Vertrauten hatte. Als Gegenleistung verlangte er nur, dass ich mein Wolkenauge für ihn als Werkzeug einsetzte. Nie brachte er mich in Verlegenheit oder bedrängte mich. Irm dagegen muss sich im Wagen des Erzdiakons unwohl gefühlt haben, denn eines Tages geschah etwas, womit niemand gerechnet hatte.

Zangl hatte mir ein hübsches Messer zum Geschenk gemacht, das, wenn ich es nicht bei mir trug, in einem Spalt zwischen zwei Spanten einer Seitenwand unseres Reisewagens in der Nähe meines Schlafplatzes lag. Eines Morgens, nur zwei Tage vor Trier, war es verschwunden. All mein Suchen blieb ergebnislos, ich war traurig, und schließlich verdächtigte ich Irm, stellte sie zur Rede, aber sie lachte mich aus. Das war am selben Tag, an dem ich Abschied von Jean nehmen musste. Die vier Reiter schlugen den Weg nach Kastellaun ein und er war nun mal ihr Knappe und musste mit. Wir hatten seit der Reichsabtei in Echternach kaum mehr Zeit füreinander gefunden.

Einmal waren wir davongeschlichen, durch eine breite Hecke gekrochen, hatten ein Feld überquert und dahinter eine Mulde gefunden. Ich setzte mich dicht neben ihn und drückte wieder seine Hände. Er küsste meine Stirn, mein Leib bäumte sich innerlich auf, und ich hatte Angst, dass nun doch der Teufel in mir sei. Wir sind so schwach und werden von Gefühlen regiert. Hätte die Schwäche nur einen Moment überhand genommen, ich wäre mit Jean davongerannt. So aber nahmen wir Abschied voneinander und weinten. Er schenkte mir ein selbst geschnitztes Gottesauge, das über mich wachen sollte. Ich besitze es noch. Die Gefahren, die mir noch bevorstanden, sollten groß genug werden, es dringend zu benötigen.

Als wir zu den Wagen zurückkamen, hörten wir Tumult. Soldaten hatten Stellung bezogen. Es sah aus, als hätten Räuber gewütet. Jemand hatte die Kleider des Erzdiakons durch die Tür seines Wagens nach draußen geworfen. Inmitten des Wirrwarrs saß der geistliche Herr am Boden und blutete am Hals. Jemand reichte ihm Tücher, die er sich gegen eine Wunde presste, aus der das Blut in einem breiten Band auf seinen Kragen lief.

Sein Atem ging heftig. Er starrte mit weiten Augen auf eine Stelle, wo vier Bewaffnete ein kauerndes Bündel bewachten. Es war Irm. Man hatte ihr Hände und Füße gefesselt. Ein Stück entfernt lag mein Messer im Gras, es leuchtete rot vom Blut des Verletzten. Überall herrschten

Verwirrung und Empörung. Zangl kam mir entgegen, sandte den Jungen zu dessen Reitern und bat mich, ihm zu folgen. Ich wandte mich um. Irm hatte die Hände vor das Gesicht geschlagen. Wie sie so dasaß, tat sie mir leid. Mir war klar, dass die Attacke einen ernsten Anlass haben musste. Zangl hatte mir mehrfach versichert, dass der Erzdiakon nie hinter den seidenen Vorhang getreten sei in seinem Wagen, wenn er sie anschaute.

Er führte mich zum Wagen des Secretarius, wo er drinnen hinter uns die Türe schloss. Wir waren allein. Er wartete, bis ich mich gesetzt hatte, dann sagte er mit leiser Stimme, als vermutete er, dass wir belauscht würden: »Der Erzdiakon ist sehr krank. Er ist kränker, als du es dir vorstellen kannst.«

Ich war mit dem Herzen immer noch bei Jean und Irm, aber auch bei Matts – den ich nirgends gesehen hatte, wie mir erst jetzt auffiel.

»Diese Krankheit hat keinen Namen«, sagte Zangl. »Vielleicht ist es keine Krankheit, sondern die Bosheit des Bösen, das Gift Satans, der Stich des Teufels mit seiner schärfsten Waffe: der blinden Lust des Fleisches.«

Es war dieses blutige Unglück, das Zangl veranlasste, mich tiefer in seine Seele und Absichten blicken zu lassen als bisher. Er war Realist und eben kein Kleriker. So erklärte er mir auf meine Frage hin, dass dort, wo Meer und Himmel aufeinanderstoßen, keineswegs Schiffe zermalmt werden, sondern immer weitersegeln. Der Erzdiakon dagegen hätte meine Befürchtung womöglich geteilt und im elementaren Zerdrücken der Schiffe Gottes Ratschluss erkannt. Für ihn waren Welt und Menschen unwandelbar wie die schwedische Granitküste seiner Kindheit, der er entstammte. Zangl wiederum sagte: Nicht Gott allein bestimme unser Schicksal, sondern auch wir selbst. Er war der festen Überzeugung, dass Gott uns erschaffen hat, *damit* wir die Welt verändern, *damit* wir werden wie er selbst und uns ein paar Staubkörner seiner Allmacht durch Fleiß, Kenntnis, Klugheit und Wagemut zu eigen machen.

Zangl war ein gebildeter Mann, dessen Kindheit nicht im harten Norden stattgefunden hatte, sondern in Italien, wo Gott, wie er sagte, vor die Mühe den Genuss gestellt habe und nicht umgekehrt. Insofern sympathisierte er sogar mit dem Papst, was dessen Hang zum Luxus betraf. Moralische Verfehlungen allerdings waren ihm zuwider. »Wenn du Gott sehen willst, musst du in den Spiegel blicken. Dort siehst du auch den Teufel.«

Neunter Brief an Euch

Es war ein schlimmer Tag. Während nach Irms Messer-
angriff der Lärm und die Aufregung draußen anhielten,
flüsterte mir Zangl im Wagen des Sekretärs das Folgende
zu: »Ich wurde heute Morgen Zeuge, wie der Erzdiakon zu
einem Rotkehlchen redete – nicht wie der Heilige Franz,
sondern wie ein Mann, der den Verstand verloren hat. Du
musst es für dich behalten. Niemand wird ein solches Verhalten als Krankheit verstehen, sondern als etwas Böses. In
Trier steht uns ein Gespräch mit Vertretern des Papstes bevor, die sehr misstrauisch sind, was solche Dinge betrifft.
Ich rechne damit, dass jener Kölner Geistliche von Echternach aus womöglich einen Boten vorausgeschickt hat, um
in Trier böses Blut gegen uns zu machen. Er wird unsern
geistlichen Herrn in ein schlechtes Licht rücken, um von
sich selbst und seinen eigenen Sünden abzulenken. Und
wenn er erfahren würde, dass der Erzdiakon an einer solchen Krankheit leidet …«

Ich fragte, welche Sünden es seien, derer sich der Kölner
Geistliche schuldig mache. Da erwiderte Zangl zu meinem
unbeschreiblichen Schrecken: »Hast du in deiner Heimat

Zons nicht erfahren, dass er den dortigen Schultheiß unter kirchlichen Schutz stellen ließ, obwohl dieser Mann einen jungen Burschen erschlagen hat? Zuerst glaubte man, der Junge sei von Treibholzräubern ermordet worden, die schon einen Zonser Knecht und zwei Stadtsoldaten auf dem Gewissen hatten. Der Schultheiß nutzte diese Gelegenheit, seine eigene Bluttat in den Schatten des ersten Verbrechens zu stellen. Der Junge wurde tot aufgefunden, und jeder glaubte, er sei ebenfalls das Opfer der Holzdiebe geworden.«

Mir wich das Blut aus dem Gesicht. Ich zitterte am ganzen Leib, und mir wurde mit bebenden Lippen bewusst, dass Zangl mir soeben, ohne es zu ahnen, den wahren Mörder meines lieben Felix genannt hatte, der in Zons erschlagen gefunden worden war. Nicht jene Holzdiebe waren es, sondern unser Zonser Schultheiß, und er war es wohl auch, der mich in den Kerker der Burg hatte werfen lassen – aus Furcht womöglich, ich könne etwas gesehen haben und bezeugen. Die Tränen schossen mir in die Augen.

Nun machte Zangl mir klar, dass die Erstellung seiner »Sündenliste«, wie er das Projekt seiner *Summa Delicti* mitunter ebenfalls nannte, uns alsbald täglich neue gefährliche Feinde einbringen würde – Menschen, die uns den Krieg erklärten, weil sie wussten, welche Folgen die Veröffentlichung ihres Namens und ihrer Taten haben würde.

»Sie werden weder unsere Haut noch Habe schonen«, erklärte er, und während ich noch wie taub war vom Schmerz und Schrecken der jüngsten Nachricht und Erkenntnis, fühlte ich, dass von diesem Tag an mein Leben ein anderes sein musste. Ich sah den *strafenden* Gott, den Gott des Papstes und nicht den gnädigen, den verzeihenden, den Ihr, Herr Doktor, für uns erkannt habt. Der *wahre* Gott, der alle Menschen liebt, geriet mir aus dem Blick.

Der Tag des Angriffs auf unsern Erzdiakon war aber nicht nur ein neuer Schritt in mein Erwachsenwerden. Ich betete auch inbrünstiger als sonst und tat es gemeinsam mit Zangl und fühlte Gottes Nähe. Zangl ergriff meine Hände. Wir fühlten beide, wie der Herrgott uns mit Entschiedenheit und heiligem Zorn die Kraft schenkte, die *Summa* drucken zu lassen – und die gesamte Christenheit davon in Kenntnis zu setzen, dass sich der Teufel in falscher Frömmigkeit versteckt, um nicht erkannt zu werden: als Pontifex in Rom!

Beim Verlassen des Reisewagens der Schreiber durchströmte mich ein so tiefes Mitgefühl, dass ich geradewegs zu Irm lief, die Soldaten beiseitestieß und sie vom Boden hochriss. Ich umarmte sie und hatte den Wunsch, etwas von dem göttlichen Kraftgeschenk, das mir soeben zuteil geworden war, auf sie übergehen lassen zu können. Sie aber stieß mich jäh von sich weg und starrte mich erschreckt an. Die Soldaten rührten sich nicht, sie behielten Zangl im Auge, der hinter uns stand und die Befehlsgewalt innehatte.

Ich fragte Irm, wo Matts sei, da ich ihn noch immer nicht sah. Da brach sie in Tränen aus. Ich ließ sie nicht los, sondern drang weiter auf sie ein, so lange, bis sie eingestand, dass nicht sie den Angriff auf den Erzdiakon verübt habe, sondern unser blinder Kamerad. »Wie vom Blitz gerührt ist er inmitten des Erzählens hochgefahren, hatte das Messer in der Hand und stach auf unsern geistlichen Herrn ein. Ich habe ihm die Waffe weggenommen, da ist er fortgerannt.« Ihre Lippen zitterten. »Es war, als hätte er alles um sich her *gesehen*, als sei sein Augenlicht zurückgekehrt.«

Zangl, der alles mit angehört hatte, ging unverzüglich zum Erzdiakon, um ihn zu fragen, weshalb er nicht gleich den wahren Angreifer genannt habe. Ich folgte ihm. Wir erhielten eine Antwort, die uns erschreckte: Er habe am frühen Morgen mit einem Vertreter des Papstes gesprochen, der nicht in seiner eigenen Gestalt erschienen sei, sondern im Kleide eines Vögelchens, um den Teufel zu täuschen. Der Mann habe gewarnt, dass man uns alle töten werde, weshalb eine Verfünffachung der bewaffneten Reiter notwendig sei. »Sie, Zangl, müssen dafür sorgen!«, rief der geistliche Herr. »Darüber hinaus müssen wir einen Boten voraussenden, der unser Eintreffen in Rom in zwei Tagen ankündigt.«

»In Rom?«, fragte Zangl irritiert.

»Natürlich Rom, was sonst?«, entgegnete der Kranke und deutete auf seine Wunde am Hals. »Reicht das hier nicht, um uns zu warnen? Was soll noch geschehen? Wozu bezahle ich Euch teures Geld, wenn Ihr nicht für meine Sicherheit sorgt?« Er zeigte er auf einen Fliederbusch in der Nähe. »Seht, das Rotkehlchen! Es hat sein Köpfchen bewegt.« Schließlich zog er die Stirn in Falten und wandte sich unvermittelt von uns ab.

Ich befreite Irm von ihren Fesseln. Die Soldaten kehrten zu ihrem Wagen zurück. Der Erzdiakon hockte im Gras und blickte Hilfe suchend um sich.

»Ist so ein Vöglein nicht gefährlicher als ein Feuer-drache?«, fragte er mich. Man sah, wie die Angst ihn schüttelte.

Der Junge hatte seine reitenden Herren hergeführt und stand am Rande. Man zeigte Mitgefühl vermischt mit Bedenken, was dieses seltsame Verhalten für eine Bedeutung hatte. Der Erzdiakon spähte ins Unterholz, als erwarte er das Hervorspringen eines Ungeheuers.

Heute weiß ich, dass der Tag des Angriffs auf unsern geistlichen Herrn mich reifen ließ. Meine Zieheltern hatten mich mit Liebe, aber wie das Holz im Walde heranwachsen lassen. Zangl bemühte sich, mich zu *erziehen*, er schenkte mir Bildung. In dem Maße, wie ich Vertrauen zu ihm gewann, wurde mir der Erzdiakon fremd. Er glaubte wirklich, in Kürze die Ewige Stadt Rom zu betreten. Seinen Angreifer Matts hielt er für ein Werkzeug des Bösen. Während der letzten Etappe unserer Reise nach Trier erkannte er in zweien unserer Schreiber »Spione« und weigerte sich mit kindlicher Scheu, auch nur eine Minute mit ihnen allein gelassen zu werden. Ich sah unsern geistlichen Herrn vor Angst beben, der Speichel lief ihm übers Kinn. Ich hatte Mitleid mit ihm. Wir wichen dem Kranken kaum mehr von der Seite. Der Junge unterstützte mich. Seine Herren gedachten zu meiner Freude nun doch erst von Trier aus den Weg in Richtung Kastellaun einzuschlagen. Unserer Freundschaft blieb eine Galgenfrist.

Matts tauchte bis Trier nicht wieder auf. Er schaffte es jedoch, die Römerbrücke über den Fluss Mosel zu queren und an der Stadtwache vorbei durch das südliche Tor in die

Stadt zu kommen. Dass ihm dies als Blindem gelang, ist vielleicht eines der Wunder, die Gottes Wahrheit zeigen.

Kaum waren unsere Wagen in die Stadt und die südliche Mauer entlang bis zum *Palatium** gerollt, als ich den Jungen verdreckt und zitternd unter einer Plane hervorkriechen sah. Ich war erleichtert. Er hatte das Glück gehabt, dass ihn ein Tross Weinkutscher am Straßenrand auflas und mitnahm.

Die Straßen und Gassen von Trier kamen mir noch voller vor als die Kölner. Es hatte mit einer sogenannten Konziliaren Versammlung* zu tun, die dort stattfand und deretwegen die Stadt von Geistlichen geradezu wimmelte. Auch wir hatten uns zu diesem Anlass herbemüht.

Eine Menge bunter *mulierculae*, zweifelhafter Damen, hatte sich unter die Leute gemischt. Sie gingen in kleinen Gruppen von drei oder vier Weibern Arm in Arm mit geschminkten Augen und Mündern und gespielt schüchternem Gesichtsausdruck einher. Ihre große Zahl deutete an, wie groß die Zahl hochgestellter Kleriker und anderer vornehmer Herren war, die sich in der Stadt aufhielten und mit prallen Geld- und Hosenbeuteln winkten; auch die vielen Sänften und Wagen mit verhängten Fenstern bestätigten es.

Unseren Reisewagen wurden auch hier ein Standplatz am Rande der Stadt zugewiesen. Während die Soldaten, Schreiber, Köche und die Dienerschaft dortblieben, bezogen der Erzdiakon, Zangl und ich, aber diesmal auch Irm die kurfürstlich-erzbischöfliche Residenz im alten Trierer

Palatium, in dessen Apsis Zimmer für die Gäste bereitstanden.

Als ich das erste Mal den riesigen, uralten Raum betrat, der aus römischer Zeit stammte, blieb mir beinahe das Herz stehen. Es war, als stehe man in einer Welt mit einem eigenen Himmel. Die Höhe maß einhundert Fuß, die Länge des Hauses das Doppelte.

Wir richteten uns in einem der Zimmer der Apsis ein. Der Erzdiakon wähnte sich in Rom und zögerte nicht, unsere Gastgeber und einige der Gäste für Mitglieder der Päpstlichen Familie zu halten, ebenso wie die Trierer Stadtsoldaten für die Schweizergarde. Das Gelächter, das ihm entgegenscholl, hielt er für Freundlichkeit, und Zangl hatte während der folgenden Tage einige Mühe, den kirchlichen und weltlichen Vertretern jeweils zu signalisieren, dass unser geistlicher Herr infolge des Genusses verdorbener Pilze mit einer Verwirrung der Sinne zu kämpfen habe.

Heimlich sagte er mir: »Womöglich nützt uns die seltsame Erkrankung des Erzdiakons.« Überhaupt weihte er mich nun ganz und gar in seine Pläne ein. »Die Teilnahme an der Konziliaren Versammlung ist nicht der eigentliche Grund für unsere Anwesenheit. In Wahrheit geht es um das sogenannte Uhlenhaus außerhalb der Stadtmauern.«

Dieses Gebäude stand in Ufernähe der Mosel und war ein schlichtes zweistöckiges Gebäude, das ärmlich wirkte, im Innern jedoch seinen Besuchern den zügellosen Luxus eines venezianischen Stadtpalastes bot. Ursprünglich ein Armen- und Arbeitshaus, hatte es vor Jahren die Besitzer gewechselt und war mit der aufwändigsten und blendendsten Innenausstattung versehen worden, die man sich vorstellen kann.

»Dort tun jene bunten Damen Dienst, die wir auf der Straße sahen«, erklärte Zangl. »Wir haben hier einen Gegner, der zu den obersten Namen auf meiner *Summa Delicti* gehören wird. Er ist ein Provinzialvikar* irischer Herkunft, der in Trier ansässig wurde und Einfluss gewann.«

Ich will an dieser Stelle nun wagen, Herr Doktor, diesen ersten der beiden furchtbaren Sünder bei seinem Namen zu nennen. Auch wenn ich Angst habe, vermag ich nicht, ihn länger und in meinem neunten Brief zu verschweigen.

Bei der Renovierung des alten Gebäudes hat dieser Mann sich besonders hervorgetan. Immer wenn nun der Verkehr durch das Stadttor an der Römerbrücke zunimmt, klingelt es im Geldbeutel eben jenes Provinzialvikars mit Namen Lionel Walsh. So gab es geheime schriftliche Abmachungen und Verträge zwischen ihm und den Betreibern des Hauses am Moselufer. Da Zangl als Rechtsgutachter Einblick in die Archive der kurfürstlich-erzbischöflichen Verwaltungsräume gestattet war, musste er nur das Vertrauen des Provinzialvikars gewinnen, um an die Papiere zu gelangen. Schließlich erklärte er: »Man möchte bestehende Verträge überarbeiten und wir werden anwesend sein.« Dann blickte er mich an. »Wir wissen, es genügt ein einziger Blick!«

Der Schlüssel zum Erfolg des Unternehmens lag im Vertrauen des Sünders zu uns. »Wir müssen Zutritt in das Uhlenhaus bekommen.« Zangl schmunzelte verstohlen und belehrte mich. »Ich habe Gerüchte ausgestreut, dass wir dort *wirksam* werden.« Wie, das ließ er eine Weile offen. Das Geheimnis lüftete er, nachdem Matts zu uns gestoßen war und wir ihm allesamt verziehen hatten.

Der Provinzialvikar Lionel Walsh war eine gewinnende Erscheinung. Er hatte ein glattrasiertes Gesicht und große, klare Augen. Sein Deutsch besaß den weichen Tonfall der Angelsachsen, seine Wortwahl und Ausdrucksweise enthielt sympathische Fehlgriffe. Der Erzdiakon glaubte, er sei ein Kammerdiener des Papstes, und verbeugte sich vor ihm. Walsh spielte jovial darüber hinweg und erwähnte beiläufig, dass einer der Neffen des Papstes, Lorenzo Medici, von der Pflicht des Kniefalls vor dem Papst befreit worden sei. Mit solchen Lügen begeisterte er unsern geistlichen Herrn dermaßen, dass dieser dem Iren für eine Weile kaum mehr von der Seite wich und weiter »päpstlich« unterhalten werden wollte.

Dann kamen wir Kinder ins Spiel. Während eines Treffens eröffnete Zangl dem Provinzialvikar, dass er über eine begabte Unterhaltungsgruppe verfüge, bestehend aus drei blühend jungen Menschen: einer kindlichen Schönheit, die ihren bezaubernden Glanz hinter einem seidenen Vorhang zur Schau stelle, einem blinden Erzähler, der Geschichten improvisiere, die »den Leib aufwühlen«, und einer artigen Zofe, die sich der Bequemlichkeit der Zuschauer und Zuhörer widmen werde.

Wir erhielten von Zangl den Künstlernamen *Die drei Harfen*, unter welchem er Irm, Matts und mich bekannt zu machen gedachte. Sein Ziel war es, das Vertrauen Lionel Walshs zu gewinnen. Dass Walsh über Zangls juristische Fähirgkeit Bescheid wusste, war der Kern des Plans. Eine

Überarbeitung der Geheimverträge das Uhlenhaus stehe kurz bevor, und Zangl sei ihr fachkundiger Begleiter. Nach unserm Streich in der Abtei von Stavelot folgte diese Trierer Maßnahme, die den Provinzialvikar Lionel Walsh mithilfe unserer *Summa* für alle frommen Christenmenschen als Sünder sichtbar machen sollte.

Zehnter Brief

Es bleibt Gottes Geheimnis, warum Er die Welt so rau sein lässt und nicht heilend einschlägt auf die Übeltäter, die Ihm allenthalben in die Quere kommen! Wie wird sich Gott entscheiden? Für oder gegen Zangl und mich? War das, was wir taten, überhaupt richtig? Darf man sich gegen Kirche und Regierung auflehnen und deren Vertraulichkeiten an die Öffentlichkeit tragen? In Trier begann ich, für Momente sehr verzagt zu sein. War mein Blick nicht zu eng und klein, darüber zu befinden, ob wir groben Verrat betrieben oder nicht? Und heute noch: Ich werde nachts wach und weine, weil mein Wolkenauge womöglich doch das des Teufels ist. Und werde ich gar bis zu meinem Tode die Wahrheit nicht erfahren? Gott helfe mir! Bin ich mit ein- oder zweiundzwanzig Jahren klüger als mit dreizehn oder vierzehn? Wenn Ihr mir nur darin eine Sicherheit des Gewissens schenken könntet, Vater, ich wäre Euch unendlich dankbar. Wie viele Hexen brennen und haben nie gewusst, dass sie des Teufels waren, hielten alles für christlich und brav, was sie taten? Diese Grundangst, Herr Doktor, dieser Batzen ist es auch, der so schwer in meiner Brust lastet. Wie oft fühle ich mich über-

voll! Als wollt gleich alles in mir platzen. Was ich sehe, höre,
denke, scheint sich festzukrallen. Ich fühle mich immer
schwerer, weil ich nichts vergessen kann. Was, wenn diese
Not der Fluch des Bösen ist? Ich traue mich kaum, es aus-
zudenken.

Als ich Matts bei unserer Ankunft in Trier unter einer
Plane hervorkriechen sah, war ich froh. Ich hatte die Befürchtung, dass er sich nach der Flucht nicht würde zu-
rechtfinden können und womöglich irgendwo hilflos verendete wie ein verletztes Tier. Ob er wirklich versucht hatte,
den Erzdiakon zu töten, blieb Vermutung. Gott ließ ihn
nicht fallen. Weder sein Gewissen noch der Zorn seines
Opfers führten dazu, dass eine Anklage erfolgte. Unser
geistlicher Herr muss Gründe gehabt haben, ebenso stillzu-
schweigen wie sein Angreifer.

Obwohl an Matts' Händen dieses Blut klebte, wuchs er
mir näher ans Herz als vorher. Wir redeten nie über den
Vorfall, ich zog ihm nachts die Decken unter das Kinn
wie eine Mutter und streichelte sein störrisches Haar. Wir
kannten beide unsere wahren Eltern nicht und bildeten auf
diese Weise eine kleine Gemeinschaft. Irm duldete es und
war mit einem Mal beinah liebreizend. Sie erwartete nicht
mehr und nicht weniger, als sie bekam, als flöge der Engel
der Bescheidenheit und Stille über sie hin. Wir beteten zu
dritt, sangen und summten uns gegenseitig in den Schlaf –
und vertrauten auf Gott, wenn wir am Nachmittag, ängstlich, bedrückt, aber stets mutig durch das Stadttor nach
draußen schritten und den Weg zum Moselufer ein-

schlugen, wo das Uhlenhaus inmitten einer Buchengruppe stand.

Wenn ich zurückblicke, erscheint mir das Treiben an diesem Ort wie eine Theaterbühne der Hölle, auf der man den Himmel nachspielt. Es herrschte ein immerwährender Karneval, eine Maskenparade, bei der jede Lüge als Wahrheit verkleidet und jede Träne als Wein angepriesen wurde.

Unsere Mission war klar: *Die drei Harfen* wurden in ein Zimmer ohne Fenster geführt, wo die zahlenden Gäste bereits in bequemen Polstersesseln saßen. Ich erkannte so manches Gesicht. Bei Tag waren diese Männer geweihte Priester, in der Nacht setzten sie ihr Seelenheil aufs Spiel. Irm nahm hinter ihrem seidenen, im Lichte durchsichtigen Tuch Platz und sang. Ich servierte Feigen, süßes Brot und Honig. Matts erfand Märchen, in denen Sklavinnen sich in ihre Besitzer verliebten und freiwillig starben. Ich sah, wie es die Männer vor Lust schüttelte, und hörte, wie sie nach Luft schnappten.

Vor uns saßen Priester im Halblicht Seite an Seite mit Blaufärbern, Gelehrten, Lederhändlern oder Baumeistern. Irm verzauberte sie alle, machte alle gleichermaßen wild und gierig. Sie verzehrten sich nach ihr und hätten ihr ein Leids getan, wenn wir nicht stets wachend dabeigeblieben wären. Matts erzählte, schmückte die Geschichten aus; die Geilheit dieser Männer war abscheulich.

Während der dreißig Tage, die wir in Trier blieben und beinah täglich ins Uhlenhaus mussten, begegnete uns auch der Provinzialvikar Walsh. Immerhin hatte er in den fensterlosen Zimmern den Anstand, im Hintergrund zu bleiben. Aber auch er starrte mit bebendem Kinn auf jede Regung Irms hinter der Seide.

Wenn ich das Tablett neben ihn stellte, roch ich seinen süßlichen Schweiß und sah, wie seine Hände glänzten. Die äußerliche Anmut und Festigkeit, die ihm bei Tag eigen waren, lösten sich auf. Wie tierhaft ist der Mensch, Herr, wie fleischlich, sogar in seiner Seele?! – Bei all dem blieben wir Zangl treu und erfüllten unsere Aufgabe zu seiner Zufriedenheit. In der Tat gewannen wir nach und nach das Vertrauen Lionel Walshs. Unser Erfolg schenkte mir Mut, Kraft und Trost. Ich saß voller Angst auf fremden Schößen, Hosen und Sutanen und musste stillhalten, bis so ein Gast eingenickt war und ich mich ihm entwinden konnte.

Matts musste sich eines besonders hartnäckigen Bewunderers erwehren, der ihn mit Geschenken überschüttete. Teure Stoffe, Spielzeug aus Elfenbein, arabischer Schmuck, Blumen und Backwerk. Jeden Tag gab es Neues, das der Fremde in zügelloser Leidenschaft gegen Morgen an der Tür des Zimmers niederlegte und Irm oder mich bat, es dem »blinden süßesten Engel« zu geben.

Der Engel aber war nicht so blind, wie der Mann glaubte und wie Matts zu seiner eigenen Sicherheit vorgab. Er konnte wieder etwas sehen, es war ein Wunder! Er vermochte seine Hände zu sehen und die Flucht der Gasse, durch die er mit uns lief. Er sah das Brot auf dem Tisch und griff auch nicht mehr daneben, wenn man ihm einen Krug Wasser reichte. Er ging ohne Hilfe die Treppe zu unserer

Wohnung in der Apsis hinauf. Gott schenkte ihm das Augenlicht zurück und segnete ihn mit den Zuwendungen jenes wohlhabenden alten Mannes. Wenn ein Kind sonst gar keine Liebe erfährt, ist sogar diese etwas wert, wenn sie nur in Gedanken liebkost. Was nicht heißt, dass der Betreffende nicht doch versuchte, Matts zu berühren. Wir ließen den Jungen nie allein und schirmten ihn ab, so gut wir konnten.

Irm zog die weitaus meisten Interessenten auf sich. Bei ihr mussten wir besonders wachsam sein. Auch sie durfte den Weg vom *Palatium* zum Uhlenhaus nie alleine gehen. Manchmal wurde sie von Zangl begleitet, aber seine Zeit war kostbar. Oft verfolgte uns einer der Verwirrten auf unserm Heimweg oder sprang vor uns aus einer Mauernische und heulte wie ein geprügelter Hund, weil ihm Irms Schönheit den Verstand geraubt hatte. Solche Männer warfen sich vor ihr zu Boden oder knieten und streckten flehend die Hände zum Gebet wie vor dem Altar. Tränen strömten über ihre Gesichter, und einer schlug seinen Kopf gegen den Stein, bis er blutete und wir die Flucht ergriffen vor Angst und Scham – halb angewidert, halb fasziniert von solcher Seelennot.

Doch es gab auch andere: Einmal rotteten sich ein Hauptmann der Trierer Stadtsoldaten und ein paar Stallknechte zusammen. Sie lauerten mit Knüppeln vor dem Uhlenhaus und wollten Irm totschlagen, um »Satans Werkzeug« aus der Welt zu schaffen, wie sie verkündeten. Wir hoben Steine auf und verteidigten uns, riefen um Hilfe. Wächter kamen mit Fackeln und vertrieben sie. Nur im

Geleit der Bewacher erreichten wir sicher das Tor und kamen wohlbehalten in die Stadt zurück.

Die Konziliare Versammlung dauerte sechsundzwanzig Tage. Während all der Zeit erfuhr der Erzdiakon nichts von unserer Mission. Da er sich seiner Meinung nach in der Ewigen Stadt Rom befand, schmerzten seine Knie nicht mehr. Jeden Tag durchwanderte er die Gassen von Trier auf der Suche nach Reliquienhändlern und Devotionalienkrämern, die ihm überteuerte bestickte Schlafkappen früherer Päpste und deren silberne Suppenlöffel zum Kauf anboten. Auch litt er nicht mehr im selben Ausmaß unter Schlaflosigkeit – der ursprüngliche Grund, warum er Solveg, Matts und Irm in Dienst genommen hatte.

Wenn wir frühmorgens erschöpft und übermüdet die Stadtmauer entlang zu unserem Zimmer zurückgingen, sahen wir ihn mit einem Diener das *Palatium* verlassen, um seine Suche nach »römischen Schätzen« von Neuem zu beginnen. Der Irrglaube hatte ihn geheilt, das Vögelchen vielleicht, mit dem er redete, wer weiß? Er rang verbissen um eine päpstliche Audienz, stritt mit dem Sekretär des Erzbischofs über Fragen der römischen Abfallbeseitigung und dachte beim Essen laut über eine Verlängerung unseres Aufenthalts nach. Zangl war einverstanden und suchte währenddessen heimlich einen vertrauenswürdigen Buchdrucker, der das erste Blatt unserer *Summa* herzustellen bereits war. Die fertige Flugschrift sollte in Trier erst verteilt werden, wenn wir bereits in Richtung Fulda abgereist sein würden.

Der Tag, an welchem die vorher verabredete Überarbeitung der Vereinbarungen zwischen Lionel Walsh und den Betreibern des Uhlenhauses stattfand, war der Tag der heiligen Aurelia. In unsern Zimmern war es kalt. Zangl hatte dem Provinzialvikar eine geschickte Lüge aufgetischt: Er habe sich am Morgen leider einen Fuß verstaucht und könne nur in die Archive der erzbischöflichen Residenz kommen, wenn ihm gestattet würde, mich mitzuführen, um ihn zu stützen.

Walsh hatte nichts einzuwenden, und so humpelte Zangl neben mir die Treppe aus der Wohnung zum *Palatium* hinunter, wo wir den ungeheuren Raum betraten, um ihn zu durchqueren. Ich empfand abermals ehrfürchtigen Respekt vor diesem Wunder an umbauter Höhe und Weite. Eine Gruppe Priester auf dem Weg zum Refektorium begegnete uns und erkundigte sich betroffen nach Zangls Befinden. Niemand zweifelte daran, dass er die Wahrheit sagte, man wünschte baldige Genesung. Ich erkannte das eine und andere Gesicht, das mir in den Nächten begegnet war, aber keines wurde schamrot, niemand schlug die Augen nieder, man erschien rein und schuldlos, als herrsche am Tage eine andere Wirklichkeit als nachts.

Die Archive befanden sich im oberen Stockwerk der angrenzenden Residenz. Wir waren umgeben von prachtvollen Schränken und Regalen, lackglänzenden Tischen und rot und blau gepolsterten Stühlen. Der Archivar sah den Gast mit schmerzverzerrtem Gesicht humpeln und mich ihn stützen und zeigte sich bestürzt. Er sei vom Treffen mit dem Herrn Provinzialvikar unterrichtet, erklärte er, und habe die betreffenden Mappen und Papiere bereits in eine der Lesekammern gelegt. Niemand werde uns dort stören, und falls wir seine Assistenz benötigten, befinde sich an der Tür ein Glockenzug, den zu betätigen wir uns bitte nicht scheuen möchten. Er führte uns hin, öffnete die Pforte zu einem halbrunden Zimmerchen und ließ uns allein.

Wir setzten uns auf eine harte Bank und fühlten die Minuten verstreichen. Wir waren beide nervös. Der Archivar hatte die Tür offen gelassen und ich horchte nach fremden Schritten. Die Stille bekam ein merkwürdiges Gewicht. Nichts geschah. Ich merkte, dass Zangl ungeduldig wurde. Plötzlich sprang er auf und begann, in dem Zimmerchen umherzulaufen. Kein Gedanke mehr daran, dass er nicht alleine gehen konnte, wie man glauben sollte. Er verließ das Räumchen und ich hörte ihn zwischen den Archivschränken hin- und herlaufen. Sein Zorn, dass man ihn wie einen Knecht warten ließ, war spürbar. Schließlich stand auch ich auf, um mir die Beine zu vertreten, verließ aber die Kammer nicht. Zangl glühte vor Wut. Unseren Fehler bemerkten wir erst, als es zu spät war.

Die Nachricht von einem unaussprechlichen Ort am Ufer des Flusses außerhalb der Stadt, der auch von Geistlichen aufgesucht werde, war auch an das Ohr des Erzdiakons gelangt. Eine Weile ignorierte er das erschreckende Gerücht. Doch ausgerechnet am Tage des alles entscheidenden Treffens zwischen Zangl und Walsh geriet er über das Uhlenhaus mit dem Würdenträger einer östlichen Provinz in Streit – just in dem Augenblick, als Lionel Walsh sich auf den Weg zu uns in die Archive gemacht hatte und den himmelhohen Raum durchschritt. Der Erzdiakon verdammte das Freudenhaus lautstark, während der andere es als ein Stück Kultur verteidigte.

Wir erfuhren im Nachhinein von der Auseinandersetzung, die an Festigkeit und Lautstärke zunahm und immer mehr Vorübergehende veranlasste, neugierig stehen zu bleiben. Auch Walsh kam hinzu. Der Erzdiakon erkannte ihn und machte eine Bemerkung, die den Provinzialvikar erstarren ließ: Männern, die im Dunkeln einen solchen Ort des Teufels aufsuchten, solle man bei Lichte das Geschlecht beschneiden.

Walsh *musste* diese Äußerung auf ihn bezogen missverstehen und glauben, dass er verraten worden war. Er stotterte, fasste sich aber und entgegnete kaltblütig, dass ein Kleriker auch mit beschnittenem Geschlecht ein braver Gottesdiener sein könne. Sein Widersacher, mit welchem er zu streiten begonnen hatte, habe daraufhin so laut zu lachen begonnen, dass der Erzdiakon sich nun von beiden offen provoziert fühlte.

Der Raum verstärkte das Lachen, hob es in die riesenhafte Höhe und ließ es wie einen Steinschlag aus Beleidigungen niederpoltern. Wie wir später erfuhren, habe er sich in diesem Moment in den Papst verwandelt. Als dieser habe er die gottgegebene Pflicht, derlei Blasphemien zu ahnden. Er holte einen Lederbeutel hervor, in dem habe sich ein lebender Feuersalamander befunden.

Das Tier sei herausgekrochen und keineswegs fortgelaufen. Der Erzdiakon kniete sich vor ihm hin und habe zu beten begonnen und die Umstehenden aufgefordert, es ihm gleichzutun. Im Nu bildete sich eine wachsende Traube Neugieriger, neuer Streit entbrannte, Parteien bildeten sich, ein wahrhaft leidenschaftliches Tohuwabohu sei entstanden, dem Lionel Walsh nicht mehr so schnell entkommen konnte, wie er wollte. Der Erzdiakon habe den Lurch geküsst und damit eine brausende Empörung erzeugt, über die man noch tagelang in den Trierer Straßen redete.

Als Walsh das Archiv betrat, war eine Stunde vergangen. Zangl war außer sich. Er sah ihn durch die breite Flügeltür herankommen und trat ihm ohne zu humpeln entgegen, um seiner Empörung Ausdruck zu geben. Keine Spur von einem Mann, der nicht laufen konnte und sich auf die Schultern eines Helfers stützen müsste!

Ich konnte beide durch die kleine Tür des Lesezimmers sehen. Der Provinzialvikar blieb stehen, starrte auf Zangls Beine und rief: »Sie sind ein schamloser Lügner! Ihnen zu vertrauen, wäre eine Dummheit gewesen. Ich verzichte auf Ihre Dienste als Jurist! *Thank you, Sir, indeed!*«

Ohne ein weiteres Wort wandte er sich um und verließ mit knallenden Stiefeln die Räume. Die schmatzende Stille, die er hinterließ, hallte bedrohlich nach. Als Zangl begriff, welchen Fehler er gemacht hatte und dass er sich von mir hätte stützen lassen müssen, hob er die Hände zum Himmel und stöhnte.

Elfter Brief

Gnade und Friede in Gott dem Herrn, Amen!

Wenige Tage nach unserm Missgeschick in dem Archiv wurde unsere Wagenburg nachts von einer Schlägerbande überfallen. Der Wagen des Sekretärs und der Schreiber brannte vollständig aus, ein Mann erlitt schwere Verletzungen an den Händen. Gott allein verhütete, dass die Flammen auf die Nachbarwagen übergriffen.

Ein Sprecher des Erzbischofs drückte dem fassungslosen Erzdiakon gegenüber sein Bedauern aus. Unser geistlicher Herr begriff jedoch nicht, wie Gott in den Mauern der Ewigen Stadt so etwas zulassen konnte – und begann wieder, über Erschöpfheit und Schmerzen zu klagen. Er wurde traurig. Die Trübnis erfüllte ihn nach und nach vollständig, und als wir Trier überstürzt und in aller Heimlichkeit in Richtung Fulda verließen, der nächsten Station, starrte er nur noch steinern in sich selbst hinein wie ein Mönch in den entlegenen Berghöhlen Chinas.

Dass hinter allem Lionel Walsh steckte, bezweifelten wir nicht. Vielleicht hatte er einen der Buchdrucker, die Zangl angesprochen hatte, dazu gebracht, uns zu verraten. Heute weiß ich, dass die Stadt von seinen Spionen und Dunkelmännern wimmelte. Damals waren wir unwissend gewesen.

Während uns der Reisewagen auf dem Weg nach Fulda tagein, tagaus beinah zu Tode rüttelte, dachte ich daran, dass unter dem hohen Deckengewölbe des Trierer Palatiums vielleicht tatsächlich ein eigenes Engelsvolk schwebt, das Einfluss auf die Dinge nimmt. Vergebt mir, Herr Doktor, wie sonst soll ich mir das Ereignis mit Blick auf unser Treffen mit Walsh erklären? Wie viele Freiheiten enthält Gottes Räderwerk? – Als wir bei Mainz über den Rhein setzten, war ich nicht mehr Anna von Zons, längst nicht mehr. Felix hätte mich nicht wiedererkannt, meine Zieheltern hätten mich von ihrer Schwelle verjagt. Von der Zonser Kerkerhaft über die Härten des Reisens bis hin zu den Diensten zugunsten geiler Kirchenmänner in Trier (wenn auch mein Schoß unversehrt geblieben war!) hatte meine Seele einige Spuren davongetragen. Irm, Matts und ich fassten uns an den Händen und hielten uns so lange gegenseitig fest, bis uns die Erschöpfung in einen holprigen Schlaf sinken ließ. Alleine wäre ich so traurig geworden wie der Erzdiakon, der nun nicht länger glaubte, wir hätten Rom hinter uns und den Papst erlebt. Doch die Klarsicht heilte ihn nicht. Die Dunkelheit der Wälder, durch die wir fuhren und in denen es wohl nur Zwerge gibt, heidnische Baumgötter und Götzenfeuer, machte ihn noch trübseliger. Wir alle ängstigten uns. Nicht anders müsst Ihr Euch gefühlt haben, als Ihr Euch abwenden musstet vom Schutz der päpstlichen Allmacht und die Wüstenei der Eigenverantwortung

betreten habt: die Freiheit des Glaubens – die so erschreckend
schnell zum leeren, kalten Weltraum werden kann.

Auch in Fulda half uns Gott, sonst wären wir verdorben.
Zangl hatte in Erfahrung gebracht, dass in den Mauern der
Abtei eine Gruppe verschworener Laienbrüder* ein reges
Betrugs- und Doppelleben führten, ohne dass ihr Orden
dagegen einschritt – vermutlich weil die Oberen selber
einen Nutzen davon hatten.

Dem zuständigen Fürstabt* von Fulda sagte man nach,
dass er unter Verschwendungssucht leide. Hätten die Be-
trügereien der Laienbrüder nur die wohlhabende Bürger-
schaft getroffen, so wäre es kaum der Mühe wert gewesen,
die beschwerliche Reise in Angriff zu nehmen. Doch die
Laienbrüder pressten das Geld Handwerkern und Tage-
löhnern ab, indem sie deren Kinder entführten, sie nach
ein paar Tagen mit Wunden in der Haut heimschickten
und sich daraufhin mit gefälschten Sendbriefen des Papstes
als Helfer in der Not anboten. Mit den Briefen »bewiesen«
sie, dass es der Teufel gewesen sei, der die Kinder holte und
quälte, und boten sich an, zukünftig dafür Sorge zu tragen,
dass Satan Abstand wahre – wofür sie sich mit denselben
Gulden und Hellern entlohnen ließen, die den verzweifel-
ten Eltern von Geldverleihern zu Wucherzinsen pünktlich
ins Haus getragen wurden. Die Kinder schwiegen eingeschüchtert, ihre Eltern fürchteten sich vor dem Teufel und
verloren letztendlich ihr gesamtes Hab und Gut.

Zangl hatte sich die Jagd auf diese streng unter Ver-
schluss gehaltenen falschen Sendbriefe und Kreditverträge

zum Ziel gesetzt, um deren entlarvenden Wortlaut zusammen mit den vollen Namen der Laienbrüder in die *Summa Delicti* drucken zu lassen.

Die Landstraße nach Fulda ist über lange Strecken fast zwei Wagen breit und wird von schattigen Bäumen gesäumt. Ihre Kurven sind nicht schroff und unübersichtlich, sondern bilden gestreckte, sanfte Bögen und Hochstraßen, als hätte man riesige Weidenruten als Bauvorlagen übers Land gelegt. Hätten wir in Aachen die Freiheit besessen, sofort die berühmte Europastraße *Via Regia* für unsere Reise zu wählen, so wären wir in weniger als zwei Wochen und mit weniger Rumpeln und Schlingern in Fulda angelangt. So aber war das Fahren erst hinter Frankfurt erträglicher und beinah ein Genuss geworden, verglichen mit den ausgewaschenen und von scharfem Gestein durchwachsenen Ochsenpfaden quer über die Schieferhügel der Erzbistümer Köln und Trier und des Herzogtums Luxemburg. Zudem überfährt man westlich des Rheins unentwegt irgendeine Herrschaftsgrenze, wird angehalten und nach Papieren gefragt. Da war es für uns auch wenig Trost, dass der Erzdiakon vom Geleitzoll befreit fuhr und auch keine sogenannten Policen erwerben musste wie die Fuhrleute.

Der Besuch des Erzdiakons in Fulda und das Zusammentreffen mit dem Fürstabt waren von langer Hand vorbereitet. Zangl befand sich abermals in der Rolle des Rechtsberaters. Man ließ die Wagen in die Stadt rollen, leitete sie in die Nähe des Amtssitzes und sorgte für die angemessene Versorgung mit allem Nötigen.

Ich durfte Zangl auch hier ins Gästehaus begleiten, die anderen blieben in den fußläufig entfernten Reisewagen, während unser geistlicher Herr in einem Privattrakt des Fürstabts logierte. Obwohl die Gefahr bestand, dass warnende Geheimbotschaften schon vor uns von Trier nach Fulda gelangt sein könnten, machten wir uns mehr Gedanken über den Gemütszustand unseres geistlichen Herrn als über die Gefahr, verraten worden zu sein.

So folgten wir am zweiten Tag einer Einladung ins Schloss, wo ein Gastmahl stattfand, an welchem auch ein paar blässlich aussehende Vertreter des Klosterkonvents der Laienbrüder teilnahmen. Der Erzdiakon saß wie aus Holz an seinem Platze und schaute reglos auf den goldenen Teller vor ihm, als habe er seine eigene Grabplatte entdeckt. Er rührte nicht einen Bissen dessen an, was eine kleine Novizenarmee* unter knarrenden Bücklingen auftrug: gebratene Perlhühner, Karpfen, Schweinskopfsülze, in Butter geschwenkte Kohlvariationen, feine Suppen aus Pastinaken, Kastanien und Trüffeln, kandierte Früchte sowie mit Puderzucker überhäufter »Schneekuchen«, schließlich Milchgebäck und fast süß zu nennender Wein.

Es ließ sich nicht vermeiden, dass Zangl die Rolle des Sprechers übernehmen und eine Erklärung abgeben musste. Der Erzdiakon, schwindelte er, leide an einer hässlichen Entzündung des Rachens und der Zunge, die ihm das Sprechen unmöglich mache. Der Fürstabt war korpulent und hatte glänzende, netzartig gerötete Wangen. Er lenkte ein paar hochmütig-mildtätige Blicke in Richtung des kummervoll in sich versunkenen Gastes. Die Laienbrüder lächelten verlegen, wünschten baldige Besserung, während sie sich mit der Hand Fett vom Kinn wischten und nach ihren bis zum Rande gefüllten Gläsern griffen.

Ich selbst wurde wieder als Arzneidiener vorgestellt. Meine Anwesenheit an der Tafel sei unverzichtbar, da ich die Pflicht hätte, in regelmäßigen Abständen Speichelproben des erkrankten Erzdiakons zu nehmen und sie in einem Gefäß zu unsern Reisewagen zu tragen, wo ein Arzt sie begutachten werde.

Nach einer Weile wurde ich tätig. Alle Augen wandten sich mir und dem hölzernen lackierten Döschen mit Deckel zu, das die Form einer Birne hatte. Ich stand auf und brachte es dem Erzdiakon. Er löste sich aus seiner Starre, führte es zum Mund und ließ ein schaumiges Stück seines Speichels hineinfallen.

Ich war erleichtert. Zangl hatte das Vorgehen abgesprochen. Aber wer hätte darauf schwören wollen, dass unser geistlicher Herr sich zum richtigen Zeitpunkt aus der lähmenden Trübsal würde befreien können? Ich schloss das Gefäß, entschuldigte mich höflich und wurde von einem der Novizen durch die Zimmer und Flure des Schlosses nach draußen geleitet, wo ich das kleine Stück zu den Wagen eilte. Nach einer Weile kehrte ich mit dem gereinigten Döschen zurück und setzte mich wieder an die Tafel. Den Vorgang wiederholte ich insgesamt fünfmal und gewann damit Vertrauen – schließlich genoss ich die vollkommene Gleichgültigkeit der Anwesenden mir gegenüber, ganz so wie schon zuvor als Arzneidiener in Stavelot.

Als am Folgetag eine Unterredung zwischen unserm

geistlichen Herrn und höheren Beamten der Verwaltung stattfand und auch bei dieser Gelegenheit Zangl das Wort führte, war ich wieder anwesend und erfüllte ungehindert meine Pflicht der Speichelüberbringung. Ich war so gut wie unsichtbar für alle.

Der Fürstabt residierte und regierte wie der Papst. Nicht nur unterhielt er eine eigene Art Schweizergarde, er besaß auch fünf schwere Sänften, einen überaus prachtvollen Reisewagen, ein Gestüt edler Pferde sowie eine ausgedehnte Jagd. In seinem unbegrenzten Selbstbewusstsein hatte er die Stirn, nachdem man Teller und Schüsseln abgeräumt hatte, ohne ein Wort aufzustehen und den Saal zu verlassen. Den Laienbrüdern merkte man an, dass es ihnen peinlich war.

Während unseres Aufenthalts in Fulda sollte sich in der Tat nur noch eine andere Gelegenheit ergeben, bei der sich der Erzdiakon und der Fürstabt persönlich gegenüberstanden. Diesmal ergriff unser geistlicher Herr das Wort. Es war bei der Weihefeier für ein neu ausgemaltes Kapellengewölbe der Stiftskirche, zu der man Repräsentanten der Stadt und des Konvents, aber auch uns eingeladen hatte.

Unter den Teilnehmern entdeckte Zangl ein paar der Laienbrüder und nutzte den Moment, seine juristischen Kenntnisse zur Sprache zu bringen, besonders was Kreditverträge betreffe. Er schwindelte mit arrogant hochgezogenen Brauen von einschlägigen Erfahrungen, die er als Gläubiger mit säumigen Schuldnern gemacht habe, hatte boshafte Ratschläge parat, wie man diesen Leuten »auf die

Sprünge helfen« könne, und weckte prompt allseits Interesse. Natürlich tat er gleichgültig, unberührt, spielte sich weiter kaltblütig auf, wies aber jede praktische Hilfestellung von seiner Seite aus Zeitmangel von sich. Das stachelte die Neugier seiner Zuhörer an. Ich stand in der Nähe und hörte plötzlich mit einem halben Ohr, wie sich der Erzdiakon überraschend an den Fürstabt wandte und so tat, als hätten sie bis hierher täglich miteinander geredet. Der Fürstabt blickte ihn unsicher an. Auch Zangl, der etwas entfernt bei den Konversbrüdern stand, entging diese Überraschung nicht.

Unser geistlicher Herr hatte unterdessen begonnen, von einer Unterhaltung zu berichten, die er kürzlich in der Ewigen Stadt mit einem Vertreter des Pontifex geführt habe. »O ja«, rief er, als hätte ihn jemand gefragt, »meine Bitte um Audienz wurde erhört und zwar an einem Ort, der mir sehr lebhaft im Gedächtnis geblieben ist: die Privatgemächer des Papstes.« Er stülpte die Unterlippe vor, riss die Augen auf und machte eine Wirkungspause.

Der Fürstabt blickte sich Hilfe suchend um. Er schien zu spüren, dass sein Gast fantasierte oder den Verstand verloren hatte. Sein irritierter Blick blieb an Zangl haften, der so tat, als bemerke er nichts.

Der Erzdiakon wartete, bis sich weitere der Umstehenden ihm zugewandt hatten. Die Weihefeier hatte ihren Abschluss gefunden. Ein paar der Gäste schickten sich an zu gehen, wurden aber nun aufmerksam und kehrten zurück.

»Der Pontifex«, fuhr unser geistlicher Herr fort, »hat die gesamte Audienz dazu genutzt, seinem Pudel das Fell zu bürsten, und zwar in einer Weise, dass ich Handreichungen machen musste. Ich holte einen zweiten Kamm aus einem Schrank, musste das Tier so lange festhalten, bis der Papst einen Floh zur Strecke gebracht hatte. Ach, meine Herren, Sie werden sich denken können, wie sehr dies ein bemerkenswertes Erlebnis für mich war. Ich habe übrigens einen der Flöhe heimlich in meine Tasche gesteckt und als Reliquie aus dem Palast geschmuggelt.« Damit verschwand seine linke Hand für einen Augenblick unter dem Stoff seiner Stola, kam wieder zum Vorschein und schien etwas zwischen Daumen und Zeigefinger zu halten.

Hatte der Bedauernswerte zwei Reisetage vor Trier mit einem Rotkehlchen gesprochen, so begann er nun vor aller Augen, einen Floh, den niemand sah, mit »Hochwürden« anzureden und sich nach dessen Ansichten zur Klosterreform der Augustinereremiten zu erkundigen. Doch auch hier gelang es Zangl, die denkbar schwierige Lage zu unserm Vorteile zu nutzen. So erklärte er im Hintergrunde: »Ich selbst bin Berater und Verwalter des erkrankten Erzdiakons in allen rechtlichen Belangen, müssen Sie wissen, und muss keinerlei Rücksicht auf das nehmen, was er sagt oder tut. Der Kranke kann Verträge mit Flöhen abschließen, wenn er mag; sie sind so wirksam oder unwirksam, wie ich es festlege. Das ist der Vorteil, wenn man einen Advokaten an seiner Seite hat, der die Fallstricke und Lücken der Gesetze kennt und sie im Krisenfall, der ja bekanntermaßen jederzeit eintreten kann, vorteilhaft anzuwenden weiß.«

Dies schärfte die Neugier seiner boshaften Zuhörer noch

einmal, und bald schon zog der Erste Zangl auf die Seite und erkundigte sich unauffällig, unter welchen Bedingungen er ihn womöglich doch für sich arbeiten lassen könne – über das Honorar könne man reden. Zangl war schlau genug, weder Nein noch Ja zu sagen, und verzog nur das Gesicht auf eine Weise, die nicht zu deuten war.

Der Erzdiakon unterhielt sich mit dem Floh. Der Fürstabt verlor die Geduld, winkte seinen Dienern zu und gab ihnen zu verstehen, dass er zu gehen wünsche. Auch diesmal schenkte er unserm geistlichen Herrn weder ein Wort noch eine Geste, nicht einmal einen letzten Blick, bahnte sich einen Weg durch die Gruppe der geladenen Gäste und durchquerte eilig das Kirchenschiff in Richtung des Portals.

Zangl blickte ihm nach, wechselte einen kurzen Blick mit mir und wandte sich erneut den Laienbrüdern zu, die er längst gefangen und gefesselt hatte.

Wahrhaftig hatte er die Gelderpresser und Kinderschinder dermaßen in seinen Bann gezogen, dass sie ihn in den folgenden Tagen kaum mehr in Frieden ließen und man ihm die verschiedensten Angebote unterbreitete, als Rechtsberater in offenbar heiklen, finsteren Fällen tätig zu werden. Schließlich ließ Zangl Interesse aufblitzen, wiederum zögerlich, widerwillig tuend, was das Vertrauen seiner Bewunderer abermals anstachelte.

Eine Gruppe von drei Laienbrüdern, von denen einer an jenem Essen teilgenommen hatte, lud ihn ein, sie in das Stadthaus eines Bankiers zu begleiten. Dort wolle man ihm

Einblick in geheime Papiere und Verträge gewähren, deren Begutachtung sehr dringlich sei.

Zangl sagte zu, schränkte indessen ein, dass er den Weg nicht ohne den Erzdiakon gehen könne. Man solle sich wegen diesem aber keine Sorgen machen, denn er sei längst nicht mehr fähig, komplizierte Sachverhalte zu begreifen; es sei vielmehr eine Frage der Würde, den Gast der Stadt nicht so zu missachten, wie der Fürstabt es in unverschämter Weise tue. Man teilte seine Auffassung und war auch einverstanden, dass der jugendliche Arzneidiener teilnehmen werde, damit für das Wohlergehen des geistlichen Herrn auch in medizinischer Hinsicht Sorge getragen werden könne, dessen entzündeter Rachen es immerhin schon erlaube, Gespräche mit Flöhen zu führen. Man schlug sich die Schenkel und lachte sich halb tot.

Den Weg zu dem Stadthaus legten wir an einem sonnigen Morgen in einer Sänfte zurück. Matts begleitete uns, denn der Erzdiakon hatte einen Rückfall erlitten und war nur widerwillig von seinem Bett aufgestanden. Er schwieg eisern und bewegte sich wie eine Schnecke, jeden Schritt rangen wir ihm mühsam ab, während wir ihn stützten. Von Zeit zu Zeit lachte er ohne ersichtlichen Anlass. Vielleicht tuschele er noch mit dem Floh, witzelte Matts. Wir liefen beide neben der Sänfte einher, in der unser Herr eingeschlummert zu sein schien. Zangl ging voorneweg.

Das Haus des Bankiers hatte eine Toreinfahrt, die in einen Innenhof führte. Dort stand im Schutze einer Buchsbaumhecke eine sehr große, erhaben wirkende Pflanze, der man auf Anhieb ansah, dass sie aus Afrika oder der Neuen

Welt stammte. Ich hätte nicht entscheiden können, ob es ein riesiger Schilfgrashalm oder ein Baum war. Ihre licht-grünen, an den Kanten tief eingeschnittenen Blätter wuchs-sen wie bei einem Riesenfarn aus einem armdicken Stamm hervor und hatten die Länge von Schwertern und die Breite von Pflugscharen.

Schon im Hof erhielten wir zur Begrüßung jeder einen Krug Saft, der süß und erfrischend schmeckte. Geschmack und Frucht waren mir unbekannt. Matts musste bei der Sänfte und den Trägern warten. Der Erzdiakon wurde be-hutsam geweckt und von Zangl und mir in das Wohnhaus geführt. In einem großen Zimmer mit brennendem Kamin halfen wir ihm, sich in einen Lehnstuhl zu setzen.

Der Hausherr und Bankier, ein untersetzter, wohlbeleib-ter Mann, begrüßte uns überschwänglich. Er hatte helle Augen und einen gewaltigen Bart, an dessen Haarspitzen die Reste einer Speise klebten. Er strahlte über das ganze Gesicht, sprach mit fremdartigem Akzent und schenkte auch dem abwesend wirkenden Erzdiakon eine Menge freundlicher Worte, ohne eine Antwort zu erhalten, was ihn nicht zu stören schien.

Die drei Laienbrüder, welche das Treffen vorgeschlagen hatten, traten ein. Man setzte sich. Ein Diener servierte warme, gesüßte Milch, die man unter Austausch höflicher Wendungen und Wünsche genoss. Ich trug wieder das Speicheldöschen in meiner Tasche. Schließlich trat ein Mann in blauer Kutte ins Zimmer. Er trug eine Hauskappe auf dem Kopf, auf deren Spitze eine rote Zottel ins Auge sprang. In den Händen hielt er eine lederne Mappe. Zangl spielte weiter den Gelassenen und redete nur, wenn man ihn ansprach. Man spürte, dass er den entschiedenen Mittelpunkt der Versammlung bildete.

Der Mann in der Kutte klappte die Mappe auf und entnahm ihr einige Dokumente, die er nebeneinander auf einen Tisch legte, um den sich nun alle versammelten.

»Meine Herren«, sagte Zangl und streifte die Papiere mit einem verächtlichen Blick. »Verträge müssen im Ernstfall unsere Welt zusammenhalten. Wenn sie auch nur einen Hauch Flüchtigkeit oder Undeutlichkeit enthalten, können sie ganze Leben zerstören, nicht wahr? Damit meine ich natürlich *unsere* Leben, Eure eigenen, Euer Geld und Eure Sicherheit.«

Er redete weiter ausschweifend über allgemeine Dinge. Ich blieb sitzen und ließ die Zeit vergehen. Irgendwann stand ich auf, nahm das Gefäß aus der Tasche und ging zu unserm geistlichen Herrn. Man schenkte mir nur sehr flüchtig Beachtung. Derjenige Laienbruder, der mich kannte, gab den anderen eine hastige Erklärung, was meine Aufgabe sein würde, woraufhin das Interesse an mir vollständig erlosch. Ich öffnete das Döschen. Der Erzdiakon wehrte sich und ich musste ihm die Speichelgabe leise abbetteln, obsiegte schließlich und trug die Dose um Verzeihung bittend zur Tür hinaus. Von dort wurde ich von einem Bediensteten zum Hoftor gebracht.

Ich beeilte mich zurückzukehren. Als ich ins Zimmer kam, war man ins Gespräch vertieft, wobei man hauptsächlich Zangls Ausführungen folgte. Nach einer Weile bat ich höflich um dessen Aufmerksamkeit, flüsterte etwas in sein

Ohr, wobei er mich näher zum Tisch zog und wir eine kurze Unterhaltung führten, während der ich Gelegenheit hatte, die ersten Dokumente unauffällig anzuschauen. Die Herren beachteten uns nicht.

Als ich die dritte Probe nach draußen trug, waren alle Verträge, Briefe und niedergeschriebenen Stellungnahmen in meinem Wolkenauge festgehalten: Satz für Satz und Wort für Wort. *So wahr mir Gott die Gabe schenkte, Amen!*

Zwölfter Brief

Ich stelle mir eine Waage vor, Herr Doktor. In die eine Schale kommen die Kinderquäler, die wir verfolgten. In die andere wirft man uns selbst, weil wir sie verrieten. Gott ist der einzige Richter. Aber er richtet nicht immer, scheint mir. Wenn der Herrgott aber vollkommen ist und die Menschen machte, wieso ließ er den Sündenfall geschehen und holte die Schutzmantelmadonna an seine Seite, um jemanden wie mich aus der Not zu retten? So geschah es ein paarmal, sonst wär ich nicht mehr am Leben. Jedenfalls half sie. Die Waage muss ausschlagen! Wir GERECHTEN VERRÄTER bringen Gottes Urteil ins Diesseits.

Matts' Sehkraft verbesserte sich von Tag zu Tag. Als er nach seinem Angriff auf den Erzdiakon und nach unserer Ankunft in Trier wieder zu uns gestoßen war, vermochte er aus der Nähe unsere Gesichter zu erkennen, nicht allerdings einen Sperling, der zehn Schritte vor uns nach Körnern suchte. In Fulda gelang es ihm bereits mit Gottes Hilfe, das Prellen einer Katze, die man zur Belustigung an einen Pfahl genagelt hatte, aus ziemlicher Entfernung zu verfolgen. Ein Schausteller stand vor der verzweifelt schreienden Katze und stieß mit seinem kahl geschorenen Schädel so lange gegen sie, bis sie nach grausam langer Gegenwehr jammervoll den Tod fand. Der Kopf des Mannes blutete von ihren Krallen, darunter sah man die alten, schon verheilten Wunden früherer Male. Die Zuschauer tobten und feuerten ihn an. Matts stand neben mir und hatte Tränen in den Augen, weil er empfindsam war und sich auch das Leid einer Kreatur vorstellen konnte, für die sonst niemand Mitgefühl empfindet. Dafür liebte ich ihn wie einen Bruder.

Irm verstand sein Mitleiden nicht. Katzen haben keine Seele, sagte sie. Wie aber geht es zu, wandten wir ein, dass so ein Tier leidet und man es sieht? Welchen Sinn hat es, wenn wir Leid sehen, das angeblich keines ist? Darauf wusste sie keine Antwort und lachte verlegen. Matts blieb lange bei dem Quälbalken stehen, von welchem die geschundene Katze leblos herabhing. Er berührte ihr Fell. Die Zuschauer hatten sich verlaufen. Wir fragten uns, ob Gott solches Treiben nicht mit größtem Zorn anschaut. Muss die Hölle nicht schier überlaufen von der Dummheit und dem Stumpfsinn der Menschen? Ist das Paradies womöglich eine Wüste, in der die wenigen Frommen und Mitleidenden sich traurig verlieren? War das Wunder des wiedergewonnenen Augenlichts Gottes Gabe an Matts dafür, dass er die Kreatur wertschätzt und mit ihr fühlt?

Die längst überfällige Drucklegung des ersten Bogens unserer *Summa Delicti* kam zustande, nachdem Zangl die Bekanntschaft mit dem Gehülfen einer Fuldaer Druckwerkstatt gemacht hatte. Der Bruder dieses Mannes war selbst ein Opfer der Laienbrüder geworden und zornig und mutig genug, meine Diktate der Briefe und Verträge nächtens in aller Heimlichkeit und an seinem Meister vorbei mit Bleibuchstaben und schönen Ligaturen wortgetreu zu setzen.

Dass unser geistlicher Herr aufgrund seiner Erkrankung beim Besuch im Schloss eine so befremdliche Rolle gespielt hatte, wurde uns zum Vorteil. Niemand nahm ihn mehr ernst, man nickte ihm freundlich zu, belog ihn und machte sich unter irgendeinem Vorwand aus dem Staube. Wenn er in der Gästewohnung in seinem Stuhl saß, redete er mit sich selbst oder mit dem Papst. Einmal belauschte ich ihn, wie er zur Zimmerdecke blickte und dort offenbar ein eigenes Weltspektakel sah. Seinem Erstaunen darüber gab er mit *Ach!* und *Oh!* Ausdruck, während er meine Anwesenheit gar nicht bemerkte, obwohl ich angeklopft und mich höflich bemerkbar gemacht hatte. Als Gast des Fürstabts nützte er uns. Ohne ihn hätte man Zangl und uns Kindern über kurz oder lang Misstrauen entgegengebracht, davon bin ich überzeugt.

Es war ein Sonnabend, als Zangl und ich von dem Drucker kurz vor Anbruch der Dämmerung ans Ufer der Fulda geführt wurden, wo wir die letzte Fähre nahmen, die uns in die Nähe von Kloster Neuenberg westlich der Stadt brachte. Dort stieß ein Freund des Gehülfen zu uns. Mit ihm warteten wir den Einbruch der Dunkelheit ab und schlugen dann den Weg zu der Druckwerkstatt ein, die sich unweit des Klosters befand.

Sie lag in einem ummauerten Hof, wir entzündeten Kerzen. Zangl trug die sauberen Papierbögen als eine Rolle unterm Arm, die er bereits in Trier heimlich erworben hatte. Der Gehülfe öffnete einen versteckten Türriegel und wir betraten die Räume. Der vierte im Bunde blieb im Hof und hatte die Aufgabe, uns rechtzeitig zu warnen, sollten wir gestört werden. Wir ließen keine Zeit verstreichen.

Der Rahmen für die Lettern wurde eingerichtet, und ich begann damit, den ersten Wortlaut herzusagen: der frechste und gemeinste der Verträge, mit welchen die Laienbrüder das Eigentum ihrer Opfer an sich rissen. Für den zweiten Rahmen planten wir, auch Teile des Stavelot-Vertrags zwischen Jakob Fugger und dem Papst zu kopieren und auf diese Weise öffentlich zu machen, was aus den Ablassgeldern wurde. Wir sahen zu, wie der Setzer mit erstaunlicher Schnelligkeit die Buchstaben, Ligaturen und Abstände aus den Kästen suchte und in den Druckrahmen legte. Im Nu schimmerte die gesamte Fläche bleiernschwarz. Der zweite Rahmen wurde mit Lettern gefüllt, die Druckerfarbe aufgetragen und der erste Bogen Papier daraufgelegt. Der Schlitten fuhr unter die Presse, der Gehülfe richtete ihn ein letztes Mal präzise ein, dann bewegte er den Schwengel und mit ihr die Spindel, die die Presse nur ein, zwei Fingerbreit mit großer Wucht nach unten drückte.

Die Presse hob sich, der Schlitten glitt zurück, der Mann fasste die Ecken des Papiers, hob es langsam hoch und drehte es herum. Wir schauten tief ergriffen auf unsere erste Flugschrift, mit der wir die Gerechtigkeit im Lande zum Leben erwecken würden. So arbeiteten wir die ganze Nacht. Als im Osten das erste Licht heraufkroch, lagen einhundertelf Bögen bereit, die Zangl als Paket einschnürte und in einer Tasche verbarg. Wir verwischten unsere Spuren und reinigten alle Werkzeuge. Dann legten wir sämtliche Bleilettern in die Kästen zurück und verließen Werkstatt und Hof.

Schließlich begaben wir uns froh, aber immer noch mit klopfendem Herzen ans Ufer der Fulda zurück, wo der Fährmann und sein Helfer schon die erste Überfahrt in Angriff nahmen, mit der wir früh genug zum Tor gelangen konnten – unbemerkt von denen, die wir mit unserer frisch gedruckten Waffe schlagen wollten.

In dieser Nacht geschah etwas Seltsames: Als ich dort im flackernden Kerzenschein diktierte, stand all die Zeit Zangl dicht hinter mir. Eine Weile nahm ich ihn kaum wahr oder vergaß ihn, weil ich damit beschäftigt war, meinem Gedächtnis die treffenden Worte zu entringen. Dann aber spürte ich mit einem Mal unsere Übereinkunft. Seine Gegenwart wurde dicht und wie greifbar, als zögen sich Luft oder Licht um uns beide zusammen. Es war, als mischten sich unsere Geister, wir verschmolzen im selben Interesse.

Dreizehnter Brief

Der Tross der Reisewagen verließ Fulda am neunten Tage und folgte der Straße *Via Regia* bis Vacha am Westrand von Thüringen, um von dort nach Göttingen zu gelangen. Je länger Zangl und ich während der Reise an unseren Plänen schmiedeten, umso deutlicher wurde uns, dass wir im Falle der Entdeckung und Verfolgung durch unsere Feinde viel zu langsam sein würden, um ihnen zu entkommen. Uns wurde klar, dass notfalls jeder für sich fliehen musste. Und wenn wir in aller Heimlichkeit den Schatz unserer gedruckten Wurfzettel betrachteten, empfanden wir Stolz durchtränkt von Furcht, die beide sehr berechtigt waren.

Die Botschaft, dass ein reisender Aachener Erzdiakon eigenartig erkrankt und nicht mehr er selbst sei, muss vom Winde vor uns hergetragen worden sein. Wo immer wir haltmachten, um unser Lager für die Nacht aufzuschlagen, schien man irgendetwas zu wissen, machte besorgte Mienen oder erkundigte sich nach dessen Befinden. Oft spürten wir Misstrauen. Vor einem heruntergekommenen Kloster in einem Wald bei Rotenburg wies man uns dreist von der Türschwelle mit der fadenscheinigen Auskunft, der

Abt und die Mehrzahl der Brüder seien unpässlich und ansteckend, wir sollten froh sein, dass man Vorsicht walten lasse und uns warne.

Ab und zu vermischte sich mein Zorn über solche Zurückweisungen mit der Befürchtung, unsere gerechten Pläne seien zusammen mit den vorauseilenden Nachrichten über den Erzdiakon ans Licht gekommen und man zögere nur, uns geradewegs hinzurichten, weil die Zimmerleute noch mit dem Bau des Galgens beschäftig waren. So lag ich in den Nächten oft wach, meine Sorgen verzweigten sich wie Buchsbaum: Was sollte aus unserem geistlichen Herrn werden? Was würde geschehen, wenn Zangl unsere Flugschrift unters Volk brachte?

Immer noch quälte mich die Angst, dass ich mich nun doch in eine Hexe verwandelt hatte. Der Teufel steckt überall, er schläft nie und sucht dauernd Gefäße des Bösen! Wenn die Wagen stillstanden, war ich stundenlang damit beschäftigt, in aller Heimlichkeit Baumrinden mit Tinte zu beschreiben, damit sie als Zauber wirksam würden. Ich küsste die Rinde und tat sie in meine Taschen.

Irm und Matts beobachteten mich misstrauisch. Ich träumte übel und verlor den Appetit. Von Reisetag zu Reisetag wurde ich unsicherer. Zangl stellte mir Fragen, ich wich ihm aus. Auch begann ich mir Gedanken über das Versteck zu machen, das er für die bedruckten Bögen gefunden haben mochte. Ich vermutete, dass sich das Bündel in seinem Wagen befand. Wenn ich es fände und fortwarf, vielleicht würde mein Herz geheilt werden und der Zauber aus mir herausfahren?

Ich vereinsamte geradezu, ich redete kaum mehr, ich magerte ab. Als unser Tross vor den Toren von Vacha stand, war *ich* es, die allen Sorgen bereitete, die als Kranke galt, während der Erzdiakon beinah genesen war. Tatsächlich entsann er sich seines merkwürdigen Verhaltens, bat Zangl um Verzeihung und bot ihm Geld an dafür, dass er ihm mehrfach mit geschickten Ausflüchten und Schwindeleien allerlei Peinlichkeiten erspart habe.

Nachdem wir das Städtchen Vacha hinter uns gelassen hatten, war unser nächstes Ziel der Weiler Hemeln an der Weser. Die Wege dorthin waren ausnehmend schlecht, weil die Erhaltung der Straßen einem Landgrafen übertragen worden war, der nur das Recht des Geleites in Anspruch nahm und Zölle eintrieb, die dringend erforderlichen Reparaturen aber missachtete.

Eigentlich waren wir bis dahin nie ganz alleine gereist. Entweder hatten wir selbst schwerfällige Wagenkolonnen überholt, oder wir waren von schnelleren Fuhrleuten eingeholt worden – gut bewaffnete Blaukittel*, die ein oder zwei schnelle Großradkarren mit gemieteten Vorspannpferden lenkten und die Straßen stets gut genug kannten, um ihre teure Terminware selbst im Winter rechtzeitig ans Ziel zu bringen. Unter Räubern sind sie verschrien, weil sie im Falle eines Überfalls auch an Unbeteiligten grausam Rache üben, wenn sie bestohlen wurden.

Am Morgen vor unserer Ankunft in Hemeln kam uns einer dieser selbstbewussten Blaukittel entgegen, erhob sich im Moment der Vorüberfahrt und rief dem Erzdiakon ein schallendes »Eure Heiligkeit« zu. Zangl, der sich im Wagen unseres geistlichen Herrn befand, erzählte später, dieser habe eine Weile in sich hineingelächelt. Plötzlich ließ er anhalten, stieg trotz seines wieder aufgeflammten Knieleidens aus und blickte mit bedeutender Miene in das Tal, auf dessen Kamm wir fuhren. Er sagte kein Wort, doch die Art, wie er mit einem Mal die Hände hob und das Kreuz über Welt und Christenheit schlug, ließ uns alle erschauern.

Bei einem Schulzenhof nahe dem Kloster Bursfelde bauten wir unsere Wagenburg. Mir ging es weiterhin schlecht, ich betete viel, hörte aber Gottes Stimme nicht in mir. Ich stach mich im Verborgenen mit Nadeln. Ich mischte Tinte mit Ziegenmilch, was ein gültiges Mittel gegen Hexen ist und um das Böse zu vertreiben. ER aber schwieg. Ich sammelte Pilze, kochte Flechten und Gräser, zeichnete Sternbilder ab und trug sie in meiner Tasche. Ich tat alles, um mich zu schützen. Bis heute esse ich am Sonntag ein paar meiner Haare, weil man weiß, wie bewährt auch dieses Mittel ist. Mein Gefährte Til meint, ich sei in einem unsichtbaren Netz gefangen, weshalb ich gottesgläubig sein könne, während meine Seele böse Schatten habe.

Ich klagte mich an, zeichnete Kreuze auf meine Brust und spürte sie wie Feuer, ich schwöre es. Gott sandte mir kein Zeichen. Alles wühlte mich auf, selbst ein vor mir wegspringender Hase im Feld erschien mir als Drohung und Angriff. Wie gerne hätte ich Zangl gebeichtet und ihn um Rat gefragt. Ich war kraftlos. Matts legte seine warme Hand an meine Wange, Irm schenkte mir wohlriechende Salbe, die ihr ein Gast im Trierer Uhlenhaus geschenkt hatte, der Koch brachte mir Wachteleier. Ich aß ein einziges, dann überfiel mich Schwindel und ich musste liegen.

Mit äußerster Anstrengung erfüllte ich meine Pflichten, flickte mein Kleid, wusch das Zeug, meinen Körper, kämmte das Haar, band meine Schuhe. Ich wusste weder ein noch aus.

Es dauerte ein paar Tage, bis die erste Verbindung zum Kloster Bursfelde zustande kam. Zangl hatte erfahren, dass dort eine eigene Druckerei betrieben wurde, und das weckte seine Neugier. Dass es mir schlecht ging, ahnte er nicht und musste glauben, ich sei noch dieselbe wie in Trier oder Stavelot. Aber so war es nicht.

Nachdem Zangl beim Abt vorstellig geworden war, erschien am nächsten Morgen ein Bruder des Klosters und teilte uns mit, dass man in der Nacht einen Stern habe niedergehen sehen und dass der Älteste des Konvents darin ein ungutes Zeichen erkannt habe.

Wir begriffen, dass man uns auf diese Weise zur Weiterreise oder unverzüglichen Flucht riet. Unser geistlicher Herr, der stumm in seinem Reisestuhl im Wagen saß, beachtete den Bruder kaum und kaute weiter auf einem Stoffsäckchen herum, das einen Sud aus Heilkräutern enthielt und ihm zugleich als Beißstange diente, wenn die Knieschmerzen überhand nahmen. Die Kälte peinigte ihn mehr als uns alle. Am frühen Morgen hatte es zu schneien begonnen.

Nach einer Weile hob er die Hand und wies den Sendboten des Klosters an, dem Abt mitzuteilen, dass er ihm

»drei Tage Ruhe gönnen« werde, nicht länger. »Dann wird er mit unserm Besuch rechnen müssen. Ich erwarte freundliche Aufnahme«, fügte er streng hinzu. Damit winkte er den Mann fort und ließ sich kauend in sein Leiden zurücksinken.

Es war klar, dass das Kloster seine Pforte nicht auf Dauer vor uns verschließen konnte, und wir rätselten, was wir von dieser Wendung der Dinge zu halten hatten.

Zangl spielte die Rolle des Unterhändlers. Als solcher begleitete er den Bruder zurück nach Bursfelde und schaffte es, Irm, Matts und mich dem widerspenstigen Abt als »glückliche Artisten« anzupreisen, deren natürliche Begabung und Fähigkeit, Unterhaltung und Freude zu bereiten, landauf, landab berühmt sei.

Als wir am Tag darauf die Wagenburg verließen, trieb uns die Hoffnung auf ein bisschen Wärme voran. Wie groß war die Enttäuschung, als wir feststellen mussten, dass man im Kloster offenbar mit Holz und Kohle sparen musste! In den Räumen, in die man uns führte, starrte die Luft von der Eiseskälte – mehr noch als in unserm Reisewagen.

Zangl war gleich im Hof von einem Novizen fortgeführt und zum Abt gebracht worden. Wir warteten mit klappernden Zähnen und blauen Händen in einem Zimmer, an dessen Wänden das gefrorene Wasser funkelte. Unter einer Bank fanden wir eine verendete Ratte, die hart wie Holz war. Der geölte Stoff in den Fensterlöchern war zerrissen und hieß die klirrende Luft willkommen, die ums Haus strich. Wir drückten uns eng zusammen, um mit unserer eigenen Wärme zu haushalten.

Nachdem wir fast erfroren waren, fand sich Zangl bei uns ein. Er wurde nicht etwa vom Abt begleitet, sondern von dessen Vertreter, einem Ordensgeneral, der ein jüngerer, glattrasierter Mann von angenehmem Äußeren und höflichen Manieren war.

Er bat uns, ins spärliche Licht der Fenster zu treten, und betrachtete uns lange und eingehend. Sein Blick war freundlich, doch blitzte immer wieder, so schien mir, etwas Abschätzendes hindurch, als wüsste er zwar, dass wir keine Leibeigenen waren, wäre sich aber trotzdem sicher, über unser Wohl und Wehe verfügen zu dürfen. Hatte Zangl uns etwa allzu lebhaft angepriesen, damit er Einlass ins Kloster und Zugang zu den Druckpressen erhielt?

Der Ordensgeneral bat uns, ihm zu folgen. Wir durchliefen Gänge, nahmen Treppen und gelangten in die Klosterküche. Hier war es wunderbar warm. Ein riesiger Raum, der von gewaltigen Tischen und Schränken ausgefüllt wurde. Helfer rupften Geflügel und warfen das nackte Federvieh in einen großen Kessel, der über dem herrlichen Feuer hing und weißen, wohlduftenden Dampf aufsteigen ließ. Ich sah Rüben und Lauch, köstliche Dinge, die einem im Dezember nur selten begegnen. Mein Vertrauen kehrte zurück.

Wir durften Platz nehmen und erhielten Brei, Leichtbier und weißen Käse, den Matts erst aß, als er sah, wie wir ihn genossen, und wir ihm sagten, dass es nicht schadet. Der Ordensgeneral und Zangl verließen den Raum. Man reichte uns Brot und Butter, etwas, das ich nur ein einziges Mal in der Küche der Zonser Türmerin hatte genießen dürfen und nicht vergessen hatte, so köstlich hatte es geschmeckt. Uns ging es gut in der Küche. Die Gehülfen am Tisch schielten her, tuschelten, wurden feuerrot, wenn ich sie anblickte. Ihre Hände waren fettig und blutig, ihre Münder nass, und in den Augen sah man, dass der Rauch und die Hitze des Feuers sie entzündet hatte – das Leiden der meisten Köche.

Matts hatte den Käse verspeist und machte ein zufriedenes Gesicht. Irm wagte kaum hochzuschauen. Ihre Schönheit hatte ein Klima brenzliger Anspannung unter den Brüdern erzeugt. Der Einlass eines Mädchens in ein Kloster löst Störungen aus. Schon auf unserm Weg hierher waren wir keinem Bruder begegnet; der Ordensgeneral hatte darauf geachtet, so schien mir, dass wir einer möglichen Begegnung rechtzeitig hätten ausweichen können. Die Küche ist ein besonderer Ort. In jedem weltlichen Haus ist sie Herrschaftsgebiet der Frauen. Ich selbst trug wieder meine Knabenhosen und die schützende Mütze. Irm dagegen schwebte wie ein Engel – in den Blicken der Brüder mischten sich Neugier und Abwehr.

Ich stand von der Bank auf, um mir die Beine zu vertreten. Einer der Männer kam und zwang mich, wieder Platz zu nehmen. Ich fragte, wieso. Da antwortete der Bruder, wir hätten ein Verbrechen begangen und seien ab sofort die Gefangenen des Abts von Bursfelde. »Je weniger ihr euch zur Wehr setzt, umso leichter wird die Haft.« Wir waren wie gelähmt vor Schreck.

In der Tat erschienen nach kurzer Zeit zwei Brüder und führten uns quer durch das Kloster, über Treppen und durch Gänge, bis hin zu einem Zimmerchen im obersten Stockwerk eines entlegenen Trakts.

Wir mussten hineingehen. Die Männer schlossen hinter uns die Türe. Mit tiefster Verstörung hörten wir den Eisenriegel quietschen. – *O ja, von dieser Stelle meines Berichts an muss ich ein wahrhaft andres Wetter melden, dessen Wolken tiefer hängen als bisher und dunkel sind, sehr dunkel – schwarz wie der Tod beinah!*

Vierzehnter Brief

Hochverehrter Doktor und Herr, die Worte und Hinweise dieses vierzehnten Briefes werden Euch erschrecken. Sie berichten, zu welchen Grausamkeiten Menschen fähig sind, die sich von Gott abgewendet haben und nur mehr das Gewand Seiner Gnade tragen, um andere zu blenden und ihnen Frömmigkeit vorzugaukeln, obgleich ihre Seele längst zum Teufel ist. Davor fürchte ich mich selbst: Dass auch meine Seele nie rein wurde, obgleich ich hier in meinem Verstecke seit so vielen Jahren bete. Was nützt es, wenn Satan Gewalt über mich hat? Mir ist klar, dass ich mit solchen Sätzen Euer Misstrauen hervorrufe, aber das will ich nicht. Gott behüte! Ich will vor Euch nichts als ehrlich sein und bin es, so gut's eben geht.

So rüde die Gefangenschaft wurde, so erhellend wirkte sie auf mich. Ich hatte bis dahin an das Gute geglaubt und habe wohl recht leutselig durchs Kinderleben gehen dürfen. In Bursfelde wurde ich ganz und gar erwachsen.

Kälte und Hunger, das lernte ich, sind eigene Geister und Aberwesen. Sie sind nicht bloß Empfindungen, sondern

155

haben Fratzen und Stimmen. Ausgeburten der Hölle sind sie, die aus der Tiefe in unser Leben steigen, wenn man sie ruft. Wie schwarze Wolken wehen sie heran, durchdringen Steine und Fleisch, fliegen über Berg und Meer, Stadt und Fluss, nichts hält sie auf. Sie fauchen rüde, rauben uns den Verstand und brechen unseren Willen mit spielerischer Leichtigkeit.

Als der Bruder den Eisenriegel vorgeschoben hatte, ahnten wir drei nicht, dass man uns als Geiseln genommen hatte, um Zangl zu erpressen. Offenbar dachte man sich, dass er ein Exemplar unserer Druckbogen bei sich trug.

Das Zimmer war ungeheizt und leer. Weder kannten wir den Hintersinn unserer Gefangenschaft noch ahnten wir, wie lange sie dauern würde. Während der folgenden Tage lernten wir, wie schwer und zäh Stunden und Minuten fließen, wenn nichts geschieht, und wie lähmend das Warten wird, wenn es jeder Kontur und Orientierung beraubt ist und daliegt wie der Ozean in den bebilderten Büchern des Kölner Dom-Monsignore, die ich dank Zangl hatte anschauen dürfen.

Bis auf ein schmales Lager aus Säcken und Filzdecken beherbergte der Raum nur eine rohe Bank und eine Truhe, in der wir Tonschüsseln, Holzlöffel, Handkrüge und ein paar Tücher fanden. Die Latrine war eine Wandnische, in die man sich zwängen musste und in die der eisige Wind peitschte und pfiff. Auf dem Steinboden stand ein großes Fass Wasser, das zweifelhaft roch und am Morgen eine Eishaut hatte. Es war dennoch »flüssige Hoffnung«, wie Irm witzelte. Matts konnte nicht lachen, er kauerte sich in eine

Ecke und hatte Angst. Sein Augenlicht erlaubte ihm mittlerweile, die Vögel im Himmel zu erkennen. Hier aber hing ein Öltuch in einem Fenster so hoch und schmal wie eine Schießscharte. Durch die Risse sahen wir das verschneite Land.

Ich bekam Herzklopfen. Warum ist mir das so lebhaft in Erinnerung geblieben? Weil wir unser Herz für gewöhnlich nicht spüren. Wenn aber das Horchen und Warten, das pausenlose Ängstigen überhand nehmen, schlägt es wild und nimmt Gestalt an. Es wird schwer wie ein Kürbis oder schrumpft zur Erbse. Mein Herz warf einen Lederriemen um sich und schnürte mich ein, bis ich keine Luft mehr bekam, während die Kälte uns immer tiefer in Glieder und Seele drang.

Wir warteten. Wir warteten, und je länger wir warteten, umso weniger Raum blieb uns, das Zimmer wurde noch schmaler. Die dunklen Seiten der Seele taten sich auf. Ich missgönnte Irm die Schönheit, sie mir die Kameradschaft mit Zangl. Matts misstraute meinem inneren Auge, von dem ich ihm erzählte. Jeder peinigte jeden, solange, bis wir alle erschöpft und verzweifelt zu weinen anfingen.

Auch ein Reisewagen ist ein Gefängnis, wenn man Stunde um Stunde darin sitzt und dazu verurteilt ist, nichts zu tun. Aber draußen zieht die Welt vorüber, das tröstet. In Bursfelde bewegte sich nichts.

In der Wand zum Gang befand sich eine alte Reklusenklappe*, die wohl hundert Jahre nicht mehr bewegt worden war. Die Öffnung war nur zwei Ziegelsteine groß und das

Holztürchen, mit dem man sie verschloss, quietschte so erbärmlich, dass wir zusammenfuhren.

Durch das Loch waren wohl Bursfelder Reklusen versorgt worden, die sich hier hatten einmauern lassen, um wie Simeon von Trier* die *perfectio*, die fromme Vollkommenheit zu erlangen. Aber statt auch uns über diesen Weg mit Essbarem zu versorgen, diente sie demselben Mönch, der uns hergebracht hatte, als sublimes Marterinstrument.

Er lugte herein und schob Zangls raue Stoffkappe über den rohen Mauerstein der Öffnung auf uns zu. Es war kurz vor Einbruch der Dunkelheit, und unsere Angst und Ratlosigkeit, was mit uns geschah, hatte ihren Höhepunkt erreicht. Er behauptete, dass der Wagentross des Erzdiakons am Mittag den Schulzenhof bei Hemeln in nördliche Richtung verlassen habe. Die Mütze habe Zangl liegen lassen, als er das Kloster verließ.

Könnt Ihr Euch die Bestürzung vorstellen, die uns ergriff? Ich schrie, dass es eine Lüge sei und Zangl uns niemals in dieser Weise im Stich lassen würde. Aber der Mann lachte nur und schlug die Klappe zu. Wir hörten seine Schritte leiser werden. Es wurde dunkel und über die erste Nacht in der Zelle hinweg wendete dieser Mann eine harmlos klingende Folter an, die in Wirklichkeit grausam ist. Zu den *Horen**, also alle drei Stunden, wenn die Mönche gemeinsam in der Kapelle beteten, schlich er heran, riss jäh das Türchen der Öffnung auf und lachte wie ein teuflischer Kobold zu uns herein. Irm schrie jedes Mal vor Angst. Einmal passte sie ihn ab und spie ihm durch die Öffnung ins Gesicht. Das tat uns allen wohl.

Ich glaubte nicht, dass der Tross unseres geistlichen Herrn weitergezogen war, ohne uns mitzunehmen. Matts' und Irms Hoffnung dagegen schmolz von Stunde zu Stunde. Es gelang mir bald nicht mehr, sie zu beruhigen. Als der Morgen anbrach, schliefen sie vor Erschöpfung – so lange, bis unser Folterknecht erneut die quietschende Klappe betätigte.

Diesmal warf er etwas zu uns herein. Es klatschte schwarz-rot und spritzend mitten auf den Boden. Mein Herz blieb stehen, wir schreckten hoch. Hielten Abstand. Der Folterer warf die Klappe zu. Matts umklammerte meinen Arm. Lange wagte keiner von uns, näher heranzugehen. Das Licht kroch herauf, aber die Umrisse des blutigen Etwas am Boden verrieten nicht, was dort lag, und ich lernte, dass die Fantasie ein emsiger, zügelloser Baumeister ist. Mal sahen wir eine erschlagene Kröte, mal eine verstümmelte Menschenhand. Matts erkannte Gekröse, Irm glaubte ein herausgeschnittenes Herz sehen zu können, während ich selbst an einen getöteten Vogel dachte.

Keiner sollte recht behalten. Als der Himmel sich blau färbte, fanden wir einen in Pech getränkten Klumpen aus Stoff- und Lederresten auf den Steinen vor. Wir empörten uns, die Furcht wucherte weiter, und wir ahnten, dass unser Peiniger gewiss schon über neue Grausamkeiten nachsann, mit denen er uns foltern konnte. Niemand hielt ihn davon ab, oder hatte er den Auftrag, es zu tun? Zangl hatte uns als »Artisten« angepriesen. Etwas Furchtbares musste geschehen sein, dass wir nun Gefangene waren.

*Wie ich heute weiß, war bis zu diesem Zeitpunkt vieles hinter
unserem Rücken und ohne unser Wissen geschehen. Nach der
Flucht aus Trier nach jenem Überfall waren wir im Auftrage
des Provinzialvikars Lionel Walsh von zwei Reitern bis Fulda
verfolgt worden. Dort wiederum hatten sich neue, für uns
unsichtbare Spione an unsere Fersen geheftet. Die Fuldaer
Druckrahmen waren gefunden worden; in der Aufregung
hatte der hilfsbereite Druckereigehülfe, erschöpft wie wir alle,
vergessen, einen Teil der Bleibuchstaben zurück in die Kästen
zu legen. Ebendies war Walsh zur Kenntnis gebracht worden,
der eilig damit begonnen hatte, nach Verbündeten zu suchen.
Er fand sie in Bursfelde, wo man uns »angemessen« in Emp-
fang nahm, wie Ihr eben lesen konntet.*

Unserm Peiniger genügte nicht die bloße Haft seiner Geiseln. Er hatte Freude am Quälen und legte immer wieder
Gegenstände in die Reklusenklappe, die uns denken lassen
sollten, es seien Rückstände unserer Wagenburg: ein zer-
brochener Holzlöffel, der Henkel eines Kessels aus dem
Küchenwagen (wie der Mann behauptete), ein paar Holz-
kohlebrocken, die er auch aus der Klosterküche mitgenommen haben konnte.

Dann beschrieb er uns die Speisen, die in der Küche zu-
bereitet wurden. Dieser Bruder war ein feinsinniger Folterer, kam auch mit einem Stück Brot und aß es so, dass wir
es hörten, und erklärte, dass es nach zwei oder drei Tagen
am besten schmecke wegen der »Bursfelder Kruste«, die es
bis Göttingen berühmt und begehrt gemacht habe. O ja, er
verstand sein Handwerk gut. Stellte einen Krug Wasser in

das Loch und tat so, als ginge er weg, damit wir verleitet waren, uns heranzuschleichen. Kaum waren wir nah, rächte er sich an Irm, indem er johlend in die Zelle spuckte, den Krug ergriff und in einem Zuge leer trank. Er war ein Teufel, und ich gewann den Eindruck, dass ihm das Quälen Freude machte.

Angst und Hunger und Durst verwandeln den Menschen. Matts wurde zu einem Lindwurm. Er hatte keine Beine mehr und gelbe Augen. Irm verlor ihre Schönheit an ein Gespenst, das sich aus ihr hervorstülpte und mit dünnen, langen Beinen zur Decke kroch. In den Ecken lag das Hungergewürm, eine feste Schicht Maden, die vielleicht nur Unrat aus der Klosterküche waren, die der Mönch nachts, während wir erholungslos dämmerten, durch die Reklusenklappe zu uns hereinwarf. Der Hunger verwirrte unsere Sinne. In einer Nacht erschien uns die Schutzmantelmadonna. Sie leuchtete und verbrannte mit ihrem heiligen Licht den Lindwurm, das Gewürm und das aus Irm Hervorgestülpte unter der Zellendecke. Alles ward rein.

Der Tag brach an. Ein anderer Bruder kam und öffnete die Türe, führte uns zur Küche, wo uns die Gehülfen neugierig betrachteten und wir mit Gottes Hilfe wieder zu uns selbst fanden.

Die Wahrheit ist, dass man uns als Pfand festgehalten und gemartert hatte. Unsere Wagenburg stand an derselben Stelle, wo wir sie verlassen hatten. Als wir nach fünf Tagen dorthin zurückkehrten, dem Tode sehr, sehr nahe, erfuhren wir, dass man seit der Ankunft in Hemeln drei unserer bewaffneten Begleiter vermisste.

Zangl glaubte, dass sie sich zur Flucht entschlossen hätten. Der hiesige Schultheiß habe bereits Ersatz aus Göttingen angefordert, erfahrene Männer, die uns als Geleitreiter bis Münster zur Seite stehen würden.

Schließlich erfuhren wir, wie unsere Rettung zustande gekommen war. Der Preis für unser Leben waren die gedruckten Flugschriften gewesen. Zangl hatte sie zum Kloster getragen, dort einem Bruder übergeben und uns damit das Leben bewahrt.

Den Abt von Bursfelde habe er nie gesehen, berichtete er. Der, mit dem er nach der Ankunft dort geredet hatte, sei jemand gewesen, der sich für ihn ausgab. – Wir drei Kinder waren zu Geiseln geworden.

Fünfzehnter Brief

Die Bursfelder Gefangenschaft stellte Zangl und mich unmissverständlich vor die Frage, ob wir den Gefahren der Drucklegung der *Summa Delicti* weiter ins Gesicht blicken sollten oder die Verfehlungen kirchlicher Würdenträger vielleicht für immer im Dunkeln bleiben mussten. In der Tat war unsere Sorge groß genug, in aller Heimlichkeit eine Art Lagebesprechung abzuhalten.

Er machte einen Gang mit mir. Wir gingen ein Stück durch die Felder bis zu einer breiten Fliederhecke, die ihre kahlen Zweige in den Himmel streckte. Der Schnee taute und klebte an unseren Sohlen, aber die Luft war frühlingshaft, obwohl die Heilige Nacht zwei Wochen vor uns lag. Der Hunger rumorte immer noch in mir. Ich trank viel angewärmtes Wasser, es bekam mir gut. Seit wir frei waren, betete ich mehrmals täglich zur Schutzmantelmadonna und sagte es Zangl. Er lobte mich.

»Denkst du daran, davonzulaufen wie unsere drei Schutzsoldaten?«, fragte er mich. »Ich stelle mir vor, dass es für ein Mädchen nicht leicht ist, mit einem Haufen Männer durchs Land zu ziehen. Ich will dich nicht zwingen.«

Ich fühlte mich geschmeichelt und erwiderte, dass mein Können und Wissen ihm zur Verfügung stünden.

»Dafür danke ich dir aufrichtig«, entgegnete er. »Ich weiß nicht, wie weit der Einfluss des Lionel Walsh reicht und wie gefährlich unsere Mission wird. Wenn wir Münster erreichen, wo ich einen Verwandten um Rat fragen kann, der selber Drucker ist, muss es uns gelungen sein, unsere Spuren besser zu verwischen als bisher. Sonst weiß ich nicht, was aus uns werden soll.«

Ihr, Herr Doktor, ebenso wie ich und Zangl – wir waren und sind herausgehoben aus der Menge der Christenheit. Wir haben Gottes Willen zu erfüllen. Euch hat Er mit dem Privileg gesegnet, die große Aufgabe unter den Augen aller zu tun, in der Öffentlichkeit – wenngleich auch auf Euch erhebliche Gefahren lauern. Wir hingegen tragen die Bürde des Okkulten, des Versteckens. Ihr tragt das Wort offen in die Welt, ich trug geschriebenes Gift in meiner Tasche. Gott schenkte mir das Wolkenauge und gab meinem Leben diese Bestimmung. Wie sonst sollte er eingreifen, um die Erde besser zu machen? Ich bin Seine Waffe, Herr, das möchte, das muss ich glauben. Amen!

Wir fassten den Entschluss, unseren Weg der Gerechtigkeit mit der frommen Zuversicht auf Gottes Hilfe fortzusetzen, und kehrten zur Wagenburg zurück.

Schon aus der Entfernung hörten wir den Erzdiakon um Hilfe flehen. Er rief Gott an, ihn von seinen Schmerzen zu befreien, bettelte darum, zu erfahren, welche Sünden er begangen hätte – und schwieg einen Moment, weil er die Antwort erwartete. Als nichts geschah, johlte und heulte er weiter wie ein geprügelter Hund und erregte unser Mitgefühl.

Nicht aber das unseres Gastes, der uns erwartete: Der Hemelner Schultheiß war in Begleitung der beiden Göttinger Reiter gekommen, die unsere davongelaufenen ersetzen sollten, und lieferte Haferkleie, Mehl und ein paar andere Dinge für unsere Weiterreise. Er war klein und fett und stand in der Nähe des Proviantwagens, hatte die Fäuste in die Hüften gestemmt. Als er mich sah, verlor er die Farbe, was mich nachdenklich werden ließ.

»Mir ist zugetragen worden«, rief er, »dass euer geistlicher Herr in Trier und Fulda eine höchst wunderliche Figur abgegeben hat.«

Zangl entgegnete, dass kein Arzt dem an den Knien Leidenden bislang habe helfen können. »Wenn Ihr eine Arznei kennt, müsst Ihr sie aus purem Mitleid nennen.«

Da brach der Mann in Lachen aus, was uns zutiefst betroffen machte.

Wie man später erfuhr, hatte dieser Schultheiß einen schillernden Leumund. Da er als Kind allzu widerspenstig gewesen sei, habe man ihn beim Vieh leben und aufwachsen lassen, wo er die Sprache der Tiere erlernte. Sehr früh habe er sich vieler Feinde entledigt, indem er Wölfen, Bären und Luchsen Böses einflüsterte und die Menschen durch sie schädigen oder gar töten ließ. Man mag dies glauben oder nicht. Entweder sorgte er selbst für die Legende, um sich Respekt zu verschaffen, oder es ist die Wahrheit. Jedenfalls werdet Ihr verstehen, dass wir nach und nach den Verdacht hegten, einen Feind vor uns zu haben, der nicht zu unterschätzen war. Dass die Verbindungen dieses Schultheißen bis zu Lionel Walsh zurückreichten, war uns nicht klar. Wir standen vor dem Teufel und ahnten es nicht.

Um uns zu täuschen, wurde der Mann nun geschmeidig und erklärte, dass wir die mitgebrachten Waren nicht würden bezahlen müssen. Man tauschte Artigkeiten aus, er erkundigte sich nach dem Weg, den wir einschlagen würden. Zangl nannte Münster. Der Schultheiß bot sich an, Papiere und Pässe ausstellen zu lassen, um uns die Grenzübergänge zu erleichtern. Also bedankten wir uns. Das Misstrauen ihm gegenüber schmolz ein wenig.

Er ließ uns wissen, wie die Pässe rechtzeitig vor unserer Abreise zu uns gelangen würden, und wünschte eine gute Reise. Dann unterhielt er sich abseits noch einmal mit den Geleitreitern* und ritt davon.

Unsere Abreise war für den nächsten Morgen geplant. Ich hatte mich längst an die Eigenarten und Beschwernisse des Reisens gewöhnt. Zu Beginn war mir von der Bewegung und dem beständigen Lärm des Wagens oft schlecht geworden oder Wellen von Angst und Beklemmung hatten mich ergriffen, wenn vor den Fenstern in jeder Minute eine neue, mir vollkommen fremde und oft unfreundliche Welt vorüberzog.

Der nicht endende Wechsel zwischen den Ausblicken, Menschen und Dingen zehrte an meinen Kräften, meine aus Zons herausgerissene Seele war wund geworden und ich hatte im Dunkeln viele Tränen vergossen. Das Leben im Städtchen am Rhein war einförmig gewesen. Wären nicht der breite Strom, Flöße und Schiffe aus anderen Gegenden vorübergezogen, ich hätte womöglich die Überzeugung gewonnen, dass es gar keine Außenwelt gebe – Köln allenfalls, dessen alte Hauptkirche ich manchmal am Horizont wuchtig aufragen sah. All die anderen Orte, von denen man redete, ferne Länder, überaus fremde Menschen mit kohlschwarzer Hautfarbe und wildem Gebaren – all das wäre mir vielleicht eines Tages ganz und gar erfunden oder erlogen erschienen.

Die Nacht verlief ruhelos. Am Morgen wurde der Tross zusammengestellt. Die beiden Göttinger Geleitreiter flankierten den letzten Wagen, den des Sekretärs, und waren wortkarg. Zangl meinte, es liege am fremden Dialekt. Auf der Landstraße blickten die beiden hochmütig von ihren Pferden über die Felder und auf die westfälischen Höfe und Dörfer herab. Wenn ich unsern Reisewagen verließ, um auszutreten, pfiffen sie mir nach. Holte ich den Tross wieder ein, nahmen sie keine Notiz von mir. Der eine trug einen langen, geflochtenen Bart, der andere klapperte lachend mit altertümlichen Eisenhandschuhen, wenn man vorüberging.

Wir befanden uns nun auf dem Weg nach Münster. Zangl hatte die Nachricht erhalten, dass es dort einen aus Flandern eingewanderten Tuchhändler gebe, der den ansässigen Klerus in solch kriegerischer Weise unter seine Fuchtel gebracht habe, dass das Bistum mittlerweile beinah ein Drittel seiner Einkünfte an ihn abtrete, ohne Einspruch erheben zu können. Alle Kleriker dort seien bis zum Halse erpressbar. Nachdem ein paar Wochen zuvor zwei Klosterschüler Widerstand geleistet hatten, waren sie mit Messerstichen übersät leblos an der Kastellgrabenbrücke hängend gefunden worden. Angst und Schrecken seien so groß gewesen, dass sich die Geistlichen daraufhin mit dem Clan des Tuchhändlers verbündet hätten, mit der Wirkung, dass nun fast sämtliche Ablass- und sonstigen Gelder dem »Hauptmann« zuflossen, wie er sich nennen ließ. Das meiste werde auf zügellosen Festen verprasst. Zwei aufeinanderfolgende Provinzialvikare hätten die Flucht der Gegenwehr vorgezogen, das Amt sei bis heute verwaist.

Nun gebe es einen einzigen tapferen Menschen in Münster, erfuhren wir, dessen Zorn über die Zustände ihn veranlasst habe, eine Liste zu führen über die Anschaffungen und Ausgaben dieser gehobenen Herren. Das Papier sei geeignet, nach Drucklegung und Veröffentlichung als Flugschrift unter den Bürgern von Münster dem wüsten Treiben womöglich ein Ende zu setzen. Es handele sich um einen des Schreibens kundigen Schleusenwärter aus dem Orte Büren, der vertrauliche Verbindungen in der Stadt unterhalte und auf diese Weise mit Einzelheiten über den »Hauptmann« und sein Treiben versorgt werde.

Nach einer Woche erreichten wir die Gegend zwischen der Wewelsburg und dem Flüsschen Afte. Es waren kaum eine Handvoll Tage bis zur Heiligen Nacht. Das Wetter war wieder kalt geworden und peinigte den Erzdiakon erneut. Kälte war für seine Knie das reine Gift. Unterhalb des Waldeck'schen Hauses an der Alten Burg bauten wir unser

Wagenlager auf, sorgten für Auffrischung unseres Proviants und gaben den Soldaten die strenge Anweisung, von hier an außerordentlich wachsam zu sein.

Am folgenden Mittag sattelte Zangl eines der Pferde. Er ließ mich vor ihm aufsitzen und lenkte das Tier in Richtung Büren. Nach etwa einer Stunde kam das Schleusenhaus in Sicht. Es war ein niedriges, von kahlem Wein und immergrünem Efeu überwachsenes Gebäude, das von zwei gewaltigen Buchen überragt wurde und im Sommer sicher nicht viel Licht und Wärme einfing. Umsäumt wurde es von einem großzügigen, jetzt leer geernteten Küchengarten, aus welchem dürr und paarweise sich kreuzend zwei Reihen Bohnenstangen leblos in den Himmel wiesen. An der vorderen Hauswand befanden sich krumme Spaliere, von deren Quersparren in den warmen Monaten die Fliederblüten oder der Goldregen hübsch zur Erde hängen mochten.

Jetzt wirkte alles winterlich schlafend und bleiern. Sogar der Hundezwinger an der Flanke des Häuschens schien unbewohnt, als wir näher kamen. Kein Tier sprang hervor und schlug an, um die Bewohner vor uns zu warnen. Zangl rief ein paarmal nach dem Schleusenwärter, aber es kam keine Antwort.

Wir stiegen ab, hielten jedoch Abstand. Das Pferd wurde angebunden und wendete sich dem Grase am Wegrand zu. Hinter den Fenstern bewegte sich nichts. Die alte Stauschleuse schien lange nicht mehr betrieben worden zu sein, das Wasser war voller Treibgut; uns streifte der Verdacht, womöglich zum verkehrten Haus geritten zu sein.

Nach ein paar weiteren Rufen entschlossen wir uns,

durch den Garten zur Haustüre zu gehen und anzuklopfen. Auch das führte zu nichts. Zangl öffnete die Tür, mir wurde bange. Es war zu still.

Drinnen standen Schalen auf dem Tisch, ein Krug, ein hölzerner Löffel lag da und ich sah einen Rest Brei. Plötzlich hörten wir ein leises Wimmern, uns gefroren die Herzen. Zangl trug seine Waffe in der Hand, einen fein ziselierten Dolch, dessen Griff mit einem dünnen, geflochtenen Goldfaden eng umwickelt war.

Wir durchschritten den Raum, das Herdfeuer roch streng, auf einer Bank lag Kleidung wie achtlos hingeworfen. Das Wimmern wurde deutlicher. Als wir ins nächste Zimmer kamen, packte uns der Schreck: Da hockte ein Mann am Boden und hielt einen Hund im Arm wie ein Kind. Immer wieder beugte er sich zu dem Tier herab und küsste das rotbraune, gesund und sauber wirkende Fell.

Nun sahen wir, dass das Tier nicht mehr lebte und eine schwere Verletzung hatte. Am Boden glänzte ein großer dunkelroter, verschmierter Fleck. Zangl steckte den Dolch zurück und berührte die Schulter des schluchzenden Mannes. Ich war voller Mitleid und aufwallendem Zorn. Mir kam der Verdacht, dass der blutige Anschlag etwas mit dem zu tun hatte, was uns hergeführt hatte, der flämische »Hauptmann«. Wir begriffen beide, dass der oder die Attentäter noch in der Nähe sein konnten und dass wir uns vielleicht selbst in Gefahr befanden. Mochte die Ermordung der beiden Novizen in Münster gravierender gewesen sein, so zeigte die Misshandlung des Schleusenwärterhundes überdeutlich, wie skrupellos unsere Gegner waren.

Wir warteten, bis der Schleusenwärter von seinem Hunde Abschied genommen hatte. Sodann halfen wir ihm, das Tier mit Respekt zu beerdigen. Ich spähte voller Misstrauen in die Umgebung, aber niemand sonst schien in der Nähe zu sein. Als Zangl und Wichard (so hieß der Gequälte) im Hause saßen und miteinander redeten, schlich ich mich nach draußen und legte ein kleines Kreuz auf den Grabhügel, grub ein paar frühe grüne Krokusspitzen aus und pflanzte sie dazu. Schließlich reinigte ich den Boden im Haus, fachte das Feuer an und wärmte den Brei. Wichard dankte uns und aß bescheiden.

Er war nicht groß und nicht mehr jung, doch seine Augen waren Brandeisen, wenn er über den flämischen Tuchhändler redete. Wir erfuhren, dass sich der Flame nie selbst in der Stadt blicken ließ und dass Münster voller Gegner des Mannes sei. Leider ängstigten sich alle und ließen sich einschüchtern. Ein kleines Heer von Spionen und Agenten sei damit beschäftigt, jeden seiner Feinde aufzuspüren, zu isolieren und mit allerhand Machenschaften dafür zu sorgen, dass sie den Mund hielten.

Mir tat der Hund leid. Ich betete im Stillen, durchaus davon überzeugt, dass auch Tiere eine Seele haben müssen. Was ist, wage ich Euch zu fragen, wenn auch wir Menschen im Tiefsten nichts als kluge Tiere sind? Was, Herr Doktor, wenn es auf Erden Seelenformen gibt, von denen wir nichts wissen – in Mäusen und in Sperlingen? Sie alle LEBEN! Das Herzlein schlägt, eine Lunge hebt und senkt sich. Ihre Glieder regen sich, und wenn man sie misshandelt, leiden sie erbärmlich –

für jeden klar erkennbar! Mir schien, als werde auch die Seele dieses Hundes von Gott emporgehoben und einem Himmel zugesandt, der größer ist als das, was wir erfassen können. Darf ich das denken, Herr Professor? Oder hab ich mir Euern Tadel zugezogen?

Sechzehnter Brief

Wohlergehen!, verehrter, weiser Herr. Sensibel und klug habt Ihr das Bisherige studiert, so hoffe ich, und werdet spüren, dass das Abenteuer von hieran mit gröberen Händeln verlaufen muss als bisher. Unsere Feinde waren nicht feinfühlig. Man bekämpfte uns mit einer Kriegsführung, die weder christlich noch ehrbar genannt werden kann. Der wackere Schleusenwärter Wichard schloss sich unserm Widerstande an. Auch Matts und Irm waren mittlerweile in vieles eingeweiht und standen fest auf unserer Seite.

Wichard gewann Vertrauen zu Zangl und mir. Der Schleusenwärter hatte eine beeindruckende Sündenliste zusammengestellt, die den »Hauptmann« betraf und die er aus einem Versteck unter den Dielen hervorzog. Darin vermerkt waren alle Ausgaben für die prallen Feste, die man feierte.

Dass man aus dem Pergament eine entlarvende Flugschrift herstellen konnte, daran hatte Wichard nicht gedacht. Die Aufstellung war mit ungeübter Hand, aber schlechter, schon blass werdender Tinte geschrieben. Dass ich sie nur ein einziges Mal anschauen und lesen musste und sich der Inhalt damit in unserm Besitz befand, verrieten wir Wichard nicht, um ihn nicht zu verwirren. Wir sagten ihm, dass wir das Papier beizeiten erbitten würden, sobald wir einen vertrauensvollen Drucker gefunden hätten. Jedenfalls war er mit unserm Plan einverstanden und sagte selbst, wenn die Öffentlichkeit mit Namen und Zahlen erfährt, wie es die hohen Herren treiben, dass es für sie brenzlig werde in Münster.

Wichard war ein ausgezeichneter Messerwerfer. Vor dem Hause zeigte er uns seine Fähigkeiten. Die Messer hatte er sich selbst geschmiedet. Er fasste das erste an der Spitze und schleuderte es mit einer so schnellen Bewegung der Hand in die Luft, dass meine Augen nicht folgen konnten und es erst wieder sahen, als die Klinge sirrend im Holz einer Schuppenwand steckte. In sehr kurzen Abständen warf er sechs weitere Messer, die genau in der Höhe des ersten auf die Bretter trafen, dort zu beiden Seiten stecken blieben und eine waagerechte gerade Linie bildeten.

»Der flämische ›Hauptmann‹ und seine Kumpanen«, sagte er mit bitterer Stimme, »wären gut beraten, sich vorzusehen, meinen Weg zu kreuzen. Ich werde Emma blutig rächen.«

Das überzeugte uns, und als wir die Stauschleuse und Wichards Haus verließen, streiften meine Blicke abermals in die Umgebung, wo ich nach wie vor den oder die Mörder der Hündin wähnte. Dass deren Tod mit der Liste des Bürener Schleusenwärters in einem Zusammenhang stand, war ein beunruhigender Gedanke.

Zurück bei den Reisewagen erhielten wir die Nachricht, dass die beiden Göttinger Geleitreiter fortgeritten seien, aber nur einer wiederkehrte. Zangl stellte ihn umgehend zur Rede, aber er gab ausweichende Antworten, und wir waren machtlos, denn der Mann erklärte, sich allein vor dem Hemelner Schultheißen verantworten zu müssen, vor niemandem sonst.

Nach Einbruch der Dunkelheit tauchte sein Kumpan auf und trug eine Verletzung am Arm, die uns zu denken gab und die er sich vom Bader verbinden ließ. Hatte ich bis dahin meiner näheren Umgebung mehr oder weniger vertraut, so schlich sich jetzt Misstrauen ein. Jedermann schien mir verdächtig; nur Zangl, Irm und Matts schloss ich aus. Wir trafen uns in aller Heimlichkeit und verabredeten Zeichen und Floskeln, mit welchen wir uns in nächster Zeit verständigen wollten. Das unauffällige Heben der linken Hand mahnte zur Vorsicht, das der Rechten bedeutete sofortiges Schweigen für den Fall, dass sich jemand näherte, und so weiter.

Als wir bei der Wewelsburg lagerten, beobachteten wir das Gebaren der beiden Geleitreiter. Mir kam der Gedanke, dass das Verschwinden der drei Wachsoldaten, die unserm Fähnlein angehörten, gar keine Flucht gewesen war, sondern den Zweck hatte, uns die beiden Göttinger in den Pelz zu setzen.

Am Morgen, wenn wir am Proviantwagen unsern Brei aßen, standen die beiden abseits und schwatzten, schnitten Gesichter und schossen Blicke auf uns ab, als hätte der Papst persönlich sie dazu befugt. Weder der Sekretär noch unser Bader oder der Hauptmann unseres Schutztrüppleins nahmen indessen Anstoß daran. Der Verletzte der beiden prahlte damit, die Wunde sei ihm von einem »Vögelchen mit allzu scharfem Schnabel« geschlagen worden, das sich noch wundern werde.

Das »Wewelsburger Gericht«, wie ich das Kommende nennen möchte, begann damit, dass Zangl mir sagte, er werde nach Münster reiten, um dort Verbindung mit einem Druckermeister aufzunehmen, der ein entfernter Verwandter sei.

Kaum hatte er bei unserm geistlichen Herrn die Abwesenheit erwirkt und die Wagenburg verlassen, da spürten Irm, Matts und ich, dass sich Bedrohliches zusammenzog. Dann geschah es Schlag auf Schlag: Matts fand in seinem Schlaflager einen abgeschlagenen Hahnenkopf. Er war umsichtig genug, nur Irm und mich einzuweihen. Wie und wann diese Drohung in unseren Reisewagen gelangt war, blieb uns schleierhaft. Wir ließen die Geleitreiter kaum mehr aus den Augen. Unser Schlaf wurde so ruhelos und zerrissen.

Der Tag, an dem noch Schlimmeres passierte, war ein Sonntag. Nach dem Frühgebet ging ich mit Irm an einen kleinen Wasserlauf, um Kleider zu waschen. Wir hockten zwanzig Fuß voneinander entfernt, redeten Belangloses, hörten die Soldaten bei den Wagen das Holz kleinmachen, das sie am Vortag gesammelt hatten. Zwischen uns standen ein paar Sträucher, die uns den direkten Blick verstellten. Der Erzdiakon schlief noch. Ich klatschte die triefenden

Sachen auf den flachen Stein, schrubbte den Stoff mit einer harten Bürste, drehte ab und zu den Kopf, um Irm etwas zu sagen.

Die Kälte war vorüber, die Sonne begann zögerlich, der Welt etwas Wärme und Hoffnung auf den Frühling zu schenken. Irm summte selbstvergessen. Ich ruhte mich ein wenig aus und döste. Als ich wieder hochblickte, war dort drüben niemand mehr – Irm war verschwunden.

Ich sprang hoch. Die Erde schien sie verschluckt zu haben. Der Schreck fuhr mir durch die Glieder, ich rief ihren Namen, einmal, zweimal. Die Soldaten sahen her. Einer ließ sein Beil ruhen und kam auf mich zu. Spähte selbst umher, weil er begriff, was geschehen war, alarmierte seine Kameraden. Im Nu wussten es alle. Man weckte den geistlichen Herrn. Jemand lief bis zum Waldeck'schen Haus hinauf, von überall her hallten die Rufe zu uns. Matts hatte sich an meine Fersen geheftet; er war zu aufgeregt, um alleine zu gehen. Man teilte Gruppen ein, sandte sie in alle Himmelsrichtungen aus. Nun erkannte man, dass auch die beiden Geleitreiter nicht aufzufinden waren. Der Erdboden hatte auch sie verschluckt! Wir ahnten, warum.

Unsere Suche blieb erfolglos. Als schon die Feuer brannten, erschien wie aus dem Nichts ein Junge aus einem nahe gelegenen Dorf und überbrachte atemlos eine »Botschaft«. Er händigte einen schmutzigen Stoffbeutel aus und flitzte zwischen die Wagen hindurch in die Dunkelheit zurück, aus der er wie ein Geist gekommen war. Man öffnete den Beutel und zog mit spitzen Fingern eines von Wichards Wurfmessern hervor – blutverschmiert.

Ich verstand die Mahnung. Matts und ich machten uns die größten Sorgen. Vor Anbruch des Tages packten wir ein paar Sachen zusammen und schlichen uns aus dem Schutz der Wagenburg in die Felder, um uns bis Münster durchzuschlagen in der kindlichen Hoffnung, dort Zangl zu finden.

Wir folgten ein Stück der Landstraße. Weil wir Angst hatten, auf die Nachtlager anderer Reisender zu stoßen, gingen wir bald abseits. Umliefen Rüthen und Anröchte und kamen in die Gegend zwischen Lippstadt und Soest. Als die Sonne ihr erstes Licht über die Felder im Osten warf, machten wir erschöpft Rast. Matts hatte aus dem Proviantwagen ein paar Rüben und etwas Brot gestohlen.

Während wir den störendsten Hunger stillten, fragte ich Matts nach seinem Unglück mit dem Bären, in dessen Folge er für so lange das Augenlicht verloren hatte. Er erzählte freimütiger, als ich erwartete, vielleicht, weil ihm das Herz leichter wurde, denn ich merkte schnell, dass die Geschichte belastend für ihn war.

»Der Besitzer des Bären war ein grausamer Mensch«, sagte er. »Er hat mich nicht anders behandelt als seine Tiere, die er an Nasenringen herumführte und tanzen ließ. Der Bär ist gefährlich gewesen, nur weil er Hunger litt und die Gefangenschaft nicht ertrug. Von den Fleischabfällen, die der Mann ihm hinwarf, schnitt ich mir Fettstücke ab und ließ sie überm Feuer aus, wenn der Schausteller betrunken schlief. Das Fett gab ich zur Hafergrütze, wenn es welche gab. Das Unglück mit dem Bären ist passiert, weil Hunger und Kälte uns verbanden. Ich legte mich dicht an das Tier und lernte, mit ihm zu reden. Wir haben beide gewusst, dass unser Leben zuschanden war. Der Bär hat mich am Kopf getroffen, als ich schlief, da war überall Blut und ich konnte die Augen nicht öffnen.« Dass Matts während des Erzählens weinte, bemerkte ich nur an seiner Stimme, er vergoss keine Tränen, sondern presste die Kiefer aufeinander, sodass sich die Haut spannte und verfärbte.

Seine Erzählung schenkte uns beiden Kraft. Wir schafften an diesem Tag viele Meilen zu Fuß und gelangten bis zum Sonnenuntergang in die Nähe des Weilers Vorhellem. Nachdem wir eine Weile nicht gesprochen hatten und auf der Suche nach einem Lager für die Nacht einen Bach überquert hatten, vernahmen wir plötzlich leise Stimmen in der Nähe und duckten uns. Wir wagten kaum zu atmen, unsere Herzen paukten. Als wir sahen, wem die Stimmen gehörten, gruben sich unsere Finger vor Schreck in die Erde. Wir hörten Pferde schnauben und sahen keine fünfzig Schritt vor uns die beiden Göttinger Geleitreiter in einen Busch eintauchen. Im Rücken des Vorderen saß Irm. Um ihren Leib spannte sich ein Seil, mit welchem sie an dem Reiter festgebunden war. Könnt Ihr Euch unsern Schrecken vorstellen, aber auch die Freude, sie lebend zu sehen? Die Madonna leitete uns wieder einmal, denn wir hatten uns keineswegs auf der Suche nach Irm befunden, die zu finden aussichtslos gewesen wäre und überdies gefährlich.

Jetzt aber überwanden wir unsere Angst und nahmen die Verfolgung auf. Die Männer ritten nicht schnell und vermieden ebenfalls Wege und Straßen wie wir. Das Licht wurde schwächer, die Luft kälter. Als wir in die Nähe des sogenannten Tönnishäuschens kamen, wurde uns klar, dass sie dort ihr Nachtlager aufschlagen würden.

Am Tor stand ein Wächter mit einer Fackel, der ihnen leuchtete; offenbar wurden sie erwartet. Uns dämmerte, dass wir mitten in den Krieg gegen uns geraten waren. Irm und ihre Entführer verschwanden in dem Haus. Der Mann mit der Fackel hielt Wache und machte es unmöglich, auch nur einen Schritt näher heranzukommen. Uns wurde klar, dass wir Kinder nicht das Geringste würden ausrichten können, um Irm zu helfen. Unsere Feinde waren gut organisiert, vermögend und so skrupellos, wie es der Schwere ihrer Bosheit entsprach.

Dass wir vor dem Hauptquartier jenes flämischen Tuchhändlers, des Münsteraner »Hauptmanns« lagen, war uns nicht bewusst; vielleicht wäre uns sonst das Herz ganz in die Hose gerutscht. So aber verharrten wir verbohrt und mit pochender Beklemmung im Dunkeln, schauten auf die gelegentlichen Lichtschimmer, die hinter den Fenstern aufflackerten, und fragten uns, ob wir nicht doch etwas wagen konnten, um Irm zu befreien. Wir flüsterten so leise, dass wir uns kaum verstanden. Die Erde war kalt, allzu lange würden wir nicht vor Ort bleiben können. Das Brot hatten wir bis auf einen Rest gegessen und auch das Gemüse war aufgebraucht. Wir hatten noch etwas Wasser und teilten es uns mit der Aussicht, dass wir zu dem Bachlauf würden zurückkehren können, wo wir die Verfolgung der Geleitreiter aufgenommen hatten.

Gottes Wege, sagt man, sind unergründlich. Was uns im Folgenden widerfuhr, musste wirken, als habe der Teufel dem himmlischen Vater die Fäden aus der Hand genommen. Während wir dalagen und froren, fuhr ein neuer Schreck in uns, denn wir nahmen wahr, dass sich der Feind auch hinter uns befand. Vor uns der Fackelträger und im Rücken seine Verbündeten, die sich in einem weiten Bogen hinter uns geschlichen haben mussten. Wir steckten in der »Zange« und wähnten uns verloren.

In dieser Verzweiflung fasste Matts als Erster den Entschluss, sich zu wehren. Er zog ein Messer hervor. Auch ich bewaffnete mich. Wir küssten beherzt die Klingen. Hinter uns hörten wir die Stiefel der Feinde knarren, vor uns sahen wir den Fackelträger. – Was hätten wir sonst tun sollen?

Ich fasste Matts' Hand, er drückte meine. Entschlossen und mit bebenden Herzen sprangen wir auf, erhoben unsere Messer und stürmten los.

Der siebzehnte Brief

Aus Matts' und meiner Sicht stellte sich uns die Lage so dar, dass wir angreifen mussten. Wir rannten mit vorgestreckten Messern auf den Fackelträger los. Als der Mann uns kommen sah, wehrte er sich mit seinem brennenden Pechknüppel; er hatte keine andere Waffe.

»Es ist Wichard!«, rief Matts. »Der hinter uns!«

Ich verstand nicht gleich, was er meinte. Der Wächter wirbelte mit der Fackel herum, sie fauchte, es regnete Flammentropfen. Da sah ich, wie sich Matts die Hände vors Gesicht schlug, und hörte seinen Schrei – so schrill und schneidend, dass sogar der Mann erstarrte.

Matts' Messer funkelte im Gras. Als der Mann die Fackel hinwarf und sich herunterbeugte, um dem Jungen zu helfen, begriff ich, dass er unsern Angriff nicht erwartet hatte – er wusste nicht mal, wer wir waren. Die »Zange«, in der wir uns gefangen wähnten, gab es nicht.

Bevor wir Matts zu Hilfe eilen konnten, stürmten Männer aus dem Haus – an uns vorüber in die Dunkelheit. Sie trugen Piken mit sich, Prügel, Fangnetze. Ich hörte Rufe, Schreie, die sich mit dem des Jungen mischten. Einer der

Bewaffneten fiel neben mir ins Gras, in seinem Schenkel steckte etwas Dunkles. Dann begriff ich: Wichards Wurfmesser schwirrten durch die Luft! Ich robbte zu Matts, der weiter mit den Händen seine Augen schützte, und warf mich über ihn. Wichard war uns nachgeschlichen und hatte uns zu Hilfe kommen wollen; unser voreiliger Angriff auf den Wächter hatte seinen Plan vereitelt. Hätten wir uns ruhig verhalten, wäre die fatale Lage, die uns nun umgab, nicht eingetreten!

Ich hob die brennende Fackel vom Boden auf. Matts nahm die Hände vom Gesicht. Heißes Pech war in seine Augen gespritzt und verklebte die Lider. Seine Haut war an vielen Stellen aufgesprungen. Der Anblick tat mir weh. Um es gleich zu sagen: Matts verlor sein Augenlicht ein zweites Mal. Ich warf die Fackel hin und nahm ihn in die Arme, hielt ihn fest und weinte mit ihm. Das Kampfgetöse wurde schlimmer. Wichard war nicht allein gewesen, er hatte Freunde mitgebracht. Doch die Männer aus dem Tönnishäuschen waren in der Überzahl.

Als der Lärm abnahm, hockten ein halbes Dutzend unserer Feinde mit Messerwunden auf dem Boden. Im Halblicht neuer Fackeln standen fünf Gefesselte mit Wichard an der Spitze unterm Vordach eines Stalls. Ich ließ Matts erst los, als man uns beiden ebenfalls die Hände band. Man stieß uns zu den anderen.

Von dem Stall aus führte ein Gang zum Haus. In einem großen Vorraum brannte Feuer, bei dem wir frierend stehen bleiben wollten. Man drängte uns zu einer Treppe, die in einen Keller führte, schlug so lange auf uns ein, bis wir ein Verlies erreichten. Drinnen glomm ein kümmerliches Öllicht. Jemand holte Ketten, mit denen er ein schweres Tor verschloss, das uns gefangen hielt.

Ich hatte Matts geführt, seine Augen bluteten. Der Boden in dem Raum war feucht, die Wände schimmlig. Ich erkannte, dass sich ein böser Kreis geschlossen hatte: Das Loch, in dem wir uns befanden, war nicht freundlicher als das Verlies in jenem Keller der Zonser Burg in meiner fernen Heimat am Rhein, wo meine Irrfahrt vor einem halben Jahr begonnen hatte.

Im Tönnishäuschen, Herr Doktor, machte ich nicht noch einmal den Fehler, immerzu an die Freiheit zu denken. Ich konzentrierte mich auf eine andere Wahrnehmung und wies auch den armen Matts an, zu verstehen, dass Gefangensein auch Schutz bedeutet. Es ist besser, die Wege zu gehen, die vor einem liegen. Zieht man dem größten Leid nicht den Stachel, wenn man es anerkennt? Ich zeigte Matts nicht Mitleid, sondern Mitgefühl, indem ich ihn wissen ließ, wie sehr ich seine Fähigkeit zu horchen schätzte. Ich hatte ihn als Blinden kennengelernt und ahnte, wie trennscharf sein Gehör beschaffen war. Keiner unserer Mitgefangenen holte auch nur Luft, wenn der Junge in das feindliche Haus hinein- und hindurchlauschte, wenn er mit seinem Hörsinn die Wände durchdrang und uns eine Beschreibung des Gebäudes lieferte, die so genau war, als hätte er es mit seinen Händen Stein für Stein erbaut. Er hatte draußen, bevor uns das Missgeschick passierte, das Knarren von Wichards Stiefeln wahrgenommen und erkannt – wenn auch zu spät, um unser Unglück abzuwenden.

Matts' Schmerzen wurden weniger, er gewann mehr und mehr Selbstvertrauen. Wir lobten ihn und gaben ihm den größeren Teil dessen, was unsere Peiniger uns durch die Gitterstäbe zuschoben: schlechtes Getreide, Gemüsereste, zuweilen Fettstücke oder geronnene Ziegenmilch. Als unser Spion des Hörbaren wurde er immer besser, genauer, aufmerksamer. Am dritten Tage unserer Gefangenschaft verblüffte er uns mit dem Ausruf: »Ich höre Solvegs Stimme! Und eine zweite. Ich glaube, es ist Irms.«

Dann begannen die Befragungen. Sie holten uns einzeln nach oben, ließen uns in einem Zimmer lange stehen und warten, und schließlich, als wir ihrer Ansicht nach genügend erschöpft und vom Hunger ohnehin geschwächt waren, stellten sie ihre Fragen. Wie viele wir seien, wo wir unsere Flugschriften unter die Leute hätten bringen wollen, über welche Verträge und Briefe wir verfügten. Welche weiteren Pläne wir verfolgten.

Als auch Wichard und dessen Freunde, die nichts wussten, befragt wurden, horchte Matts ins Haus. Da glaubte er Zangls Stimme zu hören und stürzte mich in die größten Sorgen, wie Ihr Euch denken könnt. Die Gefangenschaft machte mich stumpf und überempfindlich in einem. Es verging kein Tag, kein Abend mehr, ohne dass Matts lauschte. Zangls Stimme hörte er nicht mehr – wohl aber Irms Schrei. Er war so laut, dass auch wir anderen ihn durch Decken und Wände vernahmen. Die Angst wurde übergroß, wir schliefen kaum mehr auf unseren modernden und stinkenden Strohsäcken. Und eines Morgens hob Matts plötzlich die Hand, um uns zu warnen.

»Ich höre ihn! Er ist es!« Seine Stimme zitterte. »Der Teufel selber spricht!«

Am Nachmittag kam ein Wärter, löste die Kette von der Gittertür und trieb uns alle durch den Kellergang zur Treppe. Im Haus wurde gebraten und gekocht. Die Düfte bereiteten uns zusätzlich Qualen. Wir betraten einen großen Saal und wurden vor die hintere Wand geführt. Dort standen wir als Angeklagte. Auf der den Fenstern gegenüberliegenden Längsseite des Raums standen große, bequeme Sessel. Dort saßen der Trierer Provinzialvikar Lionel Walsh, an dessen rechter Seite der Kölner Geistliche, der mir in Echternach begegnet war, und links der von unserm geistlichen Herrn hoch geschätzte Fürstbischof von Lüttich, den ich aus Aachen kannte und für wohlwollend gehalten hatte. Aus einem vierten, etwas abgerückten Lehnstuhle lugte ein zusammengesunkenes Männlein mit durchsichtiger Haut und hellen Kinderaugen hervor. Sein Blick wirkte rehscheu, aber seine Haltung war so herrisch und die Form des Mundes hatte etwas so Grausames, dass mir das Blut gefror.

In dem Saal war es dunkel, die Fenster waren halb verhängt, sodass ich den Erzdiakon erst erkannte, als ich zur Seite blickte. Er kauerte unsicher auf einem Holzstuhl ohne Polster, hatte die nasse Unterlippe vorgeschoben und blickte abwesend drein.

Eine Seitentür öffnete sich. Zangl und ein mir unbekannter Mann wurden hereingeführt. Ihre Hände waren gefesselt, die Kleidung kotig und zerrissen wie nach einem

Kampf. Zangls Gesicht war todbleich und hob sich grell vom Schmutz seines Mantels ab. Seine Miene blieb steinern. Man brachte ihn und seinen Begleiter in den hintersten Winkel des Saals, in den kaum noch Fensterlicht fiel. Für sie gab es eine Holzbank, auf der sie Platz nahmen. Uns ließ man in einer Reihe stehen, dem Tribunal gegenüber und mit Abstand zu der Wand in unserm Rücken – wir sollten uns nicht anlehnen können, wie wir bald begriffen.

Nun trug man einen Tisch herein und stellte ihn in die Mitte. Obenauf lag etwas Flaches und wurde von einem Tuch bedeckt. Lionel Walsh stand aus seinem Sessel auf, schritt feierlich zu dem Tisch und hob für alle sichtbar das Tuch auf. Darunter lagen, wie ich sofort erkannte, unsere Bögen. Entweder waren es diejenigen, die Zangl in Bursfelde gegen unser Leben eingetauscht hatte, oder es waren neue, in Münster fertig gestellte Flugschriften, um deren Druck Zangl sich in Münster hatte bemühen wollen. Jemand hatte uns verraten.

Der Provinzialvikar warf das Tuch zu Boden, nahm den obersten Bogen in die Hände und zeigte ihn allen Anwesenden, indem er sich langsam um sich selbst drehte. Ich schaute zu Zangl, der den Blick nicht hob. Auch sein Begleiter sah nicht her. Ich nahm an, dass es der Münsteraner Drucker und Verwandte war.

Es begann nun ein eigentümlicher Gerichtsprozess. Man gehorchte dem Willen und Eigensinn des »Hauptmanns«, der in der Gegend seine eigene Rechtsprechung betrieb und sich das Placet des Bischofs und einiger Bürger des Magistrats der Stadt erschwindelt, erkauft oder erzwungen hatte. Das Urteil über uns war längst gefällt, und das Schauspiel, dem wir beiwohnten, diente allein der rituellen Selbstbestätigung der Macht des Flamen und seiner Spießgesellen. Ihr werdet erstaunt sein, Herr Doktor, dies zu lesen, und Euch fragen, *warum* sich jene Herren die Mühe machten, mit diesem Theater alles wie einen zugelassenen Gerichtshof wirken zu lassen, und warum Lionel Walsh sich der gängigen juristischen Diktion bediente, als er die Anklage wie ein vom Fürsten eingesetzter Prokurator vortrug.

Ich glaube, man tat dies, weil man sich tatsächlich im Recht wähnte und davon überzeugt war, durch unser Handeln ein wirkliches Unrecht erfahren zu haben. Diese Leute glauben, dass die Veröffentlichung ihrer Briefe und Verträge *ihnen* ein Leids zufügen würde und nicht sie selbst der Christenheit schadeten.

Ich schaute auf den Stapel Papier auf dem Tisch in der Mitte. Dieser alleine würde dem »Gericht« genügen, uns zu verurteilen. Als der Redner eine Pause machte und Wasser trank, hob ich die Hand und rief: »Das Böse muss ans Licht, damit die Flammen Gottes es verbrennen und kein Schaden daraus kommt.« Ich weiß nicht, woher ich den Mut und die Kraft nahm.

Das bläuliche, fast durchsichtige Antlitz des Tuchhändlers bekam einen merkwürdigen Glanz. Er lachte. Sein Lachen klang so hell und schellend, als hörte man ein Glockenspiel. Der Erzdiakon zog ebenfalls den Mund in die Breite, der Fürstbischof folgte ihm und schließlich auch Walsh.

Man lachte mich aus! Sogar die Diener und Wächter stimmten ein, und nun erkannte ich auch den Schultheiß von Hemeln, der im Halblicht an einem kleinen Tisch saß und Protokoll führte, wie es schien. In dem Moment begann ich selbst zu lachen, ich weiß nicht, worüber, etwas zwang mich – und ich kann sagen, es befreite mein Herz.

Wichard lachte nicht. Er hatte kleine Tieraugen bekommen, und es schien, als entginge ihm nicht das kleinste Detail. Als man wieder ernst geworden war und ein wenig verlegen wirkte, wie ich fand, redete Walsh weiter, gefiel sich im Erkennen der »Gefahren«, die eine Veröffentlichung unseres Wissens für die einfachen Handwerks- und Bauersleute bedeutete.

»Sie vertrauten der Obrigkeit«, predigte er. »Man darf dieses Vertrauen nicht erschüttern, indem man den alten und falschen Satz ›Pfründe sind Sünde‹ wiederkäut. Dem Fürstenhofe und Bischofsstuhle gegenüber ist so etwas leichtsinnig und verantwortungslos. Aber zum Glück gibt es zwei Menschen, die einsichtig sind und die man deshalb schonen kann.« Damit machte er einem der Diener ein Zeichen.

Dieser wandte sich zu der Seitentür, verschwand darin, und nach einer kurzen Wartezeit betraten Irm und Solveg Hand in Hand und mit gesenkten Blicken den Saal. Sie schauten auch nicht hoch, als Walsh sie anredete, zu ihnen ging und sie neben den Tisch mit den Druckbögen leitete.

Sie spielten die Zeugenrolle, der Erzdiakon ebenso. Sobald das »Gericht« über uns geurteilt hatte, würde man die Rechtmäßigkeit des Urteils unter die Menschen tragen können. All dies fiel mir wie Schuppen von den Augen. Die Christenheit würde dankbar sein, dass man einer Gruppe schamloser Gedankendiebe das Handwerk gelegt hatte. Dies und nichts anderes waren Ziel und Zweck des elenden Schauspiels!

»Dieses arme Kind«, begann Walsh und berührte Irms Schulter. (Er meinte Solveg, wie sich herausstellte, und verwechselte die beiden.) »Dieses arglose Mädchen hat den Erwachsenen in seiner Umgebung vertraut und ist schmählich verraten und irgendwo in den Hügeln westlich des Rheins ausgesetzt und allein gelassen worden, wie wir erfahren haben. Wir haben es in unseren Schutz genommen und werden es fördern, damit es fortan ein wohlgesittetes Leben in Anstand führen kann. *Der dort!*«, fuhr er fort und zeigte auf unsern geistlichen Herrn, der zusammenzuckte. »Bei diesem Herrn hat das Kind in Diensten gestanden und wurde schlecht behandelt.«

Dann verwies er auf Matts und mich. Auch wir gehörten zur Gruppe junger Menschen, die der Herr Erzdiakon zu seiner Freude um sich geschart habe.

»Pfui!«, rief Walsh. »*Das dort aber!*«, setzte er hinzu und zeigte auf den Stapel Druckbögen. »Das ist der Ausfluss solcher Bosheit und vor Gott auch der Beweis für die Schuld dieser Männer, die übrigens Lutheraner oder Protestanten sind. Im Herzen jedenfalls folgen sie dem Teufel! Übrigens wissen wir auch, auf welche Weise und mit wessen Hilfe der Kenntnisdiebstahl vollzogen wurde: *mit einer Hex!* Sie häufte dieses Wissen über uns in ihrem ebenso erstaunlichen wie verachtenswerten Gedächtnis an und wird damit uns und die Christenheit verstören, wenn wir sie weiter wirken lassen!«

Ich fühlte, wie mich Beklemmung ergriff.

Er wandte sich mir zu, blickte mich an und schwieg einen Moment, um seinem Blick Bedeutung zu verleihen. Dann kam er mit langsamen Schritten auf mich zu, zeigte mit seinem Finger genau auf die Mitte meiner Stirn und sagte leise und langsam, Wort für Wort, indem er den Kopf immerfort in alle Richtungen drehte: »Sie ist die Hexe, ohne die das Böse gar nicht in die Welt gekommen wäre! *Diese hier!*«

Ich wagte nicht zu atmen.

In die vollkommene Stille hinein sagte Matts unerwartet: »Nein!« Seine Stimme klopfte trocken gegen die Wände und unter die Decke und bröckelte herab. »Anna hat ein gutes Herz.«

Keiner rührte sich, niemand widersprach.

Walsh machte ein zorniges Gesicht und bohrte den Blick in meinen Kopf. »Unsinn! Sie ist eine Hexe. Kein Mensch vermag zu tun, was sie vor Zeugen tat.« Dann beschrieb er die Art, wie ich lese und mir das Gelesene merke; das tat er sehr genau, sodass mir klar wurde und Zangl gewiss ebenfalls, dass der Fürstbischof den Verrat begangen haben musste, denn er war in Aachen dabei gewesen, als man meine Fähigkeit vor Antritt unserer Reise nach Stavelot bestaunte.

Der Erzdiakon erhob sich unerwartet und begann mit vibrierender Stimme das *Dominus vobiscum** zu sprechen. Ich vermochte nicht zu entscheiden, ob sich die Geste für oder gegen uns richtete. Er betete zu Ende und erteilte dem »Gericht« den päpstlichen Segen. Schließlich verließ er seinen Platz und ging mit gemessenen Schritten zu dem »Hauptmann«. Dort hielt er ihm die Hand entgegen mit dem Wunsche, dass er den »Fischerring« küsse.

Der kleine Flame war so irritiert, dass alles Blut aus seinem Gesicht wich. In dem Moment begann Irm leise und schön zu singen. Man spürte Erleichterung um sich greifen. Die Spannung in dem Saal hatte einen Punkt erreicht, der den Gesang wie ein Geschenk erscheinen ließ. Der »Papst« wandte sich um, auch die Wächter blickten hin. Lionel Walsh wandte sich von mir ab, seine Züge, der Mund, das Kinn wurden weich, die Wangen färbten sich. Irms Melodie war ein simples Hirtenlied, das wir oft von ihr gehört hatten. Es berührte das Herz. Sogar der »Hauptmann« blickte her, in seinen Augen schimmerte Rührung.

Irm sang die letzte Note. Es wurde still in dem Saal. Der Erzdiakon schien vergessen zu haben, dass er uns soeben bereits alle gesegnet hatte, und begann nun, seltsam stockend, den päpstlichen Segen *Urbi et orbi** zu sprechen. Der »Hauptmann« hatte wieder einen Hauch Farbe in seinem Kindergesicht, während der Fürstbischof starr geradeaus blickte.

Ich fühlte zügellosen Zorn. Die Frechheit dieser Leute empörte mich. Sie brachten nichts als Not und Laster in die Welt, beriefen sich frech auf Gottes Lob und Lohn und wirkten dabei wie ungezogene Kinder, die man mit ein paar Masken zu Tode erschrecken kann. Meine Verachtung dieser Satansbande und all ihrer Stiefellecker und Helfershelfer wuchs immer mehr. Ich blickte um mich. Wir alle waren gefesselt – mit Stricken, Ketten oder Furcht.

Solveg hielt Irms Hand. Irms Schönheit schien sich aufzurichten. Wichard stand aufmerksam spähend da; niemand schenkte dem Mann Beachtung. Zangl und sein Verwandter bewegten sich nicht. Ihre Gesichter zeigten Flecken, man hatte sie geschlagen.

Der Erzdiakon beendete seinen Segen, nahm wieder auf seinem Stuhle Platz, faltete die Hände und blickte erwartungsvoll in den Saal. Vielleicht wartete er auf den Beginn der täglichen päpstlichen Audienzen. Jedenfalls schaute er sich um und schien sich zu wundern, wo sein Sekretär, seine Schweizergarde und die kleine Armee der Ministranten und Diener blieben, die die Zeremonie in seiner sonderbaren Fantasiewelt zu begleiten hatten.

Als niemand sich ihm zuwandte, verdüsterte sich sein Ausdruck, er begann, zornig in sich hineinzuschimpfen. Der »Hauptmann« blickte verlegen, der Fürstbischof schüttelte den Kopf. Lionel Walsh fuhr mit seiner Anklage fort. Jetzt nahm er Zangl und Wichard ins Visier.

»Diese beiden dort!«, rief er. »Diese Teufel führen das Ziel im Schilde, unsere Welt in Flammen zu setzen. Verschiedene Geschädigte verlangen, diese Brut endlich in Ketten zu wissen. Unser Gerichtshof hat die Macht und wird es tun!«

Mir schwirrten Erwiderungen durch den Kopf, die ich ihm hätte entgegenschleudern sollen, es aber nicht wagte. Während ich noch darüber nachdachte, sah ich etwas Dunkles an mir vorüber nach vorne schwirren. Ein Vögelchen, dachte ich, das sich durch die Tür in den Saal verirrt hatte – ein Geist, den Gott uns sendet, weil ihm das Lügen zu dreist wurde? Walsh griff sich an die Brust und riss die Augen auf, als wäre ihm der Leibhaftige erschienen. Er drehte sich zur Seite. Erst jetzt erkannte ich das Wurfmesser, das zwischen zwei Fingern der gespreizten Hand hervorschaute. Es war nicht tief eingedrungen, aber seine Beine knickten ein. Mit großen, staunenden Augen machte er eine neue Drehung in die Gegenrichtung und stürzte auf den Boden.

Alle waren schreckstarr. Der Kölner Geistliche fand als Erster die Fassung wieder, sprang von seinem Sessel hoch und eilte zu dem Getroffenen, blieb jedoch hilflos vor ihm stehen, ohne sich herabzubeugen, und rief nach den Wachen. Der »Hauptmann« war aufgestanden; ich sah ihn zur Tür flüchten. Als ich wieder zu dem Geistlichen blickte, sah ich, dass auch dieser getroffen worden war. In dem Augenblick brach ein solcher Sturm los, dass ich Matts mit mir zu Boden riss, um Schutz zu suchen. Aus allen Richtungen drang der Kampfeslärm zu uns. Wichard und seine Freunde hatten Messer versteckt und machten es den Feinden, die in der Überzahl waren, so schwer wie möglich, die Oberhand zu behalten.

Die Überzahl besaß die besseren Waffen. Unsere Peiniger gingen mit Keulen, Säbeln und Spießen auf die wenigen Aufständischen los. Zwar trafen diese noch drei oder vier von Walshs Leuten, dann aber kämpften Hände und Fäuste gegen Buchenholz und Stahl. Wir unterlagen. Schließlich schleppte und stieß man uns in den Keller des Hauses zurück. Zusammen mit Zangl und dem Drucker, Wichard und seinen Freunden, von denen ein paar grässliche Versehrungen davongetragen hatten, lagen Matts und ich selbst wieder im Verlies. Irm und Solveg behielt man zurück. Die Kette wurde dreifach um unsere Gittertür geschlungen, und es begann ein Martyrium, Herr Doktor, für das es in den Fluchten meines Geistes keine angemessenen Worte gibt.

Vielleicht wollte man unsern Willen brechen. Doch glaube ich nicht, dass wir Opfer eines Plans geworden waren, uns verhungern zu lassen. Wozu auch? Hätte man uns nicht einfach töten können? Ich denke, Gleichgültigkeit, Desinteresse, der Mangel an Mitgefühl oder gar Vergesslichkeit führten uns an die Hand des Todes. Wie viele Gefangene der Weltgeschichte wurden in ihren Verliesen vergessen, missachtet, für schon verstorben gehalten? – Wir bekamen Wurzeln, gekochte Haut und saure Rübenblätter durch die Gitterstäbe zugeworfen, man gab uns Wasser. Nach wenigen Tagen und Nächten jedoch verlor ich den Rest meiner Zuversicht, ich tauchte ins Reich der Hungergeister. Mir versagt die Feder. Die Erinnerung ist zu roh und gewalttätig und durchschneidet mir im Nachhinein das Herz.

Während des Hungerns verlor ich mich im Wahn. Einmal beobachtete ich eine Wanzenfamilie, die sich um etwas Dunkles versammelt hatte und sich daran satt fraß. Also betete ich zu Gott und bettelte, er möge mich in einen Käfer, einen Wurm verwandeln, sodass auch ich von diesem Unrat würde leben können und die Qual ein Ende finde. Dann dachte ich daran, etwas Stoff meines Mantels mit Wasser zu einem Brei zu verrühren und herunterzuschlucken, um zu spüren, wie sich der Magen füllt. Ich aß halbfaule Rübenblätter und bekam Krämpfe. Niemand schlief mehr, weil uns der Gestank des Abtritts die Luft raubte. Wir kratzten Sand vom Stein und leckten das ausblühende Salz aus seinen Poren. Nachts schreckte ich hoch und fühlte mit qualvoller Gewissheit, dass mein Körper die doppelte Größe angenommen hatte, alle anderen waren Winzlinge geworden.

Zangl streckte die Hände zu mir hoch und griff nach meinem Hals. Das hatte er noch nie getan. Weil ich die Riesin war, ließ ich es geschehen. Er zog und zerrte an mir. Mein Leib fasste zu viel Raum und ließ mir keinen Platz, um auszuweichen. Meine Schultern stießen an die Wände, mein Haar berührte die Decke des Verlieses, die Füße wurden von der Gittertür eingequetscht. Meine Hände wurden wie die Räder eines Ochsenkarren, die Stiefel groß wie Schweinetröge. Ich schwoll mit jedem Atemzug weiter an. Jedes meiner Gefühle wurde zu Brei, dann zu Holz, schließlich zu Stein oder Eisen, jedenfalls nichts Menschlichem. Riesige Blasen gingen aus mir hervor. Fremde Wesen durchsuchten mich, dabei war ich hohl und leer.

Nach etwa einer Woche vermochten wir nicht mehr zwischen Tag und Nacht zu unterscheiden. Es gab in dem Verlies Schlitze in den Wänden, durch die etwas Licht zu uns hereinschien. Morgenlicht oder Abenddämmerung. Ich bin dankbar, dass man uns die Messer weggenommen hatte. Wir hätten uns gegenseitig getötet, um unser Fleisch zu verzehren. Zuerst die Schwächsten: Matts. Seine Zunge war aufgequollen, er bekam bald keine Luft mehr und starb in der zehnten Nacht. Jawohl, der arme Junge ist tot. Seine Haut war alt und grau geworden, ein Kindergreis, ein Greisenkind. Seine tief eingefallene Brust hob sich nicht mehr, solange ich auch vor ihm saß und wartete.

Als die Wärter den Leichnam hinaustrugen, juckte mein ganzer Körper und wurde fleckig. Ich bekam Fieber, fror und schwitzte. Zangl legte meinen Kopf an seine Brust und flüsterte. Er streichelte mich, es tat den einen Moment wohl, im nächsten waren seine Hände Brennnesseln. Ich träumte von Brotgebirgen, Honigflüssen, Kuchentälern, Straßen aus Schmalz, Milchseen, Gemüsedörfern, Früchteschiffen, Fettmeeren, von Zäunen aus Würsten, Bäumen aus Lebkuchen und Sahnebrunnen, von Gärten aus gebratenen Schweinehälften, Höfen voller Zucker, von Kartoffelschlössern, Speckwäldern und Rahmpalästen. Der Hungerschinder grinste uns an, brannte uns aus, zerstückelte die Haut, riss uns in Fetzen, schlug Schädel ein, hackte Glieder ab, zerrieb uns, brach Knochen entzwei, stach Augen aus und schmiss uns achtlos fort. Wir waren wertloses Fleisch, durch das sich Maden fraßen – die letzten Funken des Lebendigen in uns drohten zu erlöschen.

Matts' Tod kroch immer tiefer in mein Gewahrsein. Erst wenn ich an die Schwelle des Begreifens kam, senkte sich schützender Nebel über meine Sinne. Als man ihn hinausgetragen hatte, redete ich mit ihm. Die Wächter lachten. Ich sei genauso tot, höhnten sie und warfen weiter Tierdärme, Eierschalen und gemahlenes Gras in unsere Zelle – Dinge, die niemanden ernährten, aber auch nicht sterben ließen. Sie folterten nicht; doch es machte ihnen Freude, uns verhungern zu sehen.

Ich verhungerte nicht. Im Moment, als meine Seele zu Gott gehen sollte, kam aus der Luft – jawohl, Herr Doktor – kam aus dem Himmel die Schutzmantelmadonna in unsere Zelle. Eine andere Erklärung habe ich nicht. Mag sein, ich träumte es bloß und etwas anderes geschah, das ich nicht weiß. Mir würde besser gefallen, es sei wahr und die Heilige hätte wahrhaftig getan, was ich sah und erlebte: Sie brachte ein Zicklein mit, es hatte weiches Fell. Ich erhielt die Anweisung, mich zu entkleiden. Die Ziege fraß die verfaulten Lumpen und blieb statt meiner zurück. Wenn man sie vorfand, würde man überzeugt sein, dass ich, die Hexe Anna, das Tier erzaubert haben musste. Niemand würde nach mir suchen lassen in dem Glauben, ich sei geflohen. Die Madonna war's, wer sonst? Wir flogen durch die Luft. Gänse waren in der Nähe, ein Habicht drehte Kreise, Schwalben spielten neben uns. Ich sah's in meinem Traum. Die Wolken schmeckten süß, und wir umflogen die schwarzen und dicken, von denen Ihr sagtet, dass darin etliche Teufel sind. Die Heilige hielt mich fest an der Hand, nichts Irdisches hätte uns aufhalten können. Über den Hügeln rechts des Rheins begriff ich, dass es heimwärts ging. Nach Zons. Zu meinem Außengarten. Zu den guten Türmersleuten, die gewiss nicht wussten, was aus mir geworden war. Zu Felix' Grab am Strom – vor allem auch zu unserm Schultheißen, dem feigen Mörder meines lieben Freundes. Der soll mir nicht entkommen, schwor ich. Die Madonna war mein Schwert. Ich musste, ich wollte Rache üben!

*Welche wirklicheren Retter meinen Hungertod in Wahr-
heit abwendeten, weiß ich nicht, auch nichts über die Reise
nach Zons. Ich landete, ich wurde wach, wer will's entscheiden? Ich hatte Zons erreicht.*

Die Wittenberger Briefe

Der achtzehnte Brief

Wohlergehen! Ehrsamer, weiser Herr! Wie gefährlich ich auf unsre Feinde wirken musste, wurde mir erst jetzt klar. Ich trug das Wissen ihrer Schuld in mir. Mich auszulöschen, bedeutete die weltliche Tilgung ihrer Sünden.

Ich erwachte in Zons und trug neue Kleider an mir. Die Macht der Madonna machte es möglich. Ich nannte dem Wächter des Feldtors alle Namen der Türmerfamilie und erhielt daraufhin Einlass. Der Straße folgte ich bis zum Schloss, wo ich vor der Rheinmauer links abbog und mit pochendem Herzen in der Ferne das Dach des heimatlichen Türmchens über alle anderen Giebel hinausragen sah. Ich war zu Hause!

Ein halbes Jahr war vergangen, in welchem ich nicht nur fast erwachsen geworden, sondern auch dem sicheren Tode entronnen war. Äußerlich war ich noch zierlich; meine Seele aber war gehärteter als die der schlimmsten Räuberkinder in den Wäldern.

Jetzt traf ich Menschen, die mich erkannten. Ich kraulte eine Katze, der ich immer noch vertraut war, entdeckte Mauernischen, in denen ich gespielt hatte. Eine Frau be-

grüßte mich und schenkte mir ein Stück Brot. Meine Ziehmutter, sagte sie, werde sich zu Tode erschrecken, wenn ich
ihr jäh gegenüberträte. Alle glaubten, ich sei tot. Also bat
ich einen Jungen aus der Nachbarschaft, mit der Nachricht
meiner Rückkehr vorauszulaufen, und versteckte mich in
einem Torbogen. Es war just die Stelle des Überfalls, als
meine weibliche Unversehrtheit, die ich bis heute habe
wahren können, das erste Mal bedroht wurde. Ich betete zu
Gott und zur Madonna, dass sie auch zukünftig Hände und
Mantel über mich halten möchten; und ich sollte ihren
Schutz noch bitter nötig haben, wie ich Euch im Folgenden
berichten will.

Während der Junge fort war, drehten sich meine Gedanken um Felix. Ich hatte Sehnsucht, an sein Grab zu treten und mit ihm zu sprechen. Aus der Luft hatte ich das
Wintergrün der Ringelblumen gesehen, die in den nächsten Wochen wieder zu blühen und zu leuchten beginnen
würden.

Der Junge kehrte nicht allein zurück. Hinter ihm erkannte ich die Türmerin und ihre Kinderschar. Meine
Ziehmutter nahm mich in die Arme, ihre Liebe tat mir
wohl. Man zog mich weiter. Am Tor der alten Turmwohnung
gab ich dem Ziehvater die Hand. Er reichte mir meinen
Türkensäbel, mein Glück war unbeschreiblich. In der Stube
lag ein Kästchen mit all den lieb gewonnenen Sachen, die
ich so lange vermisst hatte: Felix' Schreibfeder, sein Tinten-
glas, das *Abecedarium*, mit dessen Hilfe ich Buchstaben
und Ziffern erlernte und welchem ich mein Schicksal zu
verdanken hatte.

Ein Huhn wurde geschlachtet und gekocht. Die Türmerfrau holte das Holzfässchen mit Senf und Kräutern, beschenkte uns mit teurem Pfeffer, Anisstern, Nelken und bereitete einen Rest zarter Hirse vom Weihnachtsschmaus zu, vor lauter Freude, dass ich lebte. So viel war ich ihnen wert, obwohl ich nicht ihr leibliches Kind war. Ich zeigte meine Dankbarkeit, indem ich eine ausführliche Erzählung all meiner Abenteuer und Stationen vortrug. Wir aßen glücklich miteinander. Es wurde dunkel, der Türmer zündete eine Kerze an. Neugierig und ungläubig staunend hingen alle an meinen Lippen und weinten bitterlich, als mein Bericht zum Hungertode des armen Matts kam und zum Wunder der Madonna – Traum oder Wirklichkeit.

Als ich sagte, dass ich nicht für lange würde dableiben können, war die Bestürzung groß, doch man respektierte meinen Entschluss. Meinen Plan der Rache am Schultheißen verriet ich nicht. Die Ziehmutter schloss mich wieder in die Arme, liebkoste mich und sagte, dass sie immer gehofft habe, dass ich lebe und es mir gut gehe. Ich beruhigte sie und versprach ihr, dass ich selbst für mich würde sorgen können und die Madonna, von Gott beauftragt, ihren Segen über mich ausgösse. Ich küsste die Hände des Türmers, herzte die Kinder und erfuhr schließlich, dass jener Knecht, der uns Waisenkinder dereinst gepeinigt und unser Essen gestohlen hatte, den Stadtverweis erhalten hatte. Darüber war ich froh.

Als die Kerze niedergebrannt war, legten wir uns auf die Strohsäcke und wünschten uns eine gute Nacht. Der Mond leuchtete durch eines der Fenster. Ich legte mich so, dass ich sein gütiges Gesicht sehen konnte. Ich schlief tief und fest, bis die raue Stimme des Ausrufers in den Gassen widerhallte und uns weckte, weil es für alle Zeit war, aufzustehen. Kuh und Ziegen mussten gemolken werden, die Arbeit begann. Ich half mit, wo ich konnte.

Gleich an diesem ersten Tag machte ich mich auf den Weg: Zuerst besuchte ich Felix. Auch ihm gab ich einen stillen Report über alles, was seit seinem gewaltsamen Tode passiert war. Ich säuberte den Grabhügel von welkem Unkraut, damit die orangenen Blumen bald frei in den Himmel würden leuchten können.

Im Dorfe erfuhr ich dann, dass der älteste Sohn des Schultheißen seinerzeit im Verdacht gestanden hätte, einen Diebstahl begangen zu haben. Der Vater sei mit der Schmach nicht zurande gekommen. Da es Belege gab, die den Sohn belasteten, nutzte der Vater die Morde der Treibholzdiebe am Rhein und schlug Felix tot, dem er dieselben Belege geschickt unterschob. Mich, die womöglich Gelegenheit zum Widerspruch erhalten hätte, ließ er ins Verlies werfen.

Ich schlich mich hin. Die Kinder des Schultheißen spielten im Hof. Ich blieb unbemerkt. Es waren fünf, sie trugen saubere Kleidung. Die Jüngste war sechs Jahre alt und trug einen langen Umhang aus blauem, schillerndem Satin. Ihr goldblondes Haar wurde von einer Krone aus Stoffblumen geschmückt. Sie hieß Johanna und war der Liebling ihres Vaters, er verwöhnte sie und schlug die Geschwister für Streiche, die sie beging.

Johanna schritt eitel und geziert einher, drehte sich wie

ein Püppchen, spitzte den Mund, blinzelte, sobald das Sonnenlicht sie traf. Ihre Haut sei empfindlich, sollte man glauben. Während die Geschwister und überhaupt alle Kinder in der Nachbarschaft barfuß liefen, durfte sie hübsche, rot blinkende Lederschuhe tragen. Kaum lag ein Sandkorn darauf oder es legte sich ein zarter Staubschleier über den Glanz, mussten die Geschwister ein seidenes Tuch hervorziehen und die Schuhe säubern.

Nicht Johanna, sondern Til, ihren Bruder, der den Diebstahl begangen hatte, hätte meine Wut treffen müssen. Er bildete die erste Ursache für Felix' Tod. Ich wählte die verwöhnte Tochter des Vaters, um ihm das Herz zu brechen, weil ich wusste, dass sie sein Augenstern war. Ich betrat den Hof und war im Begriffe, etwas zu tun, das ich mir unter anderen Umständen niemals verziehen hätte. Was taugt Gerechtigkeit, fragte ich mich, wenn sie nicht in die Welt kommt, sondern nur ein Gedanke bleibt – und wie könnte der Herrgott handeln, wenn er kein zorniges Menschenherz findet, das ihm als Werkzeug Seinen Dienst erfüllt?

Das Mädchen hatte sich in dem Hof auf einen Mauervorsprung gesetzt. Mein Herz klopfte. Ich hielt den Atem an, sprang vor, ergriff eine Hand des Mädchens und riss es rüde mit mir auf die Gasse. Niemand merkte es. Johanna missverstand den Überfall und glaubte, dass alles nur ein Spiel sei, das ihr Vater für sie eingefädelt habe. Niemand hielt uns auf, keiner sah uns laufen, wir nutzten Gottes Hilfe. Ich war Sein Werkzeug, Herr, und fühlte mich im Recht – und spürte doch den Schrecken, dass ich zu etwas derart Bösem fähig war.

Das Kind wehrte sich nicht. Wir folgten der Gasse, bogen um ein paar Ecken, verbargen uns hinter Zäunen und fanden schließlich zu einem aufgelassenen Haus ohne Dach, hinter welchem sich ein zweites, von allen vergessenes Gemäuer befand. Hier stand ein niedriger, halb verfallener Stall, der vor Jahren von Ziegen, nun aber von Fledermäusen, Eulen und Katzen bewohnt wurde.

»Es gehört zum Spiel«, sagte ich, und Johanna glaubte mir. Sie verzog den Mund, raffte ihr Kleid und setzte sich auf ein trockenes Brett.

»Du musst aber hierbleiben«, fügte ich hinzu. »Ich bringe dir zu essen und zu trinken. Dein Vater hat für alles gesorgt. Wenn du es schaffst, das Spiel bis zu seinem Ende zu spielen, wirst du einen schönen Lohn erhalten. Der Vater hat vor, den Älteren die Verletzung ihrer Aufsichtspflicht vorzuwerfen.«

Das hellte die Miene des verwöhnten Kindes auf. Ich sagte ihm, dass es warten solle, bis ich zurückkäme, ich brächte einen Korb mit Brot und Früchten mit, den ihr Vater für sie schon habe vorbereiten lassen. Sodann eilte ich nach Hause, holte meine Schreibutensilien und verfasste eine Nachricht für den Vater und Felix' Mörder. Ich teilte ihm mit, dass er seine Tochter nie mehr wiedersehen werde – keine weitere Erklärung, keine Forderung, nicht ein Wort der Hoffnung, nichts.

Ich faltete das Papier zusammen und trug es zur Mauerhöhle, in der die Waisen schliefen und ich selber vor dem Verlassen Zons genächtigt hatte. Einem dieser Kinder vertraute ich nach wie vor. Ich verlangte ihm Verschwiegenheit ab, gab ihm die Tintenbotschaft in die Hand und sandte es zum Haus des Mörders, wo er sie so niederlegen solle, dass sie schnell gefunden würde.

Nun erbettelte ich von der Türmerin ein paar Speisen, eine Decke, legte alles in einen Korb und trug ihn zu dem Versteck. Ich fand Johanna in dem Keller vergnügt vor.

»Ich vertreib mir die Zeit«, sagte sie. »Ich stelle mir vor, wie die Geschwister auf die Frage des Vaters, wo ich sei, keine Auskunft geben können. Er wird ihnen nicht glauben und sie schlagen.« Dass es friedensstiftend gewesen wäre, von Anbeginn einen Teil ihrer Privilegien an die Geschwister weiterzuleiten, schien ihr nie in den Sinn gekommen zu sein. Sie sah niemanden außer sich selbst. So fand ich es angemessen, wenn dieses Kind bei Einbruch der Dunkelheit nur noch sich selbst zur Gesellschaft haben würde, weil ich es auch während der Nacht in seiner Gefangenschaft belassen wollte – belassen *musste*.

Noch stand die Sonne am Himmel, waren die Stadttore offen und fand das alltägliche Treiben auf den Gassen statt; alles schien so, wie es immer war. Ich sagte dem Mädchen, dass ich es erneut allein lassen müsse, um mit seinem Vater zu sprechen. Es erklärte sich tapfer mit allem einverstanden, lachte keck, aß etwas von dem Mitgebrachten und versuchte erfolglos, sein Kleid zu reinigen, auf dessen teurem Stoff die ersten Lehmflecken und Staubinseln zu sehen waren.

Ich verfolgte meinen Plan. Mit einer Weidenrute bewaffnet ging ich zum Haus des Schulzen, klopfte an die Tür und sagte der Magd, dass mich der Amtmann hergeschickt habe mit der Anweisung, fortan die Ziegen des Schultheißen zu hüten. Die Frau des Schulzen kam zur Tür, musterte mich und war einverstanden. »Geh nur schon in den Hof und such dir ein Plätzchen im Stall«, sagte sie. »Morgen früh bringst du die Tiere vor die Stadt auf die Rheinauen und bekommst dafür Essen.« Ich bedankte mich artig und hatte erreicht, worauf es mir ankam.

Der Stall lag wenige Schritte vom Wohnhaus entfernt. Aus einem Mauerloch der Wohnung stieg der weißliche Qualm des Küchenfeuers und mit ihm die wütende Stimme des Hausvaters. Meine Botschaft war aufgefunden und ihm ausgehändigt worden, denn er schrie zügellos Verwünschungen, drohte aller Welt mit dem Tode und warf Schüsseln und Krüge umher. Ich genoss die Wut des Mannes, aber noch mehr hätte mir gefallen, ihn leiden zu sehen. Ich sehnte mich nach seinem Schmerz. Die Angst um seinen »Augenstern« sollte ihm die gleiche Pein bereiten, wie ich sie wegen Felix hatte fühlen müssen.

Bei Einbruch der Dunkelheit schlich ich mich wieder zum Versteck. Johanna wirkte nun bedrückt, stellte Fragen, was ihr Vater gesagt habe, wie lange sie noch hierbleiben müsse, ob die Geschwister schon Rügen und Strafen des Vaters hätten ertragen müssen.

Ich log, übertrieb, besänftigte. »Wenn du weiterhin bereit bist, das ›Bestrafungsspiel‹ deines Vater mitzuspielen, erhältst du von ihm schöne Geschenke.«

Sie blickte gequält. Der Korb mit dem Essen war leer. Sie ekelte sich vor dem Schmutz und litt unter der allmählichen, aber unaufhaltsamen Verwüstung ihrer kostbaren Kleidung, des stets gekämmten Haars, der gepflegten Hände und Fingernägel, der teuren Schuhe und welche Artigkeiten im täglichen Leben sie noch gewohnt sein mochte.

»Du musst meinem Vater sagen, wie tapfer ich bin«, forderte sie schließlich.

Ich versprach es, belog und betrog das Mädchen weiter. O doch, mein Gewissen kratzte!

Die Nacht verbrachte ich im Stall des Schultheißen. Am frühen Morgen trieb ich die Ziegen zum Fluss und ließ eine Zeit verstreichen. Dann rief ich einen Kameraden herbei und ließ mich vertreten, damit ich Johannas Versteck aufsuchen konnte. Ihr Kleid war nun überall lehmverschmiert, die Schuhe glänzten nicht mehr. Ich brachte ihr den Brei, den ich mir von der Türmerin erbettelt hatte. Während das Mädchen aß, schwindelte ich ihm vor, der Vater habe es überschwänglich gelobt und versprochen, eine Überraschung bereitzuhalten, wenn es ein wenig weiter ausharre.

Johanna entließ mich missmutig, aber tapfer. Im Hause ihres Vaters meldete ich mich in der Küche und bat um ein wenig Essen, das ich mit zur Flussaue nehmen wolle. Dann versteckte ich mich und erhielt meinen Lohn: Der Schultheiß kam aus dem Haus, setzte sich mit dem Rücken zu mir auf eine Bank und weinte bitterlich um seine Tochter. Er schüttelte sich vor Schmerzen. Dass ich mich versündigte, wusste ich nicht – dass aus dem Himmel strenge Augen auf mich blickten, kam mir nicht in den Sinn. Ich ergötzte mich an der Qual eines anderen und fühlte zunächst nicht den Hauch von Mitleid oder Mitgefühl. Nicht in diesem Falle. Felix' Mörder zitterte, schlug sich die Hände vors Gesicht. Plötzlich hob er den Kopf, erstarrte einen Moment und stieß einen Schrei aus, der mir in die Glieder fuhr. Von einem zum nächsten Herzschlag begriff ich, welches Leid ich sah und hörte – aber auch, dass *ich* es war, die diese Schmerzen erzeugte.

Es war wohl dieser Augenblick, in welchem mir die Madonna die Einsicht schenkte, dass man keine Freude hat beim Anblick fremden Leids und dass ich mit der Qual des Vaters nicht seine Reue würde wecken können. Ich schloss die Augen. Wie aber schließt man sein Gehör?

Neunzehnter Brief an Euch

Nicht nur wohlmeinende Kräfte des Himmels beobachteten mich, während ich selbst beherzt Felix' Mörder im Auge behielt, ich wurde selbst von einem Versteck hinter meinem Versteck aus beäugt. Die Frau des Schultheißen war bereits am Vortag bei meinem Eintreffen misstrauisch geworden und fürchtete wohl, ich könne etwas stehlen. Folglich hatte sie ihren ältesten Sohn Til beauftragt, mich nicht aus dem Blick zu lassen, wenn ich mich in der Nähe des Wohnhauses aufhielt. Davon ahnte ich nichts, und so blieb mir auch die Gefahr verborgen, dass ich ihn, sollte er mir folgen, ungewollt zu seiner Schwester führen würde.

Als der Schultheiß nun aufstand, sich das Gesicht wischte und ins Haus ging, schlich sich der Sohn hinterrücks an und erschreckte mich mit einem albernen »Buh!«.

»Bist du noch bei Trost, meinen Vater auszuspähen?«, fragte er.

»Nein«, erwiderte ich, ohne zu zögern. »Ich bin *nicht* bei Trost, was immer das bedeutet.«

Das gefiel ihm und er lachte, setzte sich neben mich und begann allerhand anderes zu fragen. Ich gab ihm hier und da Auskunft. Da er kein unangenehmes Äußeres hatte und auch nicht so ungewaschen herumlief wie viele seiner Altersgenossen im Städtchen, blieb ich sitzen und hörte ihm zu.

Ich erfuhr, dass die überzogene Liebe des Vaters zu seiner jüngsten Tochter einem grausamen Ereignis geschuldet sei, das sich zutrug, als sie etwa drei Jahre alt war. Da war sie zur Winterzeit einer Magd entlaufen, auf einen zugefrorenen Teich gekrochen und eingebrochen.

»Zwar hat man Johanna aus dem eisigen Wasser ziehen können«, erzählte Til, »vier Tage und Nächte lang aber war ungewiss, ob Gott sie uns nahm oder leben ließ. Die Angst hat das Herz des Vaters hart gemacht. Er wurde rücksichtslos gegen sich selbst und gegen uns andere Kinder, aber auch verschuldeten Bürgern und Bauern gegenüber, die ihre Steuern nicht zahlen konnten. Er gerät schnell in eine blinde Wut und schlägt um sich. Mancher Knecht ist mit gebrochenen Gliedern liegen geblieben und eine Wäschemagd wäre beinah gestorben.«

Die überraschenden Auskünfte, unabhängig davon, ob ich sie glauben durfte, gaben mir zu denken. Hinter jedem Menschen, egal, wie seine Seele beschaffen ist, stehen Geschichten, die ihn dahin gebracht haben, was er ist. Beachtet man diese Vorkommnisse nicht, so erfasst man nicht die ganze Person, sondern nur einen Schattenriss. Eben noch hatte ich den Schattenriss eines Mörders beobachtet und mich an seiner Seelenqual gelabt. Da war ich also genauso wütend und rachsüchtig gewesen wie er selbst, und der Zorn und die Rachsucht machten mich so blind wie seinen

»Augenstern«, den ich gefangen hielt. Wir alle waren blind. Ich staunte wieder, wie verwoben alle Dinge miteinander sind und wie unergründlich Gott alles mit allem verbunden hat.

Noch während wir redeten, wurde mir klar, dass ich der verwöhnten Schwester des Jungen neben mir nicht mehr mit denselben Gefühlen und Gedanken begegnen würde wie zuvor. Nun hätte ich Til fragen müssen, ob er wisse, dass sein Vater einen anderen Jungen getötet hatte, um ihn, den Sohn, vor der Verhaftung zu schützen? Ich wagte es nicht. Die Sympathie, die ich für ihn empfand, verstörte mich. Ich hatte das Gefühl, in eine Falle zu tappen. Ich blickte ihn an und sagte, dass es mir wohltue, mit ihm zu reden. Er verneigte sich im Sitzen und dankte mir artig. Wir lachten, wir alberten herum. Ich gefiel auch ihm, das merkte ich. Er war älter als ich, vielleicht sechzehn oder siebzehn, kräftig gebaut, mit schönen, starken Händen und blitzenden Zähnen. Als wir aufstanden und nebeneinanderstanden, überragte er mich um mehr als einen Kopf. Aber er trug Mitschuld an Felix' Tod! Meine Verwirrung nahm zu.

Der Vater kam aus dem Haus. Er sagte kein Wort. Til hatte mich entzündet und vielleicht spürte der Vater es. Ich brannte lichterloh. Das Schicksal trat auf mich zu, es spielte mit mir, obgleich Gott mir Seine Zeichen gesendet hatte. Wie schwach und biegsam wir doch sind! Ich rannte nicht davon, ließ Til meine Hand nehmen und heben, sodass der Schultheiß es sah. Er erhob gar keinen Einspruch, ging an uns vorbei zu den Ställen und wandte sich nicht mehr um.

Drinnen hörten wir ihn bitter lachen. Til führte mich in den Küchengarten, an eine Stelle, wo uns niemand sah. Er hielt mich an den Schultern fest und sagte, er wisse genau, wo seine Schwester sei und wer sie entführt habe.

»Ich will den Vater aber noch härter bestrafen«, fügte er hinzu. »Wir bringen Johanna zu einer Tante in das Dorf Gohr. Diese Schwester meines Vaters verachtet ihn derart, dass sie bereit ist, die Tochter bei sich aufzunehmen, um ihren Bruder schmerzhaft langsam erkennen und glauben zu lassen, sie sei tot.«

Er sagte es mit einer weichen Stimme, in der Verletztheit mitklang. Nun war ich ganz und gar verwirrt. Ich gab mich auf, ließ seine Hände mich liebkosen, das erste Mal in meinem Leben in dieser wunderbaren Weise. Mit Til erlebte ich das Glück. Ihr, hochverehrter Doktor, liebt Eure Ehefrau und habt die Erfahrung gemacht, dass wir dem Leib gehorchen müssen, wenn das Herz es fordert. So hat Gott uns gemacht und dafür Seinen Heiligen Segen nicht nur über die Liebe der Seele ergossen, sondern auch über die des Fleisches. *Amen!*

Ich wünschte mir, dass Til mich durch die Gassen der Stadt trüge – Til der Dieb, der mir stark, schön und arglos erschien. Sein Vater war ein schlechter Mensch und keine Geschichte aus seinem Leben hätte ihn von seinen Sünden befreien können.

Nein, Til trug mich *nicht.* Wir gingen zu dem Gemäuer und bereiteten Johanna eine für sie merkwürdige Überraschung. Sie beschimpfte Til und verstand nicht, wie verblendet sie war. Erst als der Bruder ihr von den Gewalttaten erzählte, die den Vater und seine Schwester in Gohr für immer entzweit hatten, fügte sie sich.

»Die Tante wird nie wieder richtig laufen können«, sagte er, »und unser Vater trägt die Verantwortung und bereut nichts. Er denkt nur an sich selbst, bei allem, was er tut, und auch seine Liebe zu dir dient nur ihm allein, seinen Wünschen, seinem Vorteil.«

Das glaubte sie ihm nicht – es hätte mich auch gewundert. Als er ihr sagte, dass sie fortan bei ihrer Tante wohnen und für lange nicht wieder nach Hause kommen werde, bewarf sie uns mit Lehm, schrie, kratzte und biss um sich wie eine verletzte Hündin.

Mit viel Trösten und Beschwören gelang es Til, sie durch die leeren Gassen bis zu einem Leiterkarren zu bringen, unter dessen Ladung wir ein Versteck fanden.

Am Abend und nachdem Til Rat und Unterstützung von Freunden eingeholt hatte, schlichen wir kurz vor Sonnenuntergang zum Feldtor, lenkten die immer schläfrigen Wachen ab und gelangten ins Freie. Ich verließ die Heimat Zons das zweite Mal, ohne den Meinen ein Lebewohl sagen zu können. Ohne Tils Hilfe aber hätte ich den Weg nach dem vom Papst unbehelligten Wittenberg nicht gefunden; jemand hätte mich in Zons bereits verraten, der Schultheiß hätte mich gefasst, meine Feinde aus dem Tönnishäuschen wären an ihr Ziel gelangt, mich zu ermorden, damit ich der Welt nichts von dem erzählen kann, was alle schädigt. Denn das wollen sie noch jetzt, auch hier im Rheinlande. In Zons schon hätten mich die Wachen ergriffen und im

Verlies der Zonser Burg verrotten lassen, aus dem ich zu Beginn des Abenteuers kam. Weil mich schon damals die Madonna schützte, nur deshalb überlebte ich.

Beim Verlassen der Stadt und auf der Landstraße, wo die misstrauischen Posten der Geleitreiter und Zollsoldaten in wackligen Häuschen oder Zelten lebten und jeden Knecht zum Anhalten zwangen und ihre Fragen stellten, verstand Til es geschickt, die Autorität seines Vaters einzusetzen. Als das Dorf in Sicht kam, befreiten wir Johanna aus ihrem Versteck in dem Leiterwagen und von dem engen Stoffkittel. Sie maulte immer wieder mal, begriff aber nach und nach, dass aller Widerstand vergebens war, und schwieg am Ende resigniert.

Die Gohrer Tante war älter als ihr Bruder. Ich erkannte die Familienähnlichkeit – hohe Wangenknochen, starkes, geteiltes Kinn, die vorgewölbte Stirn, ein wenig auch bei Til jetzt und bei dem Mädchen, für Momente auch der gleiche Augenausdruck.

Sie schloss Nichte und Neffen in ihre Arme und weinte ergriffen. Dann brachte sie alles an Essen auf den Tisch des ärmlichen Häuschens, was sie hatte, erbettelte sich noch etwas Ziegenmilch bei ihrer Nachbarin. Sie ging schwer, stützte jeden Schritt mit knorrigen Stöcken. Die Stube war kalt und dunkel. Not und Armut hatten die alte Frau geschwächt, denn sie brachte kaum einen Satz hervor, ohne dass sie entweder furchtbar zu husten anfing oder wieder weinte. Mal aus Freude über das Wiedersehen, mal aus Sorge, welches ärmliche Leben sie dem Mädchen würde bieten müssen, wie sie sagte. Jedenfalls erklärte sie sich einverstanden, ihrem Bruder mit dem Verschwinden seines »Augensterns« eine schmerzhafte Lehre zu erteilen.

Johanna legte das Gesicht in die Halsbeuge der Frau und schloss die Augen. Es wurde Abend und wir entzündeten ein Talglicht. Die Tante erzählte von der Kindheit mit dem Bruder. Wie er sie bei den Ziegen angebunden und eine Nacht lang nicht wieder befreit habe. Da sei sie noch klein gewesen und die Furcht übergroß.

»Er hat mein Haar mit Fischtran eingerieben, damit die Eltern mich weniger beachten als ihn. Als ich heranwuchs, sind die Peinigungen schlimmer geworden. Er hat seinen Freunden erlaubt, meine Scham zu berühren, er selbst hat mich dabei festgehalten. Für eine Berührung der fremden Schlingel hat er einen Apfel gefordert, drei Berührungen mit der ganzen Hand kosteten zwei Birnen. Wenn ich mich wehrte, schlug er mich«, erzählte sie. »Er hat meine Beine zertrümmert. Den Eltern gegenüber beschuldigte er den Ochsen des Nachbarn. Sie glaubten ihm.« Während sie erzählte, herzte sie Johanna, die mit großen, angst- und tränenerfüllten Augen zuhörte.

Mir brach das Herz. Es kamen noch schlimmere Dinge zur Sprache, und ich wurde Zeugin, wie Johannas elterliche Welt in Trümmer fiel. Sie saß todbleich da, ihr Blick hüllte sich ein und schaute in irgendeine Ferne, aus der das Kind auch am folgenden Morgen nicht zurückkehrte. Es antwortete nicht auf Fragen, reagierte nicht mehr auf die Liebkosungen der Tante und zeigte nicht die schwächste Regung in seinem Antlitz. In dem groben Holzstuhl, den die Frau

dem Kinde überließ, hockte es fast pflanzenhaft und blut-
leer.

Wir waren uns der Gefahr bewusst, dass der Schultheiß
unsere Spur aufgenommen hatte. Til hatte noch in Zons
einen Freund dafür gewinnen können, uns unauffällig zu
folgen und für den Fall, dass andere uns ebenfalls auf den
Fersen waren, Signale zu geben. Bislang hatten wir nichts
bemerkt, doch es war fraglich, ob der Freund eine weitere
Nacht die Mühsal des Wachpostens auf sich nehmen würde.
    Wir konnten Johanna nicht im Hause der Tante belas-
sen. Ein Schultheiß ist ein mächtiger Mann und bekommt
täglich hundert Nachrichten zugetragen. Wir waren in
Gefahr, aber ich war ganz mit meinen Gefühlen beschäftigt. Til schenkte mir Blicke, berührte meine Hand, wenn
Johanna und die Tante es nicht merkten, flüsterte mir Kom-
plimente zu, die mich verlegen machten. Er trug Geld bei
sich, das er seinem Vater gestohlen hatte, ging zu Bauern
und kehrte mit Leckereien zurück, brachte die Tante abermals zum Weinen und hatte für mich einen Strauß wilde
Blumen versteckt, den er hervorholte, als die Tante aus der
Stube ging. Er küsste meine Wange, meine Stirn, meine
Hände, die Schulter, den Mund.
    Ach, ich hätte den Rest meines Lebens mit Til verbracht.
Doch die Schutzmantelmadonna spannte ihren Mantel leider nicht über uns beide. Wenn Til mich berührte, gruben
sich Schuld in mein Herz, aber auch Augenblicke des
Glücks. Ich genoss alles, so gut ich es in der Eile konnte.
Mein Gewissen rieb und stach. Manchmal erfasste mich

Schwindel und ich glaubte in Satans Schlund zu stürzen. Mein Leib bog und verdrehte sich, schlug Räder wie ein Pfau, zerwühlte alles, mich und die Welt. Alles flirrte. Und hätte die Vernunft mich nicht zurückgerissen, hochverehrter Herr – ich wäre in Tils süßen Armen zum Teufel gegangen!

Der zwanzigste Brief

Ach, mein Til! Er verzauberte mich, verwandelte das Kind in eine Frau. Mit Rücksicht und Spürsinn. Er fand die wenigen Momente, in welchen ich bereit war, mich zu verlassen und in eine zweite Seele zu gehen – oder meine Seele tat den Schritt in einen zweiten Körper, das kann ich nicht trennen. Mein Til! Er vereinigte alles, was die anderen als Einzelnes hatten. Er war ihre Summe. Wir fühlten uns wie Schwämme oder heilige Blumen, die keinen Willen, kein Ziel kennen, sondern nur das Jetzt und die Liebe. AMEN!

Das Dorf Gohr lag im Schutz einer längeren Bruchkante, auf der eine Mühle im Winde stand und schon von ferne hörbar war. Das Flügelrad ächzte. Sie gehörte den Nachbarn der Tante und eignete sich als neues Versteck für Johanna. Die Tante führte uns im Dunkeln hin. Der Späher ging uns nach und stellte wie schon zuvor sicher, dass niemand uns folgte. Von dem Abhang aus behielt er die Gegend im Auge. Das Kind war erst widerwillig, wurde dann weicher. Wir hatten Decken dabei, borgten uns beim Müller einen Krug und eine Schale. Er verkaufte Til etwas Mehl und saure Bohnen. Wir erhielten eine Holzbank und ein paar Bretter, mit deren Hilfe wir einen Verschlag als Versteck im Getreidelager bauten.

Johanna weinte immer wieder. Gewiss, weil sie an den Vater dachte und an das, was der Bruder und die Tante über ihn erzählt hatten. Ihre Trauer machte sie empfindsam, sie schmiegte sich an die Tante und sogar an mich und wollte nicht alleine in ihrem neuen Versteck zurückbleiben. Schließlich lenkte Til ein und verfügte, dass die Tante bei ihr bleiben solle. Er und ich kehrten ins Dorfhäuschen zurück. Es war leichtfertig, denn wir hatten uns mit einem Schultheißen angelegt; wir hätten ebenso gut den Amtmann oder den Herrn der Zonser Burg herausfordern können. Wir hätten alle drei die Mühle nicht verlassen dürfen, und dennoch erinnere ich mich voller Sehnsucht und Wehmut der wenigen Tage, die uns das Schicksal und die Madonna in dem ärmlichen Haus der Tante schenkte, und will nichts missen.

Til baute uns mit einfachsten Mitteln ein Schlaflager. Wir froren, aber wir vergaßen den Frost; unsere Mägen knurrten, doch konnte uns der Hunger nichts anhaben; das dörfliche Leben schwatzte, polterte, klirrte um uns her, wir überhörten die Welt. Wir hielten uns fest und fühlten den Herzschlag des anderen.

Die Madonna schenkte Til und mir vier Tage Frieden. *Vier!* Sein Vater indessen hatte dieselbe Zeit, um Nachforschungen anzustellen und sich beim Amtmann bewaffnete Stadtsoldaten auszuborgen, die er nach Gohr sandte. Sie umstellten das Häuschen und verletzten meinen Til. Ich konnte fliehen, wurde aber verfolgt. In einer Scheune ließ die Madonna eine Sense von der Wand stürzen, die den Hals meines Verfolgers durchtrennte. Darauf rannte ich zur Mühle und riss das Kind mit mir fort. Johanna und ich schafften es über die Felder bis zu einem Hain und einem Tümpel, in dem wir uns ins Schilf stellten und nicht gefunden wurden, selbst von den Hunden nicht, mit denen man uns suchte. Gott rettete uns.

Mir ging es sehr schlecht, denn ich machte mir Sorgen um Til. Er war verletzt, und mir war klar, dass wir getrennt bleiben würden und mir nichts als die weitere Flucht blieb.

Das Versteck verließen wir erst, als wir sicher waren, dass man die Suche nach uns in dieser Gegend eingestellt hatte. Wir folgten dem Lauf der Sonne und gelangten an einen Hof namens Spiel, wo eine gute Frau uns aufnahm, uns zu essen gab und eine Nacht schlafen ließ. Die Madonna ließ uns auch in Spiel nicht verderben, sondern brachte Johanna durch ein Unglück eine kleine Verletzung bei, sodass die Frau einen Knecht um Rat fragen musste. Er war der Neffe eines Blaukittels, dem wir unverfänglich unsere Not schilderten.

Nachdem er Wundhilfe geleistet hatte, bot er uns zwei Plätze in seinem Zuge an, der aus vier großen Wagen bestand, aus Lüttich kam und sich auf dem Weg nach Leipzig befand. Wir verpflichteten uns, während der Reise für die Wäsche und das Essen zu sorgen. Zwei Jungen, die schon Lederschürzen trugen, fuhren als Lehrlinge mit. Sie schlossen Johanna in ihr Herz und nach und nach vergaß sie ihre Not. In Träumen schreckte sie noch lange hoch und weinte.

Ich nahm sie in den Arm, froh, dass wir beisammen waren. Mir ging es weiterhin nicht gut, ich lag lange Nächte wach und betete. Immer wieder dachte ich an Til und dass ich ihn gewiss nicht wiedersehen würde.

Die Lehrlinge und Johanna wurden Freunde. Der eine hatte eine verkrüppelte Hand, mit der er jedoch ebenso geschickt war wie jeder andere. Der zweite Junge stotterte und brachte uns damit zum Lachen – mit Absicht und Geschick, weil es ihm ernsten Spott vom Leibe hielt. Es war eine kleine Hilfe, für die ich noch heute große Dankbarkeit empfinde. Habe später manche Opferkerze für beide entzündet und bete, dass es ihnen gut ergangen ist. Amen. Sie waren Hilfe und Trost, gleich zu Beginn der langen Fahrt nach Osten, von der im nächsten Brief die Rede sein soll.

Einundzwanzigster Brief

Niemand kennt Straßen und Wege besser als Fuhrleute und Blaukittel. In jedem Weiler und Dorf auf ihrer Strecke haben sie ein Relais, eine Herberge, wo Wärme, Brot und frische Zugtiere und Vorspannpferde auf sie warten, wo sie einen Bader oder Stübner kennen, der sie kuriert, wo ein Hufschmied ihnen Kredit gewährt oder ein Mädchen weint, weil sie jedes Mal in Eile sind und weitermüssen.

Ihre Waren durchrennen einen gefahrvollen Wettlauf, und der Verdienst ist gefährdet, wenn die Ladung nicht bis zum vereinbarten Tag an ihr Ziel gelangt. Kurz, das Reisen mit den Blaukitteln ist nichts Beschauliches, und ich brauchte meine ganze Erfahrung und Gewöhnung, die ich im Reisewagen des Erzdiakons erworben hatte, um mit der elenden Unrast dieses Lebens zurande zu kommen.

Das Kind Johanna musste auf ihr bisheriges Leben in Wohlstand und Sattsein verzichten und fand sich in einem Strudel aus Pflichten und Gehetztsein wieder. Von Zeit zu Zeit beklagte sie sich (für ein so junges Kind sehr klug), dass nur ich von unserer Flucht profitierte. Damit hatte sie recht. In ihrem Erinnern wurden die Anschuldigungen

Tils gegen ihren Vater immer blasser und sie gab mir die Schuld an allem und ich verzieh es ihr. Den Fuhrleuten sagte ich, dass sie meine Schwester sei und dass wir aus Köln kämen. Meinen Namen änderte ich in Capella von Blankenheim.

Ein paar der älteren Blaukittel verstanden ein wenig Latein und lachten von Herzen über die »Ziege aus der Eifel«. Johanna fragte mich alle paar Tage, wie weit wir von unserer Heimat Zons entfernt seien, und ich brachte ihr bei, den Namen der Stadt nicht mehr zu nennen.

»Zons liegt jetzt weiter hinter uns zurück als der Weg von der Erde zur Sonne«, sagte ich ihr. Zuweilen fiel sie dann in das Schweigen und die seltsame Starre zurück, die sie gezeigt hatte, als sie die Wahrheit über ihren Vater erfuhr. Die Lehrlinge schenkten ihr dann ein Stück Obst oder Backwerk, schnitzten mit ihren Messern Pferde und Hasen für sie und spielten mit ihr, als seien sie selbst nicht älter als das Kind.

Schlimmer als die Beschwerlichkeiten des Fahrens, des langen Wartens und schlechten Liegens war der Verlust meines lieben Tils. Er fehlte mir sehr. Worte sind leblos und kalt im Vergleich mit der Wirklichkeit, Herr Doktor. Er fehlte mir mehr und auf andere Weise als Felix oder Jean. Ich lag in den Nächten wach und ließ die Gefühle emportauchen. Johanna lag neben mir und war als seine Schwester ein zarter, wenngleich unnützer Widerschein seiner verblassten Gegenwart. Ich hörte seine Stimme, spürte seine Hände, atmete seinen männlichen Duft und war für Augenblicke nah bei ihm – nun selber weinend.

Johanna spürte meinen Schmerz, legte ihre Arme um mich und ihr Gesicht an meinen Hals.

Wir wurden Freundinnen: die erst Sechsjährige und ich, die ich doppelt so alt war. Flucht und Not förderten die Zuneigung. Über die vielen Meilen, die wie nach Osten reisten, wurden wir mehr als Freundinnen. Unser gemeinsames Schicksal ließ Johanna gleichsam zu *meinem* Kinde werden und mich zu seiner Mutter. Sie wuchs mir ans Herz.

Wenn wir fuhren, setzten die beiden Lehrlinge sie hoch oben auf den Bock und liefen selbst standesgemäß nebenher, indem sie, seltsam mit den Hacken auftretend, ihre Peitschen im Takte des Laufs perpendikelartig hin und her schwingen ließen. Dabei erzählte der, der nicht stotterte, Geschichten, glaubhafte und unglaubhafte Abenteuer von nächtlichen »Stracksfahrten«, also eiligen Reisen, die immer dann nötig werden, wenn die Termine drängen. Einmal sei bei einer solchen Nachtfahrt ein Junge mit der Fackel voneweg gelaufen. Plötzlich sei das Feuer erloschen und der Bursche nie wieder auf der Erde gesehen worden.

Johanna schüttelte sich wonnevoll-verängstigt und hüllte sich fester in die Pferdedecke, in die die Jungen sie wie einen Säugling gewickelt hatten. Dann erzählten sie von Straßensperren, wenn etwa eine Gegend in die Abhängigkeit eines raffgierigen Grafen geraten war, der jeden anhalten ließ, um »Zoll« zu fordern. Wer die Sperrungen umfahre, spiele mit seinem Leben, zumindest aber mit seiner Freiheit und der Ladung, für die er hafte. Die Lehrlinge bemühten sich, selbst als wagemutige Helden dazustehen, und gewannen damit regelmäßig die Bewunderung und den Beifall des Kindes, das umgehend eine neue Unterhaltung einforderte, die ihm prompt geliefert wurde.

Die gesamte Reise vom Rhein bis ins Kursächsische und zur evangelischen Stadt Wittenberg dauerte achtzehn Tage. Das war schnell und anstrengend. Wir hatten Glück, dass wir keinen aufständischen Bauern begegneten, wofür wir täglich inbrünstig beteten. Verglichen mit der Reise unseres geistlichen Herrn war die Fahrt mit den Blaukitteln ein atemloses Wettrennen. Diese Leute sind es allerdings gewohnt, weil sie für die großen Häuser unterwegs sind, für die Vöhlins aus Memmingen, die Ravensburger Hundbiß oder für den Fugger, auch für das hiesige Haus Cranach.

Wir fuhren am frühen Morgen bei Kälte und Regen los und hielten erst am Nachmittag an, um den Tieren Ruhe zu gönnen. Dann eilten wir weiter, bis uns die Dunkelheit zwang, vor Anbruch der Nacht unser Lager aufzuschlagen oder die Remisen einer Herberge zu erreichen, wo wir auf Stroh schliefen. Immerhin bekamen wir warme Kleidung von den Fuhrleuten und meistens auch genügend zu essen, weil die Verpflegung der Männer zu unseren täglichen Pflichten gehörte. Johanna verlor ihre Traurigkeit, ein milder Geist schien ihr Unglück ins Vergessen sinken zu lassen. Die teuren Schuhe hatten hässliche Schrammen bekommen und die Farbe verloren, das Kleid war zerrissen und das Haar so wirr wie das der beiden Burschen. Aber Johanna klagte nicht länger und ließ sich stattdessen zeigen, wie man die Peitsche führt, die Pferde striegelt und das Zaumzeug fettet.

Unsere Route führte über die *Via Regia* zunächst bis Frankfurt. Ich erkannte vieles wieder, denn wir hatten diesen Weg ja bereits mit dem Erzdiakon eingeschlagen. Oft fragte ich mich, was aus Zangl und dem Erzdiakon geworden war, seit mich die Madonna mit den Flügeln ihres Schutzmantels jener düstern Welt enthoben hatte. Zangls Ratschlag fehlte mir, sein väterlicher Rat in vielen Dingen. Ich träumte wirr: Wie der Erzdiakon tatsächlich Papst wurde, aber von unsern Feinden weiterhin aufs Blut verfolgt wurde. Er hielt ihnen unsere *Summa Delicti* entgegen und bannte sie donnernd. Seine Knie waren gesundet und er redete auch nicht länger zu Sperlingen und Salamandern.

Hinter Frankfurt erreichten wir Fulda, wo ich vor den Toren fürchten musste, erkannt zu werden. Meine Hoffnung, dass wir die Stadt umfuhren, zerschlug sich. Wir hielten prompt auf demselben Platz, der vor mehr als einem Vierteljahr schon dem Tross des geistlichen Herrn zugewiesen worden war. Das war nicht allzu lange her, also verbarg ich mein Gesicht, wann und wo immer ich konnte. Ich sah überall Gesichter, die mir bekannt und gefährlich erschienen, und musste zugleich dafür Sorge tragen, dass die Fuhrleute aufgrund meines Verhaltens nicht misstrauisch wurden. Johanna dagegen bewegte sich ungezwungen, folgte den beiden Lehrlingen überall hin und ließ sich Brot und Dünnbier schenken. Wie ein heller Engel sorgte sie für Laune und Zuversicht.

Nachdem wir die Wagen abgestellt hatten, wurden die Lehrlinge mit einer ledernen Tasche zum Rathaus gesandt.

Da Johanna sie begleiten wollte, bat sie mich mitzukommen. Wir durchliefen die Gassen, wurden von Hunden verfolgt, die wir vertreiben mussten, bevor uns die Wächter am Hoftor des Rathauses einließen. Drinnen führte man uns in ein Zimmer, wo der eine Lehrling die Mappe öffnete und zwei gefaltete Papiere herausnahm. Nur eines war versiegelt. Ein Schreiber erschien, erbrach das Siegel und legte das Papier offen auf den Tisch, wo ich es flüchtig sah und überflog.

Ich dachte mir nichts dabei, weil es sich um den Frachtbrief oder das Konnossement* der Fuhrleute handelte. Der Mann nahm die Liste und trug sie zusammen mit dem zweiten unversiegelten Pergament in einen Nebenraum. Wir warteten. Der Junge mit der verkrüppelten Hand verbarg sein Gebrechen vom Eintritt in den Hof an mit besonderer Sorgfalt, da man ihn sonst nicht in das Haus gelassen hätte, wie er sagte. Dafür war er derjenige der beiden, der antwortete, wenn man sie etwas fragte. Der Stotterer hingegen schwieg.

Nach einer Weile kehrte der Schreiber zurück und hielt das Papier frisch versiegelt wieder in den Händen. Der eine Junge nahm es mit der gesunden Hand entgegen und legte es in seine Ledertasche. Man brachte uns zur Tür und in den Hof zurück. Als wir auf der Gasse standen, schlichen sich erneut die Hunde an und verfolgten uns in sicherem Abstand bis zu den Wagen.

An das neu versiegelte Papier dachte ich erst wieder, als wir etwa zehn Tage später in Wittenberg unsere Fracht entluden. Der Fakturist*, der sie entgegennahm und unter anderem für die Priorin und Stiftsdame Margaretha von

Klix tätig war, erbrach das Siegel in meiner Gegenwart und prüfte beim Entladen alle Waren, die man ins Lager trug. Als ich flüchtig auf diese Güterliste blickte, fiel mir auf, dass eine der Mengenangaben nicht dieselbe war. Eine Weile erschien mir die Differenz unbedeutend, dann schöpfte ich Verdacht.

Nachdem ich dem Entladen eine Weile zugesehen hatte, wies ich den Fakturisten darauf hin. Ich hätte bemerkt, sagte ich, dass die Männer vier Hossen Schmalz, also vier längliche Fässer, ins Lager getragen hätten. Vor unserer Abfahrt daheim seien aber sechs Hossen auf den Wagen geladen worden. Ich hätte es zufällig gesehen, doch sei es vielleicht nur ein Irrtum meinerseits.

Er blickte mich erstaunt an und fragte, ob ich lese könne. Nur die Ziffern und ein paar Buchstaben, erwiderte ich vorsichtig. Nun wurde er misstrauisch, verschwand einen Moment und kehrte mit einem zweiten Papier zurück. Er begann, die Übereinstimmung von Waren und den Frachtlisten zu überprüfen, eilte dabei mit roter werdendem Gesicht zwischen den Wagen und dem Lagerhause hin und her – so lange, bis er die Arbeit der Träger schließlich mit einem entschiedenen Befehl zum Erliegen brachte und alle Mann zu einer Pause zwang. Einer der Fuhrleute, die am Rande standen, war aufmerksam geworden und kam näher. Ich stand abseits und machte eine unbeteiligte Miene.

Zwischen dem Fakturisten und dem Blaukittel entspann sich ein Gespräch, dessen Inhalt sich schnell um die Listen drehte und um die Frage, ob während der Fahrt irgendwo und irgendwie das Siegel des originalen Frachtbriefs gebrochen worden sei. Der Fuhrmann verneinte empört. Er winkte seine Kameraden heran. Sie kamen schlurfend näher, spielten mit ihren Peitschen und pressten die Lippen. Man schüttelte die Köpfe, zuckte mit den Schultern, blickte verwundert umher.

Der Fakturist wies nun einige Träger an, bestimmte, bereits im Lager befindliche Güter wieder ans Tageslicht zu bringen. Es entstand eine Reihe kleiner, sichtbar voneinander getrennter Bauwerke aus Fässern, Säcken und Bündeln. Der Mann zählte laut jedes einzelne Teil, das zum Vorschein kam, indem er darauf zeigte und zugleich die neu hergeholte Liste in die Höhe hielt.

Die Männer waren bemüht, ihre Verlegenheit zu verbergen. Jemand murmelte, dass es vor der Abreise beim Erstellen des Briefs wohl zu einem Irrtum gekommen sein müsse. Wenn es Differenzen gebe, sei das nicht die Schuld der Fuhrleute. Seine Kameraden stimmten ihm bei, einige ließen ihre Peitschen in der Luft zischeln und schließlich meldete sich ihr Wortführer. Er machte ihnen ein Zeichen und das Murren verstummte.

»Der Güterverkehr zwischen Burgos und Kiew, Stettin und Rom«, begann er feierlich, »sichert den Fürsten wie den Bettlern das ihnen gebührende Leben. Ist es daher etwa nicht eine Schande, wenn wir Blaukittel wie fahrendes Volk, Zigeuner oder Wegelagerer angesehen werden? Natürlich gibt es schwarze Schafe. Aber gegen üble Nachrede wissen wir uns zu wehren!« Der Mann schoss einen gezielten Blick auf den Fakturisten ab.

Dieser blieb jedoch ungerührt, wedelte mit den Papieren

und erwiderte: »Der Auftrag für die vorliegende Sendung wurde durch einen Boten überbracht, der nach seiner Rückkehr die ordnungsgemäße Abgabe der Bestellungen bestätigte. Ein Schreibfehler am Ausgangsort der Lieferung kommt also nicht in Betracht.«

Der Einwand erzeugte eine Pause, in welcher der Wortführer der Blaukittel neue Munition suchte, nicht aber gleich fand. Schließlich rief er die Lehrlinge zu sich. Sie eilten herbei und stellten sich gehorsam an seine Seite. Ob sie während der Fahrt hierher bis Wittenberg damit betraut worden seien, den versiegelten Frachtbrief einem Fremden auszuhändigen? Johanna stand ein Stück hinter ihnen und blickte mich an. Als hätte ich genau gewusst, wie die Burschen antworten würden, hob ich die Hand und legte unauffällig einen Finger an den Mund.

Tatsächlich schüttelten beide den Kopf. Doch auch das konnte den Ankläger nicht besänftigen. »So leid es mir tut, meine Herren, ich habe die Pflicht, meine Vorgesetzten und Auftraggeber zu benachrichtigen.«

Sofort wurden ein paar Peitschen gehoben, sie pfiffen deutlicher durch die Luft. Der Obmann machte einen Schritt nach vorne. »Willst du uns und alle ehrlichen Fuhrleute der Lüge bezichtigen?«, fragte er drohend. Daraufhin hob der Fakturist die neuere Liste, die den Fehler oder Betrug enthielt, und las vor: »Elf Klösen Pech, zweiundzwanzig Bund Hanf, sechs Hossen Schmalz …« Dann ließ er das Papier sinken und deutete auf die Gebinde vor dem Lager, auch auf die nur vier Fässer Schmalz.

Mir war während unserer Reise nichts Besonderes aufgefallen. Jetzt erinnerte ich mich jedoch, dass ich in zwei Nächten wach geworden war, weil es Geräusche gab, die ich mir nicht hatte erklären können. Ich hatte mir nichts weiter gedacht, denn die Wagen wurden nie alleingelassen, und war beide Male wieder eingeschlafen.

Dass ein Betrug vorliegen musste, war nun offenkundig. Die Blaukittel begannen, sich um den Fakturisten zu postieren, sodass es mit einem Mal keinen Fluchtweg mehr für ihn gab. Schon hielt er Ausschau nach fremder Hilfe. In der Nähe des Lagerhauses und des Abstellplatzes der Wagen hatten sich ein paar Kinder versammelt, die von der Lautstärke des Streits angelockt worden waren. Frauen mit Wäschekörben kamen näher, äugten herüber und gingen vorbei. Mir selber wurde mulmig zumute. Ich sah ein, dass meine Beobachtung eine Kaskade von Wirkungen nach sich zog. Am liebsten wäre ich zu dem Obmann der Männer gegangen und hätte erklärt, dass man den Zorn an mir auslassen solle, weil *ich* illoyal gewesen sei. Aber ich war feige und blieb auf meinem Fleck.

Kaum hatte ich diese Klarheit über meine Rolle erlangt, da hörte ich wieder eine Peitsche surren und sah im selben Augenblick auf dem Gesicht des Fakturisten eine tiefrote Linie leuchten. Der Getroffene stürzte zu Boden. Spätestens jetzt hätte ich mich reuevoll neben ihn geworfen, wäre nicht Johanna quer durch den Kreis der wütenden Blaukittel auf mich zu gerannt, um sich verängstigt in meine Arme zu werfen.

Wir sahen, wie einer der Männer vortrat, sich zu dem

Fakturisten herunterbeugte und diejenige Liste aufhob, die bewies, dass Güter fehlten. Mit triumphierender Geste hielt er sie seinen Kameraden entgegen und riss sie in Stücke. Der Jubel nahm kein Ende. Ich schämte mich für die Fuhrleute, die den Diebstahl offenbar gemeinsam und verabredet begangen hatten. Ich hielt Johanna einen Moment fest, dann fasste ich ihre Hand, trat zusammen mit ihr vor denjenigen hin, der die Liste zerrissen hatte, und spuckte vor ihm in den Sand.

Es wurde still. Ich konnte die Blicke dieser Männer auf meiner Haut spüren, hier und da bewegten sich Peitschen. Johanna schlang die Arme um mich, diesmal, als wollte sie mich schützen. Die Blaukittel bewegten sich auf uns zu. Der Ring um uns und um den Mann, der wimmernd neben mir am Boden lag, wurde immer enger. Mein Herz begann zu trommeln.

Zweiundzwanzigster Brief

Wohlergehen, verehrter Herr Doktor!

Dass sich vor dem Lagerhaus nichts Schlimmeres zutrug, hatten wir dem Kinde zu verdanken. Johanna löste sich von mir und ging zu dem Misshandelten am Boden. Sie beugte sich zu ihm herab, legte eine Hand an sein Gesicht und flüsterte. Niemand schritt ein oder sagte ein Wort, die Peitschen lagen im Sand wie schwarzes Gewürm. Das Kind streichelte das Haar des Mannes. Der Fakturist erhob sich mühsam, wischte Blut von seiner Stirn und den Wangen. Das Kind nahm seine Hand und führte ihn durch die Phalanx der Blaukittel. Sogar ihr Wortführer wich zurück, eingeschüchtert und mit weißen Lippen. Johanna und der Mann, sie schwebten eher, als dass man es hätte laufen nennen können, ich schwöre es.

Die Leute erwachten aus ihrer Starre. Der Fuhrmann, den ich mit meinem Ausspucken gedemütigt hatte, betrachtete die Papierfetzen in seiner Hand. Ein anderer hatte sich zu den Wagen gewandt und kehrte mit einem Flügelaltärchen zurück, das er mithilfe dreier hölzerner Beine

aufstellte. Das Bildnis zeigte den heiligen Valentin als
Märtyrer und Schutzpatron der Fahrenden. Die Männer
schlossen erneut ihren Kreis und der Wortführer begann
eine kirchliche Laienfeier, zu welcher er und seinesgleichen
befugt sind, wie ich später erfuhr, weil unterwegs oft weder
Kirchenhäuser noch Priester von ihnen in Dienst genommen werden können.

Man hätte erwarten können, dass die Blaukittel sich
Johanna zuwendeten, verehrend oder ängstlich befangen,
misstrauisch oder einfach nur verlegen, und dass sie das
Kind auf irgendeine Weise in ihren unbeholfenen Gottes-
dienst einbeziehen würden. Stattdessen beachteten sie uns
gar nicht, weder das Kind noch mich, und auch den Fakturisten nur mit kurzen, scheuen Blicken. Dieser machte aber
auch nicht den Fehler, ihnen Vorwürfe zu machen und
Klage zu erheben. Er wartete, bis der Wortführer vorbetete
und die Leute ihm nachsprachen, dann machte er Johanna
und mir ein Zeichen, ihm zu folgen.

Wir verließen den merkwürdigen Ort, durchliefen Gassen und Höfe und gelangten auf die Straße in die Nähe des
Wittenberger Markts, wo wir vor einem Gebäude stehen
blieben, das mich an einen Bienenstock erinnerte, weil auf
seiner Stirnseite paarweise starke Querbalken verliefen, sodass über die Länge des Hauses auf jeder Etage ein waage-
rechter Schlitz zu sehen war, aus dessen nicht einsehbarer
Tiefe jeden Augenblick, so fantasierte ich, Bienen von der
Größe eines Sperlings hervorkommen und uns mit Stacheln
wie Tischlernägel angreifen könnten.

Als wir die Eingangstreppe erstiegen und durch das

Portal traten, das damals am frühen Morgen und am Abend für eine Weile geöffnet war, befanden wir uns im inzwischen aufgelassenen Dorotheenstift* der Gemeinschaft im Heiligen Blut – oder Dorotheum, wie man auch sagte. Wie Ihr wisst, lebten hier eine kleine Anzahl Stiftsdamen und wurden von emsigen Ordensschwestern umsorgt, die meist aus ärmlichen Verhältnissen kamen, während die Damen allesamt adligen Familien entstammten. Mit großem Fleiß und viel Ordnungssinn, die jedem männlichen Führer eines Handelshauses gut zu Gesicht gestanden hätten, beteiligten sie sich an den Geschäften einiger kirchlicher und privater Stellen, indem sie die Hauptbücher in Schuss hielten und die Warenlisten führten.

Wir wurden über eine Treppe nach unten geleitet und betraten die Küche des Hauses. Die schon erwähnte Priorin und Stiftsdame Margaretha von Klix gab hier nicht Anweisungen oder Befehle, sondern saß mit fedrigen Händen an einem großen Tisch und rupfte ein Huhn. Zwei junge Ordensschwestern waren damit beschäftigt, Kleidung auszubessern; ihre Hände waren rein und ihre Blicke nicht minder freundlich und zugewandt wie der Margarethas, als sie uns hereinkommen sahen.

Die Priorin lachte uns so gewinnend an, dass Johanna sich von meiner Hand löste, die sie bis dahin ängstlich festgehalten hatte, artig einen guten Tag wünschte und mit einem lauten »Danke« einen Knicks machte. Wofür sie sich bedanke, wollte die Dame wissen. Johanna entgegnete, dafür, dass sie uns in das Haus aufnehmen werde. Ihr könnt Euch denken, wie groß die Augen der Stiftsfrau wurden;

ich war kurz davor, mich für das unhöfliche Vorstürmen des Mädchens zu entschuldigen, denn über die Absichten unseres Besuchs hatten wir auf dem Weg zum Dorotheum kein Wort mit dem Fakturisten gewechselt. Wir waren ihm einfach gefolgt.

Als hätte Margaretha meine Verlegenheit durchschaut, hob sie beschwichtigend die Hand und sagte: »Gott spricht mit dem Mund eines Kindes. Wir werden für unsere Gäste wohl eine Kammer freiräumen müssen, Meister Zapf.«

Damit hatten wir den Namen des Mannes erfahren, der nun mit wenigen Worten berichtete, was sich bei den Lagerhäusern zugetragen hatte. Er war klug genug, die Sache so darzustellen, dass die Nachricht, es habe sich dort ein Wunder ereignet, erst später von der Gasse her ins Haus gelangte und sich die Stiftsdame veranlasst sah, sich die Wahrhaftigkeit des Gerüchts von uns bestätigen zu lassen. Sie vergaß auch nicht, Meister Zapf für seine fromme Zurückhaltung und Bescheidenheit zu loben, denn Prahlerei lehnte sie genauso ab wie jede Lüge und sei es auch die kleinste.

Nun wusch sich Margaretha von Klix die Hände und bat uns in ihre Gemächer, die im Erdgeschoss des Gebäudes lagen. Es waren aber keine »Gemächer«, sondern zwei kleine Zimmer mit bescheidener Einrichtung. Ein Schreibpult fiel mir ins Auge. Solche Möbel gab es in den Klöstern, aber ich hatte noch nie daran gesessen und gearbeitet. Ich stellte es mir wunderbar vor: ungestört dasitzen zu können, an einer Vorrichtung, die nur für den Zweck erdacht und erbaut worden war, daran mit Tinte, Feder, Schere und Papier oder gar mit Büchern zu arbeiten.

Auf dem Pult lag eine Brille, die man auf die Nase setzt. Ich stellte mir vor, dass alles sehr verändert erscheinen müsse, wenn man sie trägt – womöglich erkannte man mit ihrer Hilfe die geheimsten Geheimnisse der Welt. Der Gedanke war dumm, doch schmälerte das nicht seinen Reiz.

Wir setzten uns auf Stühle. Eine Ordensschwester brachte Brot und süße Milch.

Vor lauter Dankbarkeit begann Johanna zu singen, ihre Stimme überraschte mich. Die Stiftsdame war so angetan, dass sie eine Flöte holen ließ, auf der sie Johannas Gesang begleitete. Ich konnte nicht glauben, dass wir all die Freundlichkeit und das Willkommensein verdienten und dass wir hier ein neues Zuhause finden sollten – in einem Haus, das sich so sehr von meinen bisherigen Wohnstätten unterschied. Auch hier musste die Schutzmantelmadonna ihren Einfluss geltend gemacht haben, wie ich heute noch glaube.

Die Priorin trug ein einfaches wollenes Kleid mit wärmender Stola. Das Haar wurde von einem roten Kopftuch bedeckt, welches ihr eher das Aussehen einer Hofmagd verlieh als das einer adligen Kanonisse. Indessen sah man ihr diesen Eigenwillen allenthalben nach; selbst die Stadtherren, mit denen sie beständig Umgang pflegte, zollten ihr Respekt und begegneten ihr mit der angemessenen Ehrerbietung.

Wir hatten kaum das Brot gegessen und die Milch getrunken und uns bedankt, als sich am Portal ein Advokat meldete und Einlass verlangte. Man ließ ihn eintreten, und er erklärte sogleich, dass er sich in Sachen einer Anzeige eines am Vortag eingetroffenen Blaukittelzugs melde. Der Fakturist Zapf werde der Nötigung und üblen Nachrede bezichtigt.

Die Kläger forderten Schadenersatz und die Wiederherstellung ihrer Ehre. Damit zeigte er Margaretha von Klix den gefälschten und nicht zerrissenen Frachtbrief, dem man noch den Staub und Schmutz ansah, der sich angehaftet hatte, als Meister Zapf von der Peitsche getroffen niederfiel.

Da die Priorin von Meister Zapf über beide Listen in Kenntnis gesetzt worden war, besaß sie einen Vorsprung und vermutete zu Recht, dass die Fuhrleute die Existenz des zerrissenen Briefs dem Advokaten verschwiegen und ihm den gefälschten als den authentischen vorgestellt hatten. Sie bat ihn zu warten, ließ unverzüglich das Hauptbuch herbringen und rekonstruierte vor unseren Augen die Richtigkeit der Bestellung, die mit dem gefälschten Brief nicht übereinstimmte. Der Advokat zerbiss sich wohl die Zunge. Er bezwang seinen Zorn und faltete mit bebenden Händen das falsche Papier zusammen. Mit knallenden Stiefeln schritt er zum Portal und verschwand aus unseren Augen.

Jawohl, Herr Doktor, dieser Mann war der Advokat ***, unser beider Todfeind, dessen Namen ist nicht zu nennen wage.

Bei der Wiederherstellung des richtigen Briefs, die ich soeben beschrieb, war mir ein unbedeutender Fehler aufgefallen. Eine einzige Zahl nur. Ich sagte es der Dame.

Margaretha von Klix blickte mich einen Moment aufmerksam an. Wieso ich lesen könne, fragte sie. Ich beantwortete die Frage, verschwieg aber mein Wolkenauge. Da kam die Dame freundlich auf mich zu, schloss mich in ihre Arme und hieß mich von Herzen willkommen. Es war ein weiteres Wunder.

Nachdem sich Meister Zapf verabschiedet hatte, kehrten die Priorin, Johanna und ich in die Küche zurück. Frau Margaretha begann erneut, Hühner zu rupfen. Die Ordensschwestern nähten. Ich durfte ein Buch in den Händen halten und daraus vorlesen. Johanna staunte mit offenem Mund. Ich war so glücklich, dass ich mich ein ums andere Mal verlas und korrigieren musste.

Johanna und ich erhielten eine kleine Kammer im obersten Stockwerk in Nähe der großen Schlafkammer und des Bedürfnisraums. Wir hatten ein richtiges Bett. Das Kind kannte so etwas freilich schon sein Leben lang, ich dagegen nur Strohsäcke und grobe hölzerne Gestelle – bis auf die Male im Hause des Kölner Monsignore und im Gasthaus der Aachener Domherren.

Ich freute mich sehr über den Luxus und weinte in der ersten Nacht, bevor ich einschlief. Johanna tröstete mich, indem sie zu mir kroch und mich nicht eher losließ, bis ich mich beruhigt hatte. Am Morgen wurde uns Waschwasser gebracht, dann versammelten wir uns in der Kapelle zur Andacht. Zum Frühstück bekamen wir Brot und Honigmilch, geschroteten Dinkel und Rosinen. Wir lebten im Paradies.

Nach ein paar Tagen festigte sich die Beobachtung, dass niemand im Dorotheum in irgendeiner Form bevorzugt oder benachteiligt wurde und dass diese ungewöhnliche Gleichbehandlung mit dem Einwirken der Priorin Margaretha in Verbindung stand. Man traf sie zu allen Zeiten an allen Stellen des Hauses, und jedes Mal lächelte sie, redete leise und genoss den Respekt aller. Johanna und mir war es gestattet, uns überallhin zu bewegen. Es gab ein *Scriptorium**, das ganz besonders meine Neugier weckte. Eine ältere Dame arbeitete dort, Wiltrud, der Gott durch eine Krankheit die Gabe des Hörens und Sprechens genommen hatte. Man machte ihr Zeichen oder unterhielt sich mit ihr, indem man auf eine kleine Wachstafel schrieb, die sie stets bei sich trug. Es dauerte nicht lange, bis sie und ich Freundinnen wurden. Sobald ich einen Anlass sah, ihr etwas zu sagen, deutete ich auf ihre Kitteltasche und ritzte meinen Wunsch oder die Frage in das Wachs. Sie las es und gab flink Auskunft oder Antwort. Johanna hockte dabei und ließ sich vorlesen, was wir schrieben. Und bald wurde sie genauso neugierig wie ich in Zons beim Anblick von Felix' Schreibwerkzeugen.

Irgendwann schrie ich wie ein Esel, kratzte ein I und ein A ins Wachs und reichte Johanna den Stift. Sie war so flink im Kopf und mit der Hand, dass sie nach zwei Wochen das Alphabet und einige Wörter beherrschte. Wiltrud schenkte ihr ein eigenes Täfelchen, woraufhin das Kind der Dame mit solcher Glückswucht um den Hals fiel, dass beide um ein Haar zu Boden stürzten. Von nun an verbrachte Johanna die meiste Zeit mit uns, es entstand eine kleine Schule, in welcher zwei Lehrerinnen eine Schülerin unterrichteten, die nie müde zu werden schien. Als die Stiftsdame davon erfuhr, befreite sie mich für lange Zeit von einigen der Pflichten, die mir als Kammerfrau zufielen.

Ihr seht, Herr Doktor, wir hatten ein Zuhause gefunden; die Madonna hatte schon wieder ihren Einfluss geltend gemacht. O was hätten wir getan, wenn es in den Mauern Wittenbergs vor Zeiten nicht zur Gründung dieses merkwürdigen Stifts gekommen wäre? Da es sich an den Hof des Allerheiligenstifts anschloss, mit diesem aber nicht verbunden, sondern selbstständig war, blieb es von den Reformstreitigkeiten weitgehend unbehelligt. Man hielt es nicht für ratsam, dieser meist im Verborgenen lebenden Handvoll Frauen irgendwelche Männerrechte einzuräumen, und so war man im Dorotheum unter sich geblieben. Viele Bürger Wittenbergs wussten gar nicht, dass es uns gab; Eure Gattin Katharina von Bora wusste es freilich und schätzte uns, und wenn sie Euch und den Studenten, die bei Euch wohnen, mitunter Wein aus dem Rheinland vorsetzt, könnt ihr sicher sein, dass die Fässchen auf unseren Frachtlisten standen.

Margaretha von Klix war eine schöne Frau. Während in unsern Gesichtern immer irgendetwas zu groß, zu klein, schief oder vernarbt ist, konnte ich die Stiftsdame so lange anschauen, wie ich mochte, ich fand keinen Makel. Mehr noch: Das Gottesgeschenk ihrer äußeren Schönheit vereinte sich mit innerer und hatte eine seelische Haut heranwachsen lassen, die den gedachten, den geistigen Schmutz der

Welt genauso abstieß, wie Körperhaut es mit dem Kot der Gassen tut. Sie war ein Engel, eine Heilige – verzeiht mir bitte mein Schwärmen, es ist nur Ausdruck meiner Dankbarkeit. Irms Schönheit war ebenfalls vollkommen, aber unreif, die Anmut mancher Kinder, die sich verliert, wenn sie erwachsen werden.

Noch am selben Nachmittag, einen Tag nach unserer Ankunft in Wittenberg, kehrte der oben erwähnte Advokat mit einem Stadtsoldaten und dem Obmann der Blaukittel zum Dorotheum zurück und beschuldigte die Stiftsdamen vor Zeugen des Betrugs, indem er zu den beiden Frachtlisten, über die seine Mandanten ihn hatten stolpern lassen, die Existenz weiterer vermutete. Um nicht in Verdacht zu geraten, erklärte er gespreizt, seien die Damen offenbar auf die Idee gekommen, gemeinsam mit dem Fakturisten Zapf so lange so viele verschiedene Frachtbriefe in Umlauf zu bringen, bis selbst der erfahrenste Kaufmann oder Jurist den Schwindel nicht mehr von der Wahrheit würde trennen können. Das sei gelungen. »Selbstredend habt Ihr alles vernichtet«, vermutete er, »sodass eine Durchsuchung des Hauses ohne einen Fund verlaufen würde. Da ich selbst leider nicht die Befugnis habe, die Frauen allesamt aus der Stadt zu jagen, werde ich den Magistrat der Stadt hinzuziehen. Einen guten Tag!« Damit gab er den mitgebrachten Herren hinter ihm ein Zeichen und man entfernte sich lärmend.

Zurück blieben allgemeine Unruhe und Angst. Margaretha von Klix berief eine Generalversammlung ein. In der Küche saßen alle Stiftsdamen, die Ordensschwestern und obendrein Johanna, Herr Zapf und ich. Dem Fakturisten sah man seine Erregung über die Androhungen an.

Die Priorin machte ein peinliches Geständnis: »Ich musste vor einiger Zeit die Gegenwart dieses Herrn in ähnlicher Weise ertragen. Er versprach mir, die allgemeine Stellung der Stiftsdamen im Dorotheum zu Wittenberg zu festigen, wie er sagte, wenn ich ihm zu Willen sein würde.« Sie zog die Brauen hoch. »Meine Zurückweisung brachte den Zorn des gekränkten Hagestolzes in ihm hervor. Seither führt er einen Feldzug gegen mich persönlich, aber auch gegen das Dorotheum mit dem Ziel, das Haus räumen zu lassen und den übrigen Gebäuden des Allerheiligenstifts zuzuschlagen, vermutlich, um darin eigene oder die Pläne anderer in die Tat umzusetzen. Es wäre nicht das erste Mal, dass auf solchen Wegen wertvolle Häuser überraschend den Besitzer wechseln.«

Die Bedrohung band uns zusammen. Frau Margaretha gab die Anweisung, das Portal zu verriegeln für den Fall, dass der Herr beabsichtige, mit Verstärkung zurückzukehren. Das alles fühlte sich beunruhigend an. Johanna blickte mit angstgroßen Augen umher. Herr Zapf saß mit fahlem Gesicht unter uns. Als ich genauer hinsah, fuhr mir der Schreck in die Glieder, denn ich erkannte das Peitschenmal als zartrote Linie, die sich von seiner Stirn herab quer über das Antlitz zog.

Neben mir saß die taubstumme Wiltrud, deren Namen ich zu diesem Zeitpunkt noch nicht kannte und auch nicht das *Scriptorium*. Sie machte sich Sorgen wegen der Bücher und Schriften darin, zog ihr Täfelchen hervor und schrieb:

Dieser Mann glaubt, dass Gedrucktes und Geschriebenes nicht in die Hände von Frauen gehört. Von unserem Geschlecht gehe ein Fluidum aus, das, wenn es sich mit Druckerfarbe und Tinte vermischt, giftig werde und geeignet sei, Menschenseelen dem Teufel zuzuführen. Er warnt vor einer ›Bücherpest‹. Zwar lacht man ihn auch aus, aber viele glauben ihm, das ist das Schlimme. – So weit Wiltruds Worte.

Von dieser Stelle meines Berichts an, hochverehrter Doktor, wird der Advokat *** seine Rolle zu spielen beginnen. Dieser Mann ist gefährlicher als der flämische Tuchhändler, der »Hauptmann«, in Münster. Seinen Namen kennt Ihr. Dieser Abvokat spricht Til, Johanna, Solveg und mir das Recht aufs Leben ab, und jeder Landsknecht darf uns totschlagen, wenn ihn danach verlangt. Wir sind so wolfs- und vogelfrei, wie Ihr es wart, nachdem der Papst im Jahr des Herrn 1521 Acht und Bann über Euch verhängt hatte.

Dreiundzwanzigster Brief

Wir ahnten die Gefahr. Die Stiftsdame hatte befürchtet, der Advokat *** werde mit einem Schreiben des Rats zurückkehren und das Haus und die Frauen mit juristischen Mitteln in größte Schwierigkeiten bringen. Stattdessen aber griff er zur Gewalt, denn das folgende Schreckliche führe ich noch heute auf seine Initiative zurück.

Wir saßen noch in der Küche und suchten nach Auswegen, waren bemüht, die Ängste des jeweils anderen zu dämpfen, was nicht gelang, als wir draußen Lärm wahrnahmen. Es war ein solches Getöse, dass wir zusammenfuhren. Irgendwo innerhalb des Hauses schlug ein Hund mit kräftiger Stimme an, es war Zerberus, der Schutzhund der Damen, der Johanna und mir noch verborgen geblieben war.

In das Bellen hinein hörten wir mit furchtbarem Schrecken, wie der Riegel des Portals zerschlagen wurde. Im nächsten Moment hörten wir Stiefeltrampeln, Männerstimmen, Rufe. Ein Fähnlein der Blaukittel stürmte das Anwesen, die Gesichter kannte ich ja. Sie rissen die Türen aus ihren Angeln und hieben mit Keulen auf alles ein, was ihnen im Weg stand. Ich schämte mich für sie.

Die Ersten sahen und erkannten auch mich, als sie in die Küche blickten. Sie lachten und verhöhnten das Kind und mich. Dann passierte etwas Schreckliches. Zerberus hatte sich gegen einen der Angreifer geworfen und ihn am Bein erwischt. Der Hund war groß und massig, eine Waffe. Sofort entstand ein wildes Getümmel, bei welchem die Männer mit ihren Prügeln dermaßen auf das Tier einschlugen, dass es laut jaulend niederfiel und kurze Zeit darauf starb.

Die Damen versuchten zu fliehen, Johanna hatte keine Stimme vor Entsetzen. Sie vergrub ihr Gesicht im Stoff meines Kleides und krallte sich fest. Wir hatten keine Chance gegen die feige Meute. Ein paar Kerle hoben ihren verletzten Kameraden hoch und trugen ihn fort. Ein anderer rannte auf mich zu, schlug mir ins Gesicht und riss mir Johanna aus dem Arm. Er stieß sie grob gegen die Wand. Da tauchte der Obmann auf, steckte zwei Finger ins Maul und machte einen so gellenden Pfiff, dass uns allen die Ohren sausten. Mit dröhnender Stimme gab er den Befehl zum Rückzug seiner Bande. Offenbar wollte er den Eindruck vermitteln, dass alles ohne sein Zutun geschehen sei.

Bis auf einen gehorchten alle seinem Signal. Dieser hielt eine der jungen Ordensschwestern fest. Er hatte sie in einen Winkel der Küche gezerrt und machte keine Anstalten, sie freizulassen. Stattdessen wurde mir klar, dass er ihr hier vor aller Augen Gewalt antun wollte. Er riss sie zu Boden und warf sich über sie. Der Obmann, der hinsah, tat, als merke er nichts, obwohl das Mädel zum Erbarmen schrie, wie Ihr Euch denken könnt. Da verlor ich die Fassung. Ich sprang zum Tisch, ergriff ein großes Fleischmesser und schwenkte es mit solch großem Zorn, dass ich dem Manne, der das Mädel bedrängte, vier Wunden zufügte, die mich selbst erschreckten.

Ich warf die blutige Klinge von mir. Der Verwundete kippte zur Seite und wälzte sich. Ich half dem Mädchen, das ganz taub und tumb vom Schrecken war. Die letzten der Fuhrleute traten die Flucht an, sogar der mit den Messerwunden zwang sich auf die Beine und flüchtete unter wilden Flüchen. Ihr Anführer oder Obmann spähte noch einmal herein, stierte mich mit lodernden Augen an und drohte mir. »Ich selbst werde blutige Rache üben, das schwöre ich vor Gott und allen Heiligen des Himmels!« Dann machte er sich davon.

In dem Krieg, den der Advokat *** für die Christenheit focht, wie er selbst glaubte, hatte er weit mehr Feinde im Visier als nur die Frauen des Dorotheums. Vor allem war ihm eine kleine Schule ein Dorn im Auge – gegründet von einigen Wittenberger Bürgern mit dem Ziel, ihren Kindern das Lesen und Schreiben beizubringen.

Der genannte Feind bekämpfte die »elende Idee« mit allen Mitteln, und es verwundert nicht, dass ich und mein Wolkenauge zu seiner Erzfeindin und Grundhexe werden mussten, sobald er davon Kenntnis erhielt. Bis dahin bekämpfte er das *Scriptorium* der Stiftsdame Wiltrud. So hatte er bereits Flugschriften *Wider die Tintenteuflin im Dorotheum* drucken lassen. Die Dummheit ist das Höllenwerk, das Gottes Gebäude am ehesten zum Einsturz bringt. Und es gab genügend Volk, das sich vorlesen ließ, wie gefährlich das Lesen sei, und dadurch Trost und Recht empfand. Nicht ungeschickt!

Was ich zu Beginn dieses Kriegs nicht wusste, war, dass der Advokat *** sich auch schon gegen Euch, Euer Haus und Eure Sache in Stellung gebracht hatte. Eure Frau Katharina verschwieg Euch nämlich, dass der Jurist damals bereits bei ihr vorgesprochen hatte – mit freundlichem Getue und finsteren Absichten. Dafür hatte er bewusst einen Zeitpunkt gewählt, an welchem Ihr nicht in der Stadt weiltet, weil er dachte, die Gattin sei leichter zu blenden als der Gatte. Er irrte sich, wie ich später von meinem Barthel erfuhr, denn Eure Gattin verpasste dem Sünder eine Kopfnuss, mit der er nicht gerechnet hatte.

Barthel war einer der Studenten, der die Gastfreundschaft Eures Hauses genoss und der mich mit in die Schlosskirche nahm, um Eure Vorlesungen zu erleben. Kurz nach den genannten Vorfällen kam er zu uns ins Dorotheum und ich lernte ihn kennen. Wie alle schloss auch er die kleine Johanna schnell ins Herz und nahm viele Male an unserm Unterricht im *Scriptorium* teil, wo er der Stiftsdame Wiltrud bereits zuvor bei der Archivierung einer wiedergefundenen Korrespondenz zwischen dem Allerheiligenstift und den Äbten einiger ferner Klöster geholfen hatte.

Dieser Student, Herr Doktor, erzählte mir, was es mit jener »Kopfnuss« auf sich hatte: Der Advokat hatte geglaubt, in Eurer Gattin eine Frau ohne Fantasie und Klugheit anzutreffen. So behauptete er dreist, der Magistrat der Stadt trüge sich mit Plänen einer Sondersteuer für die Erträge, die Ihr durch die Burse*, das heißt die Unterbringung

der Studenten einnehmt, und diente sich ihr selbst als Anwalt an, um juristisch dagegen vorzugehen. Frau Katharina
roch den Braten und schaltete mithilfe einer Freundin ein
Mitglied des Rats ein, der ihr einen Gefallen schuldig war.
So erweckte er vor dem vermeintlichen Verteidiger den Anschein, als seien die von ihm erfundenen Steuerpläne des
Rats eine Tatsache. Schließlich machte er dem Advokaten
den Vorwurf der beruflichen Indiskretion, denn solche
Pläne des Rats sind zunächst stets ein Geheimnis, das für
eine Zeit nicht an die Öffentlichkeit soll. Mit diesem Hin-
weis drohte er dem Manne mit dem Entzug des Vertrauens
des Magistrats. Der aufgeschreckte Advokat ergriff daraufhin die Flucht nach vorne und gestand, er selbst habe die
Pläne ausgedacht, weshalb sie kein Geheimnis im Sinne
des Rats darstellen könnten. Das wiederum veranlasste das
Ratsmitglied zu der Erwiderung, dass auch der Verrat eines
ausgedachtes Geheimnisses für den Rat der Stadt Rück-
schlüsse auf die Vertrauenswürdigkeit eines Advokaten zulasse und man sich auf Seiten des Magistrats folglich werde
überlegen müssen, inwieweit eine Zusammenarbeit zukünftig nutzbringend sei. Frau Katharina obsiegte gegen diesen
Erzfeind, was dessen Wut nicht schwächer werden ließ.

Ihr wisst, hochverehrter Doktor, dass zahlreiche Eurer Geg-
ner das Lesen der Bibel in den Händen von Laien ablehnen.
Mit solchen Leuten schmiedete unser Feind einen eisernen
Bund gegen das Lesen überhaupt und gegen die besagte
Schule in den Mauern der Stadt im Besonderen. Zu den
Leuten, die Wert darauf legten, dass ihre Kinder lesen und

schreiben lernen, gehörten in erster Linie Kaufleute, das ist natürlich. Da sich in den Reihen des Magistrats keine Mehrheit finden ließ, die den Wunsch nach einer Schule unterstützte, taten sich diese Leute zusammen. Jemand stellte einen Salon zur Verfügung, man fand in den Reihen der Mönche des Allerheiligenstifts einen geeigneten Lehrer und legte zwei Tage in der Woche fest, an denen der Unterricht stattfand.

Acht Jungen fanden sich ein, erhielten Stifte, Wachstafeln, ein *Abecedarium* und bewiesen, dass eine solche Schule eine nützliche Einrichtung ist. Nach schon wenigen Wochen waren einige der Schüler fähig, einfache Rechenaufgaben zu lösen und das lateinische und griechische Alphabet zu schreiben. Der Vorgang wurde zum Stadtgespräch, und es verging nicht viel Zeit, bis sich auch die ersten Einwände fanden. So wurde behauptet, dass kindliches Lesen und Schreiben Blindheit verursache, dass das Führen einer Schreibfeder das Gehirn verforme, sodass andere Fähigkeiten wie Fechten und Bogenschießen nie in Gänze erworben werden können. Wortführer dieser obskuren Gerüchte wurde der Advokat ***, der die skeptischen Stimmen geschickt um sich sammelte und als Zunder für seine feurigen Angriffe gegen die Welt der Bücher und des Wissens nutzte. Regelmäßig erbat er sich Gehör im Rat der Stadt, wetterte und drohte mit dem Verfassen eines Sendschreibens an den Papst mit dem Ziel, ein hochoffizielles Verbot der »höchstteuflischen« Wittenberger Schule zu erwirken.

Als wir in der Stadt ankamen, hatte der Streit einen gewissen Höhepunkt erreicht. Die Priorin Margaretha von

Klix hatte einen von allen Stiftsdamen unterzeichneten Brief an den Magistrat gesandt, in welchem man sogar die Gründung einer vom kurfürstlichen Amt und dem Bistum getragenen Schule für alle Kinder forderte. Dies war das brenzlige Klima, in das wir kamen, und ich bin überzeugt, dass unser Feind sich den Blaukitteln seinerzeit nicht nur als ihr Anwalt angedient hatte, sondern in Wahrheit als Feldherr mit der Absicht, sie als seine Landsknechte gegen die Frauen des Dorotheums anrennen zu lassen. Mit dem Ziele, Angst zu schüren.

In demselben Geiste errichtete er ein Netz von Helfern um sich, die, von ihm instruiert, brave Bürger in Verruf brachten, indem sie beispielsweise ausstreuten, man habe den und den an der Pforte irgendeines Kirchhofs gesehen, wo er Gräber geöffnet hätte, um ihnen Bücher zu entnehmen. Wie sonst sollte der Teufel an Gott und den Heiligen vorbei böse Druckwerke in die Welt bringen? Derlei Unfug glaubten viele Bürger allzu gerne und trugen die Gerüchte weiter – vor allem manche Taugenichtse, die ein Auge auf den Besitz ihres unbescholtenen Nachbarn geworfen hatten. In der Tat kam es mehrfach zu peinlichen Anklagen gegen den Advokaten, der sich jedoch jedes Mal reinzuwaschen wusste. So hält er sich bis auf den heutigen Tag bei allem stets im Hintergrunde und hebt seine Rolle als Jurist hervor, die ihn unantastbar macht.

Herr Doktor, da all dies hinter vorgehaltener Hand erzählt wurde und die Frage der Schule damals ohnehin nur die Schicht der Kaufleute und Handwerker betraf, werdet Ihr wenig darüber erfahren haben. Eure Gattin, die gute

Frau Katharina, das sagte ich schon, nahm Rücksicht auf Euch, und wenn ich meinen Barthel zu Euch ins Schwarze Kloster* begleiten durfte, um Briefe und Listen zu überbringen, schwieg ich und hörte lieber nur zu, wenn Eure Gattin für das Dorotheum Partei ergriff. Oft bereitete sie für die Stiftsdamen kleine Geschenke vor: Kuchen, weißes Mehl, Rosinen, die ich dann mit zurücknahm. Und manches Mal erhielt ich zudem den Auftrag, der Priorin zu sagen, dass ein weiteres Mitglied des Magistrats für uns und die Schule gewonnen worden sei. Oder ich erhielt von Wiltrud ein Stoffbündel Bücher, sorgsam mit Schnur eingebunden. Das waren Schriften, die ihr besonders am Herzen lagen und die sie vor einem unerwarteten Überfall des Advokaten *** auf das *Scriptorium* des Dorotheums schützen wollte. Heute noch müssen solche Bände im Schrank Eures Hauses stehen, wo sie die Jahre schadlos überdauert haben.

Unser Einleben wurde durch die Güte der Stiftsdamen beschleunigt. Johanna verstand, dass emsiges Mittun und Dankbarkeit die besten Werkzeuge sind, um Vertrauen zu gewinnen und sich in einer neuen Umgebung zurechtzufinden. Wir wuschen gemeinsam die Kleidung der Frauen des Stifts, machten uns in der Küche nützlich und halfen auch den Damen, die für Hof und Garten zuständig waren. Nebenher besuchten wir gerne und häufig die stumme Wiltrud in ihrem abgelegenen Schreibzimmerchen, wo mir auch zum ersten Mal mein Barthel begegnete.

Ich sage es hier schon: Der Student Barthel hat in meinem Herzen nie die Position Tils erlangt. Gleichwohl liebte ich ihn sehr, nur dass mir seine Seele näher war als sein Leib und seine spröde Zärtlichkeit. Jawohl, ich ließ zu, dass er mich berührte, doch es löste nie dasselbe süße Durcheinander in mir aus, das mich mit Til überwältigte. Ich liebte Barthel, weil er mich liebte. Als wir uns das erste Mal sahen, hatte er leise Wiltruds Schreibkammer betreten. Wir erschreckten uns. Als ich ihn anblickte, wurde er rot. Gott segnete uns beide im selben Augenblick.

»Ich suche die Priorin«, sagte er mit seiner schönen, großen Stimme.

Johanna verlor ihre Angst, nahm seine Hand und führte ihn zu ihr.

Das zweite Mal sah ich ihn, als er an einem der folgenden Tage eine größere Bestellung Eurer Gattin zu uns brachte. Auch diesmal traf er uns in Wiltruds Zimmer an und wir unterbrachen den Unterricht. Er war verwundert, was Johanna bereits konnte, und lobte sie. Da wusste ich noch nicht, dass er Euer Student war und im Schwarzen Kloster seine Herberge hatte. Wiltrud sagte es uns, wobei sie seine Klugheit und Bildung hervorhob und seine tiefe Kenntnis der Heiligen Schrift. Wieder wurde er feuerrot – wegen des Lobs vielleicht, womöglich aber schon, weil ich ihn ansah und bewunderte. Ich hatte noch nie vor einem Studenten gestanden, der in der Universität ein und aus ging. Die Hochschule flößte mir einen solchen Respekt ein, dass ich lange Zeit, wenn ich in der Stadt auf meinen Wegen dort vorüberkam, die Straßenseite wechselte. Ich stellte mir vor, dass aufgrund des vielen Wissens die Luft in den Räumen eine eigene Färbung hatte und dass ein merkwürdiger Duft herrschte, den einzuatmen ich nicht befugt war. Ich war zu ungebildet, verglichen mit den Männern dort – Studenten wie Doktoren!

Barthel hatte blondes Haar wie ich selbst, seine Haut war hell; die volle Stimme passte nicht zu der Erscheinung. Er war robust und konnte böse werden, wenn man ihn reizte. Dann glühten seine Ohren, dass einem angst und bang wurde. Gleichwohl war niemand behutsamer als er, einfühlsamer. Selbst mit Tieren. Er nahm die Karnickel aus den Ställen im Hofe des Stifts und sie wurden zahm. Er redete zu ihnen (nicht wie der Erzdiakon zu den Sperlingen), er drückte das Gesicht in ihr Fell und sie strampelten nicht. Er ging auch zu den Pferden und Ziegen, durfte ihre Mäuler berühren, und sie bewegten die Köpfe auf ihn zu und schnaubten behaglich.

Johanna fasste schnell Vertrauen zu ihm. Es verband sie bald eine herzliche Freundschaft, als wären sie beide Kinder gewesen. Sie flocht ihm Blumenkränze, die er sich aufs Haar setzte und sich nicht mal zierte, sie auf der Gasse zu tragen. Er brachte ihr vom Schwarzen Kloster Kuchen mit, Spielzeuge, Stoffreste und Filz, um damit Figuren zu machen, die er in kleine Häuser aus Papier stellte. Einmal hatte er einen Frosch dabei und setzte ihn in ein Tongefäß. Sie gaben ihm Fliegen und Maden zu essen. Nachts hörte ich ihn quaken.

»Er betet«, sagte das Kind und trug ihn in die Kapelle, wo sich die Frauen zu den Horen trafen und ebenfalls beteten.

Vierundzwanzigster Brief

Der Salon, in welchem sich die Schule traf, gehörte einem Kaufmann, für den der Advokat *** ein paar Jahre zuvor tätig gewesen war. Es war damals zu einem Rechtsstreit gekommen, den der Anwalt zugunsten des Kaufmanns hatte ausfechten können. Nach kurzer Zeit aber hielt sich hartnäckig das Gerücht, der Anwalt habe seinen Mandanten übervorteilt, indem er mit der Gegenpartei ein heimliches Abkommen geschlossen hätte.

Da solche Spitzbübereien unter Juristen nicht unüblich sind, wie Ihr wisst, erhob der betrogene Kaufmann keine Klage. Der Advokat aber war sich nicht zu schade, die Verdächtigungen öffentlich und demonstrativ von sich zu weisen, was allerdings zur Folge hatte, dass sich das Gewissen desjenigen regte, der den ehrlichen Kaufmann zusammen mit ihm betrogen hatte. Es kam zu einem peinlichen Geständnis dieses Mannes, das unsern Widersacher durchaus entlarvt dastehen ließ. All das aber fachte seinen Zorn nur stärker an. Als es wenig später zur Gründung der Schule kam, hatte er seinen Erzfeind gefunden: den Kaufmann, zumal dieser entfernte familiäre Verbindung hatte mit meiner von ihm verhassten Herrin Margaretha, durch die er sich gedemütigt fühlte. Das alles kam zusammen und türmte sich gleichsam in der Zeit, als das Kind Johanna und ich zu Euch nach Wittenberg kamen.

Dass er in mir eine Erzfeindin sehen musste, sobald er von meiner besonderen Fähigkeit erfuhr, schrieb ich bereits. Eines Tages kam er in der Gasse auf mich zu und sagte bedrohlich leise: »Wer sich unter falschem Namen in unsere Stadt schleicht, muss damit rechnen, dass man ihn entlarvt, *Anna von Zons*. Wenn sich obendrein herausstellt, dass diese Person über Kräfte verfügt, die nicht von dieser Welt sind, droht der Scheiterhaufen. Ich gebe dir den Rat, schleunigst die Stadt zu verlassen. Noch ist Zeit. Am kurfürstlichen Hof kennt man dich bereits. Du bist so gut wie tot!« Damit grüßte er geziert und ließ mich stehen.

Die Angst, die in mir losbrannte, war entsetzlich. Ich rannte ins Dorotheenstift zurück und fiel der Priorin weinend in die Arme. Johanna hörte, was passiert war, und verlor die Hoffnung, dass wir würden bleiben können. Ich war mit einem Schlag für alle eine unerträgliche Gefahr. Es stellte sich die Frage, wer mich verraten hatte. Bis ich es erfuhr, sollte eine Zeit vergehen, in der ich mich verstecken musste und keine Nacht mehr ruhig schlafen konnte.

Barthel wurde mein Retter. Margarethe von Klix weihte ihn in mein Geheimnis ein. Am Tag darauf kam er mit einem Beutel zu uns, in welchem sich eine Knabenjoppe, Hosen und eine Studentenmütze mit hübschen Bändern befanden, die anzuziehen er mich bat. Am späten Nachmittag folgte ich ihm durch die Gassen und betrat das erste

Mal Eure Wohnung im Schwarzen Kloster. Barthel hatte den Plan ersonnen, mich dort den Blicken Fremder zu entziehen. Er hatte mit Eurer Gattin geredet, die damit einverstanden war.

Die Schilderung meiner besonderen Fähigkeit hatte Frau Katharina durchaus erschreckt. Ich musste ihr selbst erklären, dass ich die Angst überwunden hätte, eine Hexe zu sein.

»Wenn Satan mich als sein Werkzeug missbraucht«, sagte ich, »warum verwendet er es nicht für seine Zwecke, sondern für das Gegenteil?«

Ich beschrieb Zangls Pläne der Veröffentlichung einer *Summa Delicti*, deren Vereitelung zweifellos das Werk des Bösen sei. Wie konnte ich hierbei auf der falschen Seite stehen? Das sah sie ein.

Man zeigte mir eine versteckte Kammer im obersten Stockwerk des Schwarzen Klosters, in die ich meinen Kasten tragen durfte, der das wenige enthielt, das mir noch heute zu meinem Leben reicht. Johanna blieb im Dorotheum und genoss dort Wiltruds Obhut. Mittlerweile vermochte das Kind sich mit seiner eigenen Wachstafel mit ihr zu verständigen.

Mein Auszug war abermals die Wirkung gütiger Fürbitte durch die Madonna. Wenige Tage, nachdem ich das Stift verlassen hatte, kam es zu einem neuen Überfall, der noch grausamer, rücksichtsloser und folgenschwerer ausfiel als derjenige der Fuhrleute. Eine Horde Handwerker von außerhalb verschaffte sich mit großer Gewalt Zugang. Niemand zweifelte später, dass der Advokat *** sie aufgestachelt hatte mit der ungeheuerlichen Lüge, die Frauen im Stift seien allesamt »gefallene Weiber«, die dort Buße täten, weshalb jeglicher Frevel an ihnen von gerichtlicher Verfolgung ausgeschlossen sei.

So nahm das Unglück seinen Lauf. Die Menge Leids, die dieses Verbrechen nach sich zog, kann ich mit Worten nicht erfassen. Johanna wurde nur verschont, weil Wiltrud, als sie hörte, dass man das Tor aufbrach, das Kind rechtzeitig in einen Spind einschloss. Die Kerle wüteten und legten schließlich Feuer; ein Wunder, dass der dingliche Schaden sich in Grenzen halten ließ. Man hatte nebenan im Allerheiligenstift Rauch bemerkt und war flink mit Wasser zu Hilfe geeilt. Doch da war die Schändung der hilflosen Frauen bereits passiert; die maskierten Täter waren feige durch das Tor davongeschlüpft. Ich mag nicht daran denken, dass vielleicht nur ich, die »Hexe«, das eigentliche Ziel der Gräuel gewesen bin.

Natürlich suchten Stadtsoldaten nach den Verbrechern, jedoch wurde niemand gefunden oder festgenommen. Wie weit der Teufelsadvokat auch hierbei seinen Einfluss hatte geltend machen können, weiß ich nicht. Zwei der missbrauchten Chorfrauen lagen lange schwerkrank danieder, eine verlor die Fähigkeit zu laufen. Ich denke sehr ungern daran zurück.

Frau Katharina, Eure Gattin, zeigte sich mir gegenüber vom ersten Tage an großzügig. Ihr Tisch war für mich gedeckt, es fehlte nicht an Kleidung, nicht am Notwendigsten zur körperlichen Pflege, sogar Bücher lieh sie mir. Barthel ersetzte mich bei Johannas Unterricht in Wiltruds Schriftenkammer, die nach dem Überfall wieder hergerichtet worden war. Auch sorgte er für den übrigen Verkehr zwischen mir und der Außenwelt, denn ich verließ nie das Haus.

Er berichtete mir von Johannas Fortschritten und teilte mir eines Tages mit, dass sie durch die Vermittlung der Priorin die Gelegenheit erhalten solle, die Schule im Salon des Kaufmanns zu besuchen. Ich freute mich, fühlte aber auch die Angst, der Advokat *** könne es erfahren. Seine Spitzel und Agenten schlichen überall umher. In den Nächten lag ich wach. Tagsüber ließ ich mir nichts anmerken und erledigte alle Aufgaben, die Eure Gattin mir auf mein Drängen hin zuteilte – als Bezahlung für die Unterkunft.

Im Schwarzen Kloster genossen zu der Zeit erst etwa ein Dutzend Studenten die gute Versorgung durch Frau Katharina und ihre Helferinnen. Ich führte mein verborgenes Knabenleben dort etwa zwei Monate lang. Noch waren nicht alle Zimmer und Zellen bewohnbar. Es gab zwei Säle, die beheizt wurden und Betten enthielten. Die Küche war genauso geräumig und der Aufenthalt dort ebenso angenehm wie im Dorotheum. Man half einander gegenseitig bei allen Arbeiten, an den Abenden durfte ich an den geselligen Runden teilnehmen, die Eure Gattin anregte. Ihr selbst saßt ein paarmal am Kopf der Tafel, werdet Euch aber kaum an mich erinnern. Ich hockte mit dem jungen Begleiter eines fahrenden Schülers im Hintergrund. Der Ältere drangsalierte den etwa Zehnjährigen, statt ihm etwas beizubringen, wie er dem Vater des Jungen sicherlich versprochen hatte. Stattdessen ließ er ihn alle Arbeiten machen, die ihm selbst zuwider waren. Ich tröstete den Schützling, wir wurden Freunde, und oft saßen Barthel, er und ich beisammen und dachten uns Streiche aus, die wir dem dominanten Schüler spielen könnten, um ihm die Vernachlässigung des ihm Anvertrauten zu vergelten.

Der gute Barthel hatte sich in mich verliebt. Eurer Frau Katharina war das nicht entgangen. Sie begegnete seinen Gefühlen mit gelindem Spott, wenn er sich wieder einmal allzu schüchtern aufführte.

»Dass ich euch ja nicht erwische! Ihr seid nicht Mann und Weib!«, sagte sie manchmal. Oder zu mir: »Siehe, da kömmt der Anbetende. So muss ich auch heute wieder nicht die Stube wärmen, so heiß ist ihm wegen dir.«

Der arme Barthel wurde feuerrot, stotterte, stolperte oder ließ einen Krug fallen. Ich ergriff seine Hand und machte alles schlimmer. Dabei hätte Eure Gattin uns bei nichts »erwischen« können. Alle piesackten ihn, er tat mir leid, und ich will gestehen, dass ich ihn gerne reizte. So ließ ich mich jagen, versteckte mich in entlegenen Fluren in der Hoffnung, gefasst und spielerisch überwältigt zu werden. Leider war er zu ängstlich. Stattdessen nahm er mich in Eure Klasse mit und das war schön, wie ich zu Anfang flüchtig schrieb.

Ich will's ein bisschen schildern: Ich betrat hinter Barthel mit klopfendem Herzen den hohen Kirchenraum und staunte, denn alles wirkte feierlich und ernst. Kurz darauf jedoch fand die Vorlesung in einem engen Zimmerchen statt, an dessen Kopfende das erhöhte Katheder Respekt einflößte. Die Fenster waren klein und ihre Gläser schmutzig, sodass nur ein schwaches graues Licht hereinfiel und man Mühe hatte, eine gedruckte oder geschriebene Schrift zu entziffern. So hatte ich mir das Paradies des Wissens und der Bücher nicht vorgestellt. Man wartete auf Euch.

Die anderen Studenten beäugten mich, verloren aber das Interesse und fuhren mit ihrem Geschwätz fort – so lang, bis plötzlich Eure Schritte hörbar wurden. Es war wie ein Fanal. Eure Autorität wehte wie ein Geist herein und ließ jeden verstummen. Man legte die Hände aufs Pult, rückte sein Schreibzeug zurecht. Waren die jungen Männer eben noch wie Kinder gewesen, so verwandelte Eure Ankunft sie in ernste, schweigende Herren, denen man die eben noch schwirrende Albernheit weder ansah noch zutraute.

Ihr tratet ein und man erhob sich. Ihr legtet mit gemessenen Bewegungen die Schriften und Folianten auf den erhöhten Tisch, spracht ein kurzes Gebet. Ich verfolgte alles aufmerksam mit geschärften Sinnen, damit mir nichts entging und ja kein Fehler unterlief, der mich verraten hätte.

Ich verstand das Lateinische nicht. Mit einem Mal aber wechseltet Ihr in die vertraute Rede, wenngleich der sächsische Dialekt auch seine Tücken für mich hatte.

Es ging um den freien Willen des Menschen und dass er nicht *zügellos* frei sei, weil Gott ihn drosselt, daran erinnere ich mich. Die Stunde verging im Nu. Die Glutpfanne erkaltete, Ihr spracht das Schlussgebet, gabt uns allen Euren Segen und gingt mit dem gleichen festen Schritt zum Lehrzimmer hinaus, der Euch hereingetragen hatte.

Mir schwirrte der Kopf, mein Herz schlug immer noch heftig. Die jungen Männer standen auf und verließen den Raum. Barthel und ich folgten. Euer Ruf und Name hatten stets einen Klang für mich gehabt, aber Euch nun so erlebt zu haben, berührte mich tief.

»Man muss ihn lieben«, sagte Barthel und hätte eifersüchtig sein müssen auf Eure Wirkung auf mich. Aber er freute sich nur ehrlich, dass sein Drängen einen so schönen und sicheren Eindruck in mir hinterlassen hatte.

Ich wusste, dass Ihr viel daheim bei Euren Lieben wart, begegnete Euch aber so gut wie nie und verbarg mich, wenn ich Euch kommen sah. Einmal bemerkte ich Euch, wie Ihr vor mir dem Flur folgtet und das Refektorium betratet, wo bereits seit längerer Zeit ein Hausgast auf Euch wartete.

Ich schlich näher und horchte – o ja, das war sehr ungebührlich, Herr Doktor. Mein Gewissen pochte und nach wenigen Minuten ging ich denn auch fort, wurde aber von der guten Muhme Lene aufgehalten. Wie weh es mir jetzt tut, daran zu denken, dass sie erst vor ein paar Wochen zu unserem Wahren Vater gegangen ist.

Damals zog sie mich zur Tür zurück und lauschte mit, was drinnen geredet wurde. Eure Stimme drang bis zu uns vor. Wir waren ängstlich und verlegen und hätten Euch hernach um Vergebung gebeten, wenn wir den Mut gehabt hätten. So verharrten wir, ergriffen von Eurer Nähe und Macht und der Stimme, die auf uns wirkte wie die unseres Herrn aus dem Himmel.

So sicher und fest klang diese Stimme bis zu uns vor,

dass Gott selbst zu bestätigen schien, was Ihr sagtet – nämlich die unumstößliche Gewissheit, dass wir Gnade zu erwarten haben und nicht Zorn und Strafe, *wenn wir glauben*. Dass unsere Sünden im Tode Christi den Ruhegrund gefunden haben, wo sie nimmermehr unsere Seele belasten und in die Hölle hinabreißen können, *wenn wir glauben*. Dass wir uns nicht um unsern freien Willen sorgen müssen, weil er vor Gott nicht wirksam ist und nichts uns schaden kann, was wir entscheiden, *wenn wir glauben*. Dass Seine Gnade das Leben leicht macht und Seine Liebe ganz in uns ist, und wenn wir nur einen Teil davon andern schenken, wir die Welt viel schöner machen, *wenn wir glauben. Amen!*

»Wenn wir glauben«, wiederholtet Ihr zweimal, und ich erinnere mich, wir weinten beide und beteten still. Die Muhme bekreuzigte sich und ich tat es ihr nach, obwohl wir all das schon oft gehört und verstanden hatten, wenn Ihr am Abend nach dem Essen redetet.

Wie gerne erinnere ich mich an diese Abende. Ich saß im dunklen Winkel bei den älteren Kindern und einigen Euch besonders gewogenen Studenten, namentlich Barthel, der es manchmal wagte, heimlich meine Hand zu halten. Wir hörten zu.

Unter uns war, wie ich schon schrieb, auch ein junger Schütz*, ein Kind, das von seinen Eltern einem älteren fahrenden Schüler als Lehrling und Begleiter beigegeben worden war. Im Hause wussten alle, dass der Ältere den Knaben triezte, statt ihm etwas beizubringen. Frau Käthe hatte den fahrenden Schüler mehrfach gewarnt, sich zu bessern.

Der aber lachte keck. Dann, eines Abend, für ihn unerwartet, geriet der Schüler in den Mittelpunkt des Tischgesprächs.

»Junger Mann!«, rieft Ihr plötzlich.

Er fuhr zusammen.

»Du bist Gast in meinem Hause.«

Der junge Mensch wurde bleich und stotterte etwas, das niemand verstand. Er schob die Unterlippe vor, um seinen Trotz zu zeigen.

»Du denkst, dass du der Herr über alles bist, was deine Belange betrifft«, sagtet Ihr.

Der Bursche bejahte selbstbewusst.

»Gut. Dann musst du ein Anhänger des Erasmus von Rotterdam* sein«, redetet Ihr weiter. »Der stellt den freien Willen des Menschen nämlich gleich neben den Gottes. Als sei Gott Selbst nur ein besserer Mensch.«

Der junge Mann ahnte womöglich, dass das Eis, auf dem er fortschritt, dünn ward. Sich fügen wollte er dennoch nicht.

»Ich kann wohl selber denken, Herr Doktor«, versetzte er patzig.

Und Ihr darauf: »Du denkst also, wenn du mir ein solches Widerwort gibst, geschieht es von Gott unbesehen und geht nur dich selbst etwas an. Wie du ja wohl auch glaubst, dass du den Umgang mit deinem jungen Schütz, den man dir anvertraute, allein bestimmen darfst.«

»Jawohl!«, beharrte der Schüler.

»Und der Schütz?«, fragtet Ihr nun. »Geht es denn auch ihn nichts an, wie du ihn behandelst?«

Da antwortete der Ältere, dass der Schütz nun mal ein

armer Schütz sei und dass Gott es so eingerichtet habe und der Junge sich mit seinem Los zufrieden geben müsse wie alle anderen Schützlinge auch.

Ihr entgegnetet: »Der junge Schütz muss doch aber auch den freien Willen über Gott hinaus haben, da er ein Mensch ist. Wie soll er sich aber frei entscheiden, wenn du ihm keine Freiheit lässt?«

»Das ist die Ordnung, Herr«, erwiderte der Bursche. »Mein Wille ist freier als seiner, weil ich über ihm stehe.«

Da erhobt Ihr Euch, gingt zu ihm hin und gabt ihm eine solche Ohrfeige, dass er vom Stuhl flog. »Da siehst du, Schlingel! Mein Wille ist freier noch als deiner und stärker obendrein.«

Alle an der Tafel lachten herzlich und der fahrende Schüler ließ den Knaben fortan tatsächlich leichter leben als bisher.

Ein anderes Mal erlebte ich Euch zufällig bei einem Streich, den Euch Eure Gattin spielte in einer Zeit, als Ihr allzu belastet und betrübt wart und man sich Sorgen um Euch machen musste.

Das ganze Haus hatte es bemerkt. Ich habe es noch lebhaft im Gedächtnis: Frau Käthe hatte sich schwarze Kleider angetan und trug dazu einen Trauerschleier. In diesem Aufzuge öffnete sie die Pforte, als Ihr heimkamt, mit den Worten: »O Herr Doktor, ein groß Unglück!«

Vom Flur aus sah ich, wie die Farbe aus Eurem Gesicht wich.

»Um Christi willen, Käthe«, rieft Ihr, »was ist geschehen?«

Eure Gattin sagte mit leiser Stimme: »Unser lieber Herrgott ist gestorben.«

Da lachtet Ihr so laut, dass man es bis in die Küche hörte.

»Aber Käthe, unser Gott stirbt doch nicht, er lebt und wird ewig leben!«

»Aber dann wundert's mich«, versetzte sie, »dass Ihr so verzagt sein könnt.«

In dem Moment nahmt Ihr sie ganz herzlich in die Arme. Ihr hattet ihre Mahnung und Botschaft verstanden. Ihr hobt sie hoch und trugt sie die Treppe hinauf bis zur Schwelle der Stube. Mehr sah ich nicht.

Als ich später dort oben vorüberkam, sah ich die große Kreideschrift auf der Tür prangen. Dort stand geschrieben: *Vivit – Er lebt!*

Der fünfundzwanzigste Brief

Bei dem Gedanken, ins Dorotheenstift zurückzukehren, war mir nicht wohl. Ich tat es trotzdem, denn auch die Priorin Margaretha musste seit dem jüngsten Überfall das Bett hüten. Sie hatte um meine Hilfe als Kammerfrau gebeten, die ich ihr nicht abschlagen wollte. Ich überwand meine Furcht, packte meinen Kasten und verließ schweren Herzens das Schwarze Kloster und seinen Schutz. Eure Gattin war traurig. Sie schenkte mir Nähstoff, Faden, Papier und neue Tinte. Ein wenig tröstete es mich, dass ich nun wieder mit Johanna unter einem Dach leben würde.

Meine Rückkunft wurde gefeiert, das rührte mich zutiefst. Ich wurde in die Küche des Stifts geführt, wo man Leckereien zusammengestellt hatte. Man hatte eingelegte Gurken bekommen, Schmalz mit Zwiebeln, Obst und etwas Backwerk.

Nach dem Essen zeigte Johanna mir stolz ihre Kammer, in welche ein Pult gestellt worden war. Sie bewies, welche Fortschritte sie gemacht hatte beim Lesen. Sie war sehr höflich und wirkte vernünftig auf mich. Es war kein Vergleich zu dem verwöhnten Kinde des Zonser Schultheißen. Ihr

Bruder Til und die Liebe, die uns geschenkt worden war, kamen mir in den Sinn, auch das bewegte mich tief.

Wiltrud begrüßte mich am Krankenbett der Priorin und überreichte mir ein Buch, das ich lesen durfte. Darin beschrieb ein Reisender seine Wege über die Welt, wie er mit einem Schiff auf den Ozean hinausfährt – dorthin, wo Meer und Himmel ineinanderstürzen und ein Schiff einem unheilvollen Schicksal entgegensegelt, wie ich glaubte.

Die Freude und freundliche Aufnahme konnten indessen nicht über die weiterschwelende Angst hinwegtäuschen, die überall zu spüren war. Als hätte sie sich in die Steine der Wände und des Bodens gefressen. Dem Advokaten *** hätte es gefallen. Ein Gerücht besagte mittlerweile, er halte sich in Magdeburg auf, wo er den Schutz des dortigen Erzbischofs Albrecht von Brandenburg genoss und sicherlich neue Pläne schmiedete. Sicher vor ihm durfte man sich nicht fühlen.

Margaretha von Klix wurde nicht wieder gesund. Ich pflegte sie, so gut ich konnte. Sie übergab mir viele ihrer Pflichten als Priorin, aber auch einige, die das Kontor betrafen. Ich schaffte alles. Johanna und ich durchstreiften die Wiesen und Wälder der Umgebung und sammelten Heilkräuter für die Kranke. Wir liefen um das Leben dieser armen, guten Dame, die uns Schutz und Liebe gab. Am Ende hatte sie nur mehr die Kraft, stumm zu beten. Wir ließen den Pfarrer holen und er verbrachte halbe Tage bei uns und schenkte Trost. Die Schmerzen im Schoße der Kranken aber verschlimmerten sich.

Johanna verkleidete sich, bevor sie das Zimmer der Kranken betrat. Sie kam als Hirte, trug die Schürze der Köchinnen, den Strohhut der Gartenfrauen. So werde der Tod in die Irre geführt, sagte sie und malte sich mit Kohle schwarz oder hielt sich das Sieb vors Gesicht, mit dem die Steine aus dem Mehl geschüttelt werden. Es waren kleine Rettungsspiele, für die ihr die Priorin dankbar war, weil damit auch etwas Frohsinn an ihr Krankenlager kam.

Schließlich wurde sie zu schwach, um mir Anweisungen zu geben. Die Frauen versammelten sich in der Küche und erschreckten mich mit dem Beschluss, dass *ich* Priorin werden sollte. Keine der Ordensschwestern und Stiftsdamen, auch Wiltrud nicht, war mehr gesund genug, das Stift mit ganzer Kraft zu führen. Ich war die Einzige, die nicht von jenem Überfall der Männer an Leib und Seele verletzt worden war.

Nachdem ich ihr versprochen hatte, das Amt tatkräftig zu übernehmen, verstarb die Priorin in meinen Armen. Meine Stimme zitterte, ich hatte große Angst. Mir ist heute noch ein Rätsel, wieso sie ausgerechnet einem Kinde zutraute, die schwere Aufgabe zu übernehmen. Vielleicht spürte sie, dass das Kind in mir erwachsen war und reif genug, die Last zu tragen.

Doch schon die Bestattung verlangte mir mehr ab, als ich schaffen konnte. Die Verstorbene hatte eine große Familie. Hundert Menschen erhoben Anspruch darauf, in der angemessenen Form benachrichtigt und eingeladen zu werden. Wiltrud half mir bei allem. Vier berittene Boten brauchten mehrere Tage, um jede der Familien zu erreichen, und nach weiteren zwei Tagen trafen die ersten Verwandten ein.

Es waren Grafen, Äbte, Diakone, verarmte Stiftsdamen, aber auch begüterte Handelsherren, Müller, Weber, und selbst ein Hauptmann war dabei; mit blitzendem Degen und bunt leuchtendem Brustpolster schritt er einher. Sie alle logierten in der Stadt, wünschten mich zu sprechen und waren bestürzt über meine Jugend, aber auch betroffen von der Art und Würde, wie ich im Beisein Wiltruds mit ihnen sprach.

Ich muss gestehen, dass mich beim Tod meiner Herrin Gefühle überwältigten, wie ich sie mir bei Menschen vorstelle, die sich von ihrer leiblichen Mutter verabschieden müssen. Die Trauer über ihren Tod bewegten mehr als alles, was ich bisher für einen anderen empfunden hatte. Es war weniger der Verlust meiner Sicherheit und des Schutzes im Stift als das Ende einer seelischen Obhut – in einer Weise, wie selbst die Zonser Stiefeltern es mir nie hatten geben können. Ich hatte die Autorität der Dame als etwas Großes erlebt. Sie hatte mit hohen Geistlichen, Abgesandten des Magistrats und anderen Persönlichkeiten ebenso freundlich geredet wie mit den blutjungen Ordensschwestern in der Stiftsküche und im Garten. Mit mir hatte sie so natürlich geredet, als hätten wir uns immer schon gekannt und geliebt. Und wäre der Papst zur Tür hereingekommen, sie hätten auch ihn nicht anders behandelt als jeden Gast des Hauses. Ihr fester Blick, die Bewegungen ihrer schönen Hände, ihre feste Haltung im Innern wie nach außen, die warme, leise Stimme, mit der sie auch strenge Dinge sagen konnte – all das hatte einen Menschen ausgemacht, der für jeden gewinnend war. Vielleicht war es diese unbeugsame Selbstsicherheit, die einen Mann wie den Advokaten *** am allermeisten wütend machte. Ich verfluche ihn und jene Verbrecherbande, die das Kloster überfiel, noch heute! Selbst Gottes Gnade möge ihre Sünden niemals tilgen! Ich verfluche sie noch einmal! – Verzeiht mir bitte!

Am fünften Tage unserer Trauer wurde der einfache Sarg von den Stiftsfrauen und dem kleinen Heer der Familie, Freunde und Repräsentanten von Kirche, Magistrat und Abgesandten des kurfürstlichen Hofs vom Dorotheenstift bis zur Grabstätte begleitet. Während des gesamten Weges sagte niemand ein einziges Wort; man hörte nichts als den weichen, schmatzenden Klang der zahllosen Schritte und in der Ferne dann und wann den Ruf eines Tiers. Die Stadt hielt den Atem an. Wiltrud, Johanna und ich gingen hinter dem Pfarrer und bildeten die Spitze des gespenstischen Zugs, der vom Portal des Friedhofs bis zurück zur Kleinen Brüderstraße langte.

Am Grab redete der Pfarrer über das Leben der Priorin. Es ist seltsam, wie wenig man von der öffentlichen Bedeutung eines Menschen wahrnimmt, wenn man sich in seiner Nähe aufhält. Nach alter Sitte hatten die Damen des Stifts ihr versteckt liegendes Haus nur selten verlassen. Erst der Tod machte mir klar, in wessen Umkreis ich mich wie eine Tochter gefühlt hatte.

»Eine Räuberbande tat es!«, sagte der Pfarrer laut genug, dass auch die entfernt Stehenden es hören mussten. »Eine

Räuberbande, die den Teufel in Leib und Seele trug, als sie in die Gemächer der Frauen eindrang und ihnen die Ehre nahm. Ruchlose Mörder ließ man entkommen, die bislang niemand zur Rechenschaft zog und auch nicht ziehen wird, solange gewisse Herren ihr Unwesen treiben dürfen, aus dem Dunkeln, feige und verschlagen.«

Sodann schilderte er das Leben der Priorin und all ihre Verdienste. Schließlich wurde der Sarg geöffnet. Frau Margaretha lag friedlich darin, ihre Haut hatte einen seltsamen Glanz. Die alte Mutter trat heran, beugte sich zur toten Tochter herunter und küsste sie. Man verschloss den Sarg und Margaretha von Klix ward in die gesegnete Erde zur ewigen Ruhe gelegt.

Als man schon auseinanderstrebte, tauchte ein Junge auf und drängte sich durch die dicht stehenden Menschen bis zu uns vor.

»Der Papst ist in Worlitz!«, rief er mehrfach. »Er ist es selbst! Man sieht ihn leibhaftig. Er wird in einer goldenen Sänfte getragen und redet mit den Vögeln und allem Getier.«

Jemand stieß den Burschen beiseite, ein anderer zog ihn zurück und befragte ihn. Ich dachte sofort an den Erzdiakon, wie Ihr Euch denken werdet. Mir wurde schwindlig, Herr Zapf musste mich stützen. Der Tod der Stiftsdame, die für ein Kind kaum zu bewältigende Aufgabe und nun dieser rufende Junge – all das raubte mir die Kraft.

Wiltrud, Johanna und Herr Zapf geleiteten mich zum Stift. Wir entzündeten sieben Kerzen und beteten, bis sie niedergebrannt waren. Dann aßen wir gemeinsam. Ich legte das Vermächtnis der Priorin dar und welche Aufgaben sich daraus ergaben. Alle unterstützten mich. Ich lernte schnell die Pflichten und Rechte der Tätigkeit für das Kontor kennen und verstehen – es war unsere einzige Einkommensquelle.

In den folgenden Tagen verbreitete sich die Nachricht, der bekannte Zirkusschausteller Monsieur Claude ziehe durch die Weiler und lasse seiner Wagenkolonne ein paar junge Burschen vorauslaufen, die sein Kommen und Können ausriefen. Die Wagen befänden sich bereits innerhalb der Grenzen des Amtes Wittenberg und bewegten sich auf die Stadt zu. In Segrehna sei während der Vorstellung eine junge Frau ohnmächtig niedergestürzt und dem Tode so nahe gewesen, dass sie nicht mehr geatmet habe. Der »Papst«, den Claude in seinem Zelte präsentiere, sei seiner goldenen Sänfte entstiegen, habe die Hand über die Siechende gehalten und sie vor den Augen der Menschen ins Leben zurückgeführt.

In zwei oder drei Tagen, so hörte ich mit klopfendem Herzen, würde dieser »Papst« zum Elbtor hereingetragen werden. Wer ihn sehen wolle, müsse zwei Heller aufwenden. Er rette jede Seele für das Geld.

Während der wenigen Wochen im Schwarzen Kloster gehörte es zu meinen Aufgaben, die Ziegen zu melken, sie mit Futter und Stroh zu versorgen und ihnen gut zuzureden. Es gibt Tiere, die sehr empfindlich sind. Sie schütteln den Kopf oder bewegen den Leib hin und her, um zu sagen, dass sie mit etwas nicht einverstanden sind.

Eine Eurer Ziegen war ein schönes Tier. Wenn ich sie striegelte, drängte sie sich gegen mich. Unser Bestand an Ziegen im Dorotheum war spärlich und Frau Käthe wusste das. Der Sommer hatte begonnen und mein erstes Verlassen meiner Stiefeltern und der Heimat Zons lag nun ein Jahr zurück. Mir war aber, als habe mein Abenteuer erst gestern begonnen.

Johanna las jetzt beinah fließend und Barthel erteilte ihr weiter seinen Unterricht. Von Zeit zu Zeit erledigte sie Botengänge und lief zu Eurem Haus – und eines Tages kehrte sie mit jener Ziege zurück. Eure Gattin hatte uns das Tier geschenkt. Sie wusste, dass viele der Dorotheenfrauen nicht wieder richtig gesund geworden waren. Die zusätzliche Milch und der Käse sollten ihrer Genesung dienen. Da seht Ihr, was Ihr ohnehin wisst, lieber Doktor: welch ein Mensch Euer Schatz daheim ist!

Mein Umgang mit diesem Tier gehört zum Merkwürdigsten, was ich erlebte. Ich gab ihm meinen falschen Namen: *Capella*, also *Ziege*. Als ich einmal mit ihr auf einer Wiese stand, fanden wir ein kleines Feld Sauerampfer. »Friss davon sieben Blätter, nicht mehr!«, befahl ich ihr und sie tat es. Sie fraß diese Anzahl, es ist die Wahrheit. Das Wunder geschah an Dorothea, dem 25. Juni. In den folgenden Tagen bemühte ich mich, der Ziege weitere Kunststücke abzuverlangen. Aber sie weigerte sich. Nur wenn wir zu der Wiese kamen und Sauerampfer fanden, fraß sie davon jedes Mal sieben Pflanzen.

Ich erkannte daran, dass die Schutzmantelmadonna weiterhin über mich wachte. Ich glaube auch heute noch, hier in meinem Versteck, dass sie uns schützt und im Himmel Fürbitten spricht. Wenn also unser Todfeind mich fände und vor Gericht stellte, würde sie mich am Tag meiner Hinrichtung an die Hand nehmen, mich zu dem Scheiterhaufen bringen und mir die Schmerzen nehmen. Daran glaube ich, Herr Doktor. Ich würde verbrennen und zu meinem Wahren Vater gehen, der jedes gute Herz erkennt und in sich aufnimmt. *Amen.*

Wenngleich ich all dies auch fest glaube, ist mir aber doch bang zumute. Als kleines Kind sah ich eine Verbrennung – nicht die einer Hexe, es waren Schweine, in die der Teufel gefahren war. Ihr Schreien konnte ich nicht vergessen und träumte lange schlecht. Heute weiß ich, dass nichts und niemand vor Satan sicher ist. Vielleicht verbirgt er sich doch auch irgendwo in mir, und das Gericht hätte recht, mich zu verbrennen.

Während ich Priorin des Dorotheenstifts war, erschienen eines Tages vier Wittenberger Gerichtsdiener vor unserem Portal und nahmen mich mit. Johanna folgte uns laut klagend. Vor der Tür des Gerichts wurde sie davongejagt.

Drinnen saßen fünf strenge Herren auf der Richterbank. Der Advokat *** hatte aus Magdeburg einen Vertreter geschickt, der alles über mich wusste. Es muss über alle Grenzen hinweg ein Netz von Spionen und Agenten geben, dem niemand entkommt. Vielleicht hatte man Zangl in Vorhellem den Willen gebrochen und er hatte alles gestanden. Ich hätte es auch getan, wenn mich die Madonna nicht errettet hätte.

Zwei Tage lang blieb Johanna vor dem Gerichtsgebäude sitzen, Barthel gesellte sich dazu und sogar Wiltrud. Sie wollte mir zu essen bringen, aber man ließ sie nicht vor. Der Verhör- und Blutknecht wurde geholt. Er erklärte unter Eid in meiner Gegenwart, mir nur Schmerzen anzutun, wenn ich verheimliche, lüge oder die Wahrheit verdrehe. Ich hätte ihn gerne gefragt, wie er dies zu unterscheiden gedenke. Als ich seine Werkzeuge sah, gerann mir das Blut.

Die Herren trösteten mich. Es gebe viele Menschen, in denen der Teufel hause und sich nicht zu erkennen gebe. Trotzdem müsse man ihn aufspüren.

»Ist nicht Satan der Meister der Lüge?«, fragten sie mich. »Verbiegt er nicht alles in der Welt so, wie es ihm dient, und verwirrt uns alle?«

Man war freundlich zu mir, gab mir zu trinken und legte mir eine Decke über die Schultern. Ich erzählte von meinem Wolkenauge und sagte, dass Gott und die Madonna mir dieses Geschenk gemacht hätten.

Die Herren widersprachen. Solche Gaben schenke Gott nur denjenigen, die Er für hohe und heilige Ämter vorgesehen habe, dem Papst, dem Kaiser, den Kardinälen vielleicht und natürlich den Heiligen. »Aber einer ungeweihten Priorin …«, fügte der Vorsitzende bitter lächelnd hinzu, »noch dazu einer, die noch ein Kind ist. Nein, bitte, da spielt der Teufel die Rolle Gottes.«

Man gab dem Blutknecht einen Wink. Er wandte sich seinen Geräten zu und klapperte damit.

Nun nahm ich allen Mut zusammen und schaffte eine Erwiderung: »Wenn dieselben in den hohen Ämtern aber

Sünder sind, müssen sie vor der Christenheit doch bloß-
gestellt werden oder nicht?«

Im Prinzip sei das richtig, entgegnete man. Es sei jedoch
unerlässlich, dass diejenigen, die diese Bloßstellung vor-
nähmen, gebildet seien und studiert, Juristen, Advokaten.
Nur sie könnten entscheiden, ob eine Sünde auch ein Ge-
setzesbruch sei und umgekehrt.

Da begriff ich, dass nur die Aussagen des Advokaten ***
vor dem Gericht Bestand haben würden.

»Und wenn ein Erzdiakon mich verteidigte?«, fragte ich
zaghaft. Doch die Herren wiegten gleich die Köpfe.

Der Vorsitzende sagte: »Der Mann, den du meinst, ist
krank. Wie man hört, lässt er sich gegenwärtig von einem
Schausteller am Nasenring herumführen. Das Wort eines
solchen Klerikers wiegt nichts. Wir erkennen aber an, dass
wir einem jungen Menschen wie dir dieses Wissen nicht
abverlangen können. Du magst eine Hexe sein oder nicht.
Wir sehen von einem peinlichen Verhör ab, vorausgesetzt,
du leistest den Eid, das Wolkenauge, wie du es nennst, niemals wieder in Anwendung zu bringen oder auch nur zu
erwähnen. Wenn du das schwörst, soll dir der Knecht nichts
tun.«

Der Verhörknecht* nahm eines seiner Glüheisen zur
Hand und betrachtete es.

So schwor ich den Eid, tat's aber mit doppelter Zunge
und betete im selben Moment zur Madonna, mir die sün-
dige Notlüge zu vergeben. Neben mir klirrten die Marter-
zangen und Eisen. Ich habe nur das eine Erdenleben, Herr!
Das Gericht entließ mich. Johanna weinte vor Freude. Man

überließ mir die Filzdecke und ich kehrte wie benommen ins Dorotheum zurück. Die Ordensschwestern empfingen mich in der Küche. Auch sie weinten und hatten nicht mehr geglaubt, mich lebend wiederzusehen. Am folgenden Tage sprach der Vertreter aus Magdeburg vor. Er wurde ins Vestibül gebeten, setzte aber keinen Fuß über die Schwelle.

Der Advokat *** sei außer sich, erklärte er mit vorgeschobener Unterlippe und herablassender Miene. »Niemand begreife, lässt er ausrichten, welche Gefahr die Dorotheen-Hexe für alle Welt darstellt. Dass das Wittenberger Gericht, aber auch der Magistrat diese Bedrohung nicht erkennen, sei ein Skandal.« Damit machte er eine knappe Verbeugung und flüchtete, als habe er an der Pforte zur Hölle gestanden.

Sechsundzwanzigster Brief

Friede & Gnade in Christo! Hochwürdiger, weiser Herr und Doktor!

Ich verstehe, dass Ihr wenig Zeit finden werdet, Euch mit einem so niedrigen Fall wie dem meinen zu beschäftigen. Euer Werk ist wichtiger, gewaltiger und wertvoller als das Leben einer jungen Frau, die vieles erlebt hat und damit zufrieden sein sollte. Allein die vage Nachricht, dass Ihr die Mitteilung über mich und meine Not angehört habt, erfüllt mich mit Stolz, Freude und Dankbarkeit.

Nun ist mir durch den Richter Barthel zugetragen worden, dass man den Advokaten *** und Herrn Walsh im Westfälischen gesehen habe. Gewiss versteht Ihr, dass ich mir von nun an noch mehr Sorgen machen werde. Was sonst? Nie weiß man, welche Netze diese Leute spinnen, welche Richtung sie einschlagen und welcher ihr nächster Schritt im Kampf gegen Euch und Eure Sache sein wird.

Die Feststellung eines unsichtbaren Netzes von Schleichern und Spionen wurde mir nach meiner Freilassung durch das Wittenberger Gericht täglich mehr und mehr bestätigt.

Kaum ein Morgen verging, ohne dass man uns sagte, jemand habe während der Nacht draußen vor dem Portal des Stifts beobachtet, gehorcht oder sei in der Nähe umhergestreift. Nichts und niemand ließ sich dingfest machen; die Dunkelmänner flutschten uns wie Fische durch die Finger, und schon am nächsten Tag lauerte da draußen ein neuer, den niemand kannte und von dem keiner wusste, wie er in die Stadt gelangt war.

Einmal berichtete Barthel aufgeregt von insgesamt vier auffällig-unauffälligen Männern, die vor dem Portal und in den Gassen der Umgebung gelauert hätten. Von Zeit zu Zeit sei ein Junge mit einem Korb umhergeschlichen und habe das Nötigste zum Überleben ausgeteilt. Selbst der Nachtwächter habe jene Männer nicht verjagt, vielleicht weil man ihn bestach. An Geld mangelt es gedungenen Mördern nie, so scheint mir.

In einer kleinen Stadt wie Wittenberg gibt es keine Geheimnisse. Die Gassen sind eng und die dünnen Fenster lassen jedes Wort ins Freie. Das Wissen bleibt innerhalb der Mauern. Die Schleicher jedoch tragen es vor die Tore und in die Welt hinaus, wo es ungehindert weiterzieht, von Weiler zu Weiler, von Gehöft zu Gehöft, von Herberge zu Herberge. Der Advokat *** ist immer die emsige Spinne, die im Zentrum dieses Netzes lauert und jede feine Vibration wahrnimmt. Seine Fäden spannen sich über alle kurfürstlichen, bischöflichen und Reichsgrenzen hinweg, keine Entfernung ist zu groß, kein Versteck zu tief. Die Fäden reichen bis ins Amt des Papstes.

An einem heißen Sommertage rollten vier große Wagen durch das Elbtor in die Stadt. Nachdem man in der Langen Straße die Wagen abgestellt und die Zelte errichtet hatte, kam Barthel zu uns und berichtete, was er dort gesehen habe.

»Jungen mit Fahnen und Trompeten ziehen überall die Aufmerksamkeit auf sich. Ihnen folgt Monsieur Claude und grüßt alle Welt jovial, als sei er der Gesandte des Kurfürsten und habe das Recht, Bücklinge und Kratzfüße entgegenzunehmen. Seine Linke ist eisern behandschuht, das Kinn steckt in einem ledernen Köcher, dessen fettglänzende Seiten sich über beide Wangen des Mannes bis zu den Ohren ziehen und unters Barett tauchen, kaum dass man sein Gesicht erkennt. Der sogenannte Papst, den er präsentiert, sitzt im Zelt auf einem mit Tüchern verhängten goldenen Thron, erzählt man sich. Dort befragt er einen Feuersalamander, der in die Zukunft und in alle Seelen schaut. Wer Geld bezahlt, hört die päpstliche Stimme, die, wenn sie mit dem Lurch spricht, hoch ist wie die eines Kindes.«

»Die Leute wissen hoffentlich, dass nicht der Papst nach Wittenberg gekommen ist und dass es Schwindler sind?«, fragte ich.

»Das stört niemanden«, erwiderte Barthel. »Je weniger wir sehen, umso stärker glauben wir. Die Gardine wird gehoben, der Papst lässt das Publikum in den Beutel sehen, in welchem der Salamander lebt, und sogleich beginnen viele vor Ergriffenheit zu weinen. Das jedenfalls erzählt man sich. Dann verteilt er Segen und schenkt den Armen und Alten Blumen und Kohlblätter. Alles jubelt, viele knien nieder, jeder will seinen Ring küssen, und schließlich strömen die Menschen mit nassen Gesichtern in die Gassen und erzählen jedem, dass ihnen ein Wunder widerfahren ist.«

Bis in die Dämmerung sannen Barthel und ich darüber nach, ob ich mich nicht genauso verkleidet in das Schaustellerzelt würde schmuggeln können wie in Eure Vorlesungen. Wir waren beide überzeugt, dass es sich bei dem »Papst« um unsern verschollenen Erzdiakon handeln musste. Es reizte mich sehr, mir vorzustellen, wie ich mich dem Erzdiakon am Ende der Vorstellung zu erkennen gab, um ihn zu bitten, seinen Einfluss für mich und das Stift geltend zu machen. Ich war ihm stets eine treue Dienerin gewesen und hatte nie schlecht über ihn geredet.

Siebenundzwanzigster Brief

Als Barthel und ich das Dorotheenstift verließen, um nach dem Schaustellerzelt zu gehen, begleitete uns Wiltrud, die Johanna an der Hand mitführte. Ich trug meine Knabenjoppe. Dass man uns beobachtete, ja verfolgte, war eine Sorge, die ich in den Hintergrund verbannte. Ich wähnte mich von Gott beschützt. Wir gingen zügig bis zur Langen Straße und trugen das Risiko unserer Entdeckung im Herzen, mochten uns davon aber nicht abhalten lassen. Ich hatte vor, den Erzdiakon ohne Umschweife um Unterstützung zu bitten. Es kam mir nicht in den Sinn, dass er mir, die ich ein Teil seines Trosses gewesen war, diese Hilfe abschlagen könnte. Sein Einfluss in allen großen Städten musste ein Gewicht haben, und wenn es noch so gering war, so würde es mehr als gar nichts sein. Unsere allgemeine Lage im Stift gebot es, selbst die kleinste Chance einer Verbesserung wahrzunehmen, und meiner Auffassung nach war es meine Pflicht als Priorin, diese Aufgabe zu erfüllen.

Das Volk stand in großen, lärmenden Dolden dicht vor dem Eingang des Zelts. Die Burschen, die beim Einzug in die Stadt Fahnen geschwenkt und Trompeten geblasen hatten, verteilten bunte, hölzerne Fischerringe und Kindermützen aus Stoff und Papier. Eine Frau mit blauem Federhut sammelte das Eintrittsgeld ein und legte es dem Mann mit dem Lederkinn in die eiserne Hand, deren Nieten in der Sonne funkelten. Monsieur Claude.

Man musste Geduld mitbringen. Kurz bevor wir den Eingang erreichten, hielt man uns an, weil das Zelt überfüllt sei. Wir mussten die Dauer einer »Audienz« abwarten. Von drinnen klangen Rufe nach draußen, Schreie von Kindern, Pfiffe, Klatschen. Schließlich drängte die Menge ins Freie, man blinzelte ins Licht, jeder wurde von jedem gefragt, was er gesehen habe. Viele wischten sich Tränen von den Wangen, andere redeten Unverständliches, die Dritten lachten und mokierten sich und ein gut betuchter Herr mit feuerrotem Gesicht forderte von dem Schausteller sein Geld zurück, der dieses Ansinnen entschieden von sich wies.

Im Innern war es so dunkel, meine Augen mussten sich erst daran gewöhnen. Ich blieb am Rande stehen und fand am Boden einen Balken, auf dem ich über die Köpfe hinweg nach vorne blicken konnte. Barthel und Wiltrud drängten weiter nach vorne, Johanna blieb bei mir. In der Mitte des Zelts erhob sich ein großer Kubus aus blau schimmernden Stoffen, als habe man einer gewaltigen Sänfte die Tragestangen entnommen. Die Tücher hingen reglos herab, und eine Weile schien es, als befände sich nichts Lebendiges dahinter. Das Ganze schien ein verhängter Altar zu sein, denn von innen leuchtete ein merkwürdiges Licht, das mir erst bewusst wurde, als die Quelle des Leuchtens sich bewegte und die zarten Linien und schwebenden Figuren, die sie von innen auf den Stoff warf, zum Leben erweckte.

Die Leute wurden unduldsam, und plötzlich schuf sich ein kleiner Mensch oder ein Kind mit einer larvenförmigen Maske Platz, zwängte sich durch die Menschen bis vor den Kubus und sprang auf einen Tisch oder eine Kiste, damit jedermann es sehen konnte.

»Hochwürdiges Publikum!«, rief es.

Es wurde schlagartig still – und mein Herz blieb stehen. Es war Solvegs Stimme. Ich konnte nicht glauben, dass Solveg mir ausgerechnet hier wiederbegegnen sollte.

»Liebe Bürger der stolzen Stadt Wittenberg im kurfürstlichen Amte selben Namens!«, rief sie. Es war ihre Stimme, es war Solveg! Niemand stieß mehr seinen Nachbarn an, um sich Sicht zu verschaffen, keiner warf weiterhin Knochen oder Lehmbrocken nach vorne mit der Absicht, den Beginn der Vorführung zu beschleunigen. Ich war so erschreckt, aber auch von Freude erfüllt, dass ich an einer Holzstange hinter mir Halt suchen musste, um nicht zu Boden zu fallen.

»Herr Claude aus dem fernen Paris, der Monsieur der großen Wunder, gibt sich die Ehre. Es ist ihm gelungen, den Heiligen Vater, unseren Papst, zu einer beschwerlichen Reise zu bewegen, die ihn nun auch hierherführte, in diese sicheren Mauern, deren Bewohner und Regenten in der ganzen Christenheit von sich reden machten, weil darinnen ein Mönch lebt und wirksam ist, der den Mut hatte, sich dem Willen des Kaisers und dem des Mundes und der Ohren Gottes, also dem Papste selbst, zu widersetzen.«

Sogleich grollte Unruhe herauf. Man erwartete Kritik an Euch. Solveg aber hob die Hände und rief: »O nein, Wittenberger Bürger, niemand will die Verdienste dieses hoch zu achtenden Mannes schmälern! Der Pontifex hält den Erneuerer der Kirche für einen ehrlichen und ehrbaren Mann.« Nun erhob sich zaghafter Beifall. Man wunderte sich über diese Worte.

»Wer es nicht glauben mag, darf das Oberhaupt der Kirche selbst befragen. Jawohl, der Papst hält Audienz! *Es ist der Papst!*«, rief sie schließlich, hüpfte von der Kiste herunter und verschwand für meine Augen. Doch hörte ich sie weiter rufen, wenn auch leiser werdend: »Und es kostet nur einen billigen Heller, einen einzigen Heller, edle Herren und ehrbare Damen …«

Nun teilte sich die Menge. Dicht vor dem Kubus versammelten sich diejenigen, die den Papst befragen wollten. Die anderen, die Ängstlichen, Zaghaften hielten sich im Hintergrunde. Unter ihnen tauchte Solveg wieder auf und hielt einen Beutel in die Höhe. Sie öffnete ihn und holte einen großen Feuersalamander hervor.

Sogleich wichen die Vordersten erschreckt zurück, denn jeder weiß, dass solche Seelentiere und Tattermänner wie gezähmte Drachen sind.

»Fürchtet euch nicht!«, rief sie. »Er tut niemandem ein Leid an. Aber als Vertreter der Finsternis dient er dem Papst als des Teufels Maul und Zunge, denn dieser Feuermolch kennt die Wahrheit der Vergangenheit, Gegenwart und Zukunft. Er blickt in eure Seelen!«

Man hörte spitze Schreie.

»Seht her!« Sie legte den Hexenmolch in den Beutel zurück, verschloss ihn mit einem roten Bändchen und erklärte nun, dass er mehrmals dem Feuer widerstanden habe, in das man ihn geworfen habe. Wieder dichtes, scheues Raunen. Schließlich wandte sie sich den Vorhängen zu.

Der Lichtschein dahinter wurde stärker und ließ eine Gestalt im Stoff entstehen, deren Schatten jedem in dem Zelte Respekt einflößte: Da saß der »Papst« mit Mitra auf dem Haupte und mit dem Stab in seiner Hand auf einem hohen Stuhl – der Papst des sogenannten Monsieur Claude.

Ich will die Szene, Herr Doktor, so ausführlich und wahrheitsgetreu beschreiben, wie es mir aus der Erinnerung gelingen kann, denn alles, was dieser Pontifex nun tat und sagte, wurde von den Leuten mit solcher Leidenschaft begleitet, als hätten sich rings um uns her die sieben Hügel und tausend Kirchen Roms erhoben.

Als Erste drängten sich Kranke und Hoffnungslose vor oder ließen sich nach vorne tragen. Alle redeten durcheinander, jeder wollte Auskunft, ob Gott ihm seine Leiden nehmen werde, ob er dem Tod ins Auge blicke oder Gott eine Buße zulasse.

Ich war nun sicher, dass es Solveg war. Es waren ihre Bewegungen, ihre Hände, ihre Art, den Kopf zur Seite schnellen zu lassen. Sie hatte Mühe, eine Ordnung herzustellen. Schließlich musste Monsieur Claude die eiserne Hand erheben, laut damit klappern, drohen, zurückweisen und mit Strenge für eine Reihenfolge sorgen.

Solveg reichte den Beutel durch die Gardine. In dem Schattenspiel ward sichtbar, wie der Papst den Beutel öffnete und den Feuermolch, die Regenmutter und wie man solche Wesen sonst noch nennt, ins Freie ließ. Dann richtete dieser Papst die erste Frage an ihn. Alles lauschte. Auch diese Stimme erkannte ich sofort!

Der Salamander wand und krümmte sich. Das Tier gab lautlos seine Antwort, die von dem Schattenpapst in feierlichem Tone für alle hörbar nachgesprochen wurde.

»Der Tod ist nah!«, rief er einem zu – und einem anderen: »Der Teufel *muss* dich holen!«

Um mich her erhob sich ängstliches Getuschel. Es schüttelte mich selbst.

»Du da, du wirst genesen!«, sagte der verkleidete Erzdiakon zu einem Dritten, der vor Freude zu weinen anfing.

Ich fragte mich, was geschehen würde, wenn ich mich ihm zeigte, ob auch er meine Stimme erkennen würde. Ich blieb im Dunkeln stehen. Die Leute drängten nach vorne, jetzt wollten alle ihre Frage stellen. Der Andrang wurde immer stärker, die Eisenhand klirrte und blitzte. Aber auch Monsieur Claude vermochte nicht, die Leute in Schach zu halten. Ich schaute mich um, wollte prüfen, ob Johanna noch in meiner Nähe war. Aber ich sah sie nicht. Der Schreck fuhr mir in die Glieder. Ich schuf ein wenig Platz um mich, zwängte mich zwischen den Menschen hindurch, mal in die eine, dann in die andere Richtung, und zurück. Suchte überall. Auch Barthel und Wiltrud sah ich nirgends. Nun packte mich die Angst. Ich rief ihre Namen; dass meine Stimme keine Knabenstimme war, scherte mich nicht. Ich stieß ein paar Marktfrauen mit ihren Körben zur Seite und setzte meine Suche fort. Man schimpfte mir hinterher, ich hörte nichts. Johanna war nicht da, wir hatten uns verloren.

Plötzlich stand Solveg vor mir. Sie hatte einen solch merkwürdigen Ausdruck in ihrem Blick, dass ich keine Worte fand. Endlich sammelte ich Kraft und sagte: »Johanna ist weg!«

»Wer ist Johanna?«, fragte sie. »Hast du auch sie verraten? Tut es dir gar nicht leid, dass du *mich* verraten hast?«

Ich brauchte einen Moment, um zu verstehen, was sie überhaupt meinte. Es war dies alles lange her und erschien mir wie ein Teil eines anderen Lebens.

»Du weißt nicht, was passiert ist«, erklärte ich atemlos und schaute mich weiter um. »Johanna ist sechs Jahre alt und für mich wie eine leibliche Schwester. Vorhin stand sie neben mir und nun ist sie fort!«

»Ich war auch *fort*, aber es war dir egal«, erwiderte sie. »Wir waren Freundinnen.«

Ich erinnerte sie an ihre Schläge und dass diese Gewalt gegen mich ihrer Bestrafung vorausgegangen waren. Dass ich dafür gesorgt hatte, dass sie bei jener Frau bleiben konnte, statt auf Anordnung von Zangl hin ins Arbeitshaus zu müssen. Ich setzte hinzu, dass ich nicht mehr am Leben wäre, hätte mich nicht die Schutzmantelmadonna aus äußerster Drangsal gerettet. Dennoch seien mir wieder todbringende Feinde auf den Fersen.

»Das weiß ich«, antwortete sie zu meiner Verblüffung. »Und es ist vielleicht gerecht.«

Im selben Augenblick wurde ich von Männern ergriffen. Man schuf Platz um uns her und stieß mich durch die

Menge, dicht an dem Kubus vorüber, in den hinteren Teil des Zelts. Ich stolperte, fing mich, wurde weitergezerrt. Wollte schreien, doch der Schreck raubte mir die Stimme. Die Männer nahmen keine Rücksicht, ihre Griffe waren grob, sie stanken nach Kot und Schnaps. Wieder blickte ich suchend um mich, doch Johanna, Barthel oder Wiltrud waren nicht zu sehen. Auch Solveg war zurückgeblieben.

Der Lärm, die Menschen, das Zelt – alles blieb zurück. Ich wurde zu einem der Wagen gestoßen, man legte mir Fesseln an und schlug mich. Ich war zu überrascht und verängstigt, um auch nur eine Frage zu stellen. Man zwang mich zu Boden. Als ich den Kopf drehte, sah ich Barthel daliegen, neben ihm Wiltrud. Man hatte ihnen die Augen verbunden. Bevor ich mich noch drehen konnte, um vielleicht auch Johanna zu entdecken (wie ich ängstlich hoffte), passierte mir dasselbe. Jemand band mir ein Tuch um den Kopf und schnürte es so fest, dass ich kaum Luft bekam.

So wurden wir Gefangene des Teufels, Herr. Im Dämmerlicht desselben Abends rollten wir zum Tor hinaus. Kein Wächter schöpfte offenbar Verdacht, und auch die Frauen des Dorotheenstifts, das ich seither nie wiedersah, vermissten uns vermutlich erst, als niemand uns mehr helfen konnte. – Ich spürte vom ersten Augenblicke an, dass diese Haft sich von den früheren Gefangenschaften finster unterscheiden würde. Die Bosheit dieser Männer strahlte etwas Neues aus – ein Fluidum, das düstrer war als das der Peiniger in Zons, Bursfelde und Vorhellem, dunkler als die Gegenwart des Wittenberger Blutknechts und Stockmeisters vor Gericht. Mir kam die Ahnung oder Hoffnung, die Madonna könnte mich beizeiten von der Erde in den Himmel holen. Rechtzeitig vor dem Schmerz. Und wenn sie käme, würde sie mir gnädig sagen, wo Johanna war und wie es ihr erging? Die Frage wurde zum Gebet, das ich zu Gott und allen Heiligen emporrief.

Angst- und Schreckensbriefe

Achtundzwanzigster Brief

Wohlergehen, hochwerter Herr Doktor – darf ich schreiben: Ihr werdet unser Retter, unser Befreier und Vertilger unserer Todesangst? Von Richter Barthel erhielt ich ein Schreiben, aus dem hervorgeht, dass Ihr die ersten Briefe in der Tat empfangen und gelesen hättet. Bitte, ich hätte mir keine süßere Botschaft wünschen können – und als sie unsren Hof erreichte, weinten das Kind, sein Bruder, Solveg und ich tief bewegt und glücklich. Ihr seht, wie turmhoch unsere Hoffnung ist, wie blind und müde wir vor Furcht geworden sind.

Der Wagen, in welchem Barthel, Wiltrud, Johanna und ich gefangen lagen, trug auch den klapprigen Kubus, der bis über die kurfürstliche Grenze hinaus verhängt blieb. Ob der Stuhl darin leer war oder der Erzdiakon in ihm reiste, konnte ich nicht feststellen. Wir lagen auf dem Boden, litten Durst und wurden vom Greinen und Hämmern der Eisenräder gemartert.

Wenn der Wagenzug anhielt, stellte man einen Wächter ab, der schwer atmete und niemanden in unsere Nähe ließ. Unsere Notdurft ließ er uns verrichten, mehr nicht. In den Nächten schüttete man Stroh zu uns herein. Monsieur Claude mit dem Lederkinn kam einmal zu uns, nur um uns auszulachen. Ansonsten kümmerte sich niemand um uns. Zwei Tage vergingen und wir kamen nah an den Tod vor Mangel an Wasser und Essen. An irgendeinem Halt warf man uns wieder Reste von Gemüse zu und erfreute sich daran zu sehen, wie wir mit letzten Kräften danach grapschten.

Durch die Öffnung im Wagen sah ich einmal den Erzdiakon. Zwar ernährte man ihn, aber Monsieur Claude demütigte ihn lustvoll, indem er ihn mit »Euer Ehrwürgen« und »päpstlicher Furz« anredete oder ihn zur Beichte zwang und unsittliche Geständnisse zum Besten gab und dafür sorgte, dass wir es anhörten.

Ich wurde immer schwächer. Benommen nahm ich wahr, dass am Morgen die Sonne hinter uns stand und am Abend vor uns niederging, also fuhren wir in westliche Richtung. Irgendwann polterten wir in den Hof eines Klosters. Schall und Stimmen wurden von hohen Mauern ringsum zurückgeworfen. Es roch nach Feuer und gebratenem Fleisch. Man nahm uns die Augenbinden ab. Als man den Schlag öffnete, blickten wir in ein wüstes Gelage unter freiem Himmel. Tische knarrten unter der Last zahlloser Schüsseln und Krüge. Teller und Messer waren aus Gold, die Becher aus Kristall, in denen sich die Sonnenstrahlen brachen.

Das Kloster wurde von Soldaten bevölkert, sie maßen schreiend und betrunken ihre Kräfte und die Schwerter klirrten überall. Mönche in Kutten spielten die Rolle der Bediensteten. Es war offensichtlich, dass die Verbrecher nicht davor zurückgeschreckt waren, das Kloster als ihren Unterschlupf zu nutzen. Ochsen brieten am Spieß, in brodelnden Kesseln wurde gerührt, Mönche trugen Brote aus dem Haus ins Freie, Fässer mit Wein und Tröge, in denen Schmalz glänzte. All das sahen wir mit knurrenden Mägen und brennenden Kehlen. Man quälte uns, indem man herrliche Fettstücke achtlos vor uns in den Sand warf und sich an der Gier unserer Blicke labte.

Eine breite Tür öffnete sich, die uns bis dahin nicht aufgefallen war. Zwei Männer traten in den Hof. Der eine war als Faschingsnarr verkleidet, es war der Trierer Provinzialvikar Lionel Walsh. An seinem Hosenboden baumelte ein blutender Ochsenschwanz, mit dem er wedelte. Der andere jagte mir einen schlimmen Schrecken ein, es war kein Geringerer als der Advokat ***.

Man war also im Kampf gegen Euch, Herr Doktor, im Bunde – und ist wohl noch heute entschlossen, das Rad der Reformation* zurückzudrehen.

Wir wurden zu einer Holzbank gestoßen. Niemand glaubte, dass wir noch die Kraft hätten, uns zu wehren, also band man uns nicht fest. Barthel trug Verletzungen im Gesicht, sein Blick war stumpf. Wiltrud hatte man nicht geschlagen, stattdessen hatte man die Seele mit dem Leib zerstört. Mehrfach war sie aus dem Wagen geholt und fortgeschleppt worden. Ihre Schreie klingen noch in meinem Ohr. Jetzt saß sie zitternd neben mir. Ich stützte sie, so gut ich konnte.

Der Advokat trug eine seltsame Kappe auf dem Kopf, auf deren Spitze sich eine scharfe Nadel erhob. Er war betrunken, sein Gesicht leuchtete feuerrot. Als er seinen Krug zum Mund führte, zitterten die Hände. Er ließ dröhnend Luft aus seinem Bauch und wandte sich an mich.

»Sieh an, was für ein hübscher Junge! Oder ist es gar keiner?« Er machte die Stimme eng. »Du kleine Kröte glaubtest also, die Welt regieren zu können.«

Nun folgte eine tiefe Verbeugung.

»*Ehrwürdige Priorin!*«, rief er und erntete sofort wildesten Beifall. »*Hochwerte Dame, würdet Ihr die Güte haben und meinen Arsch küssen?*« Er hielt Ausschau nach Monsieur Claude, der hier offenbar die Position des Hauptmanns der Soldaten innehatte.

»Komm her! Die holde Priorin will dein Lederkinn lecken«, schrie er ihm zu. »Was du mit deiner Eisenhand obendrein tun sollst, sagt sie dir gleich selbst!«

Der Hof tobte, während mir die Angst den Schlund zuschnürte. Das Herz klopfte, als würde mein Kopf jeden Augenblick in Stücke springen.

Der Advokat hob die Hand, es wurde still. Alle schauten her, niemand muckste sich mehr. Er wartete, bis auch der Letzte horchte. Dann warf er den Krug zu Boden, stieg auf einen Tisch und stemmte die Fäuste in die Taille.

»Was ist Gottes Wille?«, rief er und ließ vollkommene Stille eintreten.

Überall reckte man die Hälse.

»Gottes Absicht ist der Erhalt der Wahren Kirche. Er machte Himmel und Erde und am fünften Tage die Vögel mit ihren Federn, damit sie fliegen wie Engel. Niemals aber schuf er Federn, damit alle Menschen deren Kiele anspitzen und in Tinte tauchen! Und niemals machte er Pflanzen und Hölzer, damit Menschen daraus Papier machen und Zeichen darauf schreiben. Gottes Wort gehört einzig und allein den Propheten und deren Stellvertretern, also dem Papst und seinen geweihten Priestern. Niemandem sonst!«

Er starrte uns Gefangene an und wiederholte: »*Niemandem sonst!* Und nun kommt dieser Hundsfott von Mönch, Luther, der Wittenberger, und macht kurzerhand jedermann zum Priester. Ha! Kommt und entweiht das Geweihte, pisst ins geweihte Wasser der römischen Kirche und schafft eine Aberwelt aus Laien und Jedermännern, die keine Priester sind und Gottes Wort schänden, indem sie Papier damit besudeln und es obendrein ihren Kindern beibringen, die dafür der Teufel holen wird.«

Er schrie sich so in Rage, dass sein Gesicht purpurn wurde vor Verachtung und Hass. Die Nadel seiner Kappe blitzte. Er spuckte und spie, fuchtelte herum und drohte mir immer wieder.

»Wir kennen dich besser als du dich selbst, Lügenpriorin!«, schrie er. »Wir haben dich im Auge, immer und überall, und wissen genau, welche Gefahr du für die gesamte Christenheit darstellst. Wer deine Hexenfähigkeit richtig verwendet, ist im Besitz einer uferlosen Macht.« Er bewegte sich von mir weg und blickte in den Saal.

»Es ist wie bei den Giftschlangen und Spinnentieren: Die kleinen, schwachen sind die wahrhaft gefährlichen, nicht die Riesen. Die Winzlinge sind es, die sich in Fugen und Ritzen verstecken und dort auf ihre Gelegenheit lauern. Deshalb muss es Soldaten geben wie uns, die fleißig in alle

Ritzen und Fugen hineinsehen. Die nicht auf ein Kindergesicht hereinfallen, bloß weil es unschuldig scheint. In
Wahrheit ist es die Fratze Satans!« Nun kam er wieder nah
heran. »Wir sind da, um Kreaturen wie dich aufzuspüren
und zu vernichten. Denn du bist anders, du bist anders als
wir, du gehörst nicht zu uns Menschen, du bist *keine* Schöp-
fung Gottes, und wenn doch, so hätte er sich *verschöpft*, ha!
Niemand kann ein Dutzend gedruckter Seiten kurz anschauen und für immer in seinem Gedächtnis behalten.
Niemand vermag so etwas, Priorin des Teufels! *Kein
Mensch*. Folglich ist das, was du vermagst, Beleg deiner
Zugehörigkeit zum Abschaum der Hölle und zur Familie
Satans!«

Damit erhob sich ein solcher Beifall und Lärm, dass mir
schien, die Flammen des Scheiterhaufens ergriffen mich.
Mir war, als prasselte das trockne Holz, als brenne schon
der Stoff meiner Kutte, als lodere mein Haar, platzte meine
Haut und als rieselten die Knochen als bleiche Asche
nieder.

Der Betrunkene ließ sich einen neuen Krug reichen,
trank gierig und mischte sich ohne ein weiteres Wort unter
seine Leute. Die Angst aber fesselte uns entschiedener als
alle Ketten, und das eben Gesagte übte eine tiefere Wirkung
auf mich aus als die klirrenden Eisen des Wittenberger
Blutknechts. Wiltrud saß ganz eingesunken neben mir, sie
konnte sich kaum aufrecht halten. Barthel bebte, als hätte
ihn ein tödliches Fieber ergriffen. Jede Hoffnung auf Rettung geriet aus dem Blick. Ich betete im Stillen.

Keiner von uns hatte beachtet, dass Lionel Walsh während all der Zeit in einer Nische geblieben war. Jetzt schlich er heran, drehte sich wie ein Tänzer vor uns hin und her und ließ seinen Blut spritzenden Schweif wedeln. Er ließ eine Zeit vergehen. Dann machte er eine gezierte Drehung um sich selbst, mit einem Ausdruck, den ich nicht zu deuten vermochte. Auch er war betrunken und kam mir zu nah, sodass ich das Geäst der Adern im rostigen Weiß seiner Augen sehen konnte.

Schließlich flüsterte er: »Na, junger *Knabe*? Denkst du, ich habe die *drei Harfen* im Uhlenhause vergessen?«

Ich wich vor ihm zurück.

»Wie ihr uns dort in Trier betrogen habt! Die Gäste zahlten Geld, und ihr dachtet nicht im Traume daran, ihnen etwas Ehrliches zu bieten. Jedes Mal, wenn einer verständliche Forderungen stellte, ging's los mit dem Zieren und Mitleidheischen.« Er lachte bitter. »Solveg allerdings hat gelernt und ist brauchbar geworden ... Wo steckt sie überhaupt?« Er sah sich um. »Dich werden wir auch noch erziehen, mein Kind. Wenn du fertig bist, wirst du dankbar und willfährig sein, glaube mir.« Damit tauchte auch er in der tosenden Menge der Männer unter.

Der Bratenduft marterte, der Durst zerschnitt uns Kehle und Gaumen. Meine Augen brannten und in den Ohren dröhnte ein Lärmteufel. Die Betrunkenen gefielen sich dabei, uns mit Lanzen und Schwertern zu piksen. Einer bewies seine Kraft, indem er unsere Bank hochriss. Wir stürzten zu Boden. Er mit uns. Als ich mich aufrichtete, sah ich ihn auf dem Rücken liegen, den Blick starr zur Decke gerichtet. Dort hatte er den Tod erblickt. Man ließ ihn leblos liegen, tanzte, schrie und kotzte über ihn hinweg. Wie dieses Höllenfest zu Ende ging, das weiß ich nicht. Gott der Gnädige entzog mir die Besinnung.

Als ich zu mir kam, war es dunkel. Ich befand mich in einer Zelle ohne Echo. Allein. Aus dem Haus drangen Geräusche zu mir vor, Klirren, ein Hund schlug an, Rufe. Es musste Nacht sein, die Kälte biss in Knochen und Gelenke, mein Durst hatte sich verhundertfacht.

Gegen Morgen wurde die Tür geöffnet. Männer mit blutigen Lederschürzen stellten sich ins Licht ihrer Laternen. Sie rissen mich vom Stroh hoch und stießen mich zurück. Ihre Hände klebten, das Haar glänzte dunkel, an den Stiefeln funkelten Sporen, Dornen oder eiserne Zähne. Nach einer Zeit gingen sie wortlos hinaus, kehrten zurück und wiederholten die merkwürdige Marter.

So, Herr Doktor, zerstört man Seelen. Sie waren Meister darin und maßen die Abstände ihres Wiederkommens so, dass ich keinen Schlaf fand. Ich wurde mürbe und bald lachte ich vor Angst, wenn sie die Tür aufmachten, kniete mich hin und betete wie vor Heiligen. Beim Schreiben schaudert's mich noch! Meine Erinnerung ist an dieser Stelle lückenhaft, als habe Gott Selbst Teile ins Vergessen geworfen, um meinen Geist zu schonen.

Einmal hielt man meinen Kopf fest, zog die Lider hoch und der Teufel *** näherte sich mit der Nadel, die die Spitze seiner Kappe zierte. Ein andermal schlug einer der Berserker vor meinen Augen ein Zicklein tot. In meinen Träumen stand ich vor dem Kaiser und musste mich rechtfertigen.

Mein Mund war mit Eisenklammern zugeschlossen. Wieso schlug man mich nicht tot, frag ich mich heute, wenn ich so schädlich war? Das Quälen hatte keinen Sinn und Zweck. Oder glaubte man, dass ich vor lauter Angst vergessen würde, was ich weiß?

Gibt es gerechte Verräter, Herr Doktor? Ist das Ohr des Volkes geeignet, zu hören, was ihm auf dem Marktplatz aus der *Summa* vorgelesen wird? Oder stimmt es, dass nur Gott das Recht hat, diese Klage zu erheben? Wann wird er endlich Seine Blitze niedersenden? – Meine Zelle hatte ein winziges Fenster, durch das ich in einen Garten blickte. Dort jätete jeden Tag ein altes Weiblein und hielt Gänse. Vögel sangen und machten, dass ich mich bitter nach Freiheit sehnte. Dorthin kam der Advokat *** und redete zu der Frau. Er rechnete damit, dass ich ihn hörte.

»Wie hast du gelebt, Alte?«, fragte er.

Die Alte antwortete ängstlich, dass sie stets gedient und gebetet habe.

»Hast du Kinder?«

»Vier«, sagte die Frau.

»Was würdest du tun, wenn eines alle Bücher der Welt lesen und für immer im Gedächtnis behalten könnt?«

Die Frau war eingeschüchtert, weil sie es nicht gewohnt war, von einem Herrn angesprochen zu werden.

»Des Teufels müsst's sein, wenn es so etwas vermöchte. Ich würd's lieber töten, als dass seine Seele an den Teufel fällt.«

Der Advokat *** dankte ihr und blickte kurz zu mir

hoch. Dann schenkte er der Frau einen Heller und ging davon.

Damit hatte er mich gelehrt, lieber nicht zu hoffen, vom einfachen Volk errettet zu werden, wenn man mir den Prozess machte. Niemand würde für eine Angeklagte die Hand heben, die fähig war, alle Bücher der Welt in ihren Geist zu pressen.

Einen Tag später erschien Lionel Walsh in dem Gärtchen und redete ebenfalls die alte Frau an. Auch vor ihm wich sie zurück, weil sie sich fürchtete.

Er nahm sein Barett vom Kopf und fragte: »Ich höre, du hast vier Kinder, darunter eine Tochter. Was sollte das Gericht mit ihr tun, wenn sie die Wahre Kirche verrät, sich als Priorin ausgibt und ihre Glaubensschwestern verführt, Gottes Wort zu missachten?«

»Das Gericht muss sie verbrennen«, antwortete die Alte brav.

»Du würdest nicht weinen, deine Tochter so leiden zu sehen?«

Die Frau schüttelte den Kopf und blickte zu Boden.

»Ich will«, sagte Walsh, »dass du zu deinen Nachbarinnen gehst und ihnen sagst, dass wir ein solches Mädchen gefunden haben. Wer ihre Eltern sind, wissen wir nicht. Wenn du es schlau anstellst, werden die Nachbarinnen es weitersagen, bis es alle Welt weiß. Du erhältst von mir auch einen Heller und vom Advokaten ***, dem du deine Gänse verkaufst, einen zweiten obendrein.«

Die Frau ergriff seine Hand und küsste sie.

Walsh machte ein angewidertes Gesicht und sagte: »Jeder

soll wissen, dass der Teufel uns eine falsche Priorin schickte und dass man sie verbrennen muss, damit ihr Geist uns nichts mehr antun kann. Ich verspreche dir, Weib: Der Bischof selbst wird sich bei dir bedanken, und dem Papst in Rom wird man erzählen, dass wir die Rettung seiner Kirche einer einfachen Frau zu verdanken haben.«

Die Frau wollte nach seiner Hand fassen, um sie zu küssen, aber er entzog sich ihr, winkte sie weg und spie kräftig in Richtung der Gänse aus.

In meinen Ohren rauschte es. Ich fasste den Entschluss, zu sterben, aß das Wenige nicht mehr, das man mir durch die Tür hereinwarf, und stieß den Krug mit schlechtem Wasser um. Ich legte mich zum Ungeziefer, hoffte, die Madonna trüge mich empor. Wir flögen in die Wolken, die Erdenwelt wird grau im Angesicht des Himmels.

Als jene Männer in den Lederschürzen kamen, um mich erneut zu quälen, bewegte ich kein Glied. Sie traten mich, schlugen gegen meinen Kopf. Doch war ich schon so nah am Tode, dass ihre Folterfreude keine Nahrung fand.

Neunundzwanzigster Brief an Euch

Herr Doktor, wie hättet Ihr an meiner Stelle gehandelt? – Ich hielt es für würdevoller, mein Leben selbst verlöschen zu lassen. Der Glaube empfahl mir, den Zerstörern unserer neuen Kirche keinen Spaltbreit Zugang in meine Seele zu gestatten. Mit ihren herzlosen Mitteln hätten sie dies früher oder später vermocht. Ich wäre zerbrochen, wie Irm zerbrach und Solveg. Wenngleich Letztere dies abzuwenden wusste, wie ich bald erfuhr. – Statt des Todes trat nämlich sie durch meine Kerkertür. Sie flüsterte Trostworte in mein Ohr. Mein Geist kehrte zur Erdenwelt zurück. Wir weinten beide – und sie berichtete, wie es ihr seit Neuerburg ergangen war, wo sie mich angegriffen hatte, und wie sie unsern Feinden in die Hände fiel. Sie bereute aufrichtig, ein hartes Herz gehabt und mich verachtet zu haben. Wie wandlungsfähig Menschen sind!

So abweisend und feindselig Solveg sich in dem Schaustellerzelt mir gegenüber verhalten hatte, so eng rückten wir nun in der Not zusammen. Sie hatte sich verstellt.

Ihr Zeugenauftritt im Tönnishäuschen, sagte sie, als sie mit Irm vor dem »Gericht« gegen uns auftrat, sei mit Gewalt erzwungen worden. Genauso die Rolle als Ausrufer für den Mann mit dem Lederkinn. Alles wurde mit widerlichen Quälereien erreicht. Irm war daran zerbrochen, wie ich nun erfahren musste.

»Sie wurde von Tag zu Tag schwächer«, flüsterte Solveg, damit uns niemand hörte. »Als wäre das Leben nach und nach aus ihr herausgeflossen, wie Wein aus einem rissigen Fass. Sie verlor die Farbe, wurde wortkarg und schließlich stumm. Ihr Blick verlor seinen Glanz, ihre Hände zitterten. Ihr Herz schlug zaghaft, sie atmete kaum wahrnehmbar, und eines Nachts entwich ihrem kalkweißen Mund der allerletzte Odem.«

Solveg brachte mir Leichtbier und Brei, schmuggelte alles unter ihrem Kleid zu mir herein und gab mir obendrein einen Sud aus Kräutern und Nesseln, der mir wohltat. Ich kam zu Kräften, gab mich den Männern gegenüber aber weiterhin wie tot. Man schöpfte keinen Verdacht. Solvegs Botschaft, dass Johanna in einem abgelegenen Teil des Klosters gefangen gehalten wurde und es ihr gut erginge, förderte die Genesung sehr.

Eine Begebenheit zeigt die Art und Weise, wie Solveg und ich miteinander umgehen mussten, um nicht aufzufallen: Als wir plötzlich draußen Geräusche hörten, begann sie, mich laut und böse tuend zu beschimpfen, und als ein Wächter mit seiner Laterne an die Tür trat, schlug sie mich. So gelang es ihr, deren Vertrauen lebendig zu halten, denn sie hatte bereits vor einiger Zeit mitgehört, wie der Advokat *** und Walsh sich darüber unterhielten, ob mein Wolkenauge nicht auch für sie von Nutzen werden könnte. Ich denke, Irms Tod und meine Gefangenschaft veränderten Solvegs Gemüt. Die Not verband uns.

Nach und nach veränderte sich meine Lage. Ich bekam richtiges Essen, sogar Käse und Leichtbier, die Solveg mir brachte, wenn niemand es sah. Man überließ ihr das Maß meiner Einschränkungen und Freiheiten. Ich wurde aus der Zelle entlassen und in ein höheres Stockwerk gebracht, wo ich fortan in einem Alkoven oder Wandschrank lebte, der sich gleich neben Solvegs Kammer befand, sodass wir nur durch eine dünne Holzwand voneinander getrennt waren.

Nachts flüsterten wir, gaben uns Zeichen, indem wir klopften und schabten. Meine Peiniger, so begriff ich, hatten nie geglaubt, ich sei eine Hexe. Für sie war ich ein Werkzeug ihrer Verbrechen, eine Waffe, die sie auf Euch zu richten trachteten.

So erwogen sie, mich nach Wittenberg zurückzusenden, um im Schwarzen Kloster noch einmal Vertrauen zu gewinnen und als Spionin tätig zu werden. Ich könne unbemerkt gewisse Schriften einsehen, dachten sie, diese in meinem Gedächtnis behalten, um sie vor Gericht als Beweismittel gegen Euch und Eure Absichten zu missbrauchen. Man plante also, meinen Willen zu beugen, meinen Glauben umzuformen.

Natürlich war diesen Herren klar, dass ich nicht freiwillig ihre Partei ergreifen würde und dass ich unter strenger Beobachtung würde bleiben müssen. Man wollte mich umerziehen und begann, mir Geschenke zu machen. Ich erhielt eine warme Filzjacke, ein Holzfässchen Griebenschmalz und etwas Öl für die Haut. Bei schönem Wetter ließ man mich im Freien umherlaufen. Mir wurde gesagt, dass der Wittenberger Reformator nach Rom gereist sei, um dort Verhandlungen mit dem Papst aufzunehmen mit dem Ziele, um Vergebung zu beten und die Zerstörung der Mutterkirche rückgängig zu machen. Ich hätte lachen können! Eines Tages schlug man mich aber doch wieder, grundlos.

Die Schmerzen denke ich, Herr, fügte man mir zu als den gerechten Lohn für meine Treue zu Euch.

Man führte mich zum Advokaten. Nun zog er in Zweifel, dass ich die Gabe des Wolkenauges hätte. Ich sei eine Betrügerin. Er legte mir Gedrucktes vor, so wie einst Zangl, und wollte, dass ich meine außergewöhnliche Fähigkeit beweise. Da raffte ich allen Mut zusammen und weigerte mich.

Mir war bewusst, dass ich in Gefahr war. Aber er tat, worauf ich hoffte: Statt mich Schwindlerin zu nennen oder mich zu bestrafen, ließ er mich am nächsten Tag wieder zu sich bringen.

»*Du* wirst ihn vergiften«, bestimmte er. »Niemand wird dich verdächtigen, wenn du ein Pulver in sein Essen tust.«

Er wedelte mit einem Tütchen durch die Luft, hielt es mir dicht unter die Nase.

»Du wünschst freundlich einen Guten Tag, betrittst die Küche des Schwarzen Klosters und bist die geheimste und gemeinste Mordwaffe, die man sich denken kann.« Er lachte. »Die Kind-Priorin tötet den wahren Antichristen und rettet die Welt! So ist es brav und gottgefällig!«

Dann behauptete er, dass es längst Versuche gegeben

habe, Euch zu vergiften, doch diese Gifte seien zu schwach gewesen.

»Nun habe ich eines aus Mailand bezogen, mein Kind, mit dem ich ein Walross töten kann.« Sein Speichel sprühte mir ins Gesicht, ich erstickte fast vor Ekel. »Ein Walross ist er ja, dieser Luther, oder nicht?« Mein Hass auf den Mann, Herr Doktor, war in diesem Moment so groß, als hätte es nie einen Funken Gutes in meiner Seele gegeben. *Der Herr im Himmel vergebe mir, Amen!*

»Wenn du klug bist«, sagte er, »nimmst du das Gift morgen in die Hand und rettest den Papst und alle Kardinäle, Bischöfe und Priester, denen dieser verfluchte abtrünnige Mönch die heiligen Sakramente rauben wird, wenn sich niemand findet, der ihn in die ewige Verdammnis schickt.« Er holte Luft. »Willst du das tun?«

Ich nickte, Herr Doktor. Jawohl, ich erklärte mich bereit, Eure Mörderin zu werden.

Fragt bitte nicht, welche Angst mich in diesem Augenblick ergriff. Ich sagte: »Herr Advokat, damit Ihr seht, dass ich es ehrlich meine, bin ich bereit, vorher jede Prüfung zu bestehen, die Ihr mir abverlangt. Wie soll ich sonst guten Mutes das Gift entgegennehmen und nicht immerzu denken: *Du bist naiv, man glaubt dir nicht. Eigentlich bist du in noch größerer Gefahr als der Professor Luther?*«

»Du bist ein schlaues Kind und weißt gut, was eine Doppelspionin ist, nicht wahr?«, antwortete er.

Wir Ihr merkt, Herr, brachte ich mich in immer größere Gefahr. Von nun an tat der Advokat *** freundlich, erkundigte sich nach meinem Befinden, fragte nach Wünschen, die er mir gegebenenfalls erfüllen könne. Er sei der Obmann der anwesenden Männer in dem Kloster, ihr Hauptmann sozusagen, auch wenn der Kerl mit dem Lederkinn meine, diese Position innezuhaben.

Herr Doktor, was ich im Folgenden schildere, geht mir sehr an das Herz. Der Feind, gegen den wir gemeinsam kämpfen, hat viel Fantasie und weiß genau, wie man einem Menschen in die Seele schneidet und sie am Ende abtötet. Wir dürfen uns nicht sicher fühlen! Es genügt diesen Leuten nicht, die Ziele ihrer Auftraggeber zu erreichen und zu töten. Die Art und Weise, wie man jemanden schinden kann, interessiert sie mehr als das Resultat. Der Plan reizte sie, ein Kind, das ich an Jahren damals war, dazu zu bringen, seine Seele auszulöschen.

Eine Weile ließ man mich im Dunkeln, was als Nächstes geschehen würde. Dann brachte man mich in die Verliese, in denen Barthel und Wiltrud gefangen waren. Ihre Zellen lagen nebeneinander. Man wollte mich prüfen. Da Wiltrud weder hören noch sprechen konnte, verständigte sie sich durch Klopfen, und es erstaunte mich, später von Barthel zu erfahren, dass sie miteinander »redeten«. Das Hin und Her der Zeichen sei erst leer und fad gewesen, sagte er. Dann hätten sich Formen wiederholt, und schließlich habe er sich eingebildet, etwas zu verstehen.

Wiltrud lag in Ketten. Ein Bild des Jammers. Ich ging zu ihr hinein. Der Wächter legte ein Pulvertütchen neben uns auf den Boden und ließ einen Krug Wasser bringen. Ich musste kein Wort sagen. Wiltrud erfasste die Lage trotz ihrer Schwäche. Man ließ uns allein. Ich schob das Papierchen mit dem Gift von uns weg, um ihr zu zeigen, dass ich nicht daran dachte, es zu verwenden. Ihre Haut war grau und die Knochen stachen hervor. Aber ihre Augen waren nicht stumpf, und der Mund hatte das stille Lächeln behalten, an dem man sie stets erkannte. Ich sagte, dass sie keine Angst haben müsse und dass nichts Böses geschehen werde.

Die Zeit kroch dahin. Ich wurde müde und fiel in einen Traum, aus dem mich das leise Klirren der Kette weckte. Wiltrud war zur Seite gefallen und atmete nicht mehr. Das Tütchen lag geöffnet am Boden neben dem Wasserkrug, um dessen Fuß sich dunkle, feuchte Ringe gebildet hatten, die schon halb getrocknet waren. Es war kein Pulver mehr darin enthalten!

Ihr Opfertod öffnete mir eine Tür, die ich verschlossen gewähnt hatte. Dem Anschein nach hatte ich die grausame Prüfung des Advokaten bestanden und rief die Wärter. Man löste den Leichnam von den Ketten und schleifte ihn über den Boden fort. Es war ein Schmerz, als risse man den toten Leib der älteren Freundin aus meinem lebenden heraus.

Man führte mich in den immer noch verwüsteten Hof, in welchem wir vor Tagen als Gefangene gesessen hatten. Dort entschloss ich mich, dem Freitod Wiltruds Sinn zu geben, indem ich vorgab zu gehorchen. Ich überwand das Grauen vor mir selbst und schwor in Gegenwart des Advokaten ***, nach Wittenberg zu reisen – *und Euch zu töten!*

Der dreißigste Brief

Verehrter, hochweiser Herr, Ihr werdet fragen: Wie kann jemand einen Eid wie diesen leisten? Ich bitt Euch aber zu bedenken, dass Wiltrud selig das Gift nahm und mir damit im Tode diesen Auftrag gab. »Ich töte ihn!«, sagte mein Mund, als ich vor dem Advokaten stand und schwor. Während mein Herz zum Troste sprach: »Ich töte dich!«

Man kürte mich. Ich kam mir vor, als würde ich feierlich in die Gilde der Mörder und Totschläger aufgenommen. Jemand brachte einen blutroten Umhang, und Lionel Walsh gefiel es, mir eine stinkende Mütze aus Tierhaut als Haube auf den Kopf zu setzen. Der Ekel raubte mir die Luft. Schließlich wurde mir klargemacht, wie ernst ich die Reise nach Wittenberg zu nehmen hatte. Eine Tür öffnete sich und Barthel wurde in den Hof geführt – hinter ihm Johanna!

Freude, Abscheu und Schrecken rissen mich beinah in Stücke. Barthels Gang war schleppend, den Blick hatte er zur Erde gerichtet. Als er den Kopf hob, sah ich die Spuren der Schläge. Johanna riss sich von ihrem Wächter los und warf sich weinend in meine Arme. Der Advokat *** machte für alle eine präsentierende Geste und zeigte auf uns beide. »Die Giftmörderin wird das Leben eines Kindes nicht gefährden.«

Ich hielt Johanna fest und wiegte sie hin und her. Die Soldaten johlten. Viele waren wieder oder immer noch betrunken. Man trat achtlos in die Hügel herumliegender Essensreste, in die Scherben zerschlagener Becher, Krüge und Schalen. Hier und da kam Streit auf, die Männer prügelten sich mit Fäusten und Knüppeln und maßen ihre Kräfte, bis einer oder mehrere am Boden lagen. Scharfe Waffen waren nicht gestattet.

Mir wurde mehr und mehr die Last meiner Verantwortung klar, die ich mir mit meinem Vorstoß selbst auferlegt hatte. Ein Rückzug war nicht mehr möglich. Ich musste zu Euch reisen und einen Weg finden, der tödlichen Zwickmühle zu entkommen.

»Ich reise nicht allein!«, rief ich in den Lärm. »Johanna begleitet mich!«

Der Advokat lachte.

»Ihr Wunsch ist mir Befehl, Priorin!«, rief er. Dann blickte er mich drohend an. »Du Huhn denkst wirklich, wir händigen dir Gift aus und warten geduldig wie Lämmer, bis du es gegen uns verwendest, oder? Du glaubst tatsächlich, wir vertrauen dir, bloß weil du diese Frau getötet hast. Wer sagt uns eigentlich, dass sie es nicht freiwillig geschluckt hat, damit wir denken, dass wir dir vertrauen können? Das alte Weib hat sich für dich geopfert, das ist die Wahrheit!« Er winkte seinen Spießgesellen Lionel Walsh zu sich, der sich unter die Männer gemischt hatte.

Ich bemühte mich, unbeeindruckt zu wirken, und machte ein verwundertes Gesicht. Johanna weinte wieder, weil sie verstanden hatte, dass Wiltrud nicht mehr am Leben war.

»Die Hexe ist schlau«, sagte der Advokat, als der Provinzialvikar bei uns stand. »Aber so ganz schlau ist sie eben doch nicht.«

Er wandte sich mir zu. »Einer unserer Männer wird dich und das Kind begleiten. Du stellst ihn der Luther-Gattin als deinen Bediensteten vor. Sie wird ihn einladen, an einem der Abendessen im Schwarzen Kloster teilzunehmen. Der Hausherr wird eine seiner Predigten halten. Seine *allerletzte* Tischpredigt! Alles hängt von dir ab, Priorin! Im Schwarzen Kloster gibt es keinen Vorkoster, es sollte also nicht schwierig sein, das Gift ...« Er hob die Hand und berührte meine Wange. Ich wich zurück.

»Der Papst wird dir die Füße küssen.«

Gelächter kam auf. Die Schlinge, die ich mir selbst geknüpft hatte, zog sich immer fester zu.

Hundert Gedanken rasten mir durch den Kopf. Ich erkannte, dass der Mordauftrag, den ich erhalten und angenommen hatte, sich nicht nur gegen Euch richtete, sondern zugleich gegen mich selbst. Selbst wenn ich Euch getötet hätte, wäre mir mein Wissen zum Verhängnis geworden. Das Wissen, das niemals in die Welt gelangen soll. Das Wissen, das den Fugger und den Papst entlarvt. Man hatte Euch, aber auch mich zum Tode verurteilt, und das Urteil gilt bis heute! Meine Lage war und ist entsetzlich.

Mir tat auch weh, dass ich mein innerliches Versprechen, das ich Margaretha von Klix selig gegeben hatte, nicht einlösen konnte. In den ersten Tagen nach ihrer Bestattung war es mir schlecht ergangen, die Angst zu versagen, war überwältigend. Dann aber hatte ich gemerkt, dass ich mich keineswegs verkroch angesichts dessen, was von mir erwartet wurde. Ich gewöhnte mich und wäre eine gute Priorin geworden. Ich wäre für Johanna auch eine gute Ersatzschwester geworden. Die Bande zwischen uns waren fest, rücksichtsvoll und angemessen zärtlich. Wir Frauen hätten in dem Stift trotz aller schrecklichen Erfahrungen die gerechte Lebensgemeinschaft weitergeführt. All das jedoch hatte der Advokat *** zerstört und war noch lange nicht zufrieden. Sein Krieg gegen alles Gute kennt keine Rücksicht und Grenzen. Dieser Gedanke war das Quälendste und ist es heute noch, Herr Doktor. Weshalb ich Euch hier wieder allerhöflichst um Eure Mithilfe bitten möchte, wenn Eure Zeit es zulässt. Eure Macht ist groß, Ihr seid berühmt, man hört auf Euch. Ihr könntet fördern, dass unsere Angst hier im okkulten Leben ein Ende hat und Johanna, Solveg, Til und ich endlich ein Dasein in Frieden haben. Ich bitt Euch sehr im Namen all der Schwernisse, die ich ertragen habe und die ich im Weiteren schildern will.

Einunddreißigster Brief

Gnad und Friede im Herrn, Amen!

Jene Tinktur, die ich, in etwas Wein gelöst, Zangl in Stavelot und Fulda gereicht hatte, um meine Rolle als argloser Arzneidiener zu spielen, bestand aus Ingredienzien, die in der Tat eine belebende Wirkung hatten. Nahm man jedoch zu viel davon zu sich, wurde man schläfrig und unaufmerksam. Ein Tütchen mit diesem Pulver befand sich nach all der Zeit noch im Saum meines Mantels, der mich überallhin begleitet hatte und den ich auch hier in unserm Versteck trage, wenn es an Brennholz fehlt.

Als Johanna und ich uns für die furchtbare Reise nach Wittenberg bereithielten, entsann ich mich des Mittels. Wir besaßen nichts, was wir hätten packen müssen. Unsere Kleidung trugen wir am Leib. Das Unterzeug, die Stiftskutte mit Kapuze und die Mäntel. Johanna hatte Holzschuhe an den Füßen, ich durfte die Lederstiefel der verstorbenen Priorin tragen.

Man stellte im Hof zwei Pferde bereit. Dem Kind wurde untersagt, mit mir zu reiten. Unser Begleiter zog Johanna hinter sich herauf, sie legte widerwillig die Arme um ihn, um sich festzuhalten. Der Mann schnalzte, ich blickte auf Johannas Rücken und die Kapuze über ihrem Kopf. Der Morgen dämmerte. Gleich im ersten Weiler warf jemand einen Stein nach uns. Die Pferde scheuten, aber niemand war zu sehen.

Orell, so der Name des Begleiters, hatte zwei Gesichter. Die meiste Zeit war er recht hilfsbereit, ja höflich, teilte sein Brot mit uns und sorgte für Respekt, wenn ein Gastwirt Fragen stellte oder allzu mürrisch wurde.

Das Auffälligste an ihm war seine Art, sich zu bewegen. Man konnte denken, er sei eine große Holzpuppe, deren Glieder mit Türscharnieren am Rumpf befestigt waren. Jeder seiner Schritte schien von einem Räderwerk im Innern bewegt zu werden. Kopf, Arme, Beine ruckten hin und her, als zöge eine Kraft an unsichtbaren Schnüren oder Ketten. Wobei dies alles nicht ins Auge sprang, sondern erst wahrzunehmen war, wenn man genauer hinsah.

Je näher wir Wittenberg und der hölzernen Brücke über die Elbe kamen, umso ärger wurden meine Furcht und Ratlosigkeit meinem Auftrag gegenüber. Wie konnte ich in unserm ständigen Begleiter die Illusion wecken, dass ich das Gift gegen Euch zum Einsatz brachte, ohne Euch zu gefährden? Würde es eine Gelegenheit geben, Eure Gattin rechtzeitig und in einem unbeobachteten Moment ins Vertrauen zu ziehen? Wie nah würde Orell mich bewachen und mich an sich binden, sodass kein Zeitspalt blieb, ihm zu entkommen?

Vor dem Dorfe Klitzschena hielt er uns an und übergab

mir das gefaltete Papierchen, also das Gift, das bis dorthin in seiner Obhut gewesen war.

»Entweder, es tötet ihn«, sagte er, »oder dich und das Kind.«

Wir ritten weiter. Meine Unruhe nahm zu. Es war die unbestimmte Erwartung, dass jederzeit etwas Schreckliches geschehen musste. Mein Schlaf war in Stücke gerissen, ich fühlte mich matt und fiebrig. Alle Glieder schienen von Getier bewohnt zu sein, das sich durchs Fleisch fraß. Die Haut war rot und brannte lichterloh.

Am Nachmittag des dritten Tages erreichten wir die alte Brücke und kamen vor das Elbtor. Wir erhielten Einlass und ritten auf direktem Wege zum Schwarzen Kloster. Ich meldete mich an und Eure Gattin begrüßte mich herzlich, betrachtete mich aber auch mit Erstaunen und Misstrauen. Sie sah mir das schlechte Befinden an. Die Spuren des Verlieses und der Misshandlungen waren nicht verschwunden.

Da ich die Wahrheit nicht sagen konnte, erfand ich eine Erklärung dafür, dass Wiltrud, Barthel, Johanna und ich nach dem Besuch im Zelt des Schaustellers die Stadt verlassen und nach unserer Rückkehr nicht umgehend wieder das Dorotheenstift aufgesucht hatten. Sodann stellte ich Orell als meinen Reisegefährten vor, den mir ein Geistlicher zum Schutz mit auf die Reise gegeben hätte. Diese Äußerungen dämpften das Misstrauen Eurer Gattin. Sie hieß uns willkommen, und weil es spät war, lud sie uns zum Bleiben ein, gab uns eine saubere Kammer und stellte in

Aussicht, dass wir auch am Abendtisch des Hauses würden teilhaben können, denn Ihr, der Hausherr, seid ebenfalls außerhalb der Stadt gewesen, wurdet aber innerhalb der nächsten Stunde zurückerwartet. Mir schoss die Angst ins Herz, ich dachte an das Gift und wäre am liebsten weggerannt. Doch Orell stand hinter mir und hielt Johannas Hand.

Während im Hof unsere Pferde versorgt wurden und wir unsere wenigen Sachen zur Kammer trugen, jagten mich die schlimmsten Sorgen und Gedanken. Als Orell mich bis auf den Abtritt verfolgte, wurde mir mit einem Schlage klar, dass ich mich irrte: *Ich musste keinen Mord begehen.* Unsere Todfeinde wussten, dass sie in mir keine Mörderin finden würden. Ich war ihr Schlüssel, um in Euer Haus und Eure Küche zu gelangen. Das Gift, das Orell mir ausgehändigt hatte, war harmlos, das tödliche trug *er* bei sich und würde es anwenden, sobald er die Gelegenheit erhielt.

Ich grübelte, wie Orell wohl vorgehen wollte. Er musste es bei Tische tun, vor aller Augen, unauffällig. Bevor ihm das gelingen konnte, musste ich mein Pulver zur Verwendung bringen. Gegen ihn. Ich entsann mich, dass Ihr, Herr Doktor, sauberes Wasser trankt, bevor Ihr Bier oder Wein anrührtet. Als ich das erste Mal Gast in Eurem Hause war, genoss ich es, weil man es selten schmeckt. Es kam in versiegelten Fässern aus Thüringen, wenn ich mich recht entsinne, und war ausgesprochen teuer.

Als Johanna, Orell und ich den Saal betraten, hatten bereits etwa ein Dutzend Gäste ihre Plätze eingenommen. Eure Gattin ging den Mägden zur Hand, die zwischen der

Küche und dem alten Refektorium hin und her liefen und eine Schüssel nach der anderen hereinbrachten. Es gab Gemüse, Brei, Fisch und Fleisch. Dann brachte man die schweren Krüge mit dem Wasser.

Wir hörten die Kinder im Haus, und ich erinnerte mich lebhaft, wie laut und wild es stets zuging und dass Eure Kinder sich fast alle Freiheiten nehmen durften. Mit ihren Spielen verwandelten sie die Flure und Zimmer im Nu in ein gewaltiges Schlachtfeld, und es sah zuweilen aus, als wäre der Türkenfürst Süleyman* mit seinen Truppen durchgerannt. Wenn Ihr dann kamt, gab es kein Donnerwetter wie in anderen Häusern. Die Kinder sprangen an Euch hoch und schrien vergnügt. Ich beneidete sie um diesen gütigsten aller Väter.

Wir nahmen unsere Plätze ein. Euer Stuhl, am Kopf der Tafel, war so entfernt, dass meine Sorge wegen Orell schwächer wurde. Man sagte uns, dass Ihr das Haus betreten hättet. In einer Weile, sobald Ihr Euch erfrischt hättet, würdet Ihr zu uns stoßen. Ich war ganz aufgeregt.

Nun betraten mehr und mehr Bewohner der Burse, aber auch Gäste von außerhalb den Saal. Leise Gespräche kamen auf, doch rührte niemand einen Becher oder auch nur einen Löffel an. Orell musste sicher sein, dass ihn niemand kannte. Auf die Frage eines Studenten, woher er stamme, sagte er, dass er in Paris geboren sei – worüber ich erstaunt war, denn seine Ausdrucksweise hatte es nicht vermuten lassen. Er sei auf Schiffen tätig gewesen und habe die Welt gesehen – und er tötet Menschen, wenn man ihn dafür bezahlt, ergänzte ich im Stillen.

Frau Katharina kam und hieß uns willkommen. Sie wandte sich auch Orell zu, der verlegen reagierte. Ich gewann den Eindruck, dass sie ihn vielleicht durchschaute – ganz sicher nicht die wirkliche Gefahr, die er verkörperte, wohl aber das Ungewohnte, Fremde, das seine hölzernen Bewegungen verrieten. Sie reichte ihm die Hand; das tat sie selten, glaube ich. Als hätte sie den Druck erfühlen wollen, oder ob er kühle Hände hatte. Schließlich nahm sie seinen Becher und füllte ihn mit Wasser. Orell machte Augen.

»Eure Verblüffung ist verständlich«, sagte sie. »Der Herr Doktor und Hausherr schätzt das Einfache, das Natürliche. Reines Wasser ist ihm ein Spiegel unsrer Seele. Bitte sehr, genießt den wunderbaren Geschmack!« Sie stellte den Becher an seinen Platz und kehrte zum Kopf der Tafel zurück, denn in diesem Moment betratet Ihr den Raum. Man erhob sich, es wurde still.

Ihr sagtet einen Gruß, spracht ein Gebet. Wir setzten uns. Eure Gattin stellte diejenigen Gäste vor, die Ihr nicht kanntet. Auch uns. Ihr werdet Euch vielleicht erinnern. Mit Erstaunen nahmt Ihr zur Kenntnis, dass ich die neue Priorin des Dorotheums sei. Noch einmal erhoben wir uns alle. Ihr spracht ein weiteres Gebet. Ich sah Orell an, nur flüchtig, glaubte aber zu erkennen, dass er den Plan, Euch noch im Laufe dieses Abendessens zu vergiften, aufgegeben hatte.

Der Reihe nach nahm man sich nun die Speisen aus den Schüsseln. Ihr, Herr Doktor, wart der Erste, wie es sich gehört. Die Zeiten waren dürr und knochig; Fett gab es selten, wie Ihr Euch erinnern werdet. Eure Gattin und ihre wackeren Küchenhilfen zauberten aus Wenigem genug, dass jeder Magen etwas abbekam.

Ihr redetet, während gegessen wurde, gabt Ratschläge, wie man die Beine eines Tischs aus dem Holz einer zerbrochenen Lanze zimmert, die die Stadtsoldaten in das Feuer werfen wollten. Ich hatte eher erwartet, Ihr sprächt von Gott und Seinem Sohne, über das Evangelium, das Himmelreich oder wie man das Laienpriesteramt im eigenen Hause ausübt. Stattdessen lernten wir, wie man einen Hirsch zerlegt und welche seiner Stücke für das Räuchern schlecht geeignet sind. Wir erfuhren, dass Ihr Gast bei einem Schmied wart, der Euch zeigte, wie man auf dem Amboss einen Nagel formt, und dabei erklärte, dass der Kopf stets größer als ein Fingernagel werden müsse. Schließlich aber kamt Ihr doch auf etwas anderes zu sprechen. Die Schalen und Schüsseln auf dem Tisch waren geleert, nun wurden Bier und Wein gereicht. Ihr standet auf, kamt zu uns dreien und bliebt bei Johanna stehen. Sie erschrak ein wenig.

»Sehet dieses Kind!«, rieft Ihr. »Ist seine Seele nicht wie frisch gefallener Schnee? Mit unsern Sünden beflecken wir das Makellose. Der gute Mensch jedoch kann sich entscheiden, mit frischem Schnee des Glaubens wieder rein zu werden.«

Jetzt standet Ihr bei Orell.

»Der böse Mensch opfert die Schneereinheit dem Kot. Wer aber ehrlich glaubt, rettet die Welt und sich, denn der Glaubensschnee aus Gottes Himmel ist ewig reinigend.«

Der Gedanke streifte mich, dass Orell einen Hass entwickeln musste. Er fühlte sich von Euch entlarvt und zu dem Mordauftrag des Advokaten gesellte sich womöglich eine eigene Rache.

»Vor Jahren erklärte mich der Papst für wolfs- und vogelfrei«, erklärtet Ihr. »Das hieß, jedermann hätte mich ungestraft töten und meinen Leichnam den Tieren zum Fraß hinwerfen können.«

Mein Herz blieb stehen.

»Ich denke, etwelche Mordbuben in meiner Nähe hatten die Absicht, mir das irdische Leben zu rauben. Doch sehet: Keiner tat's, denn ich lebe noch!«

Orell wurde weiß wie Kreide. Seine Lippen bebten.

»Die Wahrheit ist«, rief Ihr, »Gott führte andres im Schilde. Er hat das Zepter in der Hand, und jeder Mörder, wenn er dem Willen Gottes widerspricht, wird nur sich selber töten!«

Damit gingt Ihr endlich fort von Orells Platz. Ich sage *endlich*, weil ich vor Angst beinah gestorben wäre. Ich fürchtete, dass dieser Mann im nächsten Augenblick ein Messer zücken und jeden von uns niedermetzeln könnte, am Ende gar den lieben Gott vor lauter Zorn. (Verzeiht mir diese Fantasie!)

Herr Barthel, Richter und Freund, schreibt mir, Ihr hättet alle Briefe erhalten, das sei bestätigt. Ihr glaubt nicht, wie groß meine Erleichterung ist. Mit dieser Botschaft wächst meine Hoffnung, dass Ihr unserm Versteck und dem privaten Banne, den der Todfeind uns aufzwingt, eine Grenze setzen werdet, indem Ihr bei Euerm Fürsten erwirkt, uns unter Schutz aus dem Rheinlande zu Euch zu führen, wo wir sicher

wären. Herr, ich bin bereit, für Euch mein gesamtes Gedächt-
nis auszuschütten, in welchem Wort für Wort die unguten
Taten Eurer Widersacher schlummern und darauf warten,
an das Ohr des Volkes geführt zu werden. Führt Gott nicht
die Gerechtigkeit im Schilde? Ich vertraue, dass Ihr mich ver-
steht!

Zweiunddreißigster Brief

Der Abend wurde lang. Ich hätte ihn genossen, fand aber keinen Frieden und behielt Orell im Auge, ohne dass er es merkte. Johanna schlief in meinen Armen ein. Mein Eid vorm Advokaten *** lastete auf meiner Seele.

Ihr saßt noch bei Tisch, auch als das leere Geschirr schon abgetragen war, und redetet über den Brotpreis, der mit dem Anteil des Steinmehls zu steigen scheine, den viele Müller dem Getreideschrot beimischten, um das Gewicht zu erhöhen. Über die Juden, die an ihrem Unglück selbst schuld seien, weil sie sich starrköpfig der Errettung durch das Evangelium widersetzten. Über einen Unfall im Steinbruch bei Michelsberg und die exemplarische Bestrafung eines Kerzendiebs, dem man heißes Wachs ins Ohr gegossen habe. Sodann über eine leuchtende Himmelserscheinung, die sich niemand zu erklären wusste; ich musste an die Schutzmantelmadonna denken. Dann sprachen Eure Kinder vor, die Älteren zuerst. Jedes erhielt Gelegenheit, Euch zu erzählen, was es am Tage getan und gelernt hatte. Für jeden wurde sichtbar, welch ein guter und liebender Vater Ihr seid, Herr Doktor, denn Eure Kinder lachten gewiss mehr und herzlicher, als in vielen anderen Häusern der Stadt gelacht wird.

Als die Kleinen zu Bett gingen, wurde eine neue Glutpfanne in den Saal getragen. Die Luft hatte sich abgekühlt, und wir kamen zu dem üblichen Punkte, dass jeder am Tische zu erzählen begann, was er an Neuigkeiten erfahren hatte. »*Was höret man Neues?*«, lautete Euer Stichwort, und ein Gast nach dem andern erzählte, was ihm zugetragen worden war. Die Nachrichten betrafen zuerst die Stadt, dann die umliegenden Ortschaften und Kirchspiele, überschritten irgendwann die Amtsgrenze und führten die Zuhörerschaft schließlich über das ganze Land und den Ozean bis an das Ende der Welt.

Was die Stadt betraf, erfuhren wir, dass aus den anfänglich acht Jungen, die die Lese- und Schreibschule der Kaufleute besuchten, ein Dutzend geworden sei; zwei Söhne eines armen Seilers waren darunter. Ich dachte daran, dass auch Johanna das Angebot erhalten hatte, teilzunehmen. Doch unsere widrige Lage verbot es, überhaupt daran zu denken. Das machte mich traurig, ich verlor mich ein bisschen in meiner Wehmut darüber. Als ich an die Tafel zurückfand, fiel schon der Name *Amerika*! Er klang so fern und fremd, als habe jemand *Mond* gesagt, um von dort Neues zu berichten.

Jemand erwähnte eine neue päpstliche Bulle, der zufolge die Indianer in der Neuen Welt als richtige Menschen zu betrachten seien. Das erstaunte alle. Plötzlich meldete sich Orell zu Wort. Ich fuhr zusammen. Ihr gabt ihm das Rederecht.

Ein spanischer Seemann, erzählte er, habe berichtet, dass die menschenähnlichen Kreaturen in den Einöden des unermesslichen Landes am dunklen Rande der Welt, wenn sie keine Nahrung finden, Sand mit ihrem eigenen Blut vermischen, um sich davon zu ernähren, und auf diese Weise überleben. Das löste Abscheu aus und weckte die Frage, ob der Pontifex beim Abfassen seiner Bulle über derlei Wissen verfügt habe oder nicht. Da begannt Ihr zu lachen und rieft, weil der Papst *unfehlbar* sei, könnten die Indianer also so viel Sand mit ihrem Blute mischen, wie sie wollten, sie würden immer Menschen bleiben, obgleich es Zauberer und Hexen seien, wenn sie auf diese Weise sich ernährten. Das erheiterte alle, nur Orell blieb todernst.

Als Ihr es wahrnahmt, seid Ihr aufgestanden und kamt an Orells Platz. Ihr standet hinter mir. Der Mann kam mir jetzt so unberechenbar vor, dass ich fürchtete, er könne jeden Moment von seinem Stuhl hochspringen und Euch ein Leid antun.

»Verehrter Herr!«, sagtet Ihr. »Ich muss Euch eine Frage stellen.«

Orells Züge waren wie vereist.

»Ich bin ein ernster Mann«, fuhrt Ihr freundlich fort. »Doch wenn mir in meinem Hause ein Gast begegnet, der noch ernster ist, mache ich mir Sorgen, ob ich der Anlass bin. Habe ich etwas gesagt, das Euch zuwider war?«

Ihr wartetet.

Orell ignorierte Euch.

»Mein Herr!«, wiederholtet Ihr.

Die Heiterkeit am Tische wich einer aufmerksamen, ja

angespannten Stille. Ich drückte Johanna an meine Brust. Die Spannung zwischen Euch und Orell wuchs von Atemzug zu Atemzug. Frau Katharina kam und legte eine Hand auf Eure Schulter.

»Herr Gast!«, fordertet Ihr nun und wiest Eure Gattin mit einem Wink zur Seite. »Herr Gast, redet mit mir! Ich bitt Euch sehr als Hausherr, der Euch wie jedem Gastfreundschaft schuldet.«

Orell schwieg. Am liebsten hätte ich Euch vor ihm gewarnt.

»*Mein Herr! Ein Wort mit mir! Hört Ihr mir zu?*«

Es kam mir vor, als schüttetet Ihr Schießpulver in ein Feuer, das es zu löschen gilt, bevor es um sich greifen kann.

Herr Doktor, Ihr liebt den Frieden, Ihr verachtet die Gewalt. Ich weiß ebenso, dass Euer Temperament die Friedlichkeit zunichte machen kann. Diese Gefahr sah ich heraufdämmern. Wir spürten alle, dass Orells Schweigen Euren Widerwillen wachgerufen hatte. Ihr fühltet die Beleidigung. Ich erinnere mich an jedes Wort. Der Vorfall wandelte mein Bild von Euch. Ich schildere weiter, was geschah und was auch Ihr erinnern müsst. Auch wenn so viele Jahre seit der Zeit vergangen sind.

»Die Gastfreundschaft, mein Herr«, sagtet Ihr, »ist eine Grundpflicht! Sie zu missachten, ist eine sträflichere Sünde als ein Diebstahl, zu dem die schiere Not uns zwingt. Ihr seid fremd in der Stadt, ich gebe Euch ein Dach über dem Kopf und etwas zu essen. Als geringstes Entgelt erwarte ich von Euch, dass Ihr mit mir sprecht.«

Orell bewegte sich nicht.

»Wenn Ihr das Entgelt nicht *jetzt* entrichtet, werdet Ihr mein Haus verlassen müssen.«

Eine Magd brachte einen frischen Krug Bier herein. Als sie hörte, in welchem Ton Ihr redetet, blieb sie stehen.

»*Ich warte, Herr!*«, rief Ihr. Eure Augen loderten. Johanna duckte sich verängstigt. Eure Gattin ging besorgt an ihren Platz zurück.

Ihr seid von kräftiger Statur, Orell dagegen wirkte schmal, zerbrechlich. Plötzlich sprang er hoch und stand dicht vor Euch, Ihr überragtet ihn. Er stieß Euch aus dem Weg, um ein Haar wäret Ihr gestürzt. Empörte Rufe wurden laut. Orell scherte nichts von alledem. *Er spuckte vor Euch aus!* Er spuckte auf den Boden, das hätte er nicht wagen sollen. Niemals! Bevor Ihr handeln oder etwas sagen konntet, hatte er die Tür erreicht und war verschwunden.

Ein paar Studenten stützten Euch. Frau Katharina löste die Tafel auf. Man ging schweigend aus dem Saal. Ich schämte mich. Draußen fühlte ich die Blicke hinter mir. Johanna zitterte vor Angst. Ich glaubte, dass man mich zur Rede stellen musste, denn ich hatte Orell als meinen Reisebegleiter eingeführt. Ich zog Johanna mit mir und ergriff die Flucht. Wir flohen nicht nach draußen, sondern die Treppe hoch ins höchste Stockwerk. Dort gab es einen abgelegenen Raum, der mir als Rückzug diente, als Eure Gattin mich freundlich aufgenommen hatte. Dahin verkroch ich mich und wagte kaum zu atmen. Erfüllt von Scham und Angst – und ratlos, wie es weitergehen sollte.

Ich machte in der Nacht kein Auge zu, auch Johanna war am Morgen übermüdet. Als das allererste Licht durchs Fenster hereinschien, schlichen wir uns über die Treppen nach unten und zum Portal. Niemand hörte uns. In der Küche rumorten die Mägde, die Hunde träumten faul von dicker Milch und Fett.

Fest in unsere Mäntel gehüllt, gelangten wir auf die Gasse. Es war nass und kalt, der Himmel war tief und verhangen. Ich spähte in alle Richtungen und mochte nicht recht glaubten, dass Orell nicht wusste, wo wir uns versteckt hatten. Jeden Moment, fürchtete ich, würde er hinter einer Mauer hervorspringen.

Die Gassen auf dem Weg zum Markt waren leer. Niemand begegnete uns, bis auf eine misstrauische Katze und ein paar Hühner, die sich durch ein Loch in einem Hoftor zwängten und im Abfluss der Gasse Körner pickten. Ihr leises Glucksen und Girren klang tröstlich.

Die Marktstände würden längst aufgebaut sein. Auf dem Weg dorthin kamen ein paar Leute aus ihren Türen und schlugen denselben Weg ein. Wir liefen mit gesenkten Gesichtern, hielten uns dicht bei den Häusern, immer darauf bedacht, einen Unterschlupf zu sehen, in den wir uns retten konnten, sobald Gefahr erkennbar wurde. Was aber sollte ich tun, wenn uns jetzt eine der Stiftsdamen oder Chorfrauen begegnete? In der ganzen Stadt gab es für uns keinen Fluchtort, dem ich vertraut hätte.

Nun kannte ich eine alte Wassermühle mit Hammerwerk, die eine Viertelmeile vor der Stadt an einer tagsüber lebhaften Landstraße lag und nach ihrer Stilllegung nur noch von zwei Schwestern und deren Knecht bewohnt wurde. Ihnen vertraute ich, denn es waren die Schwestern unsres Fakturisten Herrn Zapf, der durch sie dazu gekommen war, für die Priorin Margaretha selig und das Stift tätig zu werden. Sie spannen Garne und machten allerlei Handarbeiten. Ich kannte den Fußweg dorthin, weil ich ihn ein paarmal mit den Chorfrauen gegangen war, um Ware hinzubringen und abzuholen.

Johanna und ich schlichen uns am Rande des Markts zur Stadtmauer und gelangten in die Nähe des Elbtors. Es war noch zugesperrt. Ich wusste von einer Nebentür, einem Schlupfloch für verspätete Wachsoldaten, die man dort hereinließ, um nicht das große Tor öffnen zu müssen. Der Durchschlupf lag verborgen und war schlecht bewacht. Man durchschritt eine niedrige Gittertür und folgte einem lichtlosen, gekrümmten Gang durch die Mauer, indem man mit den Händen die Wände ertastete und vor eine kleine Außentür gelangte. Deren Riegelwerk blockierte nicht das Schloss mit der Klinke, sondern die schweren Scharniere. Wer es nicht wusste, steckte drinnen fest und kam von außen nicht herein.

Als wir draußen vor die Gittertür kamen, weigerte sich Johanna, einen weiteren Schritt zu gehen. Sie wehrte sich verbissen. Ich wurde zornig und drohte ihr. Da rannte sie davon, so flink, dass ich sie nicht fangen konnte. Ich ahnte, dass sie trotz meiner Warnung den Weg zum Stift einschlagen würde, und eilte hinterher. Niemals hätte ich Johanna alleine lassen können. Sie ist bei Gott mein schwesterliches Kind, Herr Doktor.

Ich schaffte es, sie einzuholen, bevor sie an die Pforte des Dorotheums klopfen konnte. Ich sagte ihr, dass sie in mein Herz gehört. Sie weinte und gehorchte mir. Doch vor dem Mauerdurchschlupf wollte sie wieder nicht den Gang betreten. Da schlug ich sie, ich musste! Ich schämte mich entsetzlich. Was hätt ich tun sollen? Ich schlug nach ihr und stieß sie weiter, sobald sie stehen blieb. Wir gelangten vor die schwere Holztür, die sich entriegeln ließ. Wir mussten sie zu zweit bewegen. Es nieselte, der Himmel war ein dunkelschweres Zelt.

Die alte Holzbrücke über den Elbfluss liegt ein Stück entfernt. Wir sahen hin und erblickten etwas, das im Halblicht noch nicht klar zu sehen war. Wir gingen näher. Unter der Brücke hing ein Mensch an einem Seil. Er pendelte im Wind. O ja, Herr Doktor, Ihr wisst es wohl: Unter dem Steg über den Fluss baumelte an einem langen Tau ein Toter! Er hing an einer Stelle, an welcher er sich dieses Leid nicht hatte selber antun können. Jemand hatte Leitern und Stangen nutzen müssen. Uns stockte Herz und Atem. Johanna drückte meine Hände. Jemand hatte einen Menschen bis dort hochgewuchtet und ihm die Schlinge um den Hals gelegt. Es war in dieser Nacht ein Mord geschehen, und wir waren die Ersten, die es sahen. Das Kind tat einen dünnen Laut, ich zog es zu mir und hielt ihm die Augen zu, um ihm den Anblick zu ersparen, küsste tröstend seine Stirn.

Der tote Baumelnde war Orell, unser Feind, vor dem wir flohen. Ich wusste nicht, was ich empfinden sollte. War unsere Flucht nicht länger nötig? Durfte ich umkehren, um meine Pflichten als Priorin wiederaufzunehmen? Ich sah schnell ein, dass die Gefahr noch nicht gebannt war. Sobald der Advokat *** erfuhr, was hier geschehen war, würde er mich mit der Tat verbinden. Ich war gefährdeter denn je!

Wir flüchteten. Wir liefen weg, über die Brücke an das andre Ufer. Wir passierten Bauern auf dem Weg zum Markt, Fußgänger, Reiter, Wagen. Wir flohen vor dem Toten, vor seinem unbekannten Henker (den es ja geben musste), vor dem Gedanken, dass ich mich selbst in dessen Tod verwoben hatte. Man würde Fragen stellen in der ganzen Stadt. Auch Euch würde man befragen, da Orell über die Schwelle Eures Hauses als Gast getreten war. Man würde wissen wollen, wer er war und welcher Grund ihn an meiner Seite zu Euch führte.

Dreiunddreißigster Brief

Das alte Hammerwerk liegt in einer breiten Talmulde, die von einem Flüsschen geteilt wird. Da dieser Bach über lange Zeit immer weniger Wasser führte, musste der Betrieb des Hammers eingestellt werden. Die Pächter zogen fort und überließen das Wohnhäuschen den Schwestern des Herrn Zapf. Drei niedrige Gebäude bilden die Form eines Hufeisens. In dem Hof ließen die Frauen ein Gewächshaus errichten, um ihre Küchenpflanzen vorzuziehen.

Ich erinnere mich gerne der Fußmärsche dorthin. Die Schwestern erzählten uns jedes Mal Geschichten. Zwar hatten sie nie wie ihr Bruder lesen gelernt, kannten aber eine große Zahl Märchen und Sagen, in denen Tiere und Zwerge dem Bösen widerstehen und dem Guten zum Sieg verhelfen. Was ist schöner, als beim Feuer zu sitzen und zu lauschen?

Die guten Frauen hatten die Fantasie, sich eigne Welten auszudenken. So musste ihr Bruder sie zur Mäßigung mahnen, wie ich durch die Priorin Margaretha erfahren hatte, denn sie entsannen gerne eine Menschenwelt, in der alles Allmende* ist, wie sie sagten. Ein jeder bestellt einen Teil dessen, was allen gehört, und niemand hungert. Dann fantasierten sie sich wohl auch zu Gesellschaften hin, wie sie die Wiedertäufer im Münsterischen erträumten. Gott, sagten sie, habe den Menschen das Paradies geschenkt; infolge von Sünden hätten sie es zwar verloren und trügen die Last der Arbeit. Nun aber sei die Zeit, das Paradies mit Menschenhand wiederzuerrichten. Herr Zapf verbot ihnen, solche Dinge herumzuerzählen, und warnte sie vor dem Martertod des Herrn van Leiden vor zwei Jahren, der das schändliche und schamlose Königreich in Münster errichtete und sich dortselbst sechzehn Frauen als Gattinnen zugesprochen hatte.

Ich folgte der Straße mit Zuversicht, die ich auf Johanna zu übertragen versuchte. Sie war schweigsam. Uns beiden steckte der Anblick des Gehängten in den Knochen. Während uns immer mehr Leute mit Karren und Kiepen entgegenkamen, die sich früh auf den Weg in die Stadt gemacht hatten, erzählte ich dem Kinde von den beiden Frauen. Dennoch ging uns Orell nicht aus dem Kopf. Ein Mensch mag ein Teufel sein, man kann dennoch Mitgefühl empfinden. Ich verstehe nicht, mit welcher Lust viele Bürger zuschauen, wenn Hinrichtungen stattfinden. Wie eben jener Jan van Leiden*, der »König« von Münster, den man vor der Lambertikirche zu Münster zu Tode peinigte, während das Volk gaffte!

Ich versuchte weiter, Johanna abzulenken. Erzählte ihr von meiner Rettung durch die Schutzmantelmadonna und ihrem Engelsheer, das auf sie hört. Wie sie aus dem Himmel kam und mich forttrug. Dass sie mit ihrem allwissenden

Auge auch uns sehe und Sorge trage, dass uns kein Unglück geschieht. Dass sie alle guten Menschen, die fest an den Herrgott glauben, auf Schritt und Tritt begleite und an vielen Missgeschicken vorbei durchs Leben lenke. Und ich erzählte eine Geschichte, die ich an Eurem Tisch von Euch selbst vernahm: dass nämlich ein Kind nicht nach Haus fand. Es war hilflos und konnte noch kaum sprechen und nur ein paar Schritte gehen. Es blieb in der Nacht im Walde, erlitt über drei Tage Schnee und Kälte. Dann kam ein Mann zu ihm und gab ihm zu essen. Und am dritten Tag führte er es zurück zu seinen Eltern. Dieser Mann, sagtet Ihr, sei ein Engel gewesen, müsse einer gewesen sein, denn niemand sonst hätte sich eines verlorenen Kindes erbarmt.

Als wir die Niederung betraten, überlegte ich, ob ich den Schwestern den wahren Grund unserer Ankunft sagen oder verschweigen sollte, um sie nicht zu ängstigen. Im Hof versorgte der Knecht mehrere Pferde, darüber war ich verwundert. Eine der Frauen arbeitete im Stall. Sie sah uns und rief: »Ich freue mich, Euch zu sehen, Priorin.« So nannte sie mich, weil ihr Bruder sie über alle Veränderungen in der Stadt und im Stift auf dem Laufenden hielt.

»Herr Zapf, unser Bruder, ist gekommen und hat Leute mitgebracht.«

Sie ließ ihre Arbeit ruhen und führte uns zum Wohnhaus. Die Tür war angelehnt. Von drinnen hörten wir Stimmen. Da tat Johanna einen Schrei, riss sich von mir los und stürmte in die Stube. Mich traf beinah der Schlag. Dort stand Til, *mein Til*, Johannas Bruder, gesund und unversehrt, und neben ihm Zangl und Wichard und ein Trupp seiner wackeren Männer. Das jagte mir einen noch größeren Schrecken ein, denn ich hatte wahrhaftig geglaubt, sie alle seien tot. Die Madonna hatte auch sie gerettet, Herr!

Johanna fiel ihrem Bruder um den Hals, sie weinten beide. Es war für alle ein so herzliches und bewegendes Wiedersehen, dass ich es niemals vergessen werde. Ich rang nach Luft, musste mich hinsetzen und Kraft sammeln und mich kneifen, um zu merken, dass ich nicht träumte.

Die Schwestern deckten den Tisch. Es gab bescheidene Speisen: Brei und Kohl, etwas Fett und dicke Milch, sogar Brot, das gerecht geteilt wurde. Während wir aßen, berichteten Til, Zangl und Wichard, wie sie gesundet waren und überlebt hatten. Mein Til erzählte, wie er sich lange vor seinem Vater habe verbergen müssen, schließlich mithilfe von Freunden über Köln und Olpe nach Osnabrück gelangte und dort trotz seiner ernsten Verletzungen genas. Der dortige Arzt kannte einen Waffenschmied, welcher für Wichard und dessen Leute Klingen herstellte. Dieser berichtete, dass sie alle im Kerker von Vorhellem verhungert wären, wenn nicht dem »Hauptmanne« von Münster zugetragen worden wäre, dass er einen weit bessern Messerwerfer gefangen hielt, als er selbst war. Aus Neid, Eifer oder Wissbegier ließ er Wichard frei (oder weil, wie ich glaube, die Madonna ihm diesen Wunsch in sein böses Herz legte).

»Schon nach ein paar Tagen«, erzählte Wichard, »konnte ich dem Hauptmann den ersten Unterricht im Messerwerfen erteilen mit der Wirkung, dass er auch die anderen aus der Gefangenschaft entließ. Auf einem der Gelage gab es einen Wettbewerb im Messerwerfen, glaubt es oder nicht. Wir erwarben das Vertrauen des leichtsinnigen Schurken und nach Verstreichen einer Frist sammelten wir uns zur Flucht, die uns auch gelang, wie jeder sehen kann.«

»Seither ziehen wir umher«, setzte Zangl hinzu. »Mal hierhin, mal dorthin.«

Der Bericht erstaunte und freute mich über die Maßen, wie Ihr Euch denken könnt.

Nachdem ich etwas geschlafen hatte, musste ich immer wieder von meiner Gefangennahme durch den Advokaten und von der Haft in dem Kloster der Feinde erzählen und wie ich schließlich mit einem Begleiter als Giftbringerin nach Wittenberg gesandt wurde, um Euch zu töten, Herr. Und wie ich schließlich begriff, dass ich nur der Schlüssel war für Euer Torschloss, damit der wahre Mordwillige Einlass fand.

Am folgenden Morgen wurden wir kämpfende Mitglieder von Wichards kleiner Armee, die sich *Hasta Dei* nannte, »der Speer Gottes«. Johanna, so jung sie noch war, und ich erhielten Harnische aus Leder und lange Piken mit eisernen Spitzen. Die Männer berührten unsre Wangen und Stirnen mit ihren Messern und hoben uns auf ihre Schultern, es wurde gesungen und getanzt. Gegen Mittag machten wir uns über kleinere Landstraßen und einsame Waldpfade auf den Weg nach dem Kloster, in welchem man Barthel und Solveg gefangen hielt. Im ersten Nachtlager unterrichtete mich einer der gutmütigeren von Wichards

Männern im Umgang mit der Waffe, ich traf ihn mit der Pike, er blutete am Arm. Ich bat ihn ängstlich um Verzeihung, aber er lachte nur.

»Morgen oder übermorgen wirst du noch schneller und besser stechen«, lobte er. »Den Feinden gönn ich's sehr!«

Mir, der eigentlich Heimatlosen, wurde abermals eine Familie geschenkt. Es war diesmal aber eine ganz andere als die bisherigen. In Zons war ich Stiefkind geblieben, im Tross des Erzdiakons erfüllte ich die Rolle eines Werkzeugs, und im Dorotheenstift hatte ich den Verlust der Priorin zu ersetzen, obgleich ich zu jung und unerfahren war. Nun trug ich Lederwams und Pike, aber ich fühlte auch Tils Liebe und Johannas kindliche Zuneigung. Die Männer respektierten mich in ungewohnter Weise. Ihr Kampf für Gleichheit und Gerechtigkeit erschien mir noch größer und wichtiger als der, den Margaretha von Klix innerhalb der Stiftsmauern gefochten hatte.

Unsere Feinde scheuten sich auch nicht, uns blutig zu verfolgen, und also mussten wir dieselbe Farbe zeigen. Männer wie der Advokat *** und Lionel Walsh verstehen keine andere Sprache.

Hasta Dei war im Recht! Gott ist *nicht* der einzige Richter und Blutknecht! Ihr fühltet ebenso, Herr Doktor. Sagtet Ihr nicht bei Tische, wer von Räubern angegriffen wird, soll sich wehren und damit *ein gut Werck gethan haben*?

So wurden wir Kriegerinnen, das Kind Johanna und ich. Wir kämpften mit dem Spieß in der Hand in der ersten Reihe. Wir gingen unerschrocken auf die Feinde los und brachten ihnen mehr Schrecken bei als unsere Piken Wunden! Ich wusste nicht, dass ich dazu fähig war. Doch als wir erfuhren, dass die städtische Obrigkeit Herrn Zapf und seine Schwestern vor das Gericht bringen wollte, weil sie uns Unterschlupf gewährt hatten, verlor ich meine Zaghaftigkeit. Ich lernte, dass die Ungerechtigkeit der größte Tyrann ist, und ertrug es von da an noch weniger, der Bosheit ihre Freiheit zu lassen. Ich verlor meine Angst vor Blut und Wunden!

Als wir uns am Tage vor der Ankunft bei dem Kloster, in welchem Barthel und Solveg gefangen waren, unerwartet einer Phalanx Stadtsoldaten gegenübersahen, die man offenbar zum Schutze der Herren Walsh und *** abkommandiert hatte, trat ich entschlossen als Erste vor und senkte zornig meine Pike. Und ja, Herr: In späteren Kämpfen zielte ich den Männern so treffsicher in die empfindsamste Leibesmitte, dass sie davonrannten und andere vor mir warnten. Ich war gefürchtet, Herr; mein unbändiger Zorn erhielt einen Ruf, eine Stimme, die man weithin hörte. Wenn ich in Rage kam, schreckten mich weder Schwert noch Keule noch Bogenpfeile ab.

Johanna tat es mir nach. Ihre Jugend brachte eine solche Verwirrung unter die Gegner, dass Wichards Messerwerfer oft den Moment nutzen und gezielte Würfe setzen konnten. Das löste Panik aus, und die Feinde stoben auseinander, als hätte sich der Teufel selber gegen sie gestellt.

Die eigentliche Befreiung des Klosters und unserer Freunde vollzog sich merkwürdig. In der Nacht rüsteten wir uns zum Angriff. Doch am Morgen erhielten wir die Nachricht, dass das Böse darinnen bereits besiegt sei. Das verwunderte uns sehr.

In der Tat fanden wir in dem Hof nur noch ein paar geschwächte, um Gnade winselnde Männer vor. Das Gros war geflohen. Barthel und Solveg waren bei Kräften und ernährten sich von den zurückgelassenen Resten. Stellt Euch vor: Der Advokat *** und seine Spießgesellen waren von einem Schwarm Mücken* verjagt worden! Dass diese Tiere aber Barthel, Solveg und den Mönchen nichts zuleide taten, war für uns ein Zeichen, dass der Herrgott das Geziefer vom Himmel herab gesandt hatte. (Und war da nicht auch jener hochmütige persische König, von dem Ihr einmal spracht, dem einst das Gleiche widerfuhr?) Also hatte Gott unsere Feinde mit Spott überzogen! Wir feierten unsern unerwarteten Sieg und freuten uns, dass die Feinde ihr wichtigstes Faustpfand, die Gefangenen, hatten zurücklassen müssen.

Bevor wir fortzogen, versorgten wir uns mit Vorräten, die wir den Mönchen bezahlten. Unser Leumund sollte gut sein, denn man würde uns mit Lügen bekämpfen.

Wir zogen von Dorf zu Dorf und holten Berichte über Ungerechtigkeiten ein. Zangl trug ein Büchlein bei sich, worin er Notizen machte, die uns im Kampf für das Gute von Nutzen waren. Von Zeit zu Zeit las er mir daraus vor, weil er wusste, dass ich die Worte nicht vergaß. Dass er mich damit gefährdete, bedachte er nicht. Zangl träumte von einer besseren Welt und ich tat es ihm nach.

Schon nach wenigen Tagen kamen uns Lügen zu Ohren. Wir würden Kinder stehlen und verzaubern, verfügten über geheimnisvolle Gifte, man solle sich uns ja nicht nähern, weil wir ansteckend seien wie Pest- und Leprakranke. Der Zorn darüber veränderte mich, Herr, er machte mich wild. Meine Wirkung und Macht stiegen mir zu Kopfe, ich empfand eine hässliche Lust, mich für alles Erlittene zu rächen. Aus Übermut jagte ich unschuldigen Leuten Furcht ein. Johanna machte mir auch das nach. Ich hasste mich selbst dafür. Jeder Krieg verdirbt die Herzen.

Als ich eines Tages Tils Zärtlichkeit suchte, wies er mich ab. Ich war empört und griff auch ihn an. Ich war in einen Seelensumpf geraten, aus dem ich mit eigener Kraft nicht wieder herausfand. Enttäuscht von mir selbst brach ich mit jedem und allem, widersetzte mich vernünftigen Anweisungen und forderte, dass man mich dorthin vorausschickte, wo Gefahren lauerten und ich nur zwei Wege sah: obsiegen oder scheitern.

Heute weiß ich, dass Johanna mich heilte. Wenn ich mich selbst nicht würde bessern können, überlegte ich und kam wieder zur Vernunft, hatte ich noch nicht das Recht, das Kind an meiner Seite zu schädigen, indem ich vor seinen Augen ein immer böserer Mensch wurde. Ein paar Wochen lang zogen wir herum: Hasta Dei, Wichards kleine Armee. Wir zogen durch Wälder und Weiler, verfolgten diebische Vögte, grausame Amtmänner und verlogene Vikare. Die Gerechtigkeit kehrte dennoch nicht ins Land zurück. Wir scheiterten! Ich scheiterte am ehesten: In Johannas Gegenwart schämte ich mich meiner immer noch leise gärenden Boshaftigkeit. Irgendwann schloss ich sie in meine Arme und bat sie um Vergebung. Die Menschen um mich her erschienen mir, erklärte ich, als trügen sie Masken, um mich zu täuschen. Da blickte sie mich an und sagte, dass sie mich so lieb habe wie eine Mutter. Ich weinte, Herr Doktor. Die Worte rührten so tief an mein Herz, dass ich mich zusammenriss, mich wieder ins Lot brachte und schwor, niemandem mehr wehzutun. Als ich Johanna später, hier im Versteck, an diese Zeit erinnerte, schien sie darüber nichts mehr zu wissen. Ich frage mich und Euch: Hatte sie sich damals für einen heiligen Augenblick in einen Engel verwandelt? Um mich zu retten! Es war die Wirkung Gottes, daran glaube ich, Herr Doktor. Amen!

Vierunddreißigster Brief

Wohlergehen, Herr Doktor! Die Kämpfe für die Gerechtigkeit unsrer Armee-Familie mit Namen Speer Gottes, *der Krieg fürs Gute also, all jene ehrlichen Mühen bis zu unsrer Niederlage und der Flucht in die Rheinlande – sie waren trotz aller Schwernisse zunächst eine glückliche Sache und Zeit.*

Zu Beginn waren wir erfolgreich.

Was unser Aufspüren von Betrügern und Sündern, ihre Verfolgung und die Kämpfe mit ihnen betraf, mussten wir uns nicht ängstigen. Wichards Leute waren gute Spurenleser und Soldaten. An der westlichen Wittenberger Amtsgrenze kannten sie jede Höhle, jeden verlassenen Hof, jedes gute Waldversteck. Diese Männer waren ehrlich. Nach jedem Waffengang wider das Böse fanden sie flink eine heilige Stelle, eine Felsplatte, aus der sie einen Altar machten – oder sie bauten einen Tisch aus totem Holz, vor welchem wir gemeinsam zur Madonna beteten, Opfergaben niederlegten oder die Waffen mit gesegnetem Öl weihten. Unser Gotteshaus war überall. Wir sündigten nicht, Herr. Hatten wir Feinde töten müssen, brachten wir sie zurück zu ihren Verwandten, damit sie dort, durch Gottes Gnade von Schuld befreit, in eigener Erde begraben werden konnten. Man respektierte uns dafür und ließ uns weiterziehen.

Abends am Feuer erzählte ich, was mein Wolkenauge niemals vergisst. Zangl nahm die Feder und brachte es zu Papier: Briefe, Verträge, all meine Kenntnis des Bösen, die ich gehört und gelesen hatte. Wir waren Gottes Anwälte, Herr. Wie sonst als mit diesem Wissen, gestählt mit unsern Speeren, sollte Gerechtigkeit in die Welt kommen, in der bis heute gelogen wird und man den Leuten vorgaukelt, Sünden ließen sich mit Ablassgroschen aus der Seele waschen?

Im Weiler Saukolck beispielsweise betrieb ein pfiffiger Vikar einen Laden, in welchem er Streifen aus Birkenrinde feilbot. Darauf hatte er Zeichen gemalt, die er den einfachen Gemütern der Umgebung als »Gnadenbriefe des heiligen Sebastian« verkaufte. Wenn einer keinen Heller hatte, um ins Himmelreich zu kommen, wurde der Vikar selbst zum Geldverleiher. Später dann ließ er die Schulden von einer Horde hungriger Kinder mit Knüppeln und Fackeln eintreiben. Als Lohn verteilte er Altbrote an sie. In einigen waren Messer versteckt. Wer eines fand, wurde zum »Hauptmann« und regierte jeweils sieben Kinder, die nichts gefunden hatten. So gründet man ein Heer! Dieser Vikar erhielt eines Morgens Besuch von uns. Wir gaben ihm sehr deutlich zu verstehen, dass er unter Aufsicht stehe und sich entscheiden müsse, sich zu bessern oder nicht. Er hing an seinem Leben, wie sich zeigte. Ähnlich verfuhren wir mit anderen Verbrechern.

Wir kämpften und lebten gut und gerecht. Jeder von uns lernte und veränderte sich. Solveg am ehesten. Nachdem wir sie und Barthel befreit hatten, wurde sie anschmiegsam und weich. So hatte ich sie nie erlebt. Sie legte den Kopf an meine Schulter und summte versonnen Irms schöne Lieder. Wenn ich einmal ruppig zu ihr wurde, brachte sie mir Brei, um mich zu zähmen. Ich hatte lange nicht die Kraft, freundlicher zu werden. Sie verzieh mir dennoch.

Wenn wir uns auf der Jagd befanden oder Diebesgut zurückholten, Lügner und Betrüger aufspürten und bestraften, um die Welt besser zu machen, blieben Solveg und Barthel im Lager, und als ich Johanna untersagte, mir überallhin zu folgen und sich dabei in Gefahr zu bringen, behielten sie sie bei sich, trösteten sie, wenn sie vor Zorn weinte, und streichelten sie so lange, bis sie einschlief. Ich stellte mir vor, wie Johannas Kinderwelt langsam an der Wirklichkeit zerbrach. Ich hatte selbst geglaubt, dass der Herrgott unter jedem Stein, hinter allen Sträuchern, im Grase, in den Würmern und Käfern oder im Blick einer Katze lauere, um zu schauen, was ich tat. Alles rauschte, flüsterte und pfiff lebendig.

Ich fragte mich oft, wie Gott mich sieht. Bin ich Anna für Ihn oder nur eine Kreatur von zahllosen? Liebt Er mich wie ein Vater, oder schenkt Er mir die Sorge eines väterlichen Fürsten, eines Amtmanns, der die Gemeinde schützen soll. Ich zweifle, Herr. Sein Mantel ist zu groß, Er hütet alle, alles, das Universum, weil es Ihm ebenbürtig ist – vor dem wir aber, alle, Bauer oder Papst, Kaiser oder Hufschmied, winzig sind.

Ich bin zu leicht für Gott – Ihr ebenfalls, Herr Doktor! Verzeiht mir! Der Allwind Seiner Größe braust über uns hinweg.

Bei Cosswig hatte ein Mühlenbesitzer seine Bediensteten, Gesellen, Lehrlinge und selbst die Familienmitglieder mit Drohungen so sehr verängstigt, dass sie in der Umgebung das Auftreten von Geistern bekundeten. Zugleich mischte der Mann im Keller seines Hauses ein Gebräu, welches man in Haus und Hof versprühen müsse, um solche Plage loszuwerden. Der Preis für das Mittel wurde aber so hoch, dass man misstrauisch wurde und der Fall an uns geriet. Wir legten ihm das Handwerk, zerstörten alle Fässer und Flakons in seinem Haus. Er winselte um Gnade. Wichard erteilte den Befehl, ihm ein Ohr abzuschneiden. Diese Strafe verwirrte uns, so kannten wir den Messerwerfer nicht.

Ein andermal schlug er eine alte Frau, nur weil sie nicht mit ihm reden wollte. Ich empfand Mitgefühl und fragte ihn, wieso er das getan habe. Er sah mich an und dieser Blick jagte mir Angst ein. Er war nicht mehr der, den wir kannten. Als er eines Tages mit drei seiner Kameraden einen Hof überfiel und zurückkehrte, waren wir fassungslos. Er legte seine »Beute« vor uns hin: Kleider, ein Bündel Lederriemen, Gewürze und ein Fass Schmalz lagen im Gras unseres Lagers.

»Welche Sünden begingen die Besitzer?«, wollte Zangl wissen.

»Keine«, lautete die Antwort, und Wichard trat so nah an Zangl heran, dass der vor ihm zurückwich.

Kurz darauf redete der Messerwerfer gar nicht mehr mit

uns. Als er einmal Johanna schlug, war meine Geduld erschöpft. Til und ich hatten uns mit anderen auf Fasanenjagd befunden. Johanna war im Lager geblieben und spielte mit ihrem selbst gemachten Dorf aus Zweigen und Moos. Wichard, erzählte sie uns, sei in der Nähe über einen Ast gestolpert, der am Boden lag. Ohne nachzufragen, ob sie ihn dorthin gelegt und vergessen hatte, schlug er ihr ins Gesicht.

Das, Herr Doktor, hätte er nicht tun dürfen. Ich hatte meine Ungezogenheiten abgelegt und mir verziehen. Ich war jung genug; Wichard aber war erwachsen. Ich ging zu ihm und sagte, dass er als Erwachsener die Pflicht habe, seine Gefühle einzuhegen und zu bändigen. Da kam er auch mir allzu nah, trat vor mich hin und starrte. Ich wich nicht zurück. Man nahm mich fest. Wichards Leute gehorchten ihm. Als Barthel, Zangl, Solveg und Til sich vor mich stellten, wurden auch sie gefesselt. Man warf uns in ein Zelt und stellte Wachen auf. Dort hockten wir und sahen, wie der Mond mit seinem toten Licht den Schattenriss der Äste eines Baums im Stoff erkennen ließ. Dann hörten wir, wie Männer redeten, ihre Stimmen wurden leiser und entfernten sich. Wir waren überzeugt, dass Wichard uns verraten hatte, dass wir mit ihm nicht länger sicher waren. Der *Speer Gottes* war zerbrochen!

Was für ein wunderbares und erschreckendes Wesen ist der Mensch! Alles im Universum spiegelt sich in unsrer Seele. Wenn wir hineinblicken, ist's, als schauten wir auf einen See, auf den die Morgensonne leuchtet. Da flirrt's und täuscht's, die Sicht reicht eine Elle tief. Was drunter ist, erkennt man nicht. Ihr jedoch, Herr Doktor, (ich weiß es von Eurer Gattin) habt die Fähigkeit zur allertiefsten Seelenschau. Ihr erblicktet den Teufel im Papst und die Wahrheit des Evangeliums. Gott hat auch Euch ein Wolkenauge zugeteilt, mag die Beschaffenheit auch anders sein. Es lässt mich weiter glauben, dass Ihr auch mich durchschaut und seht, dass ich die Wahrheit schreibe.

Der fünfunddreißigste Brief

Eure Frau Käthe erzählte mir, Ihr hättet einmal eine Spinne vor der Achtlosigkeit eines Ratsmitglieds in Schutz genommen. Die Geschichte rührte mich sehr an. Das machtlose Tierchen habe auf einer Hauswand gehockt, und Euer Begleiter hätte es gewiss gedankenlos erschlagen, wenn Ihr nicht Einspruch erhoben hättet. Alle Geschöpfe Gottes, belehrtet Ihr ihn mit einiger Strenge, besäßen ihre eigene Anmut, ihren Lebenswert und seien allso liebenswürdig. Der Ratsherr habe nur gelacht. Darauf ermahnet Ihr ihn zu bedenken, dass der Blick des Menschen in der Natur nicht das Maß aller Dinge sei. Daraus nun sei ein Streit entstanden, berichtete Eure Gattin mit spürbarem Stolz, die Leute wären in der Gasse, wo es geschah, stehen geblieben und hätten gegafft. Als der störrische Herr nicht eingelenkt habe, sondern schließlich die Hand hob, um Recht zu behalten und die Spinne zu töten, hätte ihn just Eure Faust getroffen. Der Bader musste ihm die Nase richten. Kein Zweifel: Mit Eurer geballten Hand schnellte die Faust Gottes vom Himmel herab. Denn Ihm kann's nicht gefallen, wenn eins Seiner Geschöpfe aus Dumpfheit und Willkür zuschanden geht. Das Leben ist heilig, und

*wer's aus Leichtsinn auslöschen will, braucht Seinen Rat-
schluss, sonst wird die Nas verbogen!*

Die Haft in jenem bewachten Zelt des *Speers Gottes* war
meine fünfte nach Zons, Bursfelde, im Tönnishäuschen
und in dem befreiten Kloster. Als in der Nacht die Wachen
wechselten, hörten wir Wichards Stimme.

Wir meldeten uns. Zangl rief: »Willst du uns töten? Ant-
worte mir! Glaubst du nicht, dass du uns eine Erklärung
schuldig bist?«

Wichard schwieg.

»Wir denken, du hast uns was zu sagen. Es muss ja
Gründe geben, einen Anlass, Vorfälle, über die Bescheid zu
wissen wir zweifellos ein Recht haben.«

»Nichts habt ihr!«, rief Wichard durch den Zeltstoff.
Plötzlich wurde der Schlag geöffnet. »Gar nichts!«

Wir sahen nur seinen Schattenriss im Licht des Lager-
feuers.

»Haben wir nicht gemeinsam an die Gerechtigkeit geglaubt«, fragte Zangl, »und dass man bitter um sie kämpfen
muss?«

»Ideen!«, wiegelte Wichard ab. »Nichts Wirkliches.
Nichts, was ich greifen kann. Ich bin's satt für alle zu streiten. Wo bleibe ich dabei?«

»Du hast nie daran geglaubt? Du lügst!«

»Ich bin böse«, entgegnete er und zog den Schlag des
Eingangs weiter auf.

Wir erschraken. An den Spitzen einiger Zeltstangen
leuchteten Sträuße aus violettem flirrendem Licht. Man

hörte Donner grollen. Wir warfen uns zu Boden. Wichard lachte.

»Ihr müsst euch jetzt entscheiden«, forderte er. »Hat Gott dieses Wunderlicht zur Erde gesandt oder war's der Teufel?«

Führte, was wir sahen, zur Erlösung oder zur Verdammnis? Johanna hatte meine Hand ergriffen. Til saß neben mir. Im Licht des sprühenden Sankt-Elms-Feuers* sah ich eine so tiefe Unsicherheit in seinem Ausdruck, dass ich mich fürchtete.

Es wurde still. Wichard schloss den Zeltschlag. Wir hockten da, ungewiss, was nun geschehen würde. Die Feuerzeichen an den Pfosten draußen glommen weiter bläulich durch den Zeltstoff. Ich hielt Johanna fest. Til hatte einen Arm um mich gelegt, er zitterte. Zangl saß nach vorn gebeugt und bedeckte das Gesicht mit seinen Händen. Barthel und Solveg kauerten mit eingezogenen Köpfen da. Draußen husteten die Wachen. Ihre Speere klirrten und malten Kreuze auf den Stoff, die sich bewegten und verschoben.

Keiner von uns fand in dieser Nacht Schlaf. Jeder war damit beschäftigt zu begreifen, was in Wichard vorging. Wieso stülpte sich mit einem Mal ein Teufel aus ihm hervor und bedrohte uns? Kann man sich im Menschen derart irren? Alles in mir sträubte sich dagegen. Ich konnte, ich wollte nicht wahrhaben, dass Wichard ein anderer sein sollte als bisher, ein Fremder.

Bis zum Morgen wälzte ich mich damit herum. Im ersten Licht hörten wir Geräusche, Lärm, der näher kam.

Schließlich Stimmen – die uns abermals zusammenfahren ließen. Das Zelt wurde geöffnet. Draußen standen der Advokat *** und Lionel Walsh. Sie blickten mit Verachtung auf uns, mit einem solch triumphierenden Lachen, dass jeder von uns sah, dass wir verloren waren. Uns gefror das Blut. Wir schauten fassungslos auf Wichard und *mussten* glauben, dass er uns verraten hatte. Zwar spürte ich, dass die Begrüßung zwischen ihm und unsern Todfeinden kühl ausfiel. Aber Schrecken und Enttäuschung blendeten die Sinne.

Man hieß uns aufstehen und das Zelt verlassen. Draußen sahen wir bestürzt, wie Wichards Männer ihre Speere bündelten und mit den Spitzen himmelwärts zusammenstellten – als Zeichen, dass sie sich ergaben. Ich schämte mich für sie und besann mich meines Zorns, mit welchem ich so manchen Kämpfer in die Flucht geschlagen hatte. Diese Wut kehrte zurück, geheimnisvoll, wie aus dem Nichts, Herr Doktor! Sie flüsterte und lauerte darauf, in jede Faser meiner Arme einzuschießen, in die Fäuste, Beine, in meinen unbedingten Willen, wie ein Zauberelixier. – *Jetzt!*, befahl ich mir und hielt den Atem an.

Im selben Augenblick erhob sich ein Geschrei, als fiele Gottes Engelsheer vom Himmel auf uns nieder. Ich begriff nicht, was passierte. Johanna riss sich von mir los und rannte mitten in das Durcheinander. Dann sah ich es: Wurfmesser flogen überall, flirrten, blitzten. Lionel Walsh lag schon am Boden, aus seinem Schenkel ragte ein Messerschaft hervor. Der Körper wand sich, die Augen starrten in die Höhe. Diesmal hatte Wichard es geschafft! Ich wollte

Johanna suchen, wurde ins Zelt zurückgerissen, Til hatte die Gefahr erkannt. Barthel und Zangl flüchteten ins Dunkle. Wir hatten uns getäuscht – von Wichard täuschen lassen! Seine Männer wehrten sich erbittert. Die Überraschung lähmte uns im ersten Augenblick. Wichard, der Freund, hatte den Krieg herbeigewünscht, unsre Feinde angelockt, um sie zu töten! Mit List hatte er uns retten wollen. Wo aber war Johanna? Ich bekam die schlimmste Angst um sie. Til hielt mich weiter fest. Ich wäre losgerannt. Lieber sterben als diesen Teufeln unterliegen!

Unsre Männer fielen einer nach dem andern, ihr Messervorrat war erschöpft. Der Kampf wurde ungleich, ich sah Stadtsoldaten, mehr und mehr kamen dazu. Welche Mitstreiter des Advokaten hatten sie geschickt? Man wollte, dass wir schweigen! Für immer. Ich insbesondere: *die Hex*, deren Gedächtnis bloß die Welt verdrehen würde. Weshalb ein Kind nicht lesen lernen soll! Weshalb man Schulen boykottierte! Weshalb es keine Bücher geben darf! Wer da mit wem paktierte, weiß ich nicht. Ich weiß nur, dass mein Wissen, die Sünden unserer Welt kein christlich Tageslicht verträgt. Bis heute!

Noch aber ist alles in mir, Herr, Wort für Wort, ich kann's wiedergeben. Ich könnte Euch erzählen, wie all die Herren uns um Geld und Glück betrügen. Briefe und Verträge. Euch, Herr Doktor, würde ich die Kenntnis der Verderbtheit ehrlich in die Feder sprechen – damit die wahre Christenheit ein Urteil fällen kann. Wenn Ihr mir zuhört, könnte die Gerechtigkeit noch siegen! Wenn Ihr mich schützen und aus dem

Versteck befreien würdet, könnte das dunkle Heer der Anti-christen mundtot werden. Ich bete und hoffe, dass Ihr diesen meinen fernen Hilferuf erhört! Im Namen Jesu, Amen!

Der Schluss ist grausam. Wir verloren diesen Kampf. Der Advokat *** erschien im Lichte des Elms-Feuers und im Don-nerlärm. Er gab ein Zeichen. Zwei seiner Männer schleppten Wichard her und raubten ihm mit einem Schlag das Leben. Ich höre das Geräusch noch heute und schrecke aus dem Schlaf. Man riss uns wieder aus dem Zelt. Wir erwarteten den Tod. Der Advokat stellte sich vor uns hin und sagte, dass wir Ungeziefer seien. Er blickte Solveg an, dann Zangl, Barthel, schließlich mich. »Wo ist eigentlich das Kind?« Man suchte nach Johanna, aber es fand sich keine Spur. Um sie sorgte ich mich mehr als um mich selbst.

Eine Zeit standen wir erschöpft und wehrlos da. Mir fiel auf, dass sich der Advokat kein einziges Mal nach seinem Spießgesellen Walsh umsah, der hinter ihm blutete. Ihn kümmerte auch sonst nicht das Geringste dessen, was um ihn her geschah. Überall lagen die Verwundeten, manche bewegten sich nicht mehr. Die Sieger sparten nicht mit Tritten, um zu zeigen, wer sie seien. Unsre zerborstenen Speere wurden in das Feuer geworfen, die noch brauch-baren waren Kriegsbeute, ebenso die Zelte und unser Hab und Gut.

Wir entschieden uns zu beten. Wir hatten keinen Grund zu glauben, dass man uns verschonen würde oder dass ein

Wunder unsre Rettung bringen könnte. Wäre die Madonna mit dem Mantel vom Himmel hergekommen, hätte ich geweint. So aber missgönnte ich dem Feind die Tränen. Ich verhärtete den Leib, mein Herz, den Geist. Und es tat wohl, auf diese Weise Widerstand zu leisten. Es tröstete zu hoffen, dass ich den Schmerz nicht zeigen würde. Kälte und Stillschweigen sind bitterscharfe Waffen für den Peiniger, der hofft, Herr über uns zu werden. Seine Grausamkeit fällt umso mehr auf ihn zurück, je weniger er sieht und hört, wonach er lechzt. Am Schluss, wenn der Gequälte schon in Gottes Frieden ist, verstümmelt er sich selbst, betrogen um seine Lust und ahnend, dass er den schweren Weg zur Hölle gehen muss.

Es ist wunderlich, welche Gefühle und Gedanken kommen, wenn der Tod vor einem steht. Obwohl immer noch ein Kind, fragte ich mich, ob mein Dasein einen guten Sinn hatte. Jeder will so leben, dass er Nutzen bringt. Am Ende auf nichts zurückzublicken, erschwert den Abschied.

Je länger Johanna ausblieb, umso größer wurde die Hoffnung, dass sie einen sichern Unterschlupf gefunden hatte. Zugleich fragte ich mich, was aus ihr werden sollte, wenn Til und ich nicht länger bei ihr wären. Dieser Gedanke machte mich traurig und nun doch wieder mutlos. Nur um gleich wieder meinen Zorn anzufachen, und hätte man mir nicht die Hände gefesselt, ich wäre vorgesprungen, hätte die Gurgel des Advokaten gepackt und zugedrückt, ich schwöre es. Ich hätte nicht mehr losgelassen, bis ich erschlagen worden wäre.

Wir warteten. Mit einem Mal stellten wir fest, dass das

Interesse an uns erlahmte. Wieder hörten wir etwas, das uns rätselhaft erschien. Ferne Rufe, Warnungen, dann wieder nichts. Der Advokat *** erhielt eine Mitteilung und verschwand. Ein paar Wachen blieben bei uns stehen, alle anderen Männer rückten ab. Nun Kampfeslärm, der uns verwunderte, wie Ihr Euch denken könnt. Und plötzlich stürzte eine Wache hin, eine zweite und dritte. Dem ersten hatte ein Pfeil den Hals durchbohrt. Als die letzte niederfiel, traten zwei Fremde aus der Dunkelheit, Herr Zapf folgte ihnen nach. Wie Geister standen sie im Licht des Feuers.

Der Rest der Rettung blieb uns verborgen. Unsere Fesseln wurden abgenommen, gegen Morgen erreichten wir das alte Hammerwerk. Über irgendwelche Wege hatte Johanna es geschafft, bis dorthin zu gelangen. Als wir den Hof betraten, fiel sie uns weinend um den Hals. Die beiden Schwestern empfingen uns mit Brot und Honig, Gänseschmalz und sauer eingelegtem Kürbis. Die anderen Männer, die uns halfen, trafen ein. Der Advokat *** habe flüchten können, berichteten sie. »Ich werde euch und euresgleichen noch verfolgen, wenn Welt und Zeit am Ende sind! Ewig und für immer und aufs Blut!«, habe er mehrfach zurückgeschrien. Da war uns sonnenklar, dass wir uns bitter vor ihm hüten mussten.

Die Fahrt ins Rheinland wurde sorgsam vorbereitet. Zangl und Barthel hatten andere Pläne, sodass Johanna, Solveg, Til und ich von ihnen schweren Herzens Abschied nehmen mussten. Wir erhielten Proviant und Kleider. Unter falschen Namen reisten wir mit einem großen Warentross nach Frankfurt, zwei Wochen später von dort nach Köln. Im Rheinland langten wir mutlos an und fanden schließlich unsern Unterschlupf hier an der Erfft. Froh waren wir nicht. Alle Zufriedenheit erwächst aus dem Zusammensein der Menschen, aus dem Miteinander, aus der Teilhabe vieler andrer am eignen Glück. Wir aber mussten die Abgeschiedenheit und Angst ertragen, dass ein Verrat uns jederzeit vernichten könnte.

Jüngster Brief aus der Feder des Richters Barthel

Friede und Gnade im Herrn und Heiland! Wohlergehen, herzgute Freundin und liebe Anna von Zons! Mein Brief an dich ist schwer und hell zugleich. Ich kann ihn dir nicht ersparen.

Erst das Gute zu deiner Seelenfestigung: Unsere Hauptfeinde, der Advokat und der irische Geistliche namens Walsh, sie leben nicht mehr! Man fand sie unter der Wittenberger Elbbrücke. Ihre Leichname pendelten im ersten Licht an Seilen mitten unter dem Stege – in einer Höhe, die nur mit Stangen und Leitern zu erreichen war. Man nahm die leblosen Corpora herab und vergrub sie nachts außerhalb der Festung. Niemand betete für sie.

Nun das Enttäuschende: Doktor M. Luther, der deine Briefe erhalten hat, lässt dir ausrichten, dass er nicht antworten kann. Er hat vieles gelesen. Manches verdrieße ihn, anderes verdiene Lob. Er ist außerstande, dir zu helfen. Was dein Wolkenauge betrifft, so sollst du dich mäßigen. Selbst wenn alles Wahrheit und keine Hexenlist sei, bleibe die Errichtung der Gerechtigkeit auf Erden allein Gottes Werk, in dessen Getriebe sich kein Weib einmischen soll. Mit deinem gehorteten Wissen in die Zahnräder des Weltgeschicks zu greifen und gar die Obrigkeit zu schänden und zu schädigen, sei gewisslich Sünde. Flugschriften fertigen und Unruh stiften sei Gelehrten und Studierten vorbehalten etc. Er warnt dich also in aller Dringlichkeit vor der Offenlegung fremder Sünden und mahnt an, die eignen zu bekennen. Das sei jedermanns Priesteramt, und nur dieses ehre den Herrn und errege Seine Gnade hin zum Ewigen Leben.

Bitte, lies diese Sätze genau! Du sollst deines Standes gedenken, sagt er, und dass du nur ein Weib bist und ohne Familie.

Ich selbst bitte dich von Herzen: Blicke auf die nun mögliche Freiheit, Anna von Zons, und verspiele sie nicht mit gefährlichem Eigensinn! Gefährde nicht deine Nächsten, Solveg, Johanna und ihren Bruder, der dich von Herzen lieb hat! Sie würden gewiss mitleiden müssen, wenn du nicht schweigst, wie es verlangt wird.

Letzter Brief an Euch und Abschied

Wohlergehen!

Herr D.M.L., da ich nun erfahre, dass auch Ihr meint, ich sei eine Hex, will ich diesem Euerm Urteile die erbotene Ehre erweisen und tauche die Feder in ein Gläschen, das statt Tinte ein liquium* *enthält, das nur die gute Schutzmantelmadonna zu lesen vermag. Sie ist meine Zeugin.*

Als leer scheinendes Papier sende ich diesen letzten meiner Briefe, wie alle anderen, Euch – mit der Vision, wie Ihr das Siegel brecht und Euch, der bleichen Leere wegen, zornig fragt: Was mutet sie mir heute zu, die Schamlose, die vermaledeite Zauberin, nachdem ich sie gehörig abwies mit ihrem Wolkenaugen-Ansinnen, für das der Teufel sie in seine Hölle holen mag?

Folglich: Die fahle Flüssigkeit, mit der ich schreibe, ist der Ausfluss meiner selbst. – Confirmatio oder Begründung dieser mir bewussten Demütigung und versteckten Strafe:

Herr Doktor, der Richter Barthel teilte mir schriftlich mit, was Ihr ihm sagtet. Ich spüre aber, dass er Eure Worte in seiner Wiedergabe mit Bedacht sanfter klingen lässt, als sie waren und sind. Ich hör Euch in Wahrheit viel erboster predigen: Nämlich, dass ich verbrannt gehöre, weil Seelen wie meine fürs Himmelreich verloren seien. Menschen, rieft Ihr gewiss, haben keine Wolkenaugen. Ich sei ohne Zweifel entweder eine Hex oder hätte den Verstand verloren, andres kann nimmer sein, beides aber gehöre in Fesseln, damit die Christenheit nicht Schaden nimmt! – Das, gewiss, sind Eure wahren Worte. Barthel schwächte sie nur ab, um mich zu schonen! Ich habe Euch verstanden, Herr!

Schwäche zeigen kann ich indessen nicht. Ich las, was ich gelesen habe. Ich sah, was ich gesehen habe. Ich hörte, was ich hörte. Mein Verstand ist so gut wie meine Seele. Wieso finde ich kein Gehör bei Euch? Wo ist Eure Kraft, über jeden Schmerz, über jeden Widerstand hinweg die Wahrheit zu erkennen: dass die Gerechtigkeit am Boden liegt? Warum, sagt mir, ist die Arbeit eines Tagelöhners nichts als Staub, während der Müßiggang des Schlossherrn seinen Reichtum mehrt? Was ist das für ein Ding: der Stand in der Gesellschaft, an welchen Gott uns bindet? Warum gehört dem Bauern nicht die Scholle, die seinen Schweiß einsaugt, warum gehört ihm nicht der Ochs vor seiner Pflugschar und ebenso die Hütte, die ihn und die Familie schützt?

Ich habe mich Euch angedient, Herr Doktor, mit mir die Welt zu reinigen vom Kot der Lügen und der Schändung jedes guten Menschenwillens. Wenn Ihr mich nun abweist, dann zeigt mich auch gleich an und lasst mich vor Gericht stellen, damit ich nichts mehr lesen und im Kopf behalten kann! Sollte Gott mir Recht zusprechen, so warne ich davor, dass Er womöglich alle Worte dieses Briefes für Euch sichtbar werden lässt. Hingegen: Sollt ich Unrecht haben und Gott die Welt so haben wollen, dass nur diejenigen Menschen satt und glücklich sind, die anderen befehlen, so wäre ich enttäuscht.

Da unsere Feinde tot sind und ich mich nicht länger ängstigen muss, mach ich mich morgen auf den Weg nach Zons. Darüber freue ich mich. Und bin doch innerlich zerrissen, weil ich hoffte, dass die Summa doch noch zum Wohle der Betrogenen die Welt erblicken könnte. Weiß nicht, was ich fühlen soll. Dankbarkeit oder Verbitterung, dass Ihr mein Wolkenauge ächtet? Oder verlangt Eure Ächtung meine Dankbarkeit, weil Ihr erahnt, dass ich als Hex vor das Gericht gebracht den Feuertod erleiden würde und Ihr euch deshalb weigert, mit meinem Wissen weiterzuverfahren?

Ihr werdet keine Antwort geben. Ich werde nicht erfahren, welche Lenkschnüre an mir ziehen. Ich schweige, Herr. Ich nehme mein Gedächtnis mit in dieses Schweigen – und die Halunken können weiter ohne Reue lügen und das Volk betrügen. Ich hör schon, wie sie lachen.

Ohnmächtig schließe ich an dieser Stelle.

Der Herrgott segne Euch – und Amen!

Nachwort:

Die Whistleblower der Frühen Neuzeit

Als Martin Luther 1483 in Eisleben geboren wurde, befand sich die christliche Kirche in einer bitteren Krise. Seit Jahrhunderten schwelte zwischen Papsttum und weltlichem Kaisertum ein zehrender Machtkampf. Die Entdeckung Amerikas und die Erfindung des Buchdrucks, um nur diese Beispiele zu nennen, weiteten die Möglichkeiten wirtschaftlichen Handelns und politischer Veränderungen aus Sicht des nicht-adligen Teils der Bevölkerung bis zum Ende des 15. Jahrhunderts deutlich aus. Die Folge war, dass der Widerspruch zwischen der biblischen Auslegung der Wirklichkeit und dem, was die Menschen mit ihren Sinnen und ihrem Denken erfassten, folgenschwer hervortrat. Die bis dahin in Stände gefügte Gesellschaftsordnung wurde durchlässig. Gehorsam und Leidensfähigkeit derjenigen Bevölkerungsschichten, die weder dem Adel noch der Geistlichkeit angehörten, wurden brüchig, zumal das Papsttum sich in immer schwerer zu verbergende Geldgeschäfte verstrickte, um die Spiegelung der Herrlichkeit Gottes in Gestalt teurer Prachtbauten, aber auch die persönliche Prunksucht finanzieren zu können. Der Gegensatz von christlicher Moral und weltlichem Lebensstil erregte schließlich auch das Misstrauen derjenigen, die das Papsttum in seiner mittelalterlich-idealen Ausprägung verteidigten. Zu ihnen gehörte der junge Augustinermönch Martin Luther.

Luthers reformerisches Anliegen galt zu Beginn seiner Laufbahn weniger der beklagenswerten Moral der geistlichen Oberschicht und deren Läuterung; es ging ihm zunächst um sein eigenes Seelenheil und die Versöhnung mit dem Buße fordernden und strafenden Gott, an den er glaubte. Lange quälte er sich mit der Angst, die Gnade Gottes nicht aus eigener Kraft erwirken zu können, und scheiterte an der »Leistungsfrömmigkeit« seiner Epoche, mit der ein Sünder sich buchstäblich freikaufen zu können glaubte. Das ging so weit, dass betuchte Menschen nicht nur vergangene, sondern sogar ihre zukünftigen Sünden mit Ablasszahlungen tilgten.

Nach quälenden inneren Kämpfen erkannte Luther die Erklärung für das Schweigen Gottes: Sein Wunsch nach Befreiung von der Sündenlast beruhte auf einer falschen Voraussetzung. Göttliche Gnade war nämlich weder mit praktischer Buße, Ablassgeldern oder körperlicher Selbstzüchtigung zu erlangen. Der *wahre* Gott, so erkannte er, ist ein gnädiger, die Sünden vergebender Gott – und die einzig notwendige »Bezahlung« der Gnade ist der Glaube an Jesus Christus, der die Sünden der schuldhaft geborenen Menschen am Kreuz auf sich genommen hat.

Damit beschwor Luther für das Papsttum allerdings eine unüberschaubare Gefahr herauf: Wenn Gott nicht ein strafender, sondern ein gnädiger Vater ist und nur auf die Wahrheit des persönlichen Glaubens blickt, wem nützt dann die Vermittlerrolle der Ämterkirche? Wenn jeder Mensch selbst mit Gott in Verbindung treten kann, dann steht der Papst als Statthalter Gottes auf Erden mitsamt all seiner Vertreter – Kardinäle, Bischöfe, Priester etc. – nur im Wege. Hier beginnt Luthers leidenschaftlicher und gefahrvoller Weg als Reformator.

Luther blieb indessen ein Mann des Mittelalters. Während er sich dessen vermeintliche moralische Zuverlässigkeit zurückwünschte, baute er zugleich wichtige Fundamente für die Neuzeit. Sein Interesse an Bildung für jedermann, worunter er die Kenntnis des Evangeliums verstand, führte zur Gründung von Volksschulen, zu denen auch Mädchen Zugang haben sollten – eine für seine Zeit ungewöhnliche Forderung, da die Rolle der Frau deutlich eine dem Mann dienende, ihm untergeordnete war. Luthers Bibelübersetzung ins Deutsche zog gleichsam eine Sprach- und Medienrevolution nach sich, und die Hervorhebung der Kleinfamilie als Funktionszelle der christlichen Gesellschaft bereitete die neuzeitliche Staatsauffassung vor.

Dabei war Martin Luther kein Humanist wie etwa Erasmus von Rotterdam. Zwar verkehrte er mit den wichtigsten Köpfen seiner Zeit intellektuell auf Augenhöhe. Doch deren Interesse an Wissenschaft und gesellschaftlichen Umwälzungen blieb ihm zeitlebens verdächtig. Ihn bewegte ausschließlich die Beziehung des Menschen zu Gott und die Sache des Seelenheils. Er dachte nicht modern-gesellschaftlich, sondern hierarchisch: Gott über allem, der Kaiser auf Erden und der Mensch in seinem jeweiligen Stand – diese Ordnung erschien ihm gottgewollt, schützenswert und gut. Sie umzustoßen, dazu gaben ihm selbst die großen Hungersnöte und Kriege seiner Zeit keinen Anlass. Wenn also Anna im Roman in ihren Briefen um seine Hilfe bittet, liest und prüft Luther dies allein im Sinne der Frage nach ihrem Verhältnis zu Gott. Und wenn sie von ihrer auch für uns noch ungewöhnlichen Lese- und Merkfähigkeit schreibt, von ihrem »Wolkenauge« – zumal als Mädchen –, so *muss* dies Luthers Misstrauen wachrufen; Hexen und Teufel waren für ihn so reale Wesen wie die Ziegen im Wittenberger Schwarzen Kloster, wo er und seine Familie lebten.

Im Briefroman lernt Anna von Zons Martin Luther flüchtig kennen. Sie hält ihn für ebenso großherzig, wie sich seine Frau Katharina ihr gegenüber erweist. Das ist ihr Irrtum. Ihren Appell an ihn, sie von ihrer Todesangst zu befreien, hätte er verstanden; doch ihr Wunsch, nach langen Jahren das erzwungene Versteck-Gefängnis verlassen zu können, hätte den historischen Luther befremdet. Die Frühe Neuzeit kannte den für uns selbstverständlichen Wert individuellen Freiraums nicht. Die von ihm selbst so benannte *Freiheit eines Christenmenschen* war für Luther in erster Linie die Freiheit eines jeden denkenden Gottesgeschöpfes, sich *heilbringend für* oder *unheilbringend gegen* den Glauben an den erlösenden Jesus Christus zu entscheiden. Bewegungs- und Handlungsfreiheit war damit nicht gemeint.

Luthers radikale Ablehnung der Priesterprivilegien sowie des Papsttums sorgten bis zu seinem Lebensende 1546 für andauernde Bedrohung und Verfolgung durch seine Feinde. Er erlebte dabei seine eigene Legendenbildung, die ihn gleichsam als Gott und Teufel stilisierte und zweifellos außerordentlich belastend war. Insofern ist seine im Roman unterstellte Weigerung, Anna zu helfen, aber auch die Ablehnung ihrer Person keine Boshaftigkeit, sondern der Ausdruck seiner fest gefügten Glaubenswelt. Annas Gabe, Gelesenes in großem Umfang präzise im Gedächtnis zu behalten, hätte den historischen Martin Luther und die meisten seiner Zeitgenossen zutiefst verstört. Dass er Anna von Zons letztlich aber indirekt hilft, weil anzunehmen ist, dass auch er den Tod ihrer Feinde, die ja auch seine sind, in Kauf nimmt, lässt den »politischen« Luther sichtbar werden. Er ist überzeugt, dass Gott seinen Willen durch das Handeln von Menschen in die Welt bringt.

In einem Aufsatz zur Fünfhundertjahrfeier der Reformation hebt der Theologe Friedrich Schorlemmer neben dem eigentlich rückwärts orientierten Martin Luther den *zukunftsorientierten* hervor, indem er dessen ausdrückliche Verurteilung von zügelloser wirtschaftlicher Gier hervorhebt, die uns noch heute weltweit Probleme bereitet. Wir hören Luthers Appell an Obrigkeit und Wirtschaft, die Habsucht zu zügeln; es ist die immer noch aktuelle Warnung, dem Goldenen Kalb des wirtschaftlichen Wachstums und Gewinnstrebens nicht jedes menschliche und soziale Opfer darzubringen.

Die erzählende Briefschreiberin Anna von Zons baut Brücken zwischen heute und damals, indem sie zeigt, dass die Liebe zur Gerechtigkeit in Verbindung mit Mut und den Fähigkeiten eines Menschen die Welt ein bisschen besser machen kann – aber auch, dass sich die Mächtigen damals und heute nicht allein von Gott in die Schranken weisen lassen. So erinnert sie an die streitbare Rolle eines Julian Assange oder Edward Snowden in unserer Gegenwart. Das Whistleblowing der Frühen Neuzeit erfolgte mit Flugschriften und anonymen Briefen. Es wurde genauso drastisch verfolgt wie heute und die Obrigkeit reagierte ebenso verlogen empört.

Martin Luther muss als einer der bedrohtesten Whistleblower seiner Epoche gelten. Vielleicht wäre es ihm in Wirklichkeit doch nicht so falsch erschienen, einer vermeintlichen Hexe wie Anna zu helfen, die zwar nicht in seine Glaubenswelt, durchaus aber in seine moralische und kirchenpolitische Vision gepasst hätte.

Glossar

Ablass / Ablasshandel – Kirchlicher Gnadenakt zum Erlass der Bestrafung von Sünden. Dieser Gnadenakt kann durch Beten, Beichten u. a. erwirkt werden. Bis zu Luthers Auftreten war es üblich geworden, Ablassbriefe auch geschäftsmäßig gegen Geld auszugeben, um mit den Einkünften Kriege gegen die Osmanen und den Bau des neuen Doms in Rom zu finanzieren. Allerdings stellte sich heraus, dass nur etwa die Hälfte des Geldes dafür verwendet wurde; mit der anderen Hälfte bezahlte Erzbischof Albrecht von Brandenburg, der mit Johann Tetzels Hilfe den Ablasshandel betrieb, seine enormen Schulden bei den Fuggern.

Allerheiligenstift – ein Kloster in Wittenberg. Im Roman steht auf demselben Gelände das (erfundene) Dorotheenstift, ein Frauenkloster.

Allmende – Bezeichnung für ein Stück Land, das nicht Privateigentum ist und sich in Gemeinschaftsbesitz einer Gemeinde befindet.

Bischof/Erzbischof – der kirchliche Titel des Leiters zahlreicher Gemeinden eines bestimmten Gebiets.

Blaukittel – eine Bezeichnung für Fuhrleute zur Lutherzeit

Burse – eine Studentenherberge

Christenheit – bezeichnet im Sinne Luthers die gesamte damals bekannte Welt.

Dominus vobiscum – (lat.) *Der Herr sei mit euch* – wird als Gruß und Segen vom Priester während einer Messe gesprochen.

Dorotheenstift – ist im Roman ein erfundenes Frauenkloster in Wittenberg.

Erasmus von Rotterdam – ein einflussreicher Gelehrter und Zeitgenosse Luthers, der zwar die Reformation verteidigte, Luthers zum Teil am Mittelalter orientierte Ansichten allerdings kritisch auffasste.

Flugschrift – ein zu Luthers Zeit weit verbreitetes Mittel der öffentlichen Kommunikation; sie wurde als Handzettel verteilt oder für alle sichtbar an Hauswänden, Mauern und Bäumen befestigt.

Fakturist – ein Warenprüfer, der im Roman unter anderem für das Dorotheenstift tätig ist

Fugger – eine bedeutende Augsburger Kaufmanns- und Bankiersfamilie, die zu Luthers Zeit enorme Geldmittel unter anderem an römisch-katholische Geistliche verlieh. Einfluss und Macht der Fugger waren gewaltig.

Fürstabt – der Titel des Leiters einer Reichsabtei, eines Klosters auf Reichsgebiet; er war mit sowohl weltlichen als auch kirchlichen Befugnissen ausgestattet.

Fürstbischof – ein Bischof mit weltlichen und kirchlichen Machtbefugnissen

Geleitreiter – wehrhafte Schutzbegleiter der Fuhrleute

Hexen und Teufel – waren für Luther und seine Zeitgenossen reale Wesen, durch die das Böse in die Welt kam und gegen die man im Namen Gottes auch mit Mitteln der Gewalt kämpfen musste.

Horen – (von lat. *hora*: Zeit, Stunde) sind festgelegte Uhrzeiten oder Stunden des Tages, zu denen die Mönche eines Klosters zum Wohl der Gemeinschaft aller gläubigen Christen beten.

Jan van Leiden – war der selbst ernannte »König des Täuferreichs« zu Münster in Westfalen. Die sogenannten

Wiedertäufer errichteten dort im Verlauf der Reformation eine religiöse Herrschaft und versuchten später, ihre Ziele auch mit Gewalt durchzusetzen. Das »Täuferreich« wurde von bischöflicher Seite gewaltsam beendet. Van Leiden wurde zu Tode gefoltert.

Katharina von Bora – wurde 1525 Luthers Ehefrau, nachdem sie zusammen mit anderen Nonnen aus einem Kloster geflohen war. Sie brachte sechs Kinder zur Welt und baute das verwaiste Augustinerkloster in Wittenberg zum Wohnhaus der Familie aus. Darüber hinaus betrieb sie dort nach und nach eine Studentenherberge, in der zeitweise circa 40 Studenten ihre Wohnung fanden.

Kleriker – eine andere Bezeichnung für einen Geistlichen; jemand, der zum Klerus gehört, zur Gesamtheit des geistlichen Standes.

Konnossement – (von frz.: *connaissement*) ein Frachtbrief

Konziliare Versammlung – ist im Roman ein Arbeitstreffen hoher Geistlicher, u. a. von Bischöfen in Trier.

Kurie – nennt man die Leitungs- und Verwaltungseinrichtungen des Papstes.

Laienbrüder – sind Ordensleute eines Klosters, die nicht die Priesterweihe abgelegt haben.

liquium – (lat.) Flüssigkeit

Monsignore – ein päpstlicher Ehrentitel für einen katholischen Priester.

Mücken – In den Aufzeichnungen von Luthers Tischgesprächen gibt es eine Erzählung, wonach ein »König in Persia« durch ein von Gott gesandtes Heer von Mücken und Fliegen besiegt worden sei. Luther glaubte darin die Verspottung des Teufels durch Gott zu erkennen. (Vgl. Joh. Aurifaber, Colloquia oder Tischreden Doctor Martini Lutheri, Reprint, Leipzig 1981, p49)

Novize – ein neu in die Ordensgemeinschaft eines Klosters aufgenommenes Mitglied, solange es noch nicht das Ordensgelübde abgelegt hat und damit noch nicht Nonne oder Mönch wurde.

Palatium – die zu Luthers Zeit übliche Bezeichnung für die Konstantinbasilika in Trier, die baulich aus einer römischen Palastaula hervorging.

Pontifex – (von lat. *pontifex*: Brückenmacher) eine andere Bezeichnung für den Papst

Priorin – ist die Leiterin eines Damenstifts oder Frauenklosters. Im Roman übernimmt Anna diese Funktion, obgleich sie selbst sich für zu jung und unerfahren dafür hält.

Provinzialvikar – ein kirchlicher Mitarbeiter, der einem Priester oder Pfarrer unterstellt ist

Refektorium – wird der Speisesaal eines Klosters genannt.

Reklusenklappe – eine Klappe in einem Mauerloch, durch das sogenannte Reklusen versorgt wurden – Nonnen, die sich einmauern ließen, um für den Rest ihres Lebens hauptsächlich zu beten und zu meditieren.

Reformation – wird die Erneuerung der römisch-katholischen Kirche und des Papsttums genannt, die durch Martin Luther angestoßen und eingeleitet wurde, sich krisenhaft weiterentwickelte und zur heutigen Unterscheidung zwischen »katholisch« und »evangelisch« führte.

Sankt-Elms-Feuer – sind sichtbare elektrische Entladungen während eines Gewitters zum Beispiel an den Mastspitzen eines Schiffs. In früheren Zeiten löste es insbesondere unter Seeleuten oft Angst aus und förderte die Entstehung von allerlei »Seemannsgarn«.

Schwarzes Kloster – ist eine andere Bezeichnung für das Wohnhaus der Familie Luther im Wittenberger Augustinerkloster sowie die darin befindliche Burse oder Studentenherberge.

Schweizergarde – nennt man die Armee des Papstes, die 1506 aus Schweizer Söldnern hervorging. Sie sichert bis heute symbolisch den Vatikan.

Schultheiß – im Städtchen Zons des Romans handelt es sich um einen Richter der niederen Gerichtsbarkeit.

Schütz – nannte man einen oft minderjährigen Jungen an der Seite eines älteren »fahrenden Schülers«, dem er unterstellt war und von dem er lernen sollte. Sie wanderten umher und arbeiteten bei Handwerkern und Bauern für Unterkunft und Brot.

Schutzmantelmadonna – war eine zu Luthers Zeit weitverbreitete und beliebte Schutzheiligenfigur, die in der Not um Hilfe gebeten wurde.

Scriptorium – (lat.) ist im Roman die Schreibstube und Bibliothek im Dorotheenstift in Wittenberg.

Simeon von Trier – war ein byzantinischer Mönch und Einsiedler.

Summa delicti – (lat.) so nennt Zangle im Roman die von ihm geplante Liste der Sünden und Verbrechen weltlicher und kirchlicher Autoritäten. Erstellt mithilfe von Annas fotografischem Gedächtnis, möchte er die *Summa* in Form anklagender und entlarvender Flugschriften drucken lassen und unter die Leute bringen.

Süleyman I. – regierte zu Luthers Zeit als Sultan das Osmanische Reich, das den Großteil Kleinasiens und des Nahen Ostens umfasste. Von den christlichen Herrschern Europas wurde er als Bedrohung aufgefasst, was zu zahlreichen Kriegen führte.

Tetzel, Johann – war ein Dominikanermönch, der Ablassprediger wurde, indem er seinen Zuhörern versprach, dass sie sich von ihren Sündenstrafen freikaufen könnten. Auf ihn geht die Redensart zurück: Sobald das Geld im Kasten klingt, die Seele in den Himmel springt.

Der Türmer – bewachte Kirch- und Mauertürme und bewohnte diese Gebäude oft auch mit seiner Familie.

Urbi et orbi – (lat.) ist ein päpstlicher Segen, der die Bewohner von Rom und des Erdkreises, also alle Menschen einschließt.

Verhörknecht – ist ein anderer Ausdruck für einen Folterknecht bei Gericht.

Wolkenauge – Annas eigene Bezeichnung für ihre von Zangl entdeckte Fähigkeit, Gelesenes fotografisch im Gedächtnis zu behalten und ihm zu einem späteren Zeitpunkt als wortgetreue Kopie in die Feder diktieren zu können.

Jürgen Seidel wurde 1948 in Berlin geboren. Nach einer handwerklichen Ausbildung lebte er drei Jahre lang in Australien und Südostasien, bevor er nach Deutschland zurückkehrte, das Abitur nachmachte und ein Studium der Germanistik und Anglistik mit der Promotion abschloss. Jürgen Seidel veröffentlichte Erzählungen, Hörspiele, Rundfunkbeiträge, literaturwissenschaftliche Publikationen – und zahlreiche Jugendromane. Er lebt mit seiner Familie in Neuss.

Von Jürgen Seidel ist bereits bei cbj erschienen:

Blumen für den Führer (40113)
Der Krieg und das Mädchen (40288)
Das Paradies der Täter (08740)
Die Unschuldigen (05685)

Mehr zu cbj auf Instagram @hey_reader